새미비평신서⑰

한 국 현 대 시 인 론

최 라 영

새미

| 서문 |

이 책은 『김춘수 무의미시 연구』(새미, 2004), 『현대시 동인 연구』(예옥, 2006) 이후 저자의 세 번째 저서에 해당된다. 이 책의 내용은 앞 저서들의 단일한 기획주제에 따른 논의를 빼고서 그간 필자가 썼던 대부분의 글들을 모은 것이다. 글의 순서는 최근에 쓴 것부터 차례로 게재하였다. 이 중에서 전체시인론 혹은 작가론이거나, 시인의 전체작품들을 관류하여 접근한 것은 황현산론, 김나영론, 박서영론, 신진론, 김신용론, 서정주론, 김춘수론, 여상현론, 유종인론, 양왕용론, 구상론이다.

필자는 해가 갈수록 시인들의 작품에 대한 애착이 깊어지고 필자가 하는 일에 대한 긍지와 보람이 커진다는 사실을 감사하게 생각한다. 그리고 그간 문학공부의 길로 잘 이끌어주신 양왕용 선생님, 민병욱 선생님, 오세영 선생님, 김용직 선생님, 방민호 선생님 등 여러 분께 감사의 마음을 올린다. 그리고 이 책을 내주신 새미 출판사 사장님께 감사의 마음을 올린다. 또한 항상 곁에서 힘이 되어준 송향과 찬이에게 고마운 마음을 드린다.

2007년 2월 필자

| 차례 |

거짓욕망의 충동으로부터
기진할 때까지 자기를 해방시키기
- 황현산론

1.

황현산의 평론활동은 1990년에 김현론을 쓰면서부터 본격적으로
출발하였으며 이후 시인론을 중심으로 평론활동을 전개하였다. 등단
이후 최근까지 그의 평론활동을 묶어낸 저서는 『말과 시간의 깊이』
(문학과 지성사, 2002)로서 총 36편의 작가론과 서평을 실었으며 90
년대 중심적인 평론활동을 한 그간 그의 업적을 망라하고 있다. 즉
이 책에 관한 논의는 곧 비평가로서의 황현산의 면모를 전체적으로
집약하는 것이 된다. 『말과 시간의 깊이』는 12여 년 간의 그의 평론
모음인 만큼 그것에 접근하는 데에 있어서도 노력과 인내가 요구되는
평론집이다.

1990년부터 최근까지의 그의 평론 활동을 논의의 편의상 세 시기
정도로 구분해 본다면 평론의 특성상으로 크게 세 부분으로 나누어
볼 수 있다. 즉 1990년 그가 등단하면서 의욕적으로 집중하여 발표한
개별 전체시인론, 작가론 중심의 글들과 두 번째는 그가 청탁받은 시
집의 서평 중심의 시평론들 그리고 세 번째로는 1999년부터 최근에
이르는 평론들로서 이 세 번째의 글들은 1990년대를 돌아보는 논의
라든지 한국문학과 문학어, 김수영론, 서정주론 등의 굵직한 주제와
시인론들이다.

이 글도 이러한 그의 세 가지 시기 분류에 의거해서 그의 평론세계에 관하여 접근해 보기로 한다. 그의 특징이자 장점으로는 시의 섬세한 결과 아우라를 세련되고 섬세한 언어로써 형상화하는 시적 산문의 전개방식이라고 할 수 있으며 시집 및 개별 시에 대한 미시적 접근과 따뜻한 시선이 돋보인다. 그의 평론활동에서 비평적 기준이라든지 방향성은 매우 우회적이고 은근한 방식으로 나타난다. 앞에서 논의한 등단 무렵의 글들은 대체로 그가 선호하거나 지향하는 분야를 포함하고 있으며 시평론가로서 한창 활동하기 시작할 무렵부터는 불문학도로서의 그의 이력에 비교적 부합되는 성격의 청탁 시집서평 위주로 평론활동을 하였다.

그리고 90년대를 마감하는 무렵인 99년도 이후부터는 시의 미시적 분석과 접근으로부터 비약하여 거시적인 전망으로 한국 시문학과 한국시의 거목들을 고찰한 논의가 주를 이룬다. 그런데 이 세 번째 무렵부터 그 이전에는 우회적이고 은근하게 지향되던 그의 비평의 지향점이 비교적 직접적으로 드러나며 이와 함께 그의 언어들도 비교적 일상적인 언어들로 쉽게 형상화되는 특징이 있다.

그런데 비평가로서 황현산을 볼 때 그의 평론의 본령영역은 시이며 시평 중에서도 서평 중심의 미시적 접근에서 아름답고도 섬세하고 모든 시적 아우라를 포착해내는 시보다도 더욱 시인 그의 평론의 특징이 반짝인다. 이에 비해 최근 거시적인 전망에서 한국시인과 시를 논의한 평론들은 그가 속한 기존의 한국시 문단의 접근에 토대한 구조와 뼈대를 그대로 수용하면서 대표 시 분석에서는 섬세한 접근을 보여주는 한계가 있다.

이것은 그로서는 당연한 일인데 거시적인 전망으로 한국시사 속에서 시인을 자리매김하고 평가하는 일은 한국시사와 한국시문학도가 아닌 불문학자로서 그가 접근할 수 있는 한계이기도 하기 때문이다. 그리고 시집 서평과 그의 초기 작가론에서 그가 평가한 시편들이나 인용시편들은 대개 그가 심사숙고 끝에 개성적으로 뽑아낸 그 시인의 가장 정수격인 작품들을 가져온 반면 최근에 그가 논의한 한국시사적 맥락과 자리매김을 필요로 하는 논의에서의 시인론은 한국시연구자 특히 문학과 지성 계열의 선배 평론가들의 목소리와 구조를 큰 맥락에서 볼 때 거의 같이 한다.

먼저 1990년 이후 등단 무렵의 시인, 작가론으로는 김현론, 이청준론, 고은론, 김원우론을 들 수 있다. 이 무렵의 글들은 그의 평론의 출발점에 해당되는데 여기서 특징 지워지는 것은 불문학적인 토대에 근거한 유려한 문체를 보여주며 이때는 그가 평론가로서 지향하게 되는 방향 내지 현실 확인, 좌표 확인의 시기라는 점이다. 특히 「김현론」은 그가 앞으로 논의하게 될 평론가로서의 그의 입지점과 방향성을 특징적으로 보여주는 논의이다.

> 불문학은 자의식의 문학이다. 이때 자의식은 물론 역사적으로 자기를 규정하고 분석하는 의식이 아니라 그가 처한 역사적 자리야 어떠하든 모든 개화된 의식이 겪어야 하는 운명을 자신의 운명으로 여기고 함께 고뇌하는 자의식이다. 여기에는 현실을 감당하는 것 못지않은 용기가 필요하다. 예를 들어보자. 사르트르는 『문학이란 무엇인가』에서, 지드가 그의 『지상의 양식』의 독자로 설정하는 나타나엘의 초상을 그린다: "그에게는 교양과 여가가 있다. 왜냐하면 메날크를 견습공이나 실업자나 합중국의 흑인에게 모범으로 내보이는 것은 가소로운 일일 것이니까, 그는 외부의 어떠한 위험—기아에도, 전쟁에도, 계급적 또는 인종적 압박에도 위협을 받지 않고, 그가 무릅쓰는 유일한 위험은 자신의 환경의 희생자가 되는 것뿐이다. 요컨대 그는 백인이며, 아리안족이며, 부유하며, 비교적 안정되고 안이한 시대에 소유 계급의 이데올로기가 겨우 기울어지기 시작하던 시대에 살고 있0는 부르주아

대가족의 상속자다." 그런데 1960년대에 『지상의 양식』을 거의 열광하며 읽었던 한국의 독자들은 안이한 시대에 살지 않았으며, 부르주아 대가족의 상속자가 아니었으며, 아리안족은 더욱 아니었다. 말하자면 지드에게 선택된 독자들이 아니라 자원한 독자들이다. 성급히 비판되는 것처럼 우리는 자신을 속이기만 한 것인가? 그렇지 않다. 우리가 원했던 것은 나타나엘의 조건이나 환경이 아니라 그가 누리게 될 인간으로서의 권리이며 그가 도달하게 될 고양된 인간의 모습이었다. 그것은 처지가 어떻든 포기될 수 없다. 아니 현실은 봉쇄되었으며, 자신에게 맞는 세계를 자신으로부터 끌어내려는 인간에게 처지 같은 것은 없다. 그는 어디에나 들어갈 수 있으며, 다만 자신을 정화해야 한다. 결국 자의식이란 "맨주먹 붉은 피"가 구호였던 시대에 그 핸디캡을 정열의 형식으로 바꾸는 방법의 문제였다. 여기서 우리 문학의 특수한 감수성의 하나가 형성된다. 김현은 이 감수성으로 불문학을 시작하였다.

「르네의 바다-불문학자 김현」 부분

그것은 그가 이 세계에서 편안하지 않을 뿐만 아니라 그가 전망하는 다른 세계조차도 그를 불편하게 한다는 것을 의미한다. 그것은 당연한데, 알레고리를 통해 자신이 놓여 있는 환경을 파괴함으로써 현실로부터 단절을 시도한 작가에게 그 알레고리적 사고로 얻어낼 수 있는 전망이란 또 다른 억압의 공간에 대한 알레고리에 불과할 것이 분명하기 때문이다.(중략) 그것을 요약하면 '전향적 창조성 속에 계속 다시 태어나는 것'은 소설의 희망이며, '어떤 진실이 증거 되는 순간에 그 본질이 변하여 형상적 지배 질서로 화해버리는 현상'은 소설의 운명이라는 말이 된다. 이렇게 파악된 소설은 세상을 그 질서의 변화와 함께 따라가는 소설이 아니라 세상의 질서가 참을 수 없는 것이 된 다음 항상 다시 시작하는 소설이다. 전자에서 우리는 질서의 질적 변화를 기대할 수 있다. 다른 하나에는 폭력적 질서의 무한 반복이 있을 뿐이다.

「정지된 세계의 알레고리-
이청준의 소설 「자유의 문」에 대해」 부분

1945년생이자 1960~70년대의 산업화와 군부독재 시절을 체험했던 황현산은 그가 외국문학자로서 체험하게 되는 서구 교양의 세계 그리고 그 토대와 지향과는 너무도 먼 거리에 있던 당시 우리 한국 현실 상황과의 괴리에 대한 인식과 자의식으로부터 당시 한국에서 외국문학을 공부하는 문학도로서의 딜레마적인 자리를 확인한다. 이 확인작업은 같은 불문학도인 선배 평론가 김현에 관한 논의에서 특징적으로 드러나고 있다.

　　즉 지드가 그의 『지상의 양식』의 독자로 설정한 나타나엘의 초상은 교양과 여가가 있으며 견습공, 실업자, 합중국의 흑인에게 모범을 보이는 일은 가소로운 일이라고 논의한다. 즉 『지상의 양식』 독자로서의 나타나엘이 아닌 한국의 황현산이 원했던 것은 나타나엘이 인간으로서 누리게 될 권리와 그가 도달하게 될 고양된 인간의 모습이었다. 그런데 당시 한국 현실은 그가 보기에 이미 봉쇄되었으며 '맨주먹 붉은 피'가 구호였던 우리 문학의 특수한 감수성의 자리를 요구했던 것이다.

　　그리고 황현산은 4.19세대이자 불문학도로서의 김현과의 연속적 의식 상에서의 자리매김을 보여준다. 그리고 어느 정도 현실적 기반이 갖추어진 세련된 서구문학을 접하는 4.19세대의 한국문학도가 지닌 부담의 자리랄까 콤플렉스의 자리를 드러낸다. 그것은 보들레르, 랭보, 말라르메 등으로 표상되는 미적 상징주의의 작품들을 공부하고 또 지향하면서도 그 작품이 생성하게 된 서구의 토대와는 너무나 판이한 4.19세대이자 당시 한국문학자가 지니는 자의식의 모습이다. 한국 현실적 상황 극복을 지향해야 할 당대 지식인으로서의 입지 및 불문학도로서 문학에 대해 갖는 낭만적인 꿈 사이의 괴리이자 갈등의 자리인 것이다.

　　그는 한국의 왜곡된 현실에 대해 비판적 내지 비관적 태도로 일관한다. 이것은 그가 명시적으로 언급하지는 않으나 1970~80년대 일련의 사회상에 대한 그의 반응양식에서 알 수 있다. 단적으로 현실에 대한 그의 표현에는 '봉쇄된', '닫혀진', '폐쇄된' 등의 수식어가 붙는다. 그는 「고은론」에서 이러한 왜곡된 한국 현실에 대한 두 가지 욕망을 보여주고 있는데 하나는 '정화에의 욕망'이며 다른 하나는 '삶의 숨결을 이으려는 욕망'이다. 그런데 등단초기에 이청준, 김원우 등 소설가의 작품분석에 치중했던 그가 이후 시평, 시 분석으로 일관하게 된 것은 전자의 욕망이 더욱 강하게 작용하기 때문이다. 이것은 불문학 시전공자로서는 당연한 귀결이기도 하다. 그는 시편에 있어서 이 두 가지 욕망을 아우르는 방식을 결국 취하는데 그것은 세부 현실을 뛰어넘지 않고서 정화에의 염원을 하나의 '에네르기' 방식으로 보여주는 것이다.

그는 일련의 소설 분석에서 하나의 알레고리의 반복성을 발견하는데 이것은 이청준의 소설 분석에서 단적으로 드러난다. 즉 그 현상을 개선해 내고자 하는 극복노력이 다시 현실화되면 그것은 끝없는 알레고리의 고리일 뿐이라는 것이다. 후자의 글에서 그가 시 비평으로 경도하게 되는 경위가 나타나는데 소설이란 결국 "어떤 진실이 증거 되는 순간에 그 본질이 변하여 형상적 지배 질서로 화해 버리는 현상은 소설의 운명"이란 말로 나타난다. 그는 이러한 운명의 고리를 끊임없이 깨고 생성할 수 있는 것이 '시'라고 믿는 듯하다. 그에게 시, 시평이란 그 알레고리의 고착적 연결을 끊고서 끊임없이 초기의 정화된 에네르기를 고양시키고자 하는 열정이자 염원인 것이다.

2.

황현산은 본격적으로 90년대에 평론활동을 하는데 구체적으로는 시서평 중심이다. 그의 서평이나 시 평론에 관하여 그가 가치 부여하는 중심점을 염두에 두고 평론을 분류하자면 크게 세 가지로 나뉜다. 첫째 여성, 몸, 가족 및 자아의 근원에 관한 주제 둘째 자연, 우주, 무한 등과 관련한 주제 셋째 현실, 시대감각에 기반한 주제로 크게 나누어 볼 수 있다. 이 가운데서도 첫째와 둘째의 주제가 그의 비평에서 주류를 이루고 있다. 그의 이 무렵 시 분석은 매우 섬세하고 미시적으로 대상에 접근하고 서평이라는 성격과 무관하지 않게 특성 내지 장점을 부각시키려는 경향을 가지고 있다.

그의 시 분석에 있어서 그만의 특징적인 국면은 꼭 꼬집어서 말하기 어려운, 일종의 에네르기 같은 것이라고 말할 수 있다. 그것을 굳이 논리적인 방식으로 말하자면 정-반-정-반……의 사유가 끊임없이 반복되는 소용돌이적 방식이라고 할 수 있다. 즉 일정한 사유가 완전한 형상으로 만들어지려 하는 순간 그것으로부터 스스로를 부정하고 다시 새로운 사유를 형성하려는 에네르기가 그의 글에서 끊임없이 작동하고 있다. 그렇기 때문에 그의 글은 하나의 구조나 완결된 사유로써 설명되지 아니하고 그 사유의 잔잔한 파동을 중심으로 퍼지면서 분산된다.

이 나무가 자라는 집을 시인 그 자신이라고 여겨도 좋을 것이다. 그 집에는 사람이 없거나, 있더라도 없는 것처럼 존재한다. 시인은 의식을 그렇게 비워둠으로써 숲의 파동을 온전하게 느낀다. 그 파동과 함께 그 의식 밑에 있던 것들이 의식 위로 떠올라 나무처럼 자란다. 집은 너무나 고요하여 그 벽과 지붕이 숲의 파동을 끝까지 견뎌낼 수 없는 것처럼 보인다. 가녀린 시인의 육체 속에서 신경은 그렇게 긴장하고 있다. 동박새· 딱따구리· 생쥐 들이 지붕과 벽에 구멍을 뚫어 그 파동이 빠져나갈 길을 마련한다. 시인은 그 감각을 다소곳이 열어두지만 그 신경을 그렇게 이완시킴으로써 파동에의 저항을 지속하고 그 역사와 자아 기억의 일관성을 유지한다. 비음이 심한 한 남자의 목소리가 숲의 파동을 흩트리지 못하고, 대문을 두드리는 소리에도 집 안에서는 인기척이 없다. 그렇다고 시인이 세상에 그만큼 눈을 감았다는 뜻은 아닐 것이다. 숲의 파동을 느끼는 특별한 시간에 그의 지각은 바깥세상의 자극에 습관적으로 반응하려 하지 않는다는 것뿐이다. 세상에 반응하지 않기는 세상에 근본적으로 자기를 열어놓기이며, 세상을 세상 너머로 연결시키기이다. 그런데 "시간이／열렸다가 닫히고" 나무가 자라는 집은 "깊은 적막으로 빠져 들어갔다." 이 적막과 함께 파동을 받아들이는 일도 완성되었을까. 물론 아니다. 파동의 시간은 닫혔다. 단지 파동의 기억을 갈무리하는 시간만이 남아 있을 뿐이다. 숲의 파동을 감수하던 집은 이제 제 기억 속에 빠져 단단한 어떤 것이 된다.

「나무가 자라는 집」해설 부분, 「가장 파동이 작은 노래
―최하림의 시집 『굴참나무숲에서 아이들이 온다』에 부쳐」

누가 빛을 종기처럼 짜 고름을 뺐는가.

사방 휘황한 빛이 바깥이 되면서
어둠은 중심이 되었다.

이야기가 여기에 이르게 되면 우리는 이해할 수는 있으나 설명하기가 지극히 어려운 어떤 상상력 앞에 서 있음을 느끼게 된다. 이미 여러 시에서, 특히 '신성한 숲'에서 그에게 세례를 주었던 빛은 그렇다면 무엇인가. 그 빛과 이 고름은 같은 것인가. 처음에는 같았으나 나중에는 같은 것이 아니었으리라. 시인에게는 빛도 신생도 한 번의 점찍기였을 뿐이다. 세상이 휘황하다고 믿는 습관이 그뒤에 남았다. 습관은 법이 되었다. 시인의 표현을 빌리자면 세상이 정돈되었다: "방황이란 무엇인가／정돈되는 것을 싫어하는 영혼이지." 어둠은 봉쇄되지 않은 채 그에 대해 이야기하는 것만 금지되었다: "누가 밤의 노래를 금지할 수 있단 말인가." 빛은 그 습관 속에서 썩었다. 시인은 빛이 습관이

될 때, 어둠도 함께 잃었다: "밤 노래, 마른 진흙의 노래. 일찍이 가슴 흙벽에 수수깡이라도 몇 대 박혀 있어 위안이라도 있었지만 그거마저 빠지고 말아 진흙 거지 되었네." 이제 시인은 어둠의 세례를 받는데, 그것은 저 빛의 세례와 결코 다르지 않다. 시인은 또다시 어둠을 세상의 중심에, 가슴속에 봉쇄하는데, 그것은 어둠을 허무로 돌리지 않기 위해서이다. 빛은 어둠을 견디려는 노력과 다른 것이 아니기 때문이다.

「어둠의 중심에서−조정권의 시집 『신성한 숲』에 부쳐」 부분

그의 사유 내지 평론의 방식은 주로 그가 애호하는 시적 주제에서 단적으로 드러난다. 즉 '파동', '빛과 그름', '두 거울의 서로 비추기', '바다와 태양의 겹침' 등이다. 여기서 알 수 있듯이 그는 '경계' 굳이 말하자면 두 의미가 만나는 지점인 굳어지지 않는 '찰나적 경계'에 그 가치를 부여한다. 이것은 앞에서 지적한 그의 사유가 지닌 정-반-정-반… 즉 생성을 목적으로 하는 끊임없는 부정의 에네르기가 시각화 내지 촉각화 된 것이라고 말할 수 있다.

그의 정신적 에네르기가 평론에서 감각적 양상으로 나타난 경우로서 '파동'을 들 수 있다. 그는 박용하 시에 관한 분석에서 큰 나무가 가진 끊임없는 미세한 파동에 의해 나무가 자라고 우주와 합치되는 이미지에 주목하는데 이것은 그의 사유가 '미세한 파동'이라는 시각 내지 촉각의 양상으로 형상화된 것이다.

전자의 글에서 나무의 미세한 파동으로부터 시인이 그 파동에 대한 감각을 열어두고 동시에 이것에 대한 저항을 통하여 역사와 자아 기억의 일관성을 유지하는 것을 논의한다. 그리고 숲의 파동을 느끼는 것은 바깥세상의 자극에 습관적으로 반응하지 않기의 의미를 지닌다. 그리고 이와 같은 방식으로 세상에 반응하지 않기란 근본적으로는 바깥 세상에 자기를 열어 놓기이며 세상을 세상 너머로 연결시키기이

다. 숲의 파동이 그친 적막은 파동의 기억을 갈무리하는 시간이다.

즉 그의 사유는 파동과 그것의 감각, 파동에 대한 저항, 세상에 반응하지 않기, 세상에 궁극적으로 자기를 열어놓기, 숲의 파동의 사간, 파동이 그친 적막의 시간 등이 각각 개별적으로는 정반…의 형식으로 대응적이고 변별적으로 존재하나 궁극적인 지점에서 볼 때는 등가의 관계, 새로운 正을 이룬다. 그 논의 속에서 의미의 관계항들이 이루는 잔잔한 파동을 잡아내고 그것이 형성하는 단일체의 복합성을 진실에 어긋나지 않도록 드러내려 한다.

'파동'과 함께 그의 정신이 가진 에네르기를 시각적으로 나타낸 것은 '빛과 고름'에 관한 논의에서 볼 수 있다. 그는 '빛'은 최초에 그 선하고 환한 것이 하나의 질서로 고착화되고 규율적 질서화 되어 버리면 그것은 '화농한 고름'에 불과한 것이 된다고 논의한다. 이 또한 그의 유동적인 부정정신을 시각화시킨 한 이미지라고 할 수 있다.

구체적으로 '빛'과 '고름'의 등가관계에 관한 시적인 정반…의 사유가 이루어진다. 빛은 습관 속에서 썩었고 그리하여 빛은 고름이다. 시인은 어둠의 세례를 받는데 이는 빛의 세례와 다르지 않다. 왜냐하면 빛은 어둠을 견디려는 노력이기 때문이다라고 논의한다. 즉 빛이 고름으로, 어둠이 빛으로 궁극적인 등가의 관계를 형성하면서 개별적인 관계항에서는 서로 대응적, 대조적인 정반의 관계를 이룬다. 그리고 이러한 정반…의 사유방식은 또한 한 구절에서 하나의 대상이 지니는 함의가 다음 구절에서 같지만 전혀 다른 함의로 변화하고 또 새로운 구절에서는 다시 그 대상이 관계 맺는 다른 대상에 의해 변화된 함의를 갖는 무한의 순환과정을 갖는다. 즉 그는 한편의 시가 지닌 의미의 복잡한 결을 만지면서 곤두세웠다 다시 눕혀 버리곤 한다.

마주 보는 두 거울은 서로에게 무한한 수의 액자를 중첩시켜 깊은 구멍을 뚫는다. 그러나 그 구멍은 깊이가 아니며, 액자들은 반들거리는 거울의 표면으로 다시 수렴된다. 구멍은 기억의 깊이로 내려가지 않는다. 전생도 저승도 따지고 보면 기억의 저장소이다. 이 허위의 깊이는 기억의 통로를 차단한다. 그녀가 거울 앞에 서면 거울은 그녀의 나쁜 기억을 되돌려주겠지만, 그녀가 거울이 되어 거울 앞에 서면 그녀의 배경이었던 기억은 그 거울 사이에 들어갈 자리를 잃고, "왼쪽 뺨을 맞을 때와/오른쪽 뺨을 맞을 때/그 짧은 막간"(「그곳 5」)에 응결된다. 뺨을 맞던 날의 나쁜 기억은 자신의 현기증만을 거울의 그것에서 다시 발견함으로써 스스로를 구제한다. 김혜순이 무한 액자를 만들 때, 그것은 '잃어버린 기억을 피해서,'

그곳! 아지못할 똥구덩이. 얼어붙은 폭포.
천만 개의 자물쇠로 밀봉된 검정!

「그곳 3」

을 피해 만들어진다. 그 결과 시인은

나만 홀로
불 켠 조그만 상자처럼
환한
그곳,

「그곳 1」

에 남으며, 시는 시인 자신의 소외를 세상의 소외로 삼는 무한 순환을 예고하려는 듯 쉼표로 끝을 맺는다. 세상을 죽음의 단일성으로 봉쇄하고 남겨진 "불켠 조그만 상자"는 가장 온전했던 날의 그녀, 「딸을 낳던 날의 기억」의 표현을 빌리면, "손가락이 열 개 달린" 그녀의 딸이다.

「딸의 사막과 어머니의 서울-『나의 우파니샤드, 서울』까지의
김혜순」 부분

'파동', '빛'과 함께 그의 사유가 지닌 특성을 드러내면서 시적 진동 에네르기의 진원지를 드러내는 것으로는 '두 거울의 마주 비추기'를 들 수 있다. 여기서 '두 거울이 마주치며 만들어내는 무한 액자'는 '깊은 구멍'을 만든다. 그런데 '깊은 구멍'은 '기억의 저장소'를 차단하는 '표면'이다. 그러나 거울이 만들어내는 무한 액자로 인한 자기 응시는 '시인 자신의 소외를 세상의 소외로 삼'는 기억술의 자리인 것이다. 여기서도 두 거울의 마주침이 만들어내는 깊은 구멍은 대응적인 양날의 의미들을 파생시킨다. 그런데 앞에서 '숲의 파동을 느끼는 순간인 세상에 반응하지 않기'가 궁극적으로 '세상에 자기를 열어놓기'인 것과 같은 역설이 발생한다. 그리고 이와 마찬가지로 그의 시적 사유가 지닌 끊임없는 부정 정신, 파동의 에네르기의 근원이 '시인 자신의 소외를 세상의 소외로 삼는 무한 순환'이란 곳으로 상징화되어 드러난다.

또한 그 근원은 두 거울의 마주침이 만들어내는 깊은 구멍이 지닌 궁극적 어둠의 세계와 관련이 있다. 여기서 시 평론에서의 하나의 특성이 나타나는데 끊임없는 유동적 부정의 에네르기가 지닌 '암울한 분위기'라고 할 수 있다. 즉 황현산에게는 일상 속에서 뭔가를 꼭 잊지 않고서 지키고 기억하려는 근원적 사회 체험 내지 인식 같은 것이 규명되지 않은 채 분위기로서 항상 존재한다. 그러나 그 규정되지 않은 사회적 체험과 사유로부터 그의 글쓰기의 에네르기가 작용하고 있다.

> 일상은 이 세상이 꾸미는 가장 큰 음모이다. 그것은 우리의 열정을 잠시 맡아주는 척 하면서 집어삼킨다. 시간 속으로 내려앉는 이 회색의 앙금 앞에서 청춘의 약속과 희망은 물론이고, 그 고뇌까지도 낡은 종잇장처럼 삭아 내린다. 시인이 페퍼포그를 일상으로 여길 때, 그는 성취될 수 없었던 모든 희망의 흔적으로 남아, 점점 두터워지는 좌절의

재 속에 무슨 불씨처럼 묻히고, 가능하다면 저 침전의 시간을 어떤 방법으로든지 거슬러 나오려 했던 것이다. 그 일은 그에게 말할 것도 없이 시 쓰는 일이며, "비단길"을 가는 일이었다.

「잘못 든 길이 지도를 만든다―
강연호의 시집 『비단길』에 부쳐」 부분

그는 그 에네르기가 그의 안락한 일상에서 퇴색될까봐 두려워하는 듯 보이기도 한다. 여기서 그의 평론의 또 다른 특성이 나타나는데 그것은 그의 정반… 에네르기에 한 가지 수식어를 붙이는 격이 될 것이다. 그것은 앞에서 말한 '규정되지 않은 암울한 분위기와 체험'이 실체화된 것인데 그것은 '현실을 괄호 치지 않는' 방식이다.

그에게서 가치부여 되는 시편들은 현실을 괄호 치지 않는 정신적 에너지가 작용하는 미적 승화의 시편이라고 굳이 말할 수 있다. 그는 젊은 날 그의 사회적 체험과 순수한 정열을 '깊은 구멍' 속에서 끄집어내려고 노력한다. 그리고 그 '깊은 어둠'은 무규정적인 블랙홀을 형성하며 거기서 나오는 힘은 그의 개인적 딜레마의 자리이자 그가 당면했던 한국 사회의 특수성의 자리에 기인한 것이다. 그것을 그는 시평에서 우회적인 방식과 분위기의 형상으로써 '4.19, 독재체제, 광주사태' 등의 비민주적 사회현실 및 현황과 결부시켜 논의하기도 한다.

그는 1990년대 초에 구소련이 붕괴되고 민중적 지식인의 이념적 지향점이 흔들렸던 자리에서 70년대 사회개혁 분위기가 팽배한 젊은 시절 그 개혁의 초기 열정을 끊임없이 상기해내는 '기억술', 마치 두 거울의 마주침의 자리에서 최초의 거울의 자리를 두 거울이 형성한 검은 구멍 속에서 이끌어내려고 하는 의지적 파동에 의해서 미적 유토피아의 자리를 꿈꾸어왔던 것이다. 이것은 그가 90년대 시의 주요 주제였던 '죽음', '몸', '여성' 등에 관하여 주로 다루면서 그것들이 지닌 주변성과 전복의 힘, 궁극적으로는 생성의 힘에 대한 기대를 걸어놓는 방식으로 나타난다.

그에게 죽음이란 삶의 생명력을 환기시키는 특수한 것이면서 또한 죽음이란 자신의 한계를 초월하고 자신과 사회가 지닌 근원적 상처를 잊지 않으려는 정신적 의지로 간주되곤 한다. 그리고 그에게 '몸'이란 하나의 세포와 그것이 이룬 더 큰 세포 간의 충돌적 에네르기의 작용, 반작용의 복잡한 장들로서 구성된 것인데 이것은 그의 평론의 주요 사유방식을 변주한 형상을 취하고 있다. 그리고 죽음은 궁극적으로 사회적 생성의 사유로 연장되고 있다. 그리고 그에게 여성이란 하나의 동일자가 다른 동일자와의 투쟁에 의해 또 다른 독재적 힘을 잉태하는 변질의 장을 벗어나는 것 즉 하나의 동일자가 새로운 타자성을 품고서 생성하는 사회적 메커니즘의 상징적 장으로서 사유되곤 한다.

> 보들레르의 제자이며, 시 쓰기를 사회 변혁의 극단적 실천으로 여겼던 랭보는 그 짧은 시작 활동의 말기에 모든 사회적 조건과 지상적 중력이 제거된 세계를 상상하기에 이른다. 그러나 이 상상력의 근저에는 역시 그 스승의 경우보다 더 눈부시고 더 찰나적인 무한성의 얼굴이 있다.

> 다시 찾았다!
> 무엇을? 영원을.
> 그것은 태양과 함께
> 가버리는 바다.

> 경계를 서는 정신이여,
> 그렇게도 하찮은 밤과
> 불타오르는 한낮의
> 고백을 속삭이자.

인간 세상의 同意로부터
부화뇌동의 충동으로부터,
너는 벗어나
날아오른다, 네 마음대로
비단결 잉걸불들아,
오직 너희들로부터,
마침내, 라고 말함도 없이
의무는 솟아오르기에.

거기에 희망은 없다.
旭日昇天도 없다.
인내가 따르는 학문이다,
고통은 믿을 만하다.

다시 찾았다!
무엇을? 영원을.
그것은 태양과 함께
가버리는 바다.

「영원」

"영원"을 태양이 바다를 온통 황금빛으로 물들였다가 바닷속으로 사라지고 어둠만을 남겨놓기까지의 그 짧은 순간에 체험된다. 절대적인 아름다움 뒤의 완벽한 어둠에서 '토탈 이클립스'라는 말이 유래한다. 그러나 여기에는 허무라는 말로 간단하게 치부되기 어려운 것이 있다. 태양과 함께 함몰하는 정신은 불침번을 서는 정신이다. 밤의 안타까운 기다림은 차라리 "하찮은" 것이며, 한낮의 타오르는 고통은 오히려 "믿을 만하다." 그 눈부신 얼굴의 순간, 존재의 충만감을 통해 자아가 우주적 '타자'를 획득하는 순간은 오랜 인고의 노동으로만 가능하다. "희망"도 "고통"의 끝도 없이, 자기 수련에의 믿음을 제외한 다른 인간 조건들이 추호라도 끼어들 틈이 없이, "인간세상의 동의"와 거짓 욕망의 충동으로부터 기진할 때까지 자기를 해방하는 일은 사회적 · 지상적 한계에 대한 체계적 · 근본적 반항이며 극단적 '문화 혁명'이다. 랭보의 우주적 상상력은 한 인간 존재에 대한 우주의 침범을 빈틈

없이 받아들이려는 지성과 감성의 방법적 훈련이다.

「시의 우주적 상상력에 대한 메모」 부분

『현대 프랑스 문학을 찾아서』는 특히 낭만주의 이후 프랑스의 작가·작품 연구로 이루어진 제2부에서, 한 젊은 외국 문학도의 내면풍경을 보여준다. 그것은 곧 바다의 이미지이며 "샤토브리앙의 바다"이다. 아메리카로 떠날 준비를 마친 샤토브리앙의 르네는 음울한 구 대륙에서 보내는 마지막 밤, 수도원의 종소리에 이끌려 밤바다로 나아간다. 그는 깊은 어둠과 높은 담에 둘러싸인 수도원을 등지고 파도치는 태양을 바라보며 바닷가 외진 곳에 앉아 있다. 어둠 속에 외로운 등불을 켜고 있는 수도원은 고독한 그가 정서적으로 집착하였던 누이 아멜리아가 은거한 곳이기도 하다. 김현은 르네의 이 바다를 인류학적·인간학적 바다(「바다의 이미지 분석·서」, 1968)라고 말한다. 이 바다는 끝나버린 "위대한 세기"와 "아무런 아름다운 그 무엇"도 얻지 못한 현대 사이에서 "개화된 문명인의 고뇌"이며 "분열된 개인의 의식"이기 때문이다. 그리고 또한 그것은 말라르메, 랭보로 대표되는 세인들이 몸으로 뛰어들어 난파하게 되는 세파이기도 하다. 이 인간·인류 속에는 물론 김현 그 자신이 들어 있다. 그는 4.19라는 이름의 정열을 등불이자 종소리로 삼아, 자신이 살던 땅의 인습적 인간관계와 상투적 표현의 무기력을 등지고 난파가 그 빛나는 신화인 불문학의 바다를 바라보고 있다(이 바다와 등불은 내내, 그가 다른 세상의 사람이 될 때까지, 모험가 김현과 구도자 김현의 여러 모습으로 변모한다).

「르네의 바다 ─ 김현론」 부분

그의 시적 대상, 시적 주제를 다루는 방식은 끊임없이 사라지는 경계를 찾아 서려는 정신이라고 말할 수 있다. 이러한 그의 정신적 지향점을 드러내는 것으로써 그가 애호하는 이미지가 있는데 '바다와 빛'이다. 이러한 구도는 그가 등단평론격인 '김현론'의 제목이 '르네의 바다'인 것과 관련이 깊으며 이후 그의 시 분석에서 그는 '바다와 등불' 내지 '바다와 빛'의 이미지를 선호하는데 이것은 서평의 대표시 선정에서 빈출하면서 또 칭찬의 평 방식으로 나타난다.

주로 시 분석에서 그가 다른 출처로 인용하는 시편들이 주로 랭보, 보들레르, 말라르메 등인 것에서 보듯이 그는 상징주의적 시 선호경향을 강하게 지니고 있다. 전자의 글에서 태양이 일몰하는 바다의 찰나에서 뿜어 나오는 미적 장관은 그가 의미들의 경계에 끊임없이 서려하고 동시에 그가 딛고 선 경계를 다시 끊임없이 지우는 치열함의 자리가 일순간 현현하는 장면이다.

그는 이 경계의 정신에 관해 "자아가 우주적 '타자'를 획득하는 순간", "오랜 인고의 노동", "사회적·지상적 한계에 대한 체계적·근본적 반항"이라고 말하는데 이것을 요약적으로 '인간 존재에 대한 우주의 침범을 빈틈없이 받아들이려는 지성과 감성의 방법적 훈련'이라고 말하고 있다. 즉 그가 위치하려는 사유지점은 '자아의 정화', '내적 정관'의 자리이며 '세속의 모든 질서로부터 물러나는' 관조의 자리에서 '다시 세상을 보는 것'이다.

바다와 태양 혹은 바다와 등불의 메타포란 그가 그토록 기억하려고 했던 사회, 시대적 상처의 자리인 어둠의 바다이면서 끊임없이 유예되면서도 지닐 수밖에 없는 미적 유토피아에 대한 꿈의 자리와도 상통한다. 그 바다와 등불이 끊임없이 삼투하면서 빛을 발하는 그 순간의 황홀함이 그를 유인하였을 것이다. 혹은 소금맛을 보고도 어느 지역산인지 그 소금맛의 섬세한 차이를 알아낸다는 그의 자전기록에서 보듯이 바다에 친숙한 그의 유년시절의 원체험과도 무관하지 않다.

그가 그토록 잃지 않으려는 정반…의 부정정신은 그의 평론 하나하나에 유동적으로 꿈틀거리며 바다 일몰풍경의 섬세한 반짝임들처럼 미세하게 드러난다. 그리고 끊임없이 부정하고자 혹은 생성하고자 하는 정신적 에네르기는 그의 글쓰기에서 순간순간 드러난다.

3.

황현산의 평론은 90년대 초에 그가 등단할 무렵부터 최근까지 개성적인 방식으로 일관된 태도를 유지하고 있다. 논의의 편의상 『말과 시간의 깊이』에 수록된 12여년간의 평론들을 세 시기로 나누어 보았다. 등단 무렵 발표한 김현론, 김원우론, 고은론, 이청준론에서는 그가 앞으로 평론가로서 지향할 사회적, 문학적 자리를 확인하는 의미의 것이다. 90년대 그의 시평에서는 그가 공부하는 서구 불란서의 현실 및 그가 지향하는 미적 세계 그리고 과거 한국 현실이 필요로 하는 문학의 지향 속에서 작용하는 괴리에 관한 갈등을 보여준다.

그리고 그 자리에서 그가 취해야 할 평론가로서의 곤혹스런 좌표 설정의 모습을 보여준다. 그리하여 그는 "1980년대는 불행한 그만큼 '좋았던 시절'이었다. 사회적으로 분명한 공적(公敵)이 있었으며, 그에 대한 분명한 공분을 서로 확인할 수 있었다. 건강한 사회에 대한 전망을 확고한 어조로 말할 수도 있었다"(「인식의 지평과 시간의 깊이 -1990년대 시 관견기」, p.387)라고 말한다. 즉 그가 선 1990년대는 1970, 80년대의 민중적 열기도 가시고 구 소련이 붕괴한 세계의 변화 속에서 새로운 유토피아의 좌표를 잡아가야 하는 시기였던 것이다.

그가 90년대 본격적으로 평론활동을 하는 1990년대 중반 무렵에는 주로 서평과 시집발문 중심으로 시 평론을 쓰기 시작한다. 그가 시 평론에 주력하게 되는 것은 그가 전공한 불문학 시 전공의 이력 이외에도 그의 섬세한 자질도 작용한다. 이것은 그가 이청준의 분석에서 '정지된 세계의 알레고리'를 지적하였듯이 소설의 성격상 하나의 개선적 대안이 형상화될 때 그것이 과거 현실의 거울로 변질되는 현실의 알레고리로 변화할 위험성에 대한 인식의 경계 때문이기도 하다.

그는 이 알레고리, 현실과의 끊임없는 연결 연쇄 고리를 끊어나가고 새롭게 생성하는 힘을 지닌 장으로서 '시'를 선택하였던 것이다. 그에게서 이 세계 현실은 그의 시 평론에서 끊임없이 반복되듯이 '정지된', '유폐된', '갇혀진' 등의 의미로 등장한다. 그리하여 그의 글을 읽고 있으면 유폐된 공간에서 끊임없이 증식하는 대상과 사물의 에네르기가 마치 핵분열의 닫혀진 공간에서 생성자가 곧 반응자이며 반응자가 곧 생성자로 되는 무한 연쇄의 터질 듯한 힘에 질식할 것 같은 느낌에 사로잡힌다.

그의 글에서 특징적인 국면은 이 에네르기의 유동적 파동이라고 할수 있다. 이것을 논리적으로 말하자면 정반정반…의 끊임없는 반복을 통해 순간순간 사방으로 뻗어나가는 생성적 힘의 유지라고 말할 수 있다. 이러한 정반…의 에네르기는 그의 시 분석에서 주요한 이미지로 표출되는데 주로 '파동', '빛과 고름', '두 거울의 비춤' 등으로써 나타나고 있다. 즉 '미세한 파동'으로 생성되는 나무의 힘, 빛이 고름으로 되지 않는 경계 등인 것이다. 그런데 그의 사유는 두 거울의 마주 비춤에서 나타나는 응시의 무한 반복에서 단적으로 나타나듯이 '파동'의 진앙지를 잊지 않으려는 '기억술'과도 상통한다.

'끊임없는 미세한 파동', '두 거울의 마주침이 만들어내는 기억의 깊은 구멍' 등은 바로 그가 젊은 시절 당면한 70~80년대 일련의 사회상에 대한 반항적, 개성적 열정의 최초 자리를 기억하려는 의지의 자리인 것이다. 그리하여 그는 '현실'을 괄호 치지 않는 정신적 에네르기가 작용하는 미적인 시를 선호하는 경향을 보인다. 그는 90년대의 주요시 주제이자 그의 평론의 주요 주제이기도 했던 '죽음', '몸', '여성' 등의 사유로써 주변성에 의해 끊임없이 전복되고 생성되는 경계선 상의 힘을 논의하기도 한다.

그의 이러한 파동을 담지한 경계자의 모습을 단적으로 드러낸 것이 바다와 빛의 삼투 이미지이다. 그 바다는 현실의 어둠 혹은 이상의 바다, 불문학의 바다로 변주되기도 하고 무한의 바다로 나타나기도 한다. 그리고 '빛'은 미적 유토피아의 자리이자 좌표를 찾는 지식인의 희망 등으로 변주되는데 빛과 바다가 서로 삼투하는 경계에서 빛나는 일몰의 빛이 지닌 찰나적 열정이 그가 선호하는 정신적 장면이다. 기실 진실함이란 이 '찰나성'의 순간을 잊지 않으려는 기억술과도 상통한다.

> 김수영은 "시인의 정신은 미지"에 속한다고 말했다(전집 II, p.187). 이 말은 한번도 신비주의에 경도된 적이 없는 사람의 말이기에 그만큼 더 중요하다. 시인은 이미 발견된 것을 말하는 사람이 아니라 지금 발견하고 있는 사람이다. 그는 이 시간에 다른 시간을 보려 하는데 그의 정신이 벌써 다른 시간에 가 있다면 그것은 미지가 아니다. 미지는 이 시간의 힘으로 다른 시간으로 뚫고 들어가려는 그 노력의 속성이다. 김수영은 같은 글의 끝에서 "시인을 발견하는 것은 시인"이라고 말했다. 이 역시 시인이 어떤 특별한 종류의 신비로운 존재라는 말이 아니다. 현실이 그 상태로 끝내 굳어져 있는 것이 아니라는 것을 굳게 믿고 아무리 사소한 것이라도 변화의 모든 기미를 알아내기 위해 지금 이 자리에서 노력하고 있는 사람만이 그와 동일한 노력에 대한 감수성을 가질 수 있다는 뜻이다. 김수영은 늘 스스로 용기를 북돋워가며 사물의 밑바닥을 더듬고 언어의 모양을 여러 각도로 실험했다. 그는 암담한 현실을 충전된 언어로 들어올렸다. 그의 난해한 시어는 어려운 현실에서 힘겹게 유지된 용기와 그 노력의 현장성을 증명한다. 그의 시에서 높은 서정성이 감지되고 말이 힘을 발휘하는 자리마다 바로 그 용기가 있다. 그는 이 용기로, 무의식을 말하지 않으면서 사실들 속의 의식되지 않은 기미들을 발견하였으며, 반세속주의자였지만 정형화되지 않은 민중의 힘을 이해했다. 김수영에게서 시적인 것과 현대적인 것과 정치적인 것은 같은 말이다.
>
> 「난해성의 시와 정치 – 김수영론」 부분

그러나 이 경험과 관용은 폭압적 질서가 그 권세를 되찾고 싶어할 때, 조력을 마다하지 않을 뿐만 아니라 가장 횡포한 힘을 빌려주기까지 한다. 이 삶 속에서는 순응과 거부가 구별되지 않으며, 마음 편한 인습의 형식으로 자유가 주어지지만, 차라리 패배주의적 자기 방기에 가까운 이 자유는 "하늘이 겨레에게 주는 팔자"를 거역하는 모든 새로운 시도를 비웃는다. 그가 일제의 침략 전쟁과 신군부의 폭력에 부역했던 것도 스스로 고백하듯이 새로운 일이 일어날 수 없다고 믿었기 때문이다.

미당의 세련된 과장법과 통속화된 신화적 관념들 밑에는 순결했던 삶의 기원에 대한 그리움이 있는 것이 사실이다. 그리고 이 기원에의 그리움에서 한 시인의 구도적 자세를 볼 수도 있다. 미당은 그 기원에서 가장 가까운 자리를 확보하기 위해 시간이 고정되기를 바랐다. 그에게 현실의 모든 문물은 과거의 어떤 것에 상응한다고 여겨질 때만 가치가 있었다. 그는 어디에서나 이 상응 관계를 보는 것처럼 말했지만, 그 말을 하기 위해서는 아이의 목소리를, 익살꾼의 목소리를, 자신의 목소리라기보다는 '그렇게 생각하기로 짐짓 마음먹은 사람'의 목소리를 빌려야 했다. 그래서 신화를 세속화할 수는 있었지만, 세속을 진정으로 높은 자리에 올려놓지는 못했다. 그 일을 위해 필요한 '책임지는 목소리'가 없었기 때문이다. 미당의 시세계는 책임 없이 아름답다.

「서정주의 시세계」 부분

그런데 그의 평론은 1999년 이후부터는 이원적 방향을 보여준다. 이것은 어떤 측면에서는 필연적인 것이기도 한데 즉 거시적 조망을 필요로 하는 글과 미시적 접근을 필요로 하는 글쓰기로 이원화된다는 점이다. 물론 1990년대 시 관견기는 이것의 예외에 속한다. 다시 말한다면 그의 평론이 지닌 장점이자 특성인 미시적이고 섬세한 접근은 시 전반에 대한 철저하고도 꼼꼼한 분석과 감상을 전제로 한다. 이러한 시분석의 특성이 개별 서평에서는 그대로 유지된다.

그런데 거시적 조망이나 전체 시인론을 대상으로 하는 평론에 있어서는 이러한 철저한 그만의 독서를 전제로 하지 않는 듯하다. 「서정주의 시세계」, 「난해성의 시와 정치-김수영론」, 「모국어와 시간의 깊이」에서 이러한 면모가 나타나고 있다. 즉 김수영, 서정주, 한용운, 이상 등의 시인에 관한 그의 입장 논의에 있어서 그가 몸담은 문단과 선배 지식인의 구조적인 틀과 시각을 그대로 가져온다. 그리고 구체적인 작품 분석에 있어서는 미시적이고 섬세한 그만의 분석을 보여준다는 점이다.

여기서 특징적으로 나타나는 것은 김수영에 관한 지나친 의미가치 부여와 존중 그리고 서정주에 대한 다소 폄하적 시선이라고 할 수 있다. 즉 자신이 몸담은 기존 문단의 입장에 대하여 꼼꼼히 비판, 검토하기보다는 그 틀을 그대로 가져오고 작품의 미시적 분석에서 자신만의 목소리를 낸다는 점이다. 이 점이 그의 탁월한 평론 전반을 볼 때 아쉬운 부분이라고 할 수 있는데 이것은 불문학자로서 한국 시사를 통괄한 시각이 필요한 주제를 다루는 입장에서 발생하는 필연적 국면이기도 하다. 그리고 최근 그의 평론에서 드러나는 주요한 특성으로는 그의 우회적이고 섬세한 목소리가 다소 직접적인 방식으로 변화하였다는 점이며 난해하고 무정부적인 미적 글쓰기가 쉽고 논리적인 글쓰기로 변화하고 있다는 점이다. 그런데 한 가지 아쉬운 점은 90년대 전체를 통틀어 그토록 그가 떠올리려 했던 두 거울의 마주침에서 나오는 깊은 구멍이 간직한 사회적 심연의 자리에 대한 기억술과 끊임없는 부정의 파동적 의지가 일상 속에서 형체를 드러냄으로써 고정화되고 하나의 알레고리로 변화하려 한다는 점이다. 그러나 그가 현실과 우주 양자를 괄호 치지 않는, 고유한 무한 기억술과 정반…의 부정 정신을 지니고서 시가 지닌 감정의 파동과 결을 아름답고도 섬세하게 형상화한, 1990년대 탁월한 언어 마술사였음은 부인할 수 없다.

세상의 저변을 조용히 받치고 가는 바닥의 힘

- 김나영의 『왼손의 쓸모』

　김나영의 시는 일상적인 주부로서 어디서나 겪게 되고 보게 되는 평범한 일상을 담고 있다. 그래서 그의 시적 제재와 모티브들은 흔히 다른 시인들의 시편에서 나타나는 제재, 모티브와 유사하게 겹친다. 그런데 거기까지 만이다. 즉 평범한 일상적 제재와 보고 듣는 다양한 주변의 일상을 소재로 하였으면서 그것을 새로운 시각과 세련되고 자연스러운 시상 전개로써 비범한 일상으로 바꾸어버린다.

　이것이 이 시인의 특징이자 개성적 자리이다. 그의 시는 이러한 일상을 사로잡는 시 창작 방식마저도 표준적 일상인의 균형감각으로써 포착하고 있다. 그러면서도 그녀만의 개성적인 자리를 빛낸다. 즉 그는 시적 제재들을 끄집어내고 형상화하는 데에 있어서 감성과 지성 간의 조화 내지 균형감각을 잃지 않는다. 이것을 그의 시에 나타난 제재로 말한다면 '왼손의 쓸모'와 '오른손의 힘' 간의 조화라고 할 수 있을 것이다. 그런데 그 조화에 그치는 것이 아니다. 그 두 힘의 조화는 일상에서 맞이하는 디오니소스적 힘과 아폴론적인 힘 간의 균형에서 빛나는 예술적 감각의 자리를 드러내기도 하는 것이다.

보통 때는 잘 모른다.

땅에 돈 떨어진 것 발견했을 때
내가 내 멱살을 잡고 뒤흔들어 놓을 때
참다 참다 말 안 듣는 자식 등짝 몇 대 후려칠 때
망설일 것 없이 왼손이 스프링처럼 확 튀어나간다.

아버지 앞에서 오른손 부들부들 떨며 숟가락질 배운 탓에
ㄱ, ㄴ, ㄷ,…오른손 덜덜 떨며 완곡하게 구부려 쓴 탓에
지금은 오른손으로 글을 쓰고 오른손으로 밥 먹고 살지만

위기가 닥칠 때 맨손으로 버티는 것이 왼손의 근성이다.
유년 시절 한 봉지의 과자를 훔치던 손이 성공했더라면
어느 하산 길 왼손이 나무뿌리 부여잡고 피 흘려주지 않았더라면
내 생의 지도는 극도로 우회되었을지도 모른다.

오른손은 왼손의 쓸모를 수시로 빌려 쓰고 있다.
바느질 할 때, 돈 셀 때, 생선 지느러미 가위질 할 때, 친정 이불장 사
이에 봉투 찔러놓고 올 때
왼손이라야 더 날렵하게 끝을 낸다.
상처의 칼집인 왼손이
생활의 현장 속으로 손 내밀 준비를 하고 있다.
사십 년 넘게 교육 한번 받지 않은 왼손이.

「왼손의 쓸모」

　위 시는 시인의 시 쓰기의 근원적 자리를 보여준다. "아버지 앞에서
오른손 부들부들 떨며 숟가락질 배운" 경험과 "위기가 닥칠 때" "스
프링처럼 확 튀어나가"는 '왼손잡이'의 경험이 드러나 있다. 그런데
왼손잡이로서 오른손잡이 구실을 해야 하는 시인의 상황은 바로 '숨겨
진 자신의 본성과 무언가를 갈망하고자 하는 욕망'을 억누르고 일상의

질서 속에 가지런히 살아가는 시인의 모습을 단적으로 보여준다.

이 '왼손의 힘'은 '무의식 속에 잠재된 욕망'이기도 하면서 시인이 어쩔 수 없이 시를 써야 하는 '시적 영감'의 근원처를 상징적으로 보여주는 것이다. 그런데 시인의 시 전편에서는 이러한 선천적인 왼손잡이의 힘과 아버지 앞에서 부들부들 떨면서 배운 인위적인 오른손잡이의 힘이 서로 엎치락뒤치락하면서 온전한 균형을 이루고 있다.

> 공원에 앉아서 책을 읽는다.
> 곁에서 서성거리던 바람이 가끔씩 책장을 넘긴다.
> 길고 지루하던 산문(散文)의 여름날도 책장을 넘기듯 고요하게 익어가고
> 오구나무 가지 사이에 투명한 매미의 허물이 붙어 있다.
> 소리 하나로 여름을 휘어잡던 눈과 배와 뒷다리의 힘,
> 저 솜털의 미세한 촉수까지도 생생하게 붙들고 있다.
> 매미의 허물 속으로 입김을 불어넣어 주면
> 다시 한 번 여름을 공명통처럼 부풀려 놓을 것만 같다.
> 한 떼의 불량한 바람이 공원을 지나고
> 내 머리 위로 뚝 떨어지는
> 저 텅 빈 기호 하나,
> 정수리에서부터 등까지 북 내려 그은
> 예리한 저 상처.
>
> 「여름의 문장」

> 장롱 옆에 서 있는 저 교자상을
> 바닥에 살짝 내려주고 싶다.
> 펼쳐져 있는 시간보다
> 접혀 있는 시간이 언제나 더 긴,
> 다리 달린 모든 것들의 단면이 저럴까
> 하루의 끝에 모로 서 있는 상과
> 내 마음의 기울기가 가파르게 눈빛을 맞춘다.
> 언젠가 상을 펼치려 했을 때

상 안쪽에서 꺼억-꺽 오금 꺾이는 소리가
비밀처럼 새어나왔다.
면벽하고 서 있는 상의 뒤쪽
꺾인 네 개의 상다리 단면마다
한숨 같은 먼지를 뽀얗게 진설하고
평일이 가파르게 서 있다.

「평일」

무꽃이 피어났다, 쓰레기 봉지 안에서
기억상실처럼 하얀 무꽃이 피어났다, 생선가시 사이
불어터진 밥알 사이 시퍼렇게 곧추 세운 꽃대가
안간힘을 다하여 꽃을 밀어올리고 있다.
쓰레기봉지를 묶으려 들자,
밤새 게워놓은 들숨과 날숨이
해서체의 긴 유서(遺書)를 빠르게 써내려간다.
쓰레기봉지 안, 촛농처럼 하얀 무꽃이
가쁜 숨 몰아쉬고 있다.

「무꽃」

위 시편들은 평범한 일상 속에서 '왼손의 쓸모'가 변용되는 여러 '힘'의 양상들을 소박한 빛의 자리로 보여주고 있다. 첫 번째 시에서는 공원에서 책을 읽다 매미의 소리로부터 그리고 "한 떼의 불량한 바람"으로부터 문득 떠오른 시적 영감을 "내 머리 위로 뚝 떨어지는/ 저 텅 빈 기호 하나", 그리고 그 영감의 깊이를 "정수리부터 등까지 북 내려 그은/ 예리한 저 상처"로 표현하였다. 평범한 일상, 자연과의 교감 속에서 떠오른 디오니소스적인 영감의 힘이 시인의 머리부터 온몸에 전율로써 다가오고 있다.

두 번째 시에서도 역시 주변의 평범한 제재인 '장롱 옆에 서 있는 교자상'을 소재로 삼고 있다. 그런데 그 교자상을 시인의 일상과 견주어서 이를 형상화하는 방식이 예사롭지 않다. 시인은 교자상과 "내 마음의 기울기가 가파르게 눈빛을 맞춘다" 그리고 "상 안쪽에서 꺼억-꺽 오금 꺾이는 소리"를 발견하고 시인의 일상을 "평일이 가파르게 서 있다"고 표현한다. 즉 교자상은 아내이자 주부로서 그가 항상 대하는 것이면서 오랜 세월 속에 다리를 꺾고 펴며 닦아내는 교감을 통한 새로운 일상의 모습이다. 이것은 시인의 장기이기도 한데 그가 사물과 주변을 길들이고 친숙화 하는 것은 그의 어느 시편에서나 오랜 세월 갈고 닦아서 은은한 광택을 내는 교자상과 같이 반짝이고 있다. 그 만큼 그의 시편들은 대부분 고른 수준과 인간적인 품위를 지니고 있다.

「무꽃」은 주부인 그녀가 늘상 묶어버리는 '쓰레기 봉지'를 제재로 삼아서 그 쓰레기 안 "불어터진 밥알 사이"에서 "안간힘을 다하여 꽃을 밀어올리"는 '무꽃'을 형상화하고 있다. 그런데 시인의 시 형상화의 구조는 대체로 '쓰레기 봉지 안'과 그 속에서 '들숨과 날숨'을 쉬며 피는 '무꽃'으로 표상된 이원적인 형상을 보여준다. 즉 그의 시는 왼손의 힘 즉 내부의 욕망과 무의식의 힘의 흐름을 따라가다가도 어느새 오른손으로 표상된 표준 혹은 일상의 질서에 조용하게 자리 잡거나 사로잡혀 있다. 그의 시는 그리하여 멀리서 볼 때 '오른손'이 '왼손'을 덮고 있다.

> 나는 바닥이 좋다.
> 바닥만 보면 자꾸 드러눕고 싶어진다.
> 바닥난 내 정신의 단면을 들킨 것만 같아 민망하지만
> 바닥에 누워 책을 보고 있으면
> 바닥에 누워서 신문을 보고 있으면
> 나와 바닥이 점점 한 몸을 이루어가는 것 같다.
> 식구들은 내 게으름의 수위가 극에 달했다고 혀를 찼지만
> 지인은 내 몸에 죽음이 가까이 온 것 아니냐고 염려했지만

그 어느 날 내가 바닥에 잘 드러누운 덕분에 아이가 만들어졌고
내 몸을 납작하게 깔았을 때 집안에 평화가 오더라.
성수대교가 무너진 것도 삼풍백화점이 무너진 것도
알고 보면 모두 바닥이 부실해서 생겨난 일이다.
세상의 저변을 조용히 받치고 가는
바닥의 힘을 온몸으로 전수받기 위하여
나는 매일 바닥에서 뒹군다.

「바닥론」

위 시는 시인이자 일상인으로서 두 자리가 서로 겨누는 감각의 자리를 보여준다. 이 감각은 '바닥'의 형상으로 나타나고 있다. '바닥'은 '집안에 평화'를 가져오는 '겸손'의 의미이면서도 '기초공사'를 의미하는 '토대'의 의미이면서도 매일 바닥을 뒹굴며 구상하는 '시적 몽상의 근거'이기도 하다. 그런데 시인의 '바닥의 힘'은 그의 '왼손의 쓸모'와 무관하지 않다. 시인의 욕망과 무의식적인 힘은 이성적인 질서의 '오른손의 힘'과 켜켜이 버무려서 얇게 압축한 견고한 '바닥'이 된다. 그리하여 그 바닥은 결코 어떠한 힘에도 쉽게 굴복하거나 쉽사리 동요하지는 않는 견고함이랄까 진실함의 자리를 지니고 있다. 그의 안정된 바닥의 힘은 시인의 타고난 품성과도 밀접한 관계를 지닌다.

그는 이러한 견고한 바닥의 수평적 평형 위에서 세상과 자연과 사회현실의 모든 분야에서 한 쪽으로 쏠리지 않는 시각과 감각을 보여준다. 그의 시는 일상 속에서 우리가 보고 듣는 다양한 제재와 사건들을 인간적인 시각을 갖춘 견고한 자리에서 자연스럽고 세련된 방식으로 형상화하고 있다. 즉 그의 시는 감성과 지성, 그리고 인간애와 윤리의 조화 속에서 형성된다. 그리하여 그는 자기의 근원인 가족과 이웃, 자연과 우주 그리고 현실사회의 일상, 그 어느 것도 괄호 치는 일이 없다.

쫙쫙 찢어진 몸 속에서 피어나는 칸나꽃

- 박서영의 『붉은 태양이 거미를 문다』

 박서영의 시는 주로 엄청난 고통을 주체할 길 없어 날뛰는 야생적 목소리와 몸짓을 지니고 있다. 그의 시에서 주요한 이미지로 나타나는 죽음, 태아, 칼, 광인, 귀먹음 등의 모티브에서 이를 단적으로 알 수 있다. 그런데 그의 시는 다른 시인들의 시와는 다른 개성적 면모를 보여주는 측면이 있다. 그것은 그가 주로 기반하고 있는 체험과 고통의 특성으로부터 기인한다기보다는 그가 시를 형상화하는 방식 면에서 특히 두드러진다. 그는 자아 이미지와 결부된 대상을 선택하고 이를 시로써 조직화하는 데에 있어서 시창작자로서의 큰 의욕을 드러낸다.

 구체적으로는 자아의 심리와 결부된 대상 이미지의 형상화에서 주지와 매체들 간의 이질적인 큰 거리라고 할 수 있다. 물론 훌륭한 시는 대체로 다른 이들이 상상도 못한 대상 속에서 자신이 표현하고자 하는 상황을 끄집어내기 마련이다. 그런데 박서영의 시는 그 대상과 심리, 상황과의 거리가 멀면서 그 두 가지가 층위 면에서도 이질적인 편이다. 이 말은 바꾸어 말하면 그의 시는 한 편의 좋은 시로서 태어나기 위한 엄청난 노력을 보여주는 동시에 훌륭한 시로 만들어지기 어려운 여건을 감내하고 있다는 뜻이기도 하다.

즉 시인의 고통과 그것을 시로써 승화시키고자 하는 시인의 의욕의 크기만큼 주지와 매체 간의 거리는 끝없이 멀어지고 그것을 하나의 상황으로써 응집시키기는 어려운 위치에 있다는 것이다. 그렇기 때문에 그의 시는 마치 얇은 고무줄을 끝없이 당기고 당겨서 끊어지기 직전에 놓아버린, 그 줄이 가진 팽팽한 긴장력을 보여주는 시편들이 있는 동시에 시구의 고무줄을 잡아당기다가 그만 그 선이 끊어져 버려서 시인의 얼굴과 몸에 상처로만 자칫 남아버리기 쉬운 것이 되기도 한다. 즉 그의 시편들은 형상화 면에서 그 수준이 매우 **빼어난** 절창으로부터 습작의 흔적을 보여주는 시구에 이르기까지 그 스펙트럼이 매우 길다는 것이다. 그러니까 끊어지기 직전의 고무줄 격인 그의 시구들은 한 번 놓아 버리면 어느 방향으로 튈지 모르는 풍선 조각과 같은 방향성을 지니고 있다.

> 알전구는 눈꺼풀이 없었다
> 천천히 부풀어오른 구름처럼
> 대머리 가수처럼
> 심장에서 치밀어오르는 무언가를 감춘 듯
> 부풀어오른 性器 속으로 우리는 들어간다
>
> 이곳에는 바람이 불지 않으므로
> 아름다움에 대하여 말할 필요가 없다
> 말하지 않아도 꽃씨들이 터져
> 심장은 언제나 풀밭처럼 무성하다
> 눈꺼풀이 없으므로
> 어디까지가 눈동자고
> 어디서부터 눈썹인지 알 수 없다
> 플러그를 꽂고 전원을 켜면
> 풀밭 위에 태양이 뜬다
> 태양의 몸에서 싸락눈이 내렸으면

하는 오후다
시간의 국경이 무너져버렸으면
천장을 올려다보며
그대가 무심코 툭 던진 말이다

오늘의 날씨는
형광등 속에서 반짝거리는
저 필라멘트의 풀밭 위에 진눈깨비가 내리는 것
그대의 고향은 하얗게 눈 내리는
강원도 정선이라고 했지
우리가 사는 방의 알전구는 눈꺼풀이 없지만
性器처럼 부풀어올라 우리의 고향을 품고 있어
우리는 언젠가 그곳에 당도할 것이다.

「알전구 속의 풀밭」

위 시에서 화자는 알전구로 환기된 세계로 잠입해 버리는데 사랑했던 사람과의 포근했던 몽상도 보여준다. 그런데 알전구가 주로 환기시키는 이미지는 '부풀어오른 性器'의 것이다. 또한 세부적으로는 '부풀어오른 구름', '대머리 가수', '태양', '눈동자', '풀밭', '고향' 등을 환기시키고 있다. 즉 그의 시는 알전구라는 주지와 다양한 매체 간의 결합 관계가 매우 개성적이면서도 이질적이다.

이것은 「해변은 어떻게 태어나는가」에서도 단적으로 드러나는데 '해변'을 '물결들'과 '모래알들'이 '날을 갈아' 만든 '길고 긴 칼'로 형상화한다. 즉 알전구를 보며 성적 이미지와 결부된 필라멘트의 풀밭 속으로 들어가는 몽상이나 해변을 보며 "시퍼런 날을 가진/ 녹슬지 않는" '칼'로 연상하는 시적 형상화는 개성적인 시각이기는 하나 그것이 완결적이고 자연스러운 시상으로 전개되기에는 고도의 숙련된 詩作이 아니라면 성취되기 어려운 지점을 보여준다.

그리고 시인의 시작 방식은 중심적 대상에 대하여 일관되고 점차적인 형상화 방식을 취하지 않고 다초점적인 시각이 매연 매행마다 새롭게 등장하는 시작 방식이기 때문에 이중의 난이도가 있다. 그런데 위시에서 '알전구'와 관련한 몽상은 그의 시편들 중에서는 비교적 무리 없는 완결성을 보여준다.

그리고 또 한 가지 위 시에서 두드러지는 것으로서 빛 이미지를 들 수 있다. 그의 시편들의 주요 특징 중 한 가지로서 환한 빛, 태양, 낮, 필라멘트의 빛 등의 '밝음' 이미지는 시편들 전체에서 나타나는 배경과 맞물려 있다. 이것은 그의 시가 지니는 또 다른 개성적 자리이기도 한데 고통스럽고 비참한 장면을 보여주는 곳에는 태양과 같은 환한 빛이 나타나 그것의 비극성을 적나라하면서도 극적으로 드러내는 특성이 있다.

> 비 내린 후의 풀밭에서
> 미친 여자는 발을 씻고 있었다
> 풀밭에 발을 담근 채
> 두 손으로 정성껏 맨발을 씻고 있었다
> 무덤 관리인이 소리를 지르면
> 번쩍 고개를 들어
> 영혼의 동쪽인 마을 입구의 슈퍼마켓 앞에서
> 잠시 쭈그리고 앉아 있곤 했다
> 이마를 뚝뚝 빗방울이 떨어졌다
> 함부로 말을 걸거나
> 들여다볼 수 없는 얼굴이었다
> 함부로 범할 수 없는 얼굴이었다
> 영혼 안뜰의 무서운 적막이
> 고여 있는
>
> 얼굴에 흑자주빛 저승꽃 피어 있었다

이 세상의 왕비를 낳고 기른 여자의 고독이
바람 속에 잦아들고 있었다
관리인이 조금만 눈을 돌리면
어느새 달려와 풀밭의 세숫대야에 발을 담그고
정성껏 씻어낸다
풀밭에 고인 물에 발을 씻는 여자
영혼의 이쪽과 저쪽의 영매(靈媒)인 듯도 한
흰 옷 입은 늙은 여자
그 여자와 연결된 生의 안쪽에서는
여전히 폭우가 쏟아지고 있겠다

「광인─무덤 박물관에서」

길을 바라보고 있으면 내 눈이 길게 늘어나 어디든 간다 햇살의 걸음
걸이는 순식간이다 바퀴를 단 것처럼 빠르게 저녁이 내려온다 도로에
벌레 한 마리가 햇살 때문에 발버둥친다 햇살 때문에 나는 달아오른
다 착시첬 부풀어오르는 길 불타는 나무 불타는 사람 불타는 저녁이
되자 이 세계에는 한 줌 가량의 재만 남는다 스쳐간 사랑이 남긴 한
줌의 재 희망이 걷어차고 간 한 줌의 재 봄날의 담벼락이 남긴 화상
자국처럼 시간은 검은 재를 남긴다 시간의 흔적으로 인해 길이 자주
찢어지고 절개지처럼 붉어졌다 나는 길의 돌출된 손잡이를 잡아당긴
다 길은 뫼비우스의 띠처럼 끝없이 풀려 나온다 그래도 내 낡은 구두
는 멈출 줄 모른다 구두 밑창에 우울한 저녁은 스며든다 그래도 내
구두는 어디든 간다 정작 무거운 건 내 구두가 아니라 저 길이 아니
었나 아아 도대체 나는 흩어진 길들을 수습하지 못하겠다 길마저 썩
어 있다니

「어디든 간다」

앞에서 박서영 시의 특성으로서 다초점적인 시작 방식 및 밝은 빛
속에서 적나라하게 나타나는 비극적 표정의 형상화를 지적하였다. 전
자의 시는 그의 이러한 시 창작이 위치한 자리를 보여주는 시편이라

고 할 수 있다. 그런데 이 시는 그의 다른 시편들과 다른 측면이 있는데 그것은 다초점적인 해체적 시각으로써 대상을 형상화하지 않았다는 점이다.

그런데 자세히 보면 이 시는 '미친 여자'가 풀밭에서 발을 씻는 장면의 안팎을 비교적 객관적 시각으로 보여준다. 즉 '여자'의 외부에서 그를 관찰하듯이 형상화하였다. 그런데 박서영의 대부분의 시는 "生의 안쪽"에서 "여전히 폭우가 쏟아지"는 여자의 안쪽에서 바라본 시선을 취하고 있다. 그리하여 그의 시편들은 다소 해체적이며 분열적인 목소리와 태도를 보여준다. 후자의 시편은 이러한 그의 해체적 시 창작이 응집된 내면을 이루면서 나타나고 있다.

그런데 위 두 편의 시에 나타난 배경을 보면 비 내린 후의 풀밭 즉 그 여자의 얼굴을 자세히 볼 수 있는 '낮'이며 후자의 시도 '태양'이 내리쬐는 풍경임을 알 수 있다. 지극히 비극적인 상처를 쏟아내는 목소리와 그 상황을 확실히 드러내어 비추는 '빛', '태양'은 사실 고통과 공포, 갈등 속에 휩싸인 시적 자아가 놓인 곳으로서는 독특한 배경이다.

일몰 무렵이던가
아이를 지우고 집으로 가는 길
태양이 내 손을 잡고 어디론가 갔다
그 후론 내 몸에 온통 물린 자국들이다
칸나를 보면 그때가 생각난다
칸나 잎사귀 사이의 투명한 거미집
불룩한 배에 노란 줄무늬의
거미가 천천히 허공으로 빨려 들어간다
저, 불룩한 배를 터드리고 싶다
붉은 태양이 거미를 물고 사라진다

거미는 무거운 배를 끌어안고 천천히
태양의 산부인과로 들어간다
집게로 끄집어낸 태아들이
여름대낮 칸나로 피어난다
관 뚜껑이 열리듯 꽃이 피면
내 몸은 짝짝 찢어진 꽃잎이 된다

「붉은 태양이 거미를 문다」

담벼락 아래
누가 싸질러 놓은
깨끗한 폐 한 덩어리

숨쉬는 동안
저기 숨어서 살았으면

겨우내 녹지 않고
사라지지 않고
저렇게 흰 무덤을 찢고
얄밉게 눈을 흘기며
꽃이라도 필 것
입 닥치고
봄의 태반을 혼자 낳을 것

백지를 더럽히며
햇빛이 뛰어 달아난다

「숫눈」

위 시들은 주요한 모티브가 유산, 터뜨림 혹은 분만 등의 이미지를
보여준다. 전자 시에서 일몰 무렵 화자가 아이를 지우던 체험과 태양
속에서 혼미해진 체험, 칸나 잎사귀 사이 거미와 칸나 꽃의 몽상 등

이 다초점적인 방식으로 결합되어 있다. 그리고 시적 화자의 체험과 거미와 태양 그리고 칸나꽃을 통한 다층적 결합으로써 고통 속에서 피어올린 절창을 보여준다.

여기서 '태양'은 '내 손을 잡고' 데리고 간 존재이면서 '거미를 물고 사라진' 존재이다. 즉 '태양', '빛'은 시적 화자 혹은 시인의 상처의 자리와 상황을 적나라하게 비추는 존재이면서도 그 상처자리를 그것으로써 소독하고 눈물을 따뜻하게 말려서 그를 상처로부터 치유시키는 힘을 지닌 존재이기도 한 것이다. 그리고 이 시집에서 등장하는 밝은 빛은 병실 혹은 수술실의 밝은 빛 이미지와도 상통한 측면을 지니는데 이것은 그의 태아 유산 모티브와 결부되어 나타나곤 한다.

그런데 그는 이러한 유산 모티브를 보여주면서도 궁극적으로는 이를 출산에의 행복한 몽상으로 틀어버리곤 한다. 후자의 시는 그의 이러한 유산 모티브가 출산의 몽상과 결부되어 형상화된 것이다. 그리고 위 두 편의 시는 그의 다초점적인 시작방식이 매우 성공적으로 작용한 절창으로서 '눈', '백지', '햇빛' 등의 빛 이미지 그리고 태아, 태반 등의 생명 이미지 등이 서로 다방향으로 매우 팽팽하게 잡아당겨져 박서영만의 강렬한 탄력성을 단정하게 보여주고 있다.

라일락 향기에 취했다
불행한 얼굴로 떠나면 되었다
- 이유경의 신작소시집

　이유경의 시는 초기에 세계 현실의 비정한 실상에 대해 상징주의적 기법으로 형상화하였으며 중기시는 그의 고향 마을의 이웃들이 당면한 비참한 실상을 '풀잎 이미지'로서 형상화하였다. 그리고 후기시에서 그는 그의 가족, 친지의 가난과 죽음 특히 아내의 죽음 목도와 함께 자기 반성적 혹은 향내적 세계로 변화한다.

　이러한 그의 변모양상은 '시선'의 비유로써 단적으로 나타나는데 그것은 '카메라의 밝은 빛' 즉 명징한 이성적 시각으로 세상의 부조리와 현실의 뒷골목을 바라본 것에서 '깜박거리는 햇살 한 가닥'과 같은 눈으로 자신의 고향과 이웃, 가족들의 삶이 떠안은 고난의 무게를 바라보았다. 그리고 주변 사람들의 죽음, 아내의 죽음을 목도하면서는 자신이 바라보는 그 '눈'을 스스로 탓한다. 그리고 그의 아내의 죽음 이후로는 외부를 향한 그 "눈이 다 멀어서"는 자기내면의 고통과 죽음을 응시하는 '눈'으로 바뀐다.

　이번 신작 소시집의 특성도 그의 후기시의 연장선상에 걸쳐 있는데 좀더 변화한 점이라면 자신의 고통 확인 내지 자기반성적 눈길이 지배적이라는 점이다. 이러한 변화는 초기와 중기에 그가 보여준 세계에 대한 관찰, 고발적 시선으로부터는 꽤 달라진 것이다. 그런데 현실

고발, 비판적 목소리에서 특징적이었던 이웃의 불행과 죽음 확인하기는 이제 시인 자신의 불행 확인하기의 모티브로 바뀌어져 있다.

　그의 시 전반에서 나타나는 불행과 고통에 대한 확인은 지금까지 일관되게 나타난 모티브인 셈이다. 고독, 고통, 육체의 쇠락 등의 모티브는 노년기에 접어든 인간이 겪기 마련인 그 주요한 정서인데 실상 노년기의 시편들이 자기 넋두리에 빠지기 쉬운 위험성을 지니고 있다. 이유경 시인은 이러한 노년기에 접어든 자신의 심회를 객관적으로 더 정확히는 매우 비관적으로 형상화하기 때문에 더욱 '불행한' 표정으로 나타난다.

　　　6층 병실에서 내려다 본 새벽 도시
　　　지친 불빛 길게 띄워 어둠 삭이고 있다
　　　神堂 잃고 잠든
　　　늙은 무당 얼굴이 저럴까

　　　삼월의 낡은 추위가 도시 밖에서
　　　군불이라도 지피려는지
　　　차들에게 시동을 걸어주고 있다

　　　잠든 병동에서 혼자 잠 깨어서
　　　언 창 안을 서성이며
　　　새벽 빈 뜰
　　　나 그립도록 내다보고 있음

　　　　　　　　　　　　　　　　　　「병실에서」

　　　마지막 이십여 년 동안
　　　나는 좇힘 다 빠진 종마처럼 살았고
　　　외짝 우울로 채워진 혼
　　　공기 빠지듯 새나간 후

허기진 몸으로
어찌어찌!
여기 미라 되어 잠들어 있다.

다음 세상에서나
이 퇴락한 신세
하늘
한가운데로
어여쁜 깃털 되어 날아봤으면

「어떤 비명」

전자의 시에서는 먼저 병실 안에서 새벽 도시를 바라본 풍경을 형상화하였다. 그런데 실상 시인이 병실 밖을 보는 것은 자기 내면을 바라본 것과 등가의 의미이다. 그는 '새벽 도시'를 '神堂 잃고 잠든 늙은 무당 얼굴'이라고 표현했는데 이것은 스산한 밤 유리창밖 풍경과 함께 오버랩 된 유리창 위의 자기 얼굴의 복합적 이미지 즉 자기에 대한 메타포인 셈이다.

이번 신작 시편들에서 특징적인 것은 대상에 대한 시선이 자기를 향해 있고 다시 자기의 인생에 대한 회한과 불행의 재확인으로 끝맺음하는 구도를 대체적으로 보인다는 점이다. "神堂 잃고 잠든 늙은 무당 얼굴"은 후자의 시편에서 "좆힘 다 빠진 종마", "미라"로 변주되어 있다. 세 개의 주요 제재의 공통적인 특성은 다시 '퇴락한 신세'라는 말로 나타난다. 이들의 의미는 늙음, 물기 없음, 힘빠짐, 소외됨 등의 이미지와 연관된다. 그리고 이것은 시인에게서 노년의 고통과 불행의 메타포이면서 동시에 불행의 구체적 표정들인 것이다.

이전과 마찬가지로 이유경 시의 특성 중 하나는 즐거움, 행복 등에 관한 형상화가 매우 드물다는 점이다. 시인은 일상 속에서 느끼는 희로애락 중에서 시를 쓸 때 주로 자기가 받는 고통을 토로하면서 자신의 정서를 위로하는 것 같아 보인다. 그의 이러한 시적 경향은 후자의 시 2연에서 비유적으로 나타나고 있다. 구체적으로는 "퇴락한 신세"와 "하늘 한가운데 어여쁜 깃털" 간의 간극이다. 시인은 자신이 처한 현실과 자신의 꿈과 욕망 사이의 심각한 간극 그 어둠 속에서 자기를 끊임없이 확인하는 시 쓰기를 한다.

이것은 그의 시 형상화 묘사 방식에서도 드러나는데 그의 시에서는 자신의 꿈과 욕망의 실현태인 이상에 도달하지 못한 자가 현실에서 자신의 불행을 확인하고 지속적으로 응시하는 내용인 것이다. 이러한 경향은 "도도한 얼굴로 너는 흰 비단에 싸여/ 꿈에서처럼 누워 있었다/ 그 옆 우리가 짜낸 슬픔은 가식으로 찼었고/ 장례미사 기도소리 잠시 비속하였다"(「이사」 부분)와 같이 아내의 죽음을 한없이 숭고하게 끌어올리고 세속적인 슬픔은 '가식'으로 평가절하 하는 다소 이분법적인 확장의 방식으로 나타난다. 즉 이상과 현실의 틈바구니를 끝없이 벌여서 그 틈 속의 공허를 확인하는 것이다.

그리고 "파도에 얻어맞아 병신 된 방파제 위로/ 남항대교가 무지개처럼 떠서/ 높고 긴 다리의 꿈을 한껏 펼치고 있습니다"(「자갈치 통신 -4」 부분)에서는 '병신 된 방파제'와 '무지개'와 같은 '남항대교'의 비유로 나타난다. 이것은 자신의 꿈과 현실, 이상과 그 좌절 등의 내면 상태를 '남항대교'와 '방파제'의 확연한 대비로 나타낸 것이다. 그런데 방파제와 남항대교를 보면서 '병신'과 '꿈을 한껏 펼치는 무지개'로 형상화한 것은 자기의 좌절된 과거의 꿈과 이상에 대한 절실한 정서를 풍경의 형상으로 치환한 것이다.

그의 시편들은 이런 점에서 자기 불행의 표정을 표면적으로 형상화하는 것이면서 자기가 과거 혹은 현재 꿈꾸었던 혹은 꿈꾸는 욕망의 표정을 이중적으로 드러낸다. 즉 자신이 처한 현실에 대한 불행의 형상화와 그 내면을 드러내는 주변 풍경의 이면에는 자신의 꿈과 욕망들이 그림자처럼 따라다닌다. 후자의 시편에서 1연과 2연은 각각 좌절과 욕망, 꿈이 대비적으로 나타나 있는데 이것은 그의 다른 시편들에서도 가끔씩 나타나는 형상화방식이다.

우리 허덕이며 사는 방에게
하느님은 노상 먼지만 날려 주었다

내가 이 속에서 벌레처럼 지내면서
진실 가닥 하나
가늠할 수 없거나,
눈이 먼 낱말들 모아 살림망에 담아놓고
몇 마디씩 꺼내어서
쓸모없는 詩로나 땜질해 보는 것

다 이 먼지와 싸우기 위해서다

「먼지」

부서진 집의 쓰레기무덤 된 뜰이
시간 속으로
매몰돼 가고
봄바람이 열쇠 잃은 문짝 뒤에서
허탈하게 웃기도 했다

소용되던 것 죄 실려 갔으므로
여기서 내가 취할 것
하나 없다
라일락 향기에 취했다
불쌍한 얼굴로 떠나면 되었다

「빈집 뜰에서」

전자의 시에서 그는 자기의 운명에 대한 확인을 "하느님은 노상 먼지만 날려 주었다"로 표현한다. 그리고 시인 자신은 "방 먼지 속 벌레"로 형상화하였다. 그런데 그 '벌레'는 '시인'이며 그가 쓰는 '시어'는 "진실 가닥 하나 가늠할 수 없거나 눈이 먼 낱말들"로 그의 시 쓰기는 "쓸모없는 시로나 땜질"하기로 나타난다. 즉 자신에게 주어진 운명을 한없이 낮추고 그 자신을 한없이 작고 속되게 낮추면서 그가 쓰는 시의 의미마저 낮춘다. 그리고 그 '시의 의미'를 자신의 불행한 운명의 비유인 '먼지'와 싸우는 것이라고 말한다.

시인은 일단 이 세상의 사람들을 비롯한 자신의 현실과 그 자신을 매우 속악한 것으로 간주하는 표현을 보여준다. 이것은 그가 구사하는 시어의 수식어 사용에서 단적으로 나타나는데 그는 곤충이나 새싹이 나오는 풍경마저 유쾌한 방식으로 표현하지 않는다("애벌레 세상 막 벗어난 곤충들/ 볕의 침몰 헤치며 꾸역꾸역 나오고 있다", -「봄비 온 날」부분), "새 잎들 꾸역꾸역 나와, 단풍 든 잎 젖히고 어린 가지 마구 얼리다 멈추었다", -「南天나무」부분).

그에게 시란 지독히 속악한 현실 혹은 고독한 현실에 대하여 저항하고 자기의 좌절된 꿈을 위로받기 위한 것이다. 후자의 시도 이러한 맥락을 공유하고 있는데 '구파발' 개발로 거주지를 떠나게 되는 현재 그의 실제적 상황에서 이 시는 기원하긴 하나 다른 시편들의 경우와 마찬가지로 자신의 이원적인 내적 갈등을 구조적으로 반영하고 있다. 이 시에서 그는 이러한 자신의 표정을 가장 직설적인 언어로 표현하였는데 그것은 '불쌍한 얼굴'이다. 이때 그 불쌍한 얼굴, 불행한 시인의 일상을 잠시 위로하는 것이 '먼지'의 운명과 싸우는 시이며 잠시 스쳐가는 '라일락 향기'에 취하는 것이다.

내 뼈마디 모두 추리면 몇 개의 〈시〉자字
쓸 수 있을까

- 정숙자의 『열매보다 강한 잎』

정숙자는 1988년 서정주 추천으로 ≪문학정신≫에 등단하였고 지금까지 『하루에 한번 밤을 주심은』(혜진서관, 1988), 『그리워서』(명문당, 1988), 『이 화려한 침묵』(명문당, 1993), 『사랑을 느낄 때 나의 마음은 무너진다』(성현출판사, 1993), 『감성채집기』(한국문연, 1994), 『정읍사의 달밤처럼』(한국문연, 1998)의 시집을 상재하였다.

『열매보다 강한 잎』은 그의 일곱 번째 시집이 된다. 그의 시세계는 『하루에 한번 밤을 주심은』, 『그리워서』, 『이 화려한 침묵』, 『사랑을 느낄 때 나의 마음은 무너진다』를 중심으로 한 고전적이고 낭만적인 연가(戀歌)풍의 시편에서, 『감성채집기』와 『정읍사의 달밤처럼』을 중심으로 한, 단시(短詩) 형식의 모더니즘적 시풍으로 전환하였다. 그의 일곱 번째 시집인 『열매보다 강한 잎』은 그의 시세계에서 세 번째 단계를 보여주는데, 관념적, 사색적이면서 자기성찰적인 면모가 두드러진 것으로 변화하고 있다.

그의 시는 일상의 작은 소재와 사물을 다루면서도 시인만의 깊이 있고 고요한 사색의 풍경을 보여준다. 얼핏 보아서는 그의 사색의 풍경들은 사소하고 비슷비슷한 일상의 일들 같다. 그러나 귀를 대고서 그의 시에 가만히 기울이면 그의 시에서 굴러 나온 '물방울들'이 '씨앗' 속 생명의 '물줄기'를 이루면서 땅 위에 솟아오른 '두 잎'이 되고 다시 나무가 되고 고요하고 촉촉한 숲이 되는 모습을 볼 수 있다. 즉 그의 시들은 단일한 사고의 뿌리를 보여주는데 좁은 듯하면서도 섬세한 깊이가 있다.

이번 그의 시집에서 주조를 이루는 것은 '형벌 받은 자의 의식'이라고 할 수 있는데 그 형벌의 원인은 그가 그토록 집념한 대상인 바로 '시'로부터 기원하고 있다.

> 이윽고 그가 나타났다. 나는 유리를 모조리 살펴본 후 이렇게 말했다. "이런! 색유리는 없구먼? 장밋빛이며, 붉은 것, 푸른 것, 마술의 유리, 천국의 유리는 말야? 이런 뻔뻔스러운 사람 보았나! 이런 빈민굴을 버젓이 돌아다니면서, 인생을 아름답게 보여주는 유리 한 장 안 갖고 다니다니!" 그러고는 층층대 쪽으로 왈칵 떠밀자, 그는 비트적거리며 투덜거렸다.
> 나는 발코니에 다가가 조그만 화분을 집어, 사나이가 현관 앞에 다시 나타났을 때, 유리 지게 위에 수직으로 떨어뜨렸다. 그는 그만 나둥그러지고, 가엾게도 전 재산이 산산조각 나고 말았다. 벼락에 부서지는 수정궁(水晶宮)의 요란한 소리를 내면서.
> 나는 내 미친 지랄에 취하여 그를 향해 부르짖었다. "인생은 아름다워야지! 인생은 아름다워야지!"/이토록 신경질적인 장난에는 위험이 뒤따르기 마련이며, 흔히 비싼 값을 치르는 수가 많다. 그러나 일순간 속에 무한한 쾌락을 맛본 자에게 영원한 벌이 무슨 상관이랴?
>
> 『빠리의 우울』중에서 '못된 유리 장수' 부분,
> 「시와 천재」에서 재인용, 『애지』2004 겨울

맨발로 호미질을 하고 '나서' 싸들고 온 커피를 마실라치면 대지는 그대로 다탁이었다. '못된 유리 장수'가 가져오지 않았던 색유리도 하늘 가득 쌓여 있었다./어느 날. 그 아름다운 색유리를 바라보고 있는데 나보다 훨씬 나이 어린 부인이 옆에 와 앉는 것이었다. 그리고는 물었다. "왜 밭에다 꽃나무를 심었능교?" 나는 "눈으로도 먹어야 하기 때문"이라고 답하였다. 부인은 "괴짭니더!" 하며 소리내어 웃었다. 나도 웃었다. 해바라기와 장미꽃 웃음꽃 향기가 시간을 가로질러 이 원고지에까지 베어든다. 품평회에서의 꼴등은 내 차지였지만, 봄여름가을 내내 쾌락을 맛본 나에게 그런 등위가 무슨 상관이었으랴.

「시와 천재」 부분

전자의 글은 보들레르가 유리장수에게 인생을 아름답게 보여주는 색유리가 한 장도 없다고 하여 유리 지게 위에 화분을 던져 부수며 외치는 장면이다. 그리고 후자의 글은 시인이 군인인 남편과 기거하던 군인아파트에 소속된 텃밭 한 쪽에다 '장미와 해바라기'를 심으며 그 꽃들 즉 '그 아름다운 색유리'를 눈으로 '먹는' 장면이다.

즉 시인의 의식은 보들레르의 '유리장수 일화'를 원형으로 하여 단적으로 나타난다. 그가 밭에 심은 '꽃들'을 보들레르의 '아름다운 색유리'라고 지칭한 것과 마찬가지로, "일순간 속에 무한한 쾌락을 맛본 자에게 영원한 벌이 무슨 상관이랴"는 보들레르의 구절은 "품평회에서의 꼴등은 내 차지였지만 봄여름가을 내내 쾌락을 맛본 나에게 그런 등위가 무슨 상관이랴"와 각각 상응한다.

이와 같이 시인에게는 '일순간 속의 무한한 쾌락'과 '영원한 벌'을 동시에 받은 자의 의식이 작용하고 있다. '무한한 쾌락'과 '영원한 벌'은 한 뿌리인 그의 '시'에서 근원한다. 그는 시인이 의사가 되기를 바란 오라버니가 어렵게 보내준 중학교에서 '유리창 너머로 흘러가는 구름'과 '시'에 경도되어 자나깨나 시만을 베끼고 외고 짓느라 더 이상의 진학을 사양하고 "일생동안 피 흘려야 할 운명과 손을 잡"았던 것이다.

"그러나 나는 자신도 모르는 사이 유리창 너머로 흘러가는 구름에 정신을 빼앗겼다. 앉으나 서나 시만을 베끼고 외우고 혹은 지었다. 결국 전과목의 성적은 엉망이 되고 말았다. 그런 나에게 실망한 오빠는, -모 상업여고의 문예창작생으로 입학할 수 있는 길을 터 주었다. 그런데도 나는 더 이상의 진학을 사양하고 일생동안 피 흘려야 할 운명과 손을 잡았다./그리고(…) 40년이 지났다. 어리석은 꼬맹이가 선택한 40년은 400년 어치에 해당하는 고통과 고독, 고뇌를 수반하였다"(「시와 인연」, 『애지』2004, 가을).

그가 밭에다 꽃나무를 심고 품평회에서 꼴등을 차지한 것과 마찬가지로, 그가 경도된 '시의 열기'는 그의 인생에 있어서 결정적인 방향을 바꾸어 놓았던 것이다. 『열매보다 강한 잎』의 주제는 유년과 청년 시절에 그가 시인으로서 받은 형벌의 무게를 섬세하면서도 간절하게 드러내고 있다.

> 화엄경 첫 장만한 우리 집 거실에서
> 의자 깊숙이 구겨져 묻힌, 나는
> 몇 십 년 뒤적거린 사고의 무덤이다
> 일 년에 한 번쯤 흙 돋우고
> 더러더러 잡풀 줄거리 들추어내는
> 그쯤으로 나는 무덤을 돌본다
> 잔디 뿌리와 머나먼 하늘 사이, 모처럼
> 정화된 시간이 "초롱"하고 소리를 내면
> 천지에 가득 꽃비가 온다
> 무덤이야 고요와 고요가 몸 비비는 곳
> 무덤이야 고요와 고요가 말 나누는 곳
> 강물들 바다로 달리는 오밤중이면
> 내 삶의 소란은 한데 모여 고요를 향해 걷는다
>
> 　　　　　　　　　　　　　　　「나의 니르바나」 전반부

1

또 팔뚝 하나 바람이 끌고 간다
온몸 딸려나간다
억누른 신음만이 제자리 박혀 일만이천 봉우리를 접는다

2

이 하루 저 한 해가 비틀고 더듬는다
서성이는 그림자, 술렁이는 목소리, 청룡언월도 숨겨둔 구름
짧은 칼도 피에는 깊다

3

물결치는 뭇 산 웃고 넘는 삶
너도 산 나도 산이다
백 년, 천 년, 억만 년 아니아니 십 년만 돌아보아도
오늘의 산은 산이 아닐 걸

4

절벽에 돋아났어도 강을 건넌 나무가 바로 문인목文人木

5

그의 과거를 이길 수 있는 그늘은 없다
뛰어넘을 잎새는 없다
일초일순 잠들지 못한, 정수리보다 눈물이 푸른

6

평지의 잣대로 재면 안된다
하늘도 멀리 달아나는 늪 비바람 끊임없이 솟아나는 숲
그 모서리에 걸린 나날을 고독에 그을린 빛을

「문인목」

내 뼈마디 모두 추리면 몇 개의 <시>자字 쓸 수 있을까

전자 시편은 사색에 잠겨 시를 짓는 시인의 현실적 자리와 정신적 기쁨의 자리를 동시에 보여주고 있다. 시인은 고요한 사색 속에서 '초롱'하고 소리를 내면 "천지에 가득 꽃비가 오"는, "고요와 고요가 몸을 비비고" "고요와 고요가 말을 나누"는 순간을 즐긴다. 그런데 시인의 시적 상상 속에서만이 이러한 즐거움이 가능하다.

그런데 주목할 것은 '초롱'하고 소리를 내면 천지에 가득 꽃비가 오는 사색의 '나무'는 비탈진 절벽에 서 있다는 것이다. 후자 시편에서는 시인이 맞이했던 운명의 자리에 대한 인식이 상징적으로 나타나 있다. 시인은 최근 시편들에서 '비탈진 곳'에 서 있거나 혹은 '매달리'고 있는 모티브가 빈번히 나타난다. '비탈진 곳에 선 자'와 '매달림'의 자리를 압축적으로 보여주는 것이 위 시의 '문인목'이다.

'문인목'이란 벼랑. 절벽에 돋아나고도 잎을 피우고 가지를 키워나간 것으로서, 절벽의 세찬 바람에 가지를 뻗어나가고 위태하고 메마른 바위틈에 뿌리를 박아나간 엄청난 인내와 생명력을 보여주는 상징이다. 그러나 벼랑을 붙잡고 홀로 선 그 나무는 일만이천 봉우리와 구름 즉 '평지의 잣대', '평지의 나무들'은 바라볼 수 없는 까마득한 하늘가 풍경과 세상의 만라를 관망하며 볼 수 있다.

'문인목'이 그의 현실적 자리로부터 성장하고 또 그 위태한 자리로부터 탈출할 수 있는 길은 눈을 감고 '꿈'에 잠기는 것이다. 그 나무의 '꿈'을 통하여 위 시에서처럼 시의 '꽃비'가 내리는 것이다. 이번 시집에서는 '숲'과 '나무', '꽃', '열매' 등에 관한 상념이 많이 나타나는데 이것은 이러한 시인의 '문인목 의식'과 연관지어 나타난다.

시인이 삶을 살아가는 이유는 그가 하나의 문인목으로서 끊임없이 '두 잎'을 '피우고' '걸어나가며' 나무 속 잔물결 소리에 귀를 기울이며 '호수'를 상상하는 힘 때문이다("마지막엔 이것뿐이다/꽃 아니다

기둥 아니다 수많은 잎새도 아닌 다만 두 잎뿐이다/두 잎이면 다시 하늘을 열고 별을 기르고 마파람을 부를 수 있다/껍질 속 두 잎은 우뇌/좌뇌란다/좌청룡 우백호란다/싸앗들은 스스로가 명당이요 명문이란다/흔들림 없는 두 잎을 열고 나무는 걸어나간다/큰길 소롯길 모두 제 안에 있다", -「열매보다 강한 잎」첫부분).

그리하여 시인의 니르바나 즉 열반은 벼랑 끝 문인목의 자리에서 눈을 감고 꿈을 꾸는 의지의 끝에 얻어지는 결실인 '시적 영감'의 순간이다. 즉 '거실 의자 깊숙이' 앉은 시인의 뇌리 속에서 내적 합일체와의 끊임없는 교감과 환상을 통하여 시인이 당면한 현실과 이상의 괴리를 극복해낸다. 신비적 통일체를 통한 그의 환상은 그가 경도했던 보들레르의 심미적 '상응'과도 상통하며 그는 그 환상을 고요한 자신만의 언어로 풀어내고 있다.

그리하여 그의 '언어'는 사색의 고요한 바닥 속에서 한참을 건져 올려도 떨어지지 않고 부스러지지 않은 '견고함'을 지닌다.

모나리자의 액자 속에는 소리가 없다. 그녀의 배경은 어둡다. 남들은 백百을 들을 때 삼사십을 듣는 모나리자는 늘상 그렇게 앉아 그렇게 웃을 수밖에 없다. 남들이 손뼉칠 때 손뼉치고 일어설 때 일어선다. 모나리자는 봄비 소리와 가랑잎 구르는 소리를 알지 못한다. 눈오는 소리의 기억을 갖지 못한다. 그러나 어린 모나리자는 구김살 없는 반달로 자라 모나리자가 되었다. 그녀는 어느 회합에서도 미소를 잃지 않는다. 안 들리는 귀는 졸음을 몰고 오지만 입술을 깨물망정 흔들거리지 않는다. 그녀의 뒤에는 언제나 네모난 하늘의 조용한 틀이 있다. 모나리자가 듣는다는 것은 읽는 것이다. 그 어리숭한 눈으로, 전신의 세포로 상황을 읽고 덩어리진 소리를 조각한다. 스테레오는 어림없다. 그녀가 옷을 벗으면 온몸이 귀라는 것을 알게 된다. 모든 살갗이 귀 모양으로 열려 있다. 그녀의 어깨는 어떤 바람에도 능선으로 놓일 뿐이다. 아무도 아는 이 없다. 그녀가 스스로 달팽이관을 열어 보이기

전에는 모나리자는 그저 행복한 모나리자일 따름이다. 그녀의 왼쪽에
만이 사람이 있고 언어가 있다. 누구라도, 연인이 아니어도 나란히 앉
거나 서서 말하며… 걷는다. 오른쪽 귀는 창세기 이전으로 잠잔다. 왼
쪽만이 삼사십 퍼센트의 파도 소리를 듣는다. 삼사십을 들으며 오늘도
모나리자는 모자라는 이마를 가꾼다. 그녀의 그늘을 이렇게까지 아는
사람은 모나리자에서 차단된다. 세상은 모르는 만큼 고요하다.

「모나리자는 듣지 못한다」

말이 추려진다
살아남은 말은 꽃보다 별보다 바람과 바람 사이 나비보다 향긋하다
말들은 견고함을 지향한다
한 마디의 말은 꿈틀대고 한 무더기의 말은 출렁거린다 폭풍을 유발
한다
시간은 그것을 흐름이라 말한다
넉넉하다 말은
예전에도 오늘도 묘한 뼈를 숨기기에
푸른 뼈를 품었기에
날카로운 말들이 겹겹으로 짚인 게 어제 오늘이었을까
부러진 말들, 돌아간 말들, 없는 말들을 응시해야 하는 포만의 슬픔
가운데
뼈가 뼈를 건드린다 허둥대는 말들이 구름으로 내려간다

「숲」

시인이 모나리자의 그림 속에서 발견하는 것은 '고요함'이다. 모나
리자의 고요한 모습은 시인의 현실적 자화상이다. 이것은 "그녀의 왼
쪽에만이 사람이 있고 언어가 있"고 "왼쪽만이 삼사십퍼센트의 파도
소리를 듣는"다는 구절로써 구체적으로 나타나고 있다. 즉 귀 수술을
여러 번 하여 오른쪽 귀를 잘 듣지 못하는 시인의 상황을 그대로 보
여준다.

그러나 고요한 모나리자는 잘 들리지 않기 때문에 잘 들을 수 있다. 즉 그가 "옷을 벗으면 온몸이 귀라는 것을 알게" 된다. 더군다나 그의 '모든 살갗'은 "귀 모양으로 열려 있"다. 잘 들리지 않는 그의 '귀'는 '온몸의 살갗'으로 듣는 '귀'를 만들며 전신의 혼력으로 받아들인 '말'이란 그에게 견고한 가치를 창조하게 한다.

그리하여 그에게 말은 '추려지는' 것이며 '살아남은' 것이다. 살아남은 말들은 견고한 생명력을 지닌다. '말'은 시인에게 '詩的 상념'으로의 길이며 '시적 상념'이란 그에게 운명의 지침을 바꾸어 놓은 형벌이면서 그로 하여금 끊임없이 집착하고 꿈꾸도록 만드는 磁力을 지닌 것이다. 그렇기 때문에 그의 '말', 그의 '詩'는 그의 운명을 고스란히 압축한 '푸른 恨'이며 '푸른 뼈'이며 '절박한 꿈'이다.

막대기가 셋이면 <시>자字를 쓴다
내 뼈마디 모두 추리면 몇 개의 <시>자字 쓸 수 있을까
땀과 살 흙으로 돌아간 다음 물굽이로 햇빛으로 돌아간 다음 남은 뼈
오롯이 추려
시 시 시 시 시 시 시
이렇게 놓아다오
동그란 해골 하나는 맨 끝에 마침표 놓고 다시 흙으로 덮어다오
봉분封墳일랑 돋우지 말고 평평하게 밟아다오
내 피를 먹은 풀뿌리들이 짙푸른 빛으로 일어서도록 벌레들 날개가
실해지도록…
가지런히 썩은 <시>자字를 이슬이 먹고 새들이 먹고 구름이 먹고 바
람이 먹고…
자꾸자꾸 먹고 먹어서 천지에 노래가 가득하도록…
독을 숨기고 웃었던 시는 내 삶을 송두리째 삼키었지만 나는 막대기
둘만 있으면 한 개 부러뜨려 <시>자字를 쓴다
젓가락 둘 숟가락 하나 밥상머리에서도 <시>자字를 쓴다

못 찾은 한 구절 하늘에 있어 오늘도 쪽달 허공을 돈다

「무료한 날의 몽상 -無爲集 2」

위 시는 '시'에 대한 시인의 형벌과 꿈과 집념의 열도를 절실하게 보여준다. "막대기가 셋이면 <시>자字를 쓴다", "내 뼈마디 모두 추리면 몇 개의 <시>자字 쓸 수 있을까". 자신의 동그란 해골을 맨끝 '마침표'로 놓고 평평하게 밟아달라는 것, "독을 숨기고 웃었던 시는 내 삶을 송두리째 삼키었"지만 "나는 막대기 둘만 있으면 한 개 부러뜨려 <시>자字를 쓴다". 즉 시인이 자신의 '뼈'를 부러뜨려서라도 <시>를 쓰겠다는 매우 절박한 의지를 보여주고 있다.

막대기 두 개만 있으면 부러뜨려 '<시>자'를 쓴다는 구절들은 '시에의 경도'로 인해서 그가 기꺼이 받아야 했던 형벌 즉 상급학교 진학을 포기하고 시에만 집념한 것, 시인으로서의 '천재 의식'과 '현실'과의 괴리 속에서 끊임없이 괴로워해야 했던 운명의 형벌을 그대로 보여준다("독을 숨기고 웃었던 시는 내 삶을 송두리째 삼키었지만 나는 막대기 둘만 있으면 한 개 부러뜨려 <시>자字를 쓴다"). 그리고 어린 시절 '시'만을 추구했기 때문에 오히려 '시'로써 현실적 자리를 매김하기 어려운 시인의 역설적 운명을 보여주는 것이다.

『열매보다 강한 잎』은 비탈진 절벽에서 뿌리를 뻗고 매달린 '문인목'이 바람에 '청각'을 잃고 꿈을 꾸면서도 단지 '두 잎'을 열고 '호수'를 꿈꾸는 의지 속에서 견고하고도 단아한 '나무'로 자라나는 모습 즉 시인이 걸어온 운명의 자화상을 형상화하고 있다. 그 운명의 형상화는 고요하면서도 섬세한 식물적 상상력을 통하여 견고하게 드러나고 있다. 특별한 비유나 수식어구가 전혀 없이도 그의 시는 '단아'하면서도 '은근한' 개성의 자리를 보여주고 있다.

특징적인 것은 그 황량한 곳에 선 '문인목'의 '나이테' 속 '잔물결'에는 '따뜻한 인간적 온기'가 늘 흐르고 있다는 점이다. 그가 일상을 다룬 시편들을 보면 사물과 인간에 대한 섬세하면서도 따뜻한 시선과 배려가 곳곳에 묻어나고 있다. 군인인 남편을 따라 군인아파트에서 살던 시절 자신이 시 쓰기에 집중하기 위해 일정시간 '사색 중'이란 푯말을 대문에 붙여서 자신의 '사색시간'도 보장받고 이웃의 급한 용무에도 온정을 베풀 수 있도록 한 일화에서도 이를 단적으로 알 수 있다. 즉 시에 대한 강한 집념만큼이나 인간에 대한 애착과 애정도 짙게 보여주는 것이 그의 시편이다.

이와 같이 『열매보다 강한 잎』은 시를 향한 시인의 집념을 '식물적 상상력'을 주조로 하여 형상화하고 있다. 즉 시에 경도되고 시에 의해 운명이 뒤바뀌면서도 시 때문에 살 수밖에 없는 운명의 자화상인 것이다. 그렇기 때문에 시인 정숙자의 시는 그의 영혼과 육체의 염원으로써 건져낸 '뼈마디'와도 같은 절실함과 견고함을 빛내고 있다. 그리고 절제되고 견고한 언어의 틈 사이로는 천재적인 감성과 풍부한 인간애가 넘쳐 나오고 있다.

> 서푼짜리 친구로 있어 줄게
> 서푼짜리 한 친구로서 언제라도 찾을 수 있는
> 거리에 서 있어 줄게
> 동글동글 수너리진 잎새 사이로
> 가끔은 삐친 꽃도 보여 줄게
> 유리창 밖 후박나무
> 그 투박한 층층 그늘에
> 까치 소리도 양떼구름도 가시 돋친 풋별들도
> 바구니껏 멍석껏 널어 놓을게
>
> 「무인도」 전반부

女僧 해설

- 백석론

女僧은 合掌하고 절을했다
가지취의 내음새가났다
쓸쓸한낮이 넷날같이 늙었다
나는 佛經처럼 설어워졌다

平安道의 어늬 山깊은 금덤판
나는 파리한女人에게서 옥수수를샀다

女人은 나어린딸아이를따리며
가을밤같이차게울었다

섭벌같이 나아간지아비 기다려 十年이갔다
지아비는 돌아오지 않고
어린딸은 도라지꽃이좋아 돌무덤으로갔다

山꿩도 설게울은 슲븐날이있었다
山절의마당귀에 女人의머리오리가
눈물방울과같이 떨어진날이있었다

「女僧」 전문

이 시는 총 4연으로서 각 연의 주요한 사건을 중심으로 서술하면 다음과 같다. 1연은 내가 여승을 만난 일, 2연은 내가 파리한 여인에게서 옥수수를 산 일, 3연은 여인의 지아비가 나가 돌아오지 않고 어린 딸이 죽은 일, 4연은 여인이 스님이 된 일이다. 이 중에서 '나'란 화자가 직접 체험한 서술은 1연과 2연 즉 '나'가 여승을 만나고 '나'가 평안도 금점판에서 파리한 여인에게서 옥수수를 산 일이다.

즉 이 두 가지 '나'의 체험에서 각각의 여인은 동일인일 수도 아닐 수도 있지만 '나'가 여승을 만난 체험으로부터 '나'의 이전 체험이 상기되었다는 내용설정으로 되어 있다. 그러니까 3연과 4연의 내용은 여인의 실제 삶일 수도 있고 '나'가 '여승'을 만나며 '나'가 옥수수를 샀던 '파리한 한 여인'과 '그 딸'을 연관지어 상상한 것일 수도 있다. 상상이든 사실의 기록이든 간에 "섶벌같이 나아간 지아비 기다려 십년"이 갔고 '지아비'는 돌아오지 않고 '어린 딸'은 '돌무덤'으로 가서 '여승'이 된 이 기구한 여인의 생애는 상상과 사실을 넘어서서 일제 치하의 우리 민족의 신산했던 삶의 한 전형을 여실히 보여주고 있다.

일제치하에 한 여인의 '지아비'이자 한 딸 아이의 '아버지'가 일제에 의해 탄광노동자로 끌려가거나 징병으로 끌려가 소식을 알 수 없게 되거나 혹은 가난 때문에 가족이 뿔뿔이 흩어져야 했던 일은 당시 우리 상황으로서는 비일비재한 일이었다.

그런데 이러한 우리 민족의 한스런 삶을 표상하는 여승의 삶이 지닌 한과 그 슬픔을 더욱 깊게 만들어 주는 것은 이 시의 수식어구, 비유어 사용에 있다고 할 수 있다. 먼저 2연의 "가을밤같이 차게 울었다"에서 '가을밤'의 풍경과 '차게'의 촉각이 어우러져 여인의 울음을 더욱 생생하게 만들어주고 있다.

그리고 3연의 "도라지꽃이 좋아 돌무덤으로 갔다"에서 이 구절은

딸아이의 일상적 행위와 이중적으로 연관되도록 '딸아이의 죽음'을 표현하고 있다. 그리고 '도라지꽃'과 '돌무덤'은 음성적 유사성을 지니고 있는 동시에 돌무덤가에 핀 도라지꽃이 마치 딸아이의 모습으로 오버랩되면서 딸아이의 죽음을 애달프고 곱게 만들어 준다.

그리고 4연의 "여인의 머리오리가 눈물방울과 같이 떨어진 날이 있었다"에서는 "눈물방울과 같이"의 '과'라는 조사가 들어감으로써 일반적인 비유에 그칠 것이, '머리오리의 떨어짐'을 '눈물의 떨어짐'의 비유로서 뿐만 아니라 머리오리와 눈물방울이 동시에 떨어지는 장면을 만드는 함축적 맥락을 형성한다.

또한 1연에서 "옛날같이 늙었다"와 "불경처럼 서러워졌다"에서 '옛날'과 '불경'이란 비유가 다소 어색한 자리에 들어간 듯 보이지만 2연에서 4연까지 여인의 기구한 삶에 대한 감회부분이 바로 1연이라는 점을 감안하면 '늙었다'보다 범주가 훨씬 큰 비유어인 '옛날'이란 단어를 쓴 것이나 '서러워졌다'와 다소 층위가 맞지 않는 '불경'의 비유어를 쓴 것이 여인의 신산한 고통의 오랜 삶과 그것의 초월 내지 승화를 상징하는 이 시의 전체적 의미맥락을 부각시킨다.

또한 이 시는 한 여인의 한스런 삶을 '여승을 만남-여승의 기구했던 과거 삶'이라는 역전적 구성방식을 취함으로써 구조적으로 세련미를 형성하고 있으며 이 내용에 맞도록 연 구분 또한 이루어져 완결성을 더하고 있다. 그리고 이 시는 서사적으로 매우 압축적이면서 안정된 구조일 뿐만 아니라 감정표출 면에서도 매우 절제한 경향이 있는데 이것은 역전적 구성으로 인하여 '나는 불경처럼 서러워졌다'란 구절이 1연에 이미 나와서 4연은 여인이 여승이 된 사건으로만 끝난 이유도 있는데 이런 측면에서도 이 시는 흔히 다른 시편들에서 마지막에 정서를 드러내는 방식과 정반대의 입장에 서는 독특한 구조를 취하고 있다.

이와 같이 위 시는 '나'의 체험과 상상을 기저로 하여 한 여인의 삶과 일제치하 우리 어머니, 누이가 겪어야 했던 신산한 삶을 전형적으로 드러내고 있다. 그리고 단순하지 않은 풍부한 역의 수식어구 및 비유어를 사용함으로써 전체적 의미맥락을 부각시키는 깊이 있는 의미 층위를 형성하고 있다. 그리고 감정절제 방식과 결부된 세련된 역전적 구성 방식은 이 시가 내용 뿐 아니라 형식상으로도 높은 수준의 완결성을 얻고 있음을 보여준다. 즉 「여승」은 백석 시에서 수작들 중의 수작에 속한다.

반쯤은 재가 된 말

- 이건청의 신작소시집

    이건청은 이번 신작소시집에서도 그간 그가 보여주었던 시세계의 연속선상에서 창작경향을 보여준다. 즉 세속적 대상들에 대하여서는 전혀 언급하지 않고 자연물 혹은 소외된 삶의 흔적과 같은 대상들에 대한 시선을 견지한다는 것이 공통적이다. 이번 소시집에서는 그간 그가 인간에게 '핍박받는' 자연물 혹은 동물들의 이미지군으로부터는 어느 정도 자유로워진 평화로운 자연물 혹은 그 자연 속 곤충의 이미지군을 보여준다는 특성이 있다. 그리고 소재가 미세해짐에 따라서 대상을 다루는 시의 형상화도 섬세해지고 시의 분위기가 고요해지는 측면이 있다.

    최근 들어서 그의 시는 고요와 섬세함을 주조로 한 시풍을 보여주고 있는데 이번 소시집의 시편들도 이러한 경향의 연속선상에 있다. 그에게 시적 대상은 다른 시인들에 비하여 특별한 의미를 지닌다. 왜냐하면 그의 시편들의 많은 부분이 '대상지향적' 성격의 것이기 때문이다. 구체적으로 말하자면 그의 시편들은 비세속적 대상, 순수한 대상들에 대한 시인으로서의 '순수한 시선'의 힘에서 나온 것들이다. 그에게 그 대상들을 '본다'는 것은 그 대상들과의 감성적 상호작용을 한다는 것이며 그리고 그 대상과 시인 간의 감성적 상호작용의 궤적이 이번 시편들의 주요한 근간을 이룬다.

> 한 때, 나는
> 무당벌레가 되고 싶던
> 때가 있었다.
> 등허리에
> 선연한 7개
> 검은 반점을 찍고
> 푸른 갈대 잎에
> 매달린 채
> 이슬에 젖고 싶은
> 때가 있었다.
>
> 「무당벌레가 되고 싶은 시인」

> 후투티 한 마리
> 내 속으로 날아 와
> 추운 냉이이파리만큼
> 푸르스름한 소리로 울고 있다.
>
> 「좁은 자리」

과거 시인에게서 비세속적 대상으로서 '핍박받는 동물들'에 대한 관심은 이번 소시집에서는 주로 곤충들에 대한 관심으로 치환되어 있다. 그의 시가 대상과의 감성적 상호작용의 결과물이라고 할 때 그의 시적 대상들이 미시적인 곤충 혹은 작은 새인 만큼 그것을 대하는 시선 또한 숨죽이며 섬세한 모습을 보여준다.

전자의 시에서 시적 화자는 무당벌레가 되고 싶었던 기억을 떠올리고 있다. 이것은 그가 무당벌레가 그 앞에 현전하지 않았어도 과거 유년시절 그가 보았던 무당벌레에 관한 감각을 경험적으로 재현해본 상상이다. '되고 싶었다'는 것은 그가 대상과의 동화감보다는 이질감을 더 인식한다는 표현이라고 볼 수 있다.

전자의 시편이 그가 자연적 대상인 무당벌레를 지향하지만 그것과의 거리감을 보여준다면 후자의 시편은 대상과의 감성적 작용관계가 매우 밀접한 것으로 나타난다. 그것은 '후투티' 한 마리가 내 속으로 날아 와 울고 있는 장면으로 형상화된다. 그런데 이것은 단순히 감각 작용의 방식에 머무른 것이 아니다. 왜냐하면 후투티 한 마리의 '울음'은 내 속의 '울음'과 중첩적인 의미를 형성하고 그것은 '추운 냉이 이파리'와 '푸르스름한 소리' 등 촉각, 시각, 청각 등이 복합적으로 결부된 형태로 나타나기 때문이다.

우리가 일반적으로 어떤 대상을 감각한다고 할 때 일차적으로는 그 대상을 청각, 시각, 후각, 촉각 등으로써 느끼고 그것을 직관한다. 그런데 후자의 시편에서는 시인이 후투티 한 마리와 그것의 울음을 오감五感으로써 감각하고 그것을 다시 상상에 의하여 그 오감적 감각을 복합적으로 재구성하여 시적 화자와 자연적 대상과의 내적 감각의 상호작용 형태로 나타낸 것이다.

이와 같이 시인의 시편들은 자연적 대상물과의 외적 감각 혹은 내적 감각의 상호작용을 주조로 하여 그 감각의 상호작용을 사로잡아 보여주고 있다. 그렇기 때문에 요즘 이건청의 시편들은 정밀해지고 고요해진 느낌을 주요하게 보여준다.

그런데 이건청이 시적 대상에 있어서 주로 세속적 대상을 기피하고 자연적 대상물로 삼는 것뿐만 아니라 그의 시선은 세속적 대상들 중에서도 핍박받고 소외된 사람들에게도 사로잡혀 있다. 그런데 이 때의 대상들은 어느 정도 순수하게 걸러진 세속적 대상이라고 할 수 있다.

왜냐하면 그는 실제로 고통 받는 현장 속 사람들의 모습보다는 그 사람들이 있었던 흔적이나 지나간 자리 등에 대한 그의 감각작용을 주요하게 보여주기 때문이다. 이때의 시적 형상화에 있어서 두드러지는 것은 대상에 대한 연민의 시선이다.

지리산
빨치산 대장
이현상이
비슬산 빗점골에서
토벌군 총 맞아
숨지며 바라본
희망봉이
흰 눈에 덮여 있다.

「빨치산 대장 이현상의 어름 산」

이 겨울이 가고 눈 녹으면
나는 사북이나
고한으로 갈 것이다.
아직 거기 사는
이원갑 씨를 불러,
소주 세 병 쯤 나눠 마시고 나서,
밤 깊은 정암사로 갈 것이다.
'太白山淨岩寺'라 적힌
일주문 지나
공중전화 부스 옆
화장실 지나,
천년동안 거기 서 있는 천연기념물,
열목어들도 깨지 않게
가만 가만히 계단을 오를 것이다.
산등성이에 올라
부처님 진신 사리를 모신
수마노탑 5층이나 6층쯤,

그 탑의 처마 끝까지 가서
풍경 하나로 매달릴 것이다.
이제는 광부들도 떠나고 빈집뿐인
사북, 고한 얇은 슬레트 지붕의
광부 사택 쪽에서 추운 바람 불어오면,
그 바람에 온 몸을 내맡긴 채
뎅그렁, 뎅그렁,
쇠 소리로 울 것이다.

「風磬」

전자의 시에서 시적 화자의 시선은 흰 눈에 덮인 '희망봉'에 놓여 있다. 그런데 그 희망봉은 예사로운 것이 아니다. 왜냐하면 그것은 지리산에서 빨치산 투쟁을 벌이다 지리산 공비토벌작전 때 사살된 '이현상'이 숨지면서 바라본 '희망봉'이기 때문이다. 앞에서 그가 대상에 대한 외적 감각과 내적 감각의 상호작용 및 재구성은 대상에 대한 시선으로부터 기인한다. 그런데 위 시에서 그 시선은 이현상이 죽기직전 바라보았던 희망봉에 대한 감각을 포착하고자 한 것이다.

이와 같이 시인의 시 쓰기란 대상 지향적인데 그것을 구체적으로 말하자면 대상에 대한 외적 감각과 내적 감각 그리고 상상에 의한 재구성 등의 방식을 취하고 있다. 시인에게서 시 쓰기의 의미란 매우 정결한 것의 추구라는 의미를 갖는데 그것은 그가 대상을 취하는 방식에서 단적으로 나타난다.

그의 시작詩作 대상은 세속적 일상을 거세한 자연물이거나 핍박받는 동물, 생명체이거나 혹은 핍박받은 사람들의 삶의 흔적 등이기 때문이다. 이것은 인간에 대한 그의 근본적인 시각과 깊은 관련이 있다고 할 수 있는데 그는 세속적 욕망에 의해 좌우되고 그것에 의해 움직이는 인간보다는 순수한 욕망과 인간적 의지에 의해 움직이는 인간의 모습을 전제로 시 쓰기를 시작한다고 할 수 있다.

　이러한 그의 시 쓰기의 모습을 단적으로 보여주는 것이 후자 시편의 '풍경'이다. 위 시 또한 대상과의 감각작용의 모습이 입체적으로 그려지고 있다. 나는 사북, 고한, 정암사, 일주문, 공중전화부스, 화장실, 열목어, 계단, 수마노탑, 그 탑의 처마 끝으로 가서 그 끝에 매달린 '풍경'이 되고자 한다. 이것은 그가 대상을 감각하는 섬세한 과정의 일면을 형상화한 것이라 할 수 있다.

　그런데 그가 간 사북, 고한이란 억울하게 죽은 탄광노동자의 원혼과 한이 서린 곳이다. 그리고 그 사북, 고한의 정암사라는 절, 그것도 부처님의 진리, 사리 모신 수마노탑이란 결국 사북, 고한의 원혼들의 위무慰撫의 자리이기도 하다. 이러한 의미를 그는 장소를 중심으로 한 과정적 이동의 여정을 통하여 구체화하고 있다.

　그런데 그는 그 절탑의 끝에서 '풍경'이 되고자 한다. 그 '풍경'은 폐허가 된 광부사택에서 불어오는 추운 바람에 온몸을 내맡긴 체 뎅그렁 쇠소리로 우는 것이다. 이것 또한 그가 대상과의 감성적 상호작용을 보여주는 한 장면이다. 즉 그가 폐허가 된 광부사택에서 받은 감성적 상태를 '풍경의 쇠소리'로서 형상화한 것이다.

　그런데 이것은 단지 대상에 대한 시적 화자의 감성적 작용만을 드러내는 데 그치지 않는다. 왜냐하면 그 풍경은 절탑에 달려서 죽은 탄광노동자의 혼을 위로하면서 또한 그들의 억울한 울음을 드러내는 실천적인 의미도 지니기 때문이다. 즉 시인의 대상과의 상호작용의 과정은 외적 감각이나 상상의 차원을 넘어서 내적 감각 혹은 그 상호작용을 통하여 시인과 대상의 영혼을 직관하는 계기를 보여주고 있다.

　　반쯤은 재가 됐구나, 말아
　　네가 딛고 온 풍상이

검은 이끼 되어 돌 틈을 덮고 있다.
채찍이 오히려 아프지 않구나, 말아
능 하나를 지키고 선 말아

「말」

위 시에서 말은 앞선 그의 주요한 시적 대상들과의 차이성이 있다. 여기서의 '말'이란 일상적인 현실적 '말'이 아니다. 반쯤은 재가 되었고 풍상이 검은 이끼 되어 돌틈을 덮고 채찍이 아프지 않은 '말'이란 결국 시인이 어떤 대상과의 끊임없는 감성적 상호작용을 통하여 일체화하고 결국은 시인자신의 영혼을 직관한 어떤 형상을 취하고 있다. 이건청에게서 '말'은 특별한 의미를 지닌다.

그는 주로 유년시절의 시편을 형상화할 때 '말먹이 건초 창고'가 '불더미'로 되는 장면에서 '도망치고 피습 받는' '6.25체험'을 반복적으로 나타내고 있다("점령군이 말먹이 건초 창고를 폭격해 불더미로 만든 것도 비행기였다. 누나 손잡고 불타는 건초 창고 옆을 피해 가면서 온몸이 뜨거웠었다", -「비행기」부분).

그리고 그의 '말'은 주로 시인자신과 일체화된 모습으로 공격받기도 하고 순응하기도 하는 모습을 형상화하였다("나는 여위어 간다./채찍이 등허리에 감겨/ 모든 관절을 태우면서/밭을 향해 간다.//한마리 말이 되어/짐을 끌고 떠난다", -「말」부분).

그런데 그때의 '말'은 비록 형상화 방식이 파편적이거나 단편적으로 나타난다 할지라도 우리가 체험하는 일상적인 말의 형상을 상당부분 드러내었다("말이 한 마리 쓰러지고 있다./뒷무릎이 꺾이고 서서히/앞다리를 치켜들고 있었다./긴 목을 흔들고 있었다./재갈이 물려 있었다./갈기가 좌우로 흔들리고 있었다", -「저무는 날이 다가와」부분).

그러나 위 시의 '말'은 구체적인 형상을 탈각하고서 시인의 정신적인 형상을 입고 있다. 그가 이전에 지속적으로 써왔던 동물 이미지 중에서도 시인과 흔히 일체화되곤 했던 '말'은 반쯤은 재가 되고 풍상이 검은 이끼가 되고 채찍이 아프지 않은 정신적인 것으로 승화되어 있다. 즉 추상화된 형상을 지니고 '능' 하나를 지키고 선 '말'이란 그가 시인으로서 그의 지나온 인생을 직관한 영혼의 형상이자 인생의 질곡으로부터 어느 정도 달관한 정신적인 연륜을 보여준다.

꿈으로 빛나는 볼펜 한 자루

- 신진론

1. 헛두레박질과 하얗게 잘 죽은 뼈다귀

　신진은 「誘惑」, 「薔薇園」, 「멀리 계시는 하느님」 등으로 『시문학』
에 추천완료(1974.5-1976.6)하면서 시작활동을 하였으며 이후 『木笛
있는 풍경』(亞成출판사, 1978), 『장난감 마을의 연가』(太和출판사,
1981), 『멀리뛰기』(민음사, 1986), 『강』(시와시학사, 1994), 『녹색엽서』
(시문학사, 2002), 『귀가』(신생, 2005)의 여섯 권의 시집을 상재하였다.
　그의 시세계는 『木笛 있는 풍경』과 『장난감 마을의 연가』를 중심으
로 한 서정적 경향과 일상과 이웃의 소박한 모습을 형상화한 것, 『멀
리뛰기』, 『강』, 『녹색엽서』를 중심으로 한 사회에 대한 우회적 비판과
환경문제에 관한 것, 『귀가』 이후를 중심으로 한 자기성찰적 면모를
보여주고 있다.
　그런데 그의 시세계는 변화한다기보다는 처음부터 여러 갈래의 다
양한 특성을 내재하고 있어서 어느 한 부분이 세월을 지나면서 확장
되거나 심화하는 양상을 보여준다. 이런 의미에서 그의 처녀시집의
세계는 그의 전 시세계의 축소판이라고 해도 과언이 아니다. 물론 여
느 다른 시인들도 이러한 경향을 어느 정도는 지니고 있다고 하겠으
나 다양한 주제와 의식영역을 보여주면서도 그 시인만의 단일한 목소
리 내지 육성이 기조로 깔려있는 것이 보편적이다. 그런데 신진 시인
의 경우는 다양한 의식영역을 보여주는 시편들이 한 사람이 아닌 여

러 사람들의 목소리를 제각기 보여주는 것같이 여겨진다.

그렇기 때문에 그의 시세계를 전반적으로 다룬다는 것은 다양한 세계의 다소 이질적인 공존이라는 점에서 어려운 일이기도 하지만 그의 시세계의 변화 속에서 중심적으로 부각되거나 심화 확장된 영역을 중심으로 그의 시가 지닌 변화의 연속적 특성을 논의할 수 있을 것이다.

먼저 그의 처녀시집을 비롯한 『장난감 마을의 연가』에서 중심적으로 나타나는 시의 특성이라면 일반적인 시인들의 시에 있어서의 입문 과정과 유사하게 감수성이 민감한 젊은이의 이상과 열정과 좌절과 사랑과 그리움을 주조로 한 서정적 시 경향을 보여준다는 것이다. 그리고 이와 함께 주변의 이웃들과 여건들에 대한 연민과 아픔 등의 정서를 우회적이고 담담한 방식으로 형상화하고 있다.

> 너무 눈부시어서
> 마주 볼 수 없구나
>
> 발소리도 없이 이집저집 염탐하였으나
> 눈은 사정없이 쪼이어 작은 빛에도 떨리고
> 나는 아직도 그가 사는 집을 모른다.
>
> 어둠에 기대어
> 추상적(抽象的)인 화장을 하고
>
> 먼 빛으로 그는
> 뒷모습만 보일 뿐이다.
>
> 멀리서 보면 그리워
> 만날 일 없어도 자꾸 그리워
> 나는
> 뒤꿈치를 든다.
> 바라보는 하늘은

눈부신 하늘
눈부신 하늘은 어둠의 하늘

연은 땅을 파고 땅을 파고 달아나고
바라볼 하늘이 없는 나는
연(鳶)을 잃고 돌아와 땅을 때린다.

「연(鳶)을 잃고」

일어나 보니
내 비워 두고 잠든 방에는
맑은 아침공기 넘실거리고
햇볕은 아침공기를
적당히 구워내고 있었다.

볕은 여문 살에서부터 흘러
빈 방 가득 적시고
쏟아지는 재즈의 마디마디서
한 소절씩 풀리는 고전 음악.
오, 어젯밤엔 우연히도
엉겅퀴 씨앗 하나 묻어 왔구나.

몸을 내어 보면
우리들의 가난한 삶이란 것도
밤하늘의 별자리처럼
제가끔의 둘레를 뻔히 밝히고 있던 것을
아침 한때 칫솔을 물고 나서면
가난한 인생도 새로 피어 눈인사하는
가까운 형제인 것을
얻어야 할 그 무엇이 남아
우린 빈 방에서 잠들기를 무서워하는
것일까?

「일어나 보니」

손이 크고 발이 큰
마른 소녀가
헛두레박질을 한다
길어도 길어도
어두운 바람만 한두레박
굿것들을 데불고 딸려 오는데

소녀의 크고 마른 맨발 옆자리 어느새
썩은 해골바가지가 쌓이고 있다.
하얗게 잘 죽은 뼈다귀가
귀중한 보석처럼 드문드문 쌓이고 있다.

「겨울─목적있는 풍경」

　위 시편들은 그의 초기시 특성을 단적으로 보여주는 것이면서 그의
언어가 지닌 섬세한 감수성의 정도를 보여주고 있다. 위 시편들이 주
조로 다루는 것이란 젊은이의 열정과 이상, 그리움과 좌절, 혹은 마음
속에 늘상 새롭게 샘솟는 희망과 용기, 그리고 허망한 듯 보이는 가
치 지향 속에서 얻는 내면의 의지 등이 섬세하게 형상화되고 있다.
　먼저 첫 번째 시편을 보면 '그'라는 사람에 대한 그리움과 결부되
어 젊은이가 지니는 이상과 열정과 좌절의 심정이 복합적으로 형상화
되고 있다. 여기서 주조를 이루는 그리움의 정서를 가장 구체화한 것
이란 '뒤꿈치 들기'로 나타나고 있다. '뒤꿈치 들기'는 그의 시편에서
가끔씩 나타나는 행위인데 주로 그리움의 정서를 구체화하는 데 나타
나고 있다.
　"추상적인 화장을 하고 먼 빛으로 뒷모습만 보이는 그"는 '눈부신
하늘'과 하늘을 나는 '연'의 이미지를 공유하고 있다. 이 시에서 '뒤
꿈치 들기'와 '땅 때리기'는 젊은 시절의 시인이 지닌 이상과 좌절
간의 갈등을 구체화시킨 행위라고 하겠다.

그가 '푸른 하늘'과 '연'을 보며 그리움과 이상에 대한 동경을 형상화한다면 그의 '방' 안의 세계는 내면의 풍요로움 세계를 보여주고 있다. 두 번째 시편에서 그는 자신이 비워둔 방안의 맑은 아침공기를 햇볕이 구워내고 있다고 여긴다. 그리고 쏟아지는 재즈의 음악 속에서 '엉겅퀴 씨앗'을 발견하는데 가난한 삶 속에서 제가끔의 둘레를 반작이는 별자리와 같은 소박한 일상의 행복감에 관하여 형상화하고 있다. 즉 그의 '방안' 풍경은 시인으로서의 지닌 내면의 몽상적 풍요로움의 공간을 보여준다.

'방안'의 세계보다 신진 시인의 내면을 정밀하게 모아주는 제재이자 공간은 '우물'을 들 수 있다. 세 번째 시편에서 이를 볼 수 있는데 이 시에서 '우물'이란 단어의 언급은 없으나 '두레박질'을 하는 모습에서 '우물' 속에서 '두레박'으로 물을 길러내는 풍경임을 알 수 있다. 이 시에서 특기할 점은 두레박질을 하는 시적 화자가 '소녀'라는 점이다. '우물' 속으로부터 '두레박'으로 물을 길러내는 행위는 '방안'의 풍경보다 좀더 내밀하게 시인의 내면을 길러내는 계기의 상징물이라는 점을 알 수 있다.

이런 측면에서 볼 때 이 시의 '소녀'는 신진 시인이 지니고 있는 '아니무스', 남성성 속에 깃든 여성성과 관련이 있지 않나 생각된다. 왜냐하면 이 시에서 형상화된 '소녀'는 소녀가 지닌 일반적인 이미지를 벗어나 "손이 크고 발이 크며" 마르면서 또한 시의 주제적 형상화의 변화를 살펴볼 때 어느새 시인의 정신적 풍경으로 변모된 특성이 있기 때문이다.

그런데 시인의 분신격인 이 '마른 소녀'가 하는 행위란 '우물'의 '두레박질'인데 그 두레박질이란 '헛'두레박질일 뿐만 아니라 "길어도 길어도" "어두운 바람만 한 두레박 퍼올 뿐"이며 "굿것들만 데불고"

올 뿐이다.

그러나 이 '우물' 속 '검은 바람'과 '굿것들'만 데불고 오는 이 '헛두레박질'은 일반적인 두레박질의 의미층위를 벗어난다. 헛두레박질을 하는 소녀의 크고 마른 맨발 옆에는 어느새 "썩은 해골바가지가 쌓이"고 "하얗게 잘 죽은 뼈다귀가 보석처럼 드문드문 쌓이"기 때문이다.

즉 시인의 '헛두레박질'은 현실적으로 생각할 때는 그야말로 "검은 바람"과 "굿것들만 데불고 오"는 '헛'두레박질이나 그 '헛두레박질'을 통하여 '썩은 골바가지'가 어느새 "귀중한 보석처럼 하얗게 잘 죽은 뼈다귀가 드문드문 쌓이는" 풍경으로 변화하는 것을 생각하면 시인의 정신적인 풍경을 드러낸다고 볼 수 있다. 이것은 어떤 의미에서는 시인의 시인으로서의 시상과 시 쓰기의 의미를 유추적인 방식으로 드러낸 것이라고도 볼 수 있다.

앞서의 '방안' 풍경이 자신의 소박한 일상 속에서 시적 상념으로 시인으로서의 행복감과 관련되어 있다면 이 '우물' 속 '검은 바람'과 '굿것들'의 '두레박질'이란 시인이 자신의 내면과 일상을 파고듬으로써 그 자신을 '썩은 해골바가지'처럼 와해시키면서도 또다시 '보석'처럼 자신을 새롭게 정화시키며 이러한 '두레박질'의 반복을 통하여 삶에의 의지를 다지는 정신적인 상상과 관련된다. 즉 가난한 일상을 빛나는 테두리를 지닌 것으로 변화시킬 수 있는, 시인으로서의 정신적 자리를 보여주는 것이라고 할 수 있다.

　겨울밤
　아이스크림
　아들 두 놈이 잠을 잔다.
　은백색 망아지
　잔등에서 부숴지는

십구공탄의 금비늘
분노의 그림자
달게 녹는다.
천막집 소주와
닭내장 구이의 잔해를 떨며
아비는 옷을 벗는다.
천근만근 누르는
어둠의 큰 엉덩이 밀치며
열세평 전세 아파트, 밤내
오무렸다 펴고
오무렸다 펴고
푸릇푸릇 송충이 애벌레처럼

「겨울 송충이」

우리방 오동나무
장롱 빼닫이 안엔, 혼행(婚行)날
한 번만 입은 아내의
모본단 치마 저고리
그 밖에는 그늘뿐이다.

노래할 자리마다
시작만 하는 아내의 노래
그 끝은 내가 부르는 법이지만
따로 장롱속 그늘에도 쌓였다가
달빛 와 닿는 밤이면, 그 노래는
장롱 빼닫이 열고 나비로 날아
나의 자리와 또
내 아들의 자리마저 일러준다.
열어보면 빈 장롱의 그늘은
가난한 아내의 예쁜 브로치
반짝이는 모양도 비추고

위채 어머님의 지목 장롱 빼닫이
떨어진 귀도 찾아 연금(鍊金)을 한다.

그래서
여닫을 일 없는 장롱도
저로서는 그럴 일이 노상 있는 것처럼
꾸준히, 열고 닫는 티가 나는가 보다.

「아내의 장롱」

기숙사
시멘트벽 틈으로도
바람은 분다. 오라이
무논 찰흙의
구수하고 질긴 들깨바람

운전수 김씨는
좋은 아저씨
엔진 소리를
쟁기가는 소리처럼 곱게 빚는다.

공부 잘하고 있을까?
라면 하나로
자취방을 나서는
내 동생 고등학생 우리 만석이
언제 만나리, 대사(大事)는 먼데
반마을 고향집 문설주엔

단오부적이나 붙였으리?
아스팔트 길에서도, 오라이
더러는 풀싹을 볼 수가 있다.

「망향(望鄕)」

씨암소 팔아 서울 갔더니
우리 아들, 대장이 되어 있더군
대학 공부 3년에 통한 바 있어
뜻맞는 부하를 수백씩 거느리고
고려 신라 조선조 장군들에게
백주 대낮에도 호통치고 돌을 던지고
속옷 바람이건만 내자식도 대장이냐고 하니
자타가 그렇다고 의심 없이 대답하더군
공부해 놓으면 무섭긴 무서운 거라
머리 허연 교수님도 애비 말씀이라야 듣는다 하고
천륜이 무섭긴 더 무서운지
과연 애비 앞에 서자 창대 같은 눈물 보이고
이미 맺은 결의에
신명을 다함이 자식 배운 도립니다, 괴로워하고
어렵기사 공부가 오죽이나 어려우랴
몸불잇돈 빌어가며 하는 공부면
어렵기사 공부가 오죽이나 어려우랴
개스 폭타 덮어쓰고 하는 공부면,
머리좋은 아들놈은 대학공부 3년에 대장이 되고
가도가도 알 수 없는 죽살이 인생살이
삶은 계란 두 알에 목이 메어 돌아왔네

「우리 아들 대장이 되어」

  '방', '집', '우물', '서랍', '장롱' 등의 이미지는 다른 여느 시인들
의 그것보다 신진 시인에게서는 시인으로서의 내밀한 자신의 내면 풍
경을 잘 드러내는 제재이다. 앞의 두 시편들에서도 이러한 면모를 볼
수 있는데 첫 번째 시편은 '자신의 아파트 안' 풍경이며 두 번째 시
편은 '아내의 장롱'이 환기시키는 풍경이다.
  「겨울 송충이」에서 시인은 겨울밤 아이스크림을 들고 자신의 열세
평 전세아파트로 향했는데 아들 두 놈은 잠을 자고 자신은 천막집 소

주와 닭내장 구이에 얼큰히 취하여 집에 와 옷을 벗는다. 그런데 자신의 그 작은 아파트가 밤새 마치 "오무렸다 펴고 오무렸다 펴는" '송충이 애벌레'와 같다는 느낌을 형상화하고 있다. 즉 소박하고 작은 공간일망정 '은백색 망아지' 같은 두 아들이 잠을 자고 천막집에서 소주를 걸치고 아들들을 위해 아이스크림을 사와서 안온한 휴식을 취하는 그 공간은 마치 숨을 쉬는 '자연 속 생명체'와 같은 포근한 힘을 지니고 있다.

「아내의 장롱」도 이와 유사한 모티브를 보여주고 있는데 아내의 장롱 빼닫이 안엔 혼행날 한 번만 입은 아내의 모본단 저고리가 있고 노래할 때마다 시작만 하는 아내의 노래가 나비로 날아 스민 곳이다. 그리고 '빈 장롱의 그늘'은 가난한 아내의 브로치를 비추는데 아내에 대한 애정과 가정의 행복을 드리우는 것으로 형상화된다.

그의 '자취방', '전세아파트', '아내의 장롱' 등이 내밀하면서도 소박한 행복감의 자리를 주요하게 형상화하고 있다면 그의 '방밖' 풍경은 주변과 이웃의 다양한 삶의 모습을 접하는 시인의 복합적이면서도 착잡한 심경과 연관된다. 「망향」에서는 시적화자가 자취방을 나서는 동생 만석이를 걱정하는 모습이 드러나고 있다.

그런데 이 가운데 운전수 김씨의 엔진소리와 '오라이'를 같이 언급하면서 동생과 고향의 안부를 희망적으로 다루고 있다. 즉 이 시편은 이웃과의 정감 있는 소통의 풍경을 드러내는 동시에 화자의 동생에 대한 염려와 그리움을 은근하게 형상화하고 있다.

'운전수 김씨'의 '엔진소리'와 같이 주변 사람들의 삶에 좀더 초점을 맞추어 쓴 시편이 바로 네 번 째 시편이라고 할 수 있다. 이 시편의 화자는 시골에서 아들 대학 보내느라 허리가 휜 소박한 농부라고 할 수 있다. 그런데 그의 '머리 좋은 아들'은 대학공부 3년에 '대장'

이 되어 '개스폭탄 덮어쓰는 공부'를 하고 있다.

그리하여 아들 있는 서울까지 불려간 아버지의 감회를 '그 아버지'의 목소리로 형상화하고 있다. 한편으로는 사회에 대한 비판자로서 앞장서는 '대장'이라는 아들에 대한 자부심과 개스폭탄 뒤집어쓰고 죽살이를 하는 아들에 대한 연민과 걱정이 교차된 아버지의 심회를 보여준다.

이와 같이 신진 시인의 초기시편들에서는 '방밖'과 '방안'의 모티브에서 상상의 형상화 방식이 구분되는 면모를 지닌다. '방밖' 즉 외부공간에서는 그리움과 좌절, 이웃에 대한 연민과 사회상에 대한 걱정 등이 주요하게 나타나고 있다면 '방안'과 같은 내부공간에서는 내밀한 풍요로운 몽상과 가족 간의 소박한 정, 행복감 등이 테두리를 빛내고 있다.

이러한 '방안'과 '방밖'을 연결하는 모티브는 바로 앞에서 나온 '우물물'의 '두레박질'이라고 할 수 있다. '우물 안'으로 표상된 내면의 공간과 '우물 밖'에서 '헛두레박질'을 하는 '손이 크고 발이 큰 소녀'의 모습에서 '안'과 '밖', 개인의 안온한 서정과 바깥 삶의 모순세계가 두레박을 통하여 서로 소통하면서 '썩은 해골바가지'가 '빛나는 보석'으로 탈바꿈하는 장면을 보여주고 있다.

2. 꿈으로 빛나는 볼펜 한 자루

신진 시인의 초기 작품 세계는 주로 '방'으로 표상된 내면의 서정적 세계를 주조로 하면서 '방'밖의 외부세계 즉 주변이웃의 소박한 삶과 부조리한 사회실상을 주로 '배경적 요소'로서 보여주고 있다. 그런데 그의 시는 『멀리뛰기』, 『강』, 『녹색엽서』의 중기시편으로 넘어오면서 서정적 그리움과 낭만의 세계보다는 사회실상에 대한 유추적

비판이나 자기의 단순한 내면상이 아닌 사회상에 대한 개인의 윤리의
식과 결부된 상상이 전개되고 있다. 이러한 복합적인 내면 풍경의 모
습을 단적으로 보여주는 제재가 있는데 그것은 바로 그의 내면을 응
시하도록 모아주는 또 다른 내밀한 공간인 '서랍 속'이다.

> 내 서랍 속엔 세 자루의 볼펜이 있습니다. 까만색 파랑 빨강색 세 자
> 루의 볼펜이 있습니다. 빨간 볼펜은 빨간 그림을 위해 파란 볼펜은 파
> 란 그림을 위해 대기하고 있습니다.
> 네 자루의 볼펜이 서랍 속에 있습니다. 한 자루의 볼펜은 까망 파랑
> 빨강과 달리 깊은 자리에 숨겨져 있습니다. 글씨도 그림도 잊고 色도
> 잊었습니다. 그는 쓰지 않고 그리지 않고 버려져 있습니다. 빨강 파랑
> 까망이 피 흘릴 때 그는 피 흘리지 않습니다. 어둠에 버려져 꿈꾸며
> 기다립니다.
> 내 서랍 속에는 한 자루의 볼펜이 있습니다. 그림도 글씨도 없는 세상
> 에서 제 속마저 빤히 들여다 보는 한 자루의 볼펜이 있습니다. 눈뜨지
> 않아도 눈이 되고 피 흘리지 않아도 피가 되고 외출하지 않아도 투명
> 하게 빛나는 볼펜, 꿈으로 기다림으로 하여 어둠 속에서도 보채지 않
> 는 볼펜 한 자루가 깊은 자리에 버려져 있습니다.
>
> 「볼펜」

위 시에서 "내 서랍 속에는 세 자루의 볼펜이 있습니다", "네 자
루의 볼펜이 서랍 속에 있습니다", "내 서랍 속에는 한 자루의 볼펜이
있습니다"란 서로 모순 된 세 개의 유사 구절들이 나타난다. 그렇다
면 시인의 서랍 속에는 과연 몇 자루의 어떠한 볼펜이 있을까. 먼저
첫 번 째 경우에 주목해 보자. 내 서랍 속에 있는 '세 자루의 볼펜'
은 '까만색, 파랑, 빨강 색'이다. 다시 그 서랍 속의 내용물은 바뀌어
져 있는데 까망 파랑 빨강과 달리 깊은 자리에 숨겨져 글씨도 그림도
잊고 '어둠 속에 버려져 꿈꾸는 볼펜 한 자루'가 등장한다.

마지막으로 그 서랍 속은 다음의 장면으로 바뀐다. 즉 내 서랍 속에는 한 자루의 볼펜이 있는데 눈뜨지 않아도 눈이 되고 피 흘리지 않아도 피가 되고 외출하지 않아도 투명하게 빛나는 "어둠 속에서는 꿈과 기다림으로 보채지 않는 볼펜 한 자루"가 보인다. '서랍 속'은 시인의 주요 다른 제재들과 결부시켜 볼 때 시인 내면을 모아주고 그 것을 응시하는 내적 공간이라고 할 수 있다. 그런데 시인의 서랍 속에 처음 보였던 것은 '까망, 빨강, 파랑의 세 자루' 뿐이었다. 이것은 시인이 일체의 감각 인상과 경험들로부터 받는 직관과 사고의 결합체로서의 의식에 가까운 것을 표상한다고 할 수 있다.

그리고 다시 내 서랍 속에서 떠올랐던 것은 '까망 파랑, 빨강 이외에 색을 알 수 없이 어둠에 버려진 한 자루의 볼펜'이다. 이것은 시인이 일체의 경험적인 인식과는 독립적으로 존재하는 내부의 인식영역을 보여주는 표상이라고 할 수 있다. 왜냐하면 '이 볼펜'은 '다른 것들이 피 흘릴 때 피 흘리지 않고' 어둠에 버려져 꿈만 꿀 뿐이기 때문이다. 다른 색 볼펜들이 피 흘릴 때 저 홀로 '피'를 '흘리지 않는다' 함은 그가 지닌 내적 주관의 영역이 다소 현실로부터 동떨어진 피상적 차원에 있다는 것을 유추하게 한다.

마지막으로 "내 서랍 속에 홀로 있는 한 자루의 볼펜"은 글씨도 없는 세상에서 "제 속마저 뻔히 들여다보는" 것으로서 "눈뜨지 않아도 눈이 되고" "피 흘리지 않아도 피가 되고" "외출하지 않아도 투명하게 빛나는" '꿈과 기다림의 볼펜'이다. 이 '볼펜 한 자루'는 앞서의 '검정, 빨강, 파랑의 볼펜들'이 표상했던 경험, 감각적 인식의 영역과 이로부터 초월한 자기 내부 인식을 포괄, 지양한 성격을 지니고 있다.

즉 무엇을 보고 경험하는가 그리고 초월적 어떤 원리나 내면으로의 지향을 넘어서서 자기 내부적으로 반성하고 행위 하는 선험적 의식의 면모를 보여준다. 즉 세계에 대한 피상적인 경험적 의식과 자기 내면으로의 도피라는 두 세계를 응시하고 그 두 세계 속에서 자기를 건져내어서 반성하는 자의 그것이라고 할 수 있다. "어둠 속에서 홀로 꿈꾸는" '볼펜 한 자루'는 신진 시인의 중기시에 나타나는 좀더 단일해진 시인의 목소리를 단적으로 보여주는 것이다.

그 단일한 목소리란 그의 초기시에서 나타나는 복잡다양의 이질적인 목소리들이 한 가지 단일한 시인의 반성적인 목소리로 통합되고 있다는 것을 보여준다. 즉 사회비판적 시각이나 소외된 이웃 문제에 관한 입장에 있어서 시인 자신의 생각이나 입장이 비교적 일관되게 정리되면서 형상화되고 있다. 다음의 시편들은 그의 이러한 정신적 변모양상을 보여준다.

> 하늘에서 왔다는
> 건방진 가수가 죽었다.
> 그 후로, 막일꾼들이 모이는 막소줏집에서 노래 부르는 가수는 없었다.
> 놈은 우리들의 주정을 사랑했고 우리는 놈이 부르는 방송금지곡에 대하여 주정했다.
> 놈의 노래는 뼈대만 이은 13층 빌딩 위에서 온종일 목숨을 거는 우리들의 생명보다 건방지다고 그가 죽은 후에도 우리는 경멸하였다.
> 하지만 우리들의 먼지 묻은 혈관 속에서 공사장서 주워온 담배연기 속에서 놈의 건방진 노래가 살아나오면 왠지 눈물이 나고 우리는 서로 놈을 동향(同鄕)의 친구라고 우겼다
> 정말, 고향가는 걸음에는 꼭 놈을 만났다.
> 당산나무 바라보는 동구 앞 들길에 아니면, 모진 한밤에도 어릴 적 그 모습대로 남은 논두렁에서 우리는 놈을 만났다.
> 두견새가 지겹게 우는 날이면 놈의 고향이라는 하늘이 어딘지는 잘 몰라도 이 부근 어디, 가까운 이웃이라 생각되었다.
> 아아, 오늘도

두견새가 운다
건방진 가수는 죽어서도
건방진 노래를 부른다고 야단이다.

「건방진 가수(歌手) 이야기」

그 늙은이를 만나기 전에
우리는 가슴을 앓아야 한다.

그 건방진 거지는
우리들이 꿀꿀이죽을 사랑하던 시절부터 범냇골 산(山)번지 그 중 꼭
대기 이름 없는 바위굴에 살았다.
서양군인들의 쇠고기조림 국물이 화약내에 잘 얼려서 더운 김을 뿜는
꿀꿀이 죽드럼통 앞에 우리들이 꿀꿀거리며 줄을 서면 건방진 늙은이
는 그의 굴을 빠져나와 헛기침을 하며 지나가고 우리는 늙은이가 우
리들 틈에 끼어들지 못함을 행복하게 생각했다.

우리들은 자라서 공장에도 나가고 미장이도 하면서 돈을 벌었다.
우리들이 돈을 헤며 범냇골 산번지 황토길따라 털그럭 털그럭 빈도시
락 소리에 발을 맞춰 돌아오면 늙은 거지는 가슴을 붙들고 기침하면
서 별을 헤아리고 있었다.
우리들은 쭈그러진 양철소리를 감추고 옆눈으로 그의 하늘을 훔쳐보
았다

어디에 계십니까?
마음 아픈 일도 더러 참아 본 사람은 늙은이의 별 헤는 소리에서 이
런 말도 알아 들었다.
어디에 계십니까?
그 소리를 알아듣는 우리들은 방문을 잠그고 우리들의 가족이 떨고
선 이 겨울을 욕하며 산꼭대기로 한발짝씩 눈을 돌리고 늙은이의 나
들이를 지켜 보았다
늙은 거지를 만나기 전에 우리는 가슴을 앓아야 한다.
노인은 우리 마을을 떠났다.

우리는 그가 살던 바위굴을 바라보며 그가 간 곳을 생각했다.

이름없는 벌거숭이 산 이름없는 바위굴에서 그는 지치고 할 일은 없지만 더 높은 곳으로 갔을거라고 아래로 내려가진 않았다고 우리들은 서로 믿었다.

어둠이 걷히지 않는 밤이나 가뭄이 계속되는 여름날 밤이면 우리는 횃불을 들고 산꼭대기에 올라가 더 높은 산을 향해 그를 불렀다
어디에 계십니까?
우리는 그 건방진 거지 노인을 불렀다.
어디에 계십니까?
먼데서 노인의 쉰 목소리가 들렸다
어디에 계십니까?
노인은 우리와 함께 정성껏 외치고 있었다.

「건방진 거지 이야기」

정그렁 정그렁
고열(高熱)에 구운 자기(瓷器)처럼
금이 가는 하늘
시루떡 시루처럼 매달려
팟잣동네 엿장수 하나
지적도(地籍圖)에도 없는 언덕 위에서
제 긴 그림자를 자르고 있다.
정그렁 정그렁 가위소리에
어둠의 기왓장 하나씩 떨어지고
잘린 어둠 다시 잘려
산업은행 십층과 동방생명 십팔층 새에
대추나무 감나무로 서기도 하고
시루떡 시루 백떡 망개떡
좌판째 지워 뭉개기도 하고
작은 방 큰방 차례로 불을 단다.
정그렁 정그렁 가위질 따라
크고 작은 불마다 이음 이어 속삭이는

고물삽니다.-
망가진 냄비, 부숴진 우산
종이 휴지 신문지,
쓰고 남은 약속이나 신조같은 것
다 삽니다.
판잣동네 엿장수 하나
지적도에도 없는 언덕 위에서
제 그림자 자르고 있다.

「엿장수」

위의 세 시편들은 초기시부터 중기시까지 그의 사회적 성향을 보여주는 시세계에서 나타나는 내밀한 변모양상을 보여준다. 먼저 「건방진 가수」는 막일꾼들이 모이는 막소줏집에서 노래 부르는 가수의 죽음을 모티브로 하고 있다. 그런데 그 가수의 수식어에는 '건방진'이 붙는다. 전체적 맥락으로 보아서 '건방진'의 의미는 부정적인 어감이 없으며 7~80년대 운동권 가수가 지니는 '사회비판적, 경향적' 목소리와 의미망을 함께 한다. 그런데 이 시를 보면 '건방진'의 내용항이 결여된 채 그 가수에 대한 막연한 동경과 친근감이 형상화되어 있다.

이 연장선 상에서 「건방진 거지 이야기」를 보기로 하자. 이 시에서 '거지'는 또 왜 '건방진'이란 수식어가 붙을까. '건방진 가수'의 연장선상에서 '건방진'이라는 시인 특유의 긍정적 의미망으로 본다면 이 수식어의 의미는 어떤 것일까. 이것은 늙은이의 '별헤는 소리' 가운데 우리들이 듣게 되는 소리와 관련이 있다. 여기서 듣는 것은 '거지'의 '어디에 계십니까'란 말이다.

즉 일반적으로 거지가 말할 듯한 내용이 아니라 무언가 다른 세계를 지향한 듯한 거지의 반복적 중얼거림 속에서 '범인'과는 다른 어떤 정신 영역을 얼핏 보았다고 한다면 그런 의미에서 '건방진'이라는 수식어가 붙을 법도 하다. 이 시 마지막에서 사라진 '그 건방진 노인'을 향해 부르는 '어디에 계십니까'란 우리들의 합창은 그 노인에 대한 연민을 보여준다.

앞 두 시편이 그의 초기시세계의 주요 경향과 유사하다면 마지막 시편의 경우는 그의 중기시편의 특징적 변화를 보여준다. 여기에 나오는 '엿장수' 역시 앞서의 '건방진 가수', '건방진 거지'와 유사한 형상을 하고 있다.

즉 막일꾼의 막소줏집에서 '건방진' 노래를 부르는 '가수'나 '거지'임에도 무언가 사연이 있어 보이고 큰 뜻을 품었던 듯한 불균형한 면모의 '건방진 거지' 그리고 판잣집 동네를 엿가위로 찰칵거리며 다니는 '엿장수'는 일반적인 평범한 서민상이 아니라 그 평범한 궤도에서 일탈하여 그들의 삶을 초월하거나 또는 세상의 사각지대에 위치한 군상들인 것이다.

앞서의 '건방진 가수'나 '건방진 거지'는 '건방진'의 의미망이 다소 막연하게 나타나고 있으나 그것의 의미가 사회비판의 의미와 결부되어 있다는 뉘앙스를 풍기고 있었다. 그런데 중기시의 이 엿장수는 시인이 부여하는 특유의 '건방진'의 의미망을 충분히 드러내고 있기에 시에서 표면적으로 그 수식어가 필요 없는 것이다.

그 '건방진'의 구체적 표정이란 "고열에 구운 자기처럼 금이 가는 하늘"아래서 엿장수의 가위소리가 "제 그림자를 자르고 어둠의 기왓장을 하나씩 자르는" 상징적인 행위로 나타나기도 하지만 그 가위질 따라 속삭이는 고물삽니다에 이어서 "쓰고 남은 약속이나 신조 같은 거 다 삽니다"에서 단적으로 나타나고 있다. 즉 거지 노인의 '어디에 계십니까'의 구체적 내용항이 바로 엿장수의 이러한 속삭임인 것이다.

얼핏 보아서 위 시편들은 사회비판적 시선을 모두 견지하고 있어

보이나 그 '건방진'의 내용항 서술을 볼 때 첫 번째 시편은 '그 가수의 죽음'과 관련하여 실체가 묘연한 분위기만 있으며 두 번째 시편은 '어디에 계십니까'란 다소 추상적이고 초연한 자리에 있으며 마지막 시편에서는 판잣집 언덕 위에서 "약속이나 신조가 지켜지지 않는" 소외된 사회실상을 비판하는 것으로 나타나는 것이다.

즉 시인은 경험적 인식만을 표상한 서랍 속에 놓인 까망, 파랑, 빨강 세 자루 볼펜의 자리에서 서랍 속의 두 번째 변신인 '세 가지 색 볼펜'과는 소외되어 어둠 속에서 꿈꾸는 '한 자루 볼펜'이라는 자리에서 그 경험적 인식과 내면지향적 의식의 관계를 포괄하여 다시 변신한 내 서랍 속 즉 '다른 볼펜들'이 "피를 흘릴 때" '피'가 되며 "꿈과 기다림으로 투명하게 빛나는" '볼펜 한 자루의 자리'로 변모하는 의식을 보여준다.

이 마지막 '볼펜 한 자루'는 '불'의 모습으로도 변주되는데 '속'은 내보이고 있지만 손 닿을 수 없는 자리에 있고 '의장'으로 가장하지 않고 어둠에서 어둠을 태우며 그의 주검을 내보이지 않는 '불'의 표상으로 나타나고 있다.

불은 가까이서
속을 내보이고 타지만
손 닿을 수
없는 자리에 있다.

꽃이 되어 사랑을 구하지 않고
의장(衣裝)으로
가장하지 않는다.
잠에서 잠을 깨우며
어둠에서 어둠을 태우며
전신(全身)을 사룰 뿐이다.

하여
누구에게도 그는
그의 주검을 내보이지 않는다.

손 닿을 수 없는 자리에
주검마저 옮겨 놓는다.

「불」

3. 흙낱마다 돌아앉아 피리를 부는 동자(童子)여

신진 시인은 중기시 이후를 지나면서 그의 사회지향적 시편들은 적
극적이고 직설적인 면모를 지니게 된다. 그런데 이것은 어디까지나
신진 시인의 개인적 측면에서의 변화를 염두에 둘 때 해당되는 말이
다. 시인의 경우 의사의 표현방식이 초기시에서부터 워낙에 우회적이
고 내성적인 방식으로 나타나기 때문에 주요한 메시지를 담아내는 시
편들도 들여다볼수록 다방면으로 의미망이 퍼져나간다.

즉 시인의 초기시에서는 사회, 현실에 대한 분위기나 정조를 중심
으로 시를 창작하고 있으며 중기시에서도 매우 우회적인 방식으로
70~80년대의 독재정권과 운동권 대학가의 분위기를 형상화하고 있
다. 그런데 시인의 후기시편, 즉 『녹색엽서』, 『귀가』의 시집에 이르
면 그의 목소리는 알레고리적 방식으로 현실을 신랄하게 비판하는 경
향을 보여준다. 그런데 특기할 것은 중기시 이후로 오면서 달라진 주
제상의 변모인데 '강'을 중심으로 환경문제에 대한 심각성을 일깨우
는 내용을 주로 형상화하고 있다는 점이다.

놀이터에서 아이들이 놀고 있습니다. 잡으러 가는 아이는 약하고 달아
나는 아이는 튼튼합니다. 큰 아이를 잡으러 가는 작은 아이는 그러나
포기하지 않습니다.

달아나는 아이는 약고 힘이 세어서 잡히지 않습니다. 잡혀도 잡히지 않았다고 우기면서 주먹질을 합니다. 그래 그래 다시 달아나 철없는 아이 작은 아이는 하루종일 큰 아이를 잡으러 다닙니다.

작은 아이가 달아날 때는 열 발짝도 못 가서 큰 아이 술래에게 잡힙니다. 잡히지 않았다고 해도 잡았다고 우기면서 주먹질을 합니다. 그래 그래 따라 갈게 끌려가면서도 작은 아이는 불만을 말하지 않습니다. 모두모두 손뼉치며 잡혔어 잡혔어 합창합니다.

불만을 말하면 혼자 놀아야 합니다. 술래잡기가 재미있어서가 아니라 혼자 방안에 갇혀 살기가 싫어서 작은 아이들은 종일토록 술래가 되어 놉니다.

「작은술래」

저 잡새가
무엇을 보고 웃는가.
산(山)물 한 수통 차고
땀 흘리는 새벽 등산길
너니난실네요 네루난실네요
재수없이 잡새 웃는다.
조간신문을 들고
입가의 빵부스러기 훔치며
50동 잿빛 시영아파트
저마다 골똘히 나서는 길을
네루난실네요 너니난실네요
무슨 까닭으로 손뼉 두드리며 웃어대는가.
하루를 뻔히 내다보고
밤새 닦은 구두 위에 장미꽃을 피우며
의연하게 살아가는
우리들을
새야, 잡새야 너는
간단하게 웃고 마는가
그러고 보니 지금도
너니난실네요 네루난실네요

저놈의 잡새가 웃어 쌌는다.

「잡새 웃는다」

노인 둘이서
땅을 파고 있다.
시멘트 포장을 뜯고
아스팔트를 찢는다
말라붙은 비닐용기, 스티로풀 조각
떡이 된 땅을 판다.
조각난 유리, 플라스틱 터진 살이
탄광처럼 엉켜 있다.
치익 칙 독한 냄새가 솟고
드디어 가스가 터져 나온다.
시꺼먼 기름 거품을 숨가쁘게 뱉는다.
쓰러진 노인이
버즘투성이 다른 노인에게 말했다.
-여기……, 여기……, 강이 있던 곳이야.

「강·땅파기」

첫 번째 시편은 놀이터에서 술래잡기를 하는 힘센 아이와 작은 아이간의 불평등한 놀이 관계를 서술하고 있다. 그런데 굵은 표시 글자의 내용에서 볼 수 있듯이 시인의 궁극적인 의도는 현실, 시대 즉 독재정권과 이에 꼼짝 못하는 서민들 간의 관계에 그의 시각이 놓여 있다. 시인의 알레고리를 통한 사회현실비판의 방식은 그의 후기시에서 나타나는 새로운 면모는 아니다.

왜냐하면 초기시에서부터 그의 시의 중심적인 지향점은 현실의 부조리에 대한 인식이나 70~80년대 운동권 대학가의 분위기 같은 것을 담고 있었다. 그런데 그의 중심적인 의도는 언제나 복합적인 다른 의도를 드러내는 장치들 속에 가려져서 흐릿하게 나타나곤 했다.

두 번째 시편은 첫 번째 시의 유추적 비판 서술보다 좀더 직접적인 방식의 사회비판시라고 할 수 있다. '잡새'와 '네루난실네요' 등의 시어는 실상 동음이의적인 것으로서 '경찰', '너는 싫네요' 등의 의미를 직접적으로 드러내고 있기 때문이다. 그런데 이러한 강렬한 비판적 의도 때문에 전체적인 시의 맥락은 다소 불명확하게 구성되고 있는 형국이다.

즉 자신이 말하고자 하는 사회를 향한 비판의 욕망과 이를 직접적으로 드러내어서는 안 된다는 당대의 사회적 금기 사이의 복합적 긴장관계 속에 신진 시인의 사회시편은 자리를 잡고 있다. 이 점은 그의 시를 모호하게 만드는 지점이면서 그 애매성으로 인해 다의적인 맥락 구성으로 시적인 의미를 풍부하게 하는 이중적 지점이기도 하다.

이런 측면에서 볼 때 말하고자 하는 욕망과 사회적 금기 인식 간의 긴장관계에서부터 자유로운 것은 환경문제와 오염의 심각성에 관한 내용의 시편들이다. 마지막 시편에서 그는 그가 사는 낙동강 주변의 오염실태와 관련하여 감각적으로 체득되도록 환경오염의 실상을 보여주고 있다. 위 시에서 맨 마지막 구절인 '여기……, 여기……, 강이 있던 곳이야'는 앞서의 오염 상황에 대한 각성을 배가시키고 있다. 환경문제와 관련한 시편들은 '강' 연작을 중심으로 신진 시인의 후기시편들을 대변하고 있다.

시인은 자신의 대사회적인 문제들에 대하여 취하는 소극적 또는 적극적인 입장에 대하여 스스로 자기반성하고 고민하는 면모를 보여주고 있기도 하다.

그믐밤 산에서 길을 잃고
나그네 되니
내딛는 걸음마다

길이로구나.
딱딱새 나무 쪼는 소리에 악의가 없고
밤부엉이 우는 소리 시비 들 틈이 없네.
대명천지, 길 이르는 이 가득하고
길 고르는 이 많아도
이제보니 세상의 밝은 길이 그믐밤 산길보다 어두웠구나.
길 없이 가는 그믐밤 산길
내딛는 걸음마마 산 놓기 부질없고
세상사 돌이켜 한탄할 까닭이 없네.
매달리지 않는다면 인간사 어두운 숲속에서도
어디를 가나 길은 열리는 것을.
서로 횃불을 끄고 어둠에 구르다 보면
마음 이어 함께 가기도 하리.
길 잃은 그믐밤 나그네에게
오오, 그립지 않은 길 없네.
그믐밤 길을 잃고
나는
너무 작아서
누군가 드높여 받든다 해도
더 높이 들 키가 없네.
나는 너무 작아서
누군가 어둠으로 나를 가린다 해도
채 가려지지 않으리.
발목까지 밟히는
겨울산 낙엽들
한 잎 한 잎 부서진다 하여도
머지 않아 새싹으로 다시 살아나고
다시 죽고 다시 살아날 것이지만
나는 너무 작아서
스러져 한 번 가서는 오지 않으리.
귓전에 불고 간 겨울 바람
스스로 몸을 덥혀 다시 오고

더운 바람 목청을 식혀 다시 휘파람으로 오겠지만
나는 너무 작아서
돌아올 꿈 사양하겠네.
그러고 보니
아름드리 소나무야
너는 푸르고 커서 알겠구나
푸르고 큰 것이 얼마나 거짓되는지.
아무따나 퍼질러 앉은 너럭바위야
너야말로 오랜 세월 다 알겠구나
오랜 것이 얼마나 욕된 것인지.
죽어서도 나는
작은 것 되리
세월 지니 누군가 나를 그린다 해도
이름도 얼굴도 남지 않으리
눈 뜨지 않고 말하지 않고
있는 듯
없는 듯 작은 것 되리.

「작은 것 되리」

　위 시편은 그의 시가 늘 그러하듯이 결코 단순하지 않은 여러 메시지를 반영하고 있다. 이 시의 표면적 의미에 주의를 기울인다면 시인 자신의 세상에 대한 소극적 태도와 그로 인한 자기반성, 내지 겸손의 태도를 발견할 수 있다. 그런데 시의 후반부 서술에 주목해본다면 시인의 의도는 여기서 그치지 않고 다시 휘돌아 나간다.

　즉 자신의 삶에 대한 태도를 반성하고 스스로를 작다고 여기면서도, 높고 크게 솟아 있는 소나무의 존재가 그리 높고 큰 뜻을 지니고 있지는 않다는 것, 그리고 납작하게 엎드려 오랜 세월을 버티는 넙적바위의 삶이 모멸스러운 것일 수도 있음을 서술하면서 자신은 '작은 것'으로 남아 있으리라는 의지를 보여주는 것이다.

즉 시인은 어떠한 신념에의 투신이나 신념을 전혀 외면한 현실에의 안주 그 어느 것도 부정한다. 그리고 그 둘 사이를 오가는 자신의 삶의 모습에 대해서도 긍정적이지 못하다. 시인의 이러한 자화상과 자기 성찰, 반성적 면모는 실상 70~80년대 독재정권과 이에 대항하는 학원가에서 그의 청년시절을 체험한 사람이라면 누구나 가지게 되는 지식인으로서의 입장에 대한 고민이라고 할 수 있다.

시인자신이 서랍 속 깊숙한 자리에 숨겨놓았던 '볼펜 한 자루'의 신념은 사회의 부조리와 맞서 싸우고 자신을 내걸고 투신하는 모습에 놓여 있지만 이 '볼펜 한 자루'는 어디까지나 시인의 숨겨진 내면의 서랍 속 어둠에서 꿈꾸며 놓여 있는 것이 현실적 자리인 것이다.

위 시는 이러한 자신의 모습에 대한 부끄러움과 사회현실과 일상 속에 나타나는 사람들의 다양한 지향들을 지켜보면서 그 자신이 취하고 나아가야 할 모습에 대한 고민이 담겨있다고 할 수 있다. 시인의 초기시에서부터 그의 주요 시편들을 살펴보자면 독재시대의 운동권 분위기에서 학교를 다닌 한 지식인이 지니고 있는 신념과 현실적 구속 사이에서 이러지도 저러지도 못하고 그 사이를 방황하는 모습과 그 둘 사이의 내적 긴장관계를 형상화한 궤적이라고 말할 수 있다.

이러한 방황 또는 배회하는 자로서의 시인의 모습은 80~90년대 2000년대의 대학가 분위기 및 사회의 변모와 더불어 그가 당시 처했던 상황을 좀더 객관적으로 바라볼 수 있게 되고 사회적 금기로부터 자유로워지면서 좀더 정리되고 분명한 목소리를 내는 것이다.

그런데 시인은 그의 신념과 현실 사이에서 중심점 잡기와 관련한 갈등의 형상을 전혀 다른 초월적인 내적 방식으로 해소하려는 면모를 보여주고 있다. 이를테면 '세상사의 번잡함'에 갈등하다가 우주 속 지구, 지구 위의 인간 등을 생각하면서 문제를 전혀 다른 차원에서 바라보는 것과 같은 이치라고 하겠다.

타히티의 女人들이
검은 밥 해놓고 앉아
살찐 바다를 끓고 있다.

입이 큰 여인은 더운 입김으로
바다의 상처를 굽고
팔심 좋은 여인은 힘차게
다듬이를 두들기고 있다.
사내들은 새떼처럼
바람에 매달려
신나게 휘바람 분다
「자갈치 해변시장(海邊市場) —木笛 있는 풍경—」

비를 기다리며
흙은 저만
제 살을 태우고 있다.
　　　보재기 열어라 보재기 열어라

비를 기다리며
나무는 스스로
제 혈관을 녹이고 있다.
　　　찹쌀자리 열어라 찹쌀자리 열어라

가야산
멧돼지
살찐 하늘을 향해
땅을 땅을 때리고 온다.
　　　찹쌀자리 열어라 찹쌀자리 열어라

제왕(帝王)님네 튼튼한 젖을
막

꺼내신다.

「가뭄풀이」

노루떼가 한 짐씩
생각을 물고
귀를 세우고 있다.

노루떼를 돌보며
공기받기를 하는
늙도 젊도 않은 여인

햇빛은 물방울
소리를 내며 굴러
땅을 두드리고 있다.

누가 벗어놓은 돋보기인지 자꾸
흙낱을 확대하고 있다.
흙낱마다 돌아앉아
피리를 부는 동자(童子)여.

「공동묘지」

  위 시편들은 시인의 다양한 갈래의 목소리 중에서도 이색적인 경향
의 것들이다. 그럼에도 불구하고 시인의 근원적인 지향점을 알게 해
준다. 먼저 '자갈치 시장'은 땡볕에 바다 옆에서 장사를 하는 시장의
여인네들을 '타히티의 여인들'에 비견하여 건강한 생명력의 세계를
형상화하고 있다.
  그리고 다음의 시편은 극한 가뭄 끝에 제왕님께 멧돼지를 바치며
고사지내는 모습을 중심으로 형상화하고 있다. 주술적 주문 격인 어
구가 "보재기 열어라", "찹쌀자리 열어라"이며 마지막 구절에서 "제

왕님네 튼튼한 젖을 막 꺼내신다"에서 보듯이 가뭄을 해소하는 비가 내릴 것을 암시하고 있다.

시인의 시편에서 궁극적인 이상향은 자연 속 강인한 생명력의 세계와 신성이 구현되는 인간 세상에 놓여져 있다. 즉 시인이 당대 정치사회현실과 지식인으로서의 신념 간의 갈등 관계 인식을 줄곧 보여주는 시편들의 중점적 문제와 위 시편에서 중심적으로 나타나는 문제는 그 본질적 차원이 다르다. 전자가 인간이 초래한 인간의 문제라면 후자는 자연이 초래한 인간의 문제라고 할 수 있다. 전자에 대해서 시인은 자신의 방향성을 갈등하는 가운데 온건한 모색의 모습을 보여주지만 후자에 대해서는 '신성성 복원'에의 노력이라는 형태로 나타나고 있다.

실상 그의 시에서 반짝이는 부분은 그가 사회적 긴장관계 상황에 놓이지 않고 순수한 감각을 그대로 드러내는 영역에서 발휘된다고 할 수 있다. 마지막 시편을 주목하면 '공동묘지'의 풍경이 매우 감각적이면서도 정신적인 것으로서 승화되어 나타나고 있다. 위 시에서도 노루떼를 돌보며 공기받기를 하는 '자연의 여인'이 등장하고 있다.

어린아이도 아닌 '늙도 젊도 않은' 여인의 '공기받기'와 '노루떼 돌보기'란 그가 앞서 '자갈치 해변의 여인들'을 '타이티의 여인'에 비유한 것과 동일한 맥락에 서 있다. 이러한 자연 속에 조화된 인간의 삶 그 속에서 시인은 햇빛을 담은 물방울이 땅을 구르자 물방울에 확대된 '흙낯' 속에서 "흙낯마다 돌아앉아 피리를 부는 동자"를 보는 신성함을 체험한다.

이와 같이 시인이 사물과 자연에서 신성성을 체험하거나 혹은 그가 기원하는 방식을 볼 때 시인의 궁극적 지향점을 알 수 있다. 즉 시인의 궁극적 이상향은 '타이티의 여인', '자갈치 해변의 입 큰 여인' 혹은 '늙도 젊도 않고 노루떼를 돌보며 공기받기를 하는 자연 속 여인' 등에서 보듯이 조용하고 생명력이 넘치는 자연 속 풍경과 인간의 합일적 상태의 공간이다. 자연의 신성성에 대한 염원은 그가 70~80년대 정치현실적 소용돌이를 그 나름의 방식으로 살아나가는 데에 있어서 정신적인 안식처이자 지주였던 것이다.

> 소년이 운다.
> 이유는 모르지만 참을 수 없는
> 슬픔에 방문을 닫고
> 혼자 운다.
> 간경화로 전신이 부은
> 홀아비는 문밖에다 투덜거리고
> 다니러온 고모가 방문 때리며 달랜다.
> 괜한 참견이었을까?
> 나는 달래지 말라고 말칼질을 했다.
> 눈물의 짠맛에 흠뻑 젖어야
> 소년이 썩지 않을 것 같았다.
>
> 　　　　　　　　　　　　　　　　　　　「눈물」

내 관은 시집 모양일까

- 김신용론

1. 모든 버려진 것을 사랑해야 한다

김신용 시를 읽으면 그 동안 평범한 일상인에게는 낯설었던 세계 속 사람들의 삶이 한 편의 사실적 다큐멘터리가 되어서 펼쳐진다. 지하철 계단을 오르내릴 때 깡통을 놓고 구걸하는 사람들, 거리를 지나 갈 때나 지하철을 탔을 때 구걸하며 지나가는 맹인 혹은 아이와 함께 구걸하는 사람들, 혹은 옛 서울역에서 부스스한 머리와 악취 나는 행색으로 밤잠을 청하는 노숙자, 부랑자, 이 사람들은 우리가 일상적인 삶에서 지나치면서 동정과 연민의 시선을 잠시 짓다가 다시 우리의 생활권 밖으로 쉽게 잊혀지곤 한다.

아니, 우리가 잊고 외면하려는 사람들이다. 김신용은 우리의 시선 속에 단지 '아웃사이더'로서 포착된 그 사람들의 모습이 아니라 그 사람들 속에 귀속되어 있으면서 그들의 보여 지는 삶 이면의 비참한 삶의 구체적 실상을 연민이나 동정을 배제하고 사실적으로 형상화한다.

그가 이미 그 사람들의 일원이었기 때문에 혹은 그들보다 더한 추락의 삶을 견뎌냈기 때문에 아마도 그에게는 연민이나 동정이 필요 없는 듯이 보이기도 한다. 그러나 그의 시편들은 우리가 일상인으로서 살 때는 알 수 없는 바닥 인생들의 비참한 사실적 군상들을 생생하게 경험하게 한다.

그는 자신의 태생을 '시궁쥐'가 아닌 '새앙쥐'로 비견하는데 즉 자신이 최소한의 일상적 테두리의 소속 계층이었다고, 말하자면 집에 가면 따스한 잠자리가 있고 먹을 밥이 항상 있었다는 어린시절 그의 술회처럼 그는 적어도 우리가 분류한 사회계층의 테두리에 소속된 한 개인이었다가 갑자기 끝없는 나락의 길로 들어서게 된 것이다.

그는 1945년생으로 아버지를 잃고 13살부터 고아가 되어 서울로 올라와 부랑자생활을 하였다. 1950년대는 6.25 전란으로 대다수가 실직자거나 굶어죽는 이가 태반인 시절이었다. 그 시기에 그는 고아가 되었고 뜻하지 않은 사건으로 소년원생활을 하였으며 계속적으로 추락의 삶을 살았다. 그의 시는 그 끝없는 나락 세계를 사실적으로 그려내고 있다. 또한 나락을 함께 겪는 주변의 군상들을 구체적으로 형상화한다.

그의 초기시편들은 비행기에서 추락하는 사진기자가 그 추락의 끝까지 사진기를 공중에 들이대며 찍는 것에 비견된다. 그의 시가 주는 낯설음 혹은 새로움이란 그 추락을 경험하지 못한 사람들이 느끼는 경악감에서 먼저 비롯한다. 적어도 글쓰기, 시 쓰기란 우리 사회에서는 최소한의 생계유지가 가능한 자들의 영위 분야라 할 수 있다. 그렇기 때문에 지하철 부랑자, 노숙자, 거지, 죄수 등의 실제적인 체험을 그들 중심의 시각에서 담아내고 주동적 인물로 내세우기가 어려운 측면이 있었다.

그의 시가 지니는 의의란 바로 이 점에 있다. 즉 기존 우리 문학에서 '노동자의 삶'이라 하면 '못 가진 자', '소외되고 고통 받는 사람들'을 가리킨다. 그런데 그가 보여주는 삶이란 우리의 분류 계층의 하위에 속하는 범주에도 근접하지 못하고 이들마저 부러워하는 '부랑자', '거지' 등이다. 즉 문학작품 속에서 순식간에 지나가거나 엑스트

라격인 사람들이 바로 주인공이 되어서 그들의 삶에 대해서 구체적으로 이야기하는 것이 중심적인 부분을 이루고 있다.

즉 우리 사회의 계층구조를 반영하는 문학의 '빈틈' 즉 사회구조적 그물망으로 포착되지 못했던 '정말로 소외된 사람들'의 모습을 리얼하게 보여준다. 그리하여 그의 시는 현장르뽀나 고발적 사실 다큐멘터리의 세계와 흡사하기도 하다. 이러한 사실적 다큐의 요소에 그의 시의 진정성을 배가시키는 국면은 그가 자신의 자전적 체험 밑바닥까지 '솔직하게' 드러내는 진실함 때문이다. 그리고 그러한 체험이 시적 언어에 자연스럽게 녹아 있다. 즉 그의 시편에서 보여주는 낯선 비유어들은 시편 자체에서는 개성적이고 참신한 느낌을 주지만 알고 보면 매혈자, 지게꾼, 죄수들이 사용하는 '은어'나 '속어'로부터 근원한 것들이 많다.

그러나 이러한 어휘적 범주로부터 그를 훌쩍 넘어서도록 하는 것은 그의 시에서 구조적으로 작용하는 비유와 상징의 축이다. 그의 시편에서 주로 구사되는 유추 범주는 그가 살아왔던 삶, 운명의 모습을 너무도 절실하게 반영하고 있다. 그가 어쩔 수 없이 겪었던 주요한 업인 '쪼록꾼(매혈자)으로서의 삶', '구걸자로서의 삶' 그리고 '지게꾼으로서의 삶' 등은 그가 대상과 세계를 해석해내는 주요한 축으로 작용하고 있다.

예를 들자면 새가 앉았다 떠난 나뭇가지의 공명에서 평생 지게를 등에 지다가 벗어놓은 자의 등에서 느끼는 '환상통'을 유추해내는 것이나 포도넝쿨의 자람에서 '수혈', '매혈'의 행위를 환기해내는 것은 그의 지나왔던 삶과 시가 고스란히 혼연일체가 되는 진실함에서 기인한 것이다.

그의 시집은 『버려진 사람들』(1988), 『개같은 날들의 기록』(1990),

『몽유속을 걷다』(1998), 『환상통』(2005) 총 네 권이다. 그의 시세계를 관류하는 특성이자 시정신은 바로 자신을 포함한 소외된 주변 사람들의 사실적이고 생생한 형상들을 보여준다는 점이다. 그런데 여기에는 주변 사람들에 대한 진실한 연민이나 사회에 대한 비판, 분노가 배제된 측면이 있다.

즉 전체적인 그의 시세계 흐름을 살펴 볼 때 자신이 지나온 삶의 구체적이고도 진실한 기록에 너무나도 충실하다는 점과 그가 겪어온 삶만이 잡아 낼 수 있는 상상의 독자적 측면을 높이 살 수 있음에도 불구하고, 오랜 세월 시를 써온 연륜의 시인들이 지니는 그만의 '정신적인 에너지'랄까, 인간이자 시인으로서 세계와 인간에 대한 윤리적, 철학적 측면을 잡아내기가 어렵다.

비판이나 분노마저도 적어도 아주 최소한의 여건이 갖추어져야 그에게는 가능한 것처럼 보인다. 단지 삶과 죽음에 대한 상념밖에 없는, 죽음에 임박한 병자나 굶주림의 극한에 이른 사람이 여타의 감정이나 사상을 토로할 힘이 없는 것과도 마찬가지이다.

그러나 그가 보여주는 사실적이고 소외된 군상들의 생생한 현장세계는 기존 우리 시문학에서 다루어왔던 노동자, 자본가의 갈등이나 가난한 자의 삶을 넘어서 논외의 부표하는 인간들의 군상을 중심적으로 담고 있다. 그리고 이들의 리얼한 구체적 형상화를 통하여 그의 시는 읽는 이로 하여금 또 다른 새로운 세계에 대한 인식과 비판적 각성을 일깨우게 한다.

그의 시는 비교적 일관된 시 정신을 보여주면서도 변화의 흐름을 보여준다. 즉 『버려진 사람들』 중심의 자기 고백적 사실적 삶의 기록, 『개같은 날들의 기록』, 『몽유속을 걷다』를 중심으로 한, 주변 사람들의 고통 현장의 기록 그리고 『환상통』 중심의 자기 성찰적 면모나 자기 삶의 상징화된 세계를 보여준다는 점이다.

발가벗어야 한다.
저기 시멘트의 벌판, 불모의 땅이 보이지.
네 풀씨의 넋이 뿌리내리기 위해서는
모든 버려진 것을 사랑해야 한다.
남들이 먹고 걷어차버린 깡통처럼
쭈그러진 여인의 성기까지.

그 말을 듣는 순간 나는 그만 토하고 말았어, 내장이 뒤집혀지도록
토해라, 토해! 등을 토닥여주며 그는 속삭였어, 지금까지 네가 먹어온
것
순한 토종개처럼 입고 배워온 것, 잘 길들여진 눈물과 체온들을
그 토닥임 따라 꾸역꾸역 게워내고 있었어,

눈을 떴을 때
타는 구토의 목을 축인 방화수통의 거뭇한 물 위에는 퉁퉁 불은 쥐새
끼 한 마리가
허어옇게 배때기를 까뒤집고 있었어.

「어둠에 대하여」 후반부

시든 혈관 속을 다시 흐르게 하고 싶어, 단돈 팔백 원의 수수료를 얻
으려고
정관 수술대에 누운 내 텅 빈 스물 두 살의 알몸,

하얀 시트가 깔린 이 땅, 저 겨울의
神의 메스, 추위가 지나간 자리
목이 잘린 내 꿈의 정자들, 해의 백열등 아래서
어떤 살을 갖다 붙여도 사람 형체가 될 수 있는 뼈다귀 하나로
파아랗게 돋아나고 있었다. 그 어두운 학살의 땅엔
흰 壽衣를 펴들고 막 첫눈이 내리는데……

「작은 告白錄」 후반부

옴꽃이 피어
고름 뚝뚝 떨구는 두 손을 내밀었지
텔레비전 카메라 앞으로, 마치 구걸을 하듯
골목은 깊고 어두웠지만, 저 기계의 눈에
비참의 사타구니까지 보여주고 싶었어
눈부신 조명 불빛 아래
轉落의 고향까지 밝혀
더이상 나락일 수 없는 세상, 저 앵글의
허어연 백태가 긴 눈에 인각시키고 싶었어
이 도시의 신경, 보이지 않는 무선을 타고
꺼진 브라운관의 가슴들 속에 눈물을 켜고 싶었어
콘크리트의 살갗에 옴꽃으로 피어 있는 이들
아무리 고름 흘려도
피고름을 흘려도, 간지럽다고
얼굴 한번 찡그리지 않는 서울, 이 시멘트빛

「저 기계의 눈에 골목은 깊고 어두워」 전반부

위의 시편들은 그가 13세부터 부랑생활을 하면서 겪은 끝없는 추락의 정거장과 같은 징표들을 보여준다. 「어둠에 대하여」는 서울역에서 굶어죽기 직전의 자신에게 누군가가 시장의 쓰레기 더미 속 밥찌꺼기와 생선 뼈다귀를 먹도록 해주었고 그것으로 자신의 허기를 채웠던 경험을 술회하고 있다. 그리고 그가 다시 정신을 차리고 목을 축인 방화수통의 물위에서 물에 불은 쥐새끼가 떠있는 것을 본 장면이다.

이 시편은 그에게 부랑의 통과의례와 같은 의미를 지니고 있다. 즉 굶어서 죽을망정 구걸이나 쓰레기를 뒤질 생각을 못하던 시인에게 그가 살 방향을 고통스럽게 제시해 준 대목이다. 그는 "발가벗어야 한다 네 풀씨의 넋이 뿌리내리기 위해서는 모든 버려진 것을 사랑해야 한다"는 사나이의 말을 지키며 그의 삶을 산 셈이다.

「작은 告白錄」은 좀더 한 단계 더 추락한 한 지점을 보여준다. 피를 팔아서 생을 연명하고 피를 팔 수 없는 지경이 되면 구걸로 연명하던 시인은 22살의 나이에 '팔백원의 수수료'를 받기 위해 정관 수술대에 누웠다. 그것도 두 번이나. 일명 '쪼록꾼'(매혈자)으로서의 그의 삶은 그의 시세계 전반에 '수혈', '채혈병', '바늘', '빈혈' 등과 관련하여 주요한 비유적 어휘 축으로 작용하고 있다.

「저 기계의 눈에 골목은 깊고 어두워」는 인간이 내려갈 수 있는 나락의 끝이 도대체 어디까지인가 그 바닥의 끝을 의심할 만한 지점에까지 내려간 화자의 상황을 보여주고 있다. 쓰레기 더미와 생활하다 심한 옴에 걸려 전신에서 고름을 흘리던 시인은 "우리 추락의 내력을 캐내어, 저 모닥불 같은 내일을 마련해 주"겠다는 보도기자의 말에 "고름 젖은 손을 더욱 뜨겁게 피워 올렸"지만 다음날 부랑자 단속자 강제노역의 갱생원으로 끌려가는 것으로 귀결되고 있다.

이와 같이 그의 초기 시세계는 그의 삶의 나락이 끝없는 것임을 마치 지진으로 균열난 땅의 깊은 틈바구니 속과 같은 것임을 보여준다. 그런데 특이한 것은 그의 시에서는 세상에 대한 분노나 사회에 대한 비판의식을 별로 찾아볼 수 없다는 점이다. 그저 자신이 당하는 대로 그 삶을 제 것인 양 수용하고 수락하면서 끝없이 추락하고 있다는 것을 보여줄 뿐이다. 인간의 끝없는 비참의 나락을 담담히 술회한다는 것 이상의 욕심을 내지 않는다.

그의 이러한 나락의 끝없는 무한궤도에서 그는 그 나름대로의 휴식과 안식처를 얻으려 하고 있다. 그런데 그에게 휴식과 안식을 얻는 곳과 상황은 보통의 사람들이 보기에는 그것조차 나락의 한 장면으로 보일 것이다. 즉 그는 그의 부랑자 입사식 격인 '쓰레기를 먹으며 사는 방식'을 가르쳐 주었던 '그'의 말대로 '모든 버려진 것들을 사랑하면서 사는' 방식을 배웠던 것이다.

내 뻥 뚫린 가슴에 얼굴을 묻은 그녀의 머리 위
작은 창에는, 거미줄에 죽은 날벌레가 흔들리고 있었어. 그 밤.
내 몸에서 풍기던, 그녀의 몸에서 피어나던 악취는
그 밀폐의 공간 속에 고인 악취는 얼마나 포근했던지
지금도 지워지지 않고 있네. 마약처럼
하얀 백색가루로 녹아서 내 핏줄 속으로 사라져간
그녀,
독한 시멘트 바람에 중독된 그녀.

지금도 내 돌아가야 할 고향, 그 악취 꽃핀 곳
그녀의 품속밖에 없네.

「공중변소 속에서―개같은 날의 연가」 후반부

계간을 하다 독방에 갇힌 무기수의 새 한 마리
창살 밖으로 아무리 날려 보내도 되돌아오는 새
밥알을 씹어 먹이를 주어도 끝내 거부하며 굶어죽어간 새
그 불가사의한 죽음에 머리 갸우뚱이며
다마를 박으며, 배 터진 개구리의 뜨거운 피를 탐닉하며
마치 이카루스처럼
그렇게 나래를 만들며, 출감 때
해를 향해 날아오르고 싶어 꺽꺽거렸다

영혼이라는 올가미에 목을 매달고……

「꿈꾸는 자의 잠」 후반부

의식 없이도 살 수 있는, 마비의 나라로 가는 통과의례처럼
밤의 전라도 밥집 골목으로 들어서면 보였다.
빛깔도 냄새도 없는, 연탄가스가 펼쳐주는 마비의 세계―
자동차와 가로수가 성교를 하고, 하늘과 굴뚝
집과 아스팔트가 혼음을 하는 그 몽유도원,
그 몽유의 나라를 떠돌며, 새로 조립된 그 세계의 질속에

나는 온몸으로 성기가 되어 처박히곤 했다.

「어두운 기억의 거리2-전라도 밥집 골목」 부분

그가 나락의 가운데서 휴식과 인식을 얻는 장소는 주로 '기차역', '공중변소', '감옥' 등이다. 아이러니하게도 이러한 공간은 뿌리를 박고 사는 일상인들에게는 '집'과 거리를 두는 비일상의 공간인 것이다. 먼저 「공중변소 속에서」는 더러운 공중변소 속에서 마약 중독자인 여성과 성을 체험한 것을 기록하고 있다. 그는 "지금도 내 돌아가야 할 고향. 그 악취 꽃핀 곳 그녀의 품 속 밖에 없네"라고 술회한다.

그리고 「꿈꾸는 자의 잠」은 감방에서 자신의 몽상에 관한 것이다. 그런데 감방에서 겨우 그는 그 나름으로 꿈을 키울 공간을 맞이하는 것이다. '새'란 그가 감옥에서 그의 성기에 끼워 넣는 다마를 은유적으로 표현한 것이다. 이후 그는 다시 사회로 나와서 좌절의 나날을 보내다 22살의 나이에 굶주림의 끝에 정관수술비를 타려고 정관수술을 한 이후 '병 속의 새' 혹은 '황소의 뿔'이라 불렸던 자신의 꿈의 상징이었던 성기 속 '다마'를 빼내어 버린다. 그가 그의 시에서 자신을 '寒苦鳥'에 비유한 것은 어쩌면 매우 적실한 측면이 있다. 뻔히 앞으로의 삶을 알면서도 끊임없이 꿈을 꾸면서 또 끊임없이 좌절하며 사는 것이다.

「어두운 기억의 거리」는 그가 추위에 못 이겨 식당 문 앞에 연탄화덕을 안고 자다가 연탄가스에 중독 되어 의식이 몽롱한 '마비의 세계'를 형상화한 것이다. 그런데 보통 사람이라면 혼절의 체험인 이것이 그에게는 '몽유도원' 격이다. 그리고 그의 소설 속 기록에서도 보듯이 연탄가스에 중독 된 체험은 그다지 불쾌한 것으로 기록되어 있지 않다.

'마비의 세계'는 그에게 주어진 현실을 망각하고 의식에서 벗어나게 하는 것이기에 그에게는 잠깐의 휴식으로 여겨졌는지도 모른다. 이와 같이 그는 끝없는 나락의 궤도에서의 휴식을 '공중변소', '감옥', '의식 마비의 세계' 체험을 통해 보여준다. 이것은 일상인의 논리로서는 이해가 되지 않는 부분이기도 하겠지만 도대체 그가 체험했던 나락의 바닥은 도무지 드러나지 않는 것처럼 보인다.

2. 지게 멜빵만은 불길 속에서 건져내면서

『버려진 사람들』 이후 『개같은 날들의 기록』과 『몽유속을 걷다』에서 두드러진 점은 자기 고백적 삶의 기록 외에 자신과 같은 처지에 놓인 사람들의 다양하고도 사실적인 삶의 모습을 형상화한다는 점이다. 그의 시편이 단순히 자기 체험의 솔직한 고백 범주를 넘어서는 것도 이러한 비참한 사람들의 삶의 생생한 형상화를 통한 관찰 내지 고발정신을 보여준다는 점일 것이다.

앞 장에서 보았듯이 그의 나락의 심연은 끝없는 것처럼 보였다. 그런데 그 나락의 끝에서 그는 한 가닥 삶의 의지를 잡게 된다.

> "당신은 이제 피를 뽑으면 죽어요. 아시겠소? 당신은 피를 뽑을 것이 아니라 피를 집어 넣어야 하는 환자란 말이오. 환자. 내 말 알아듣겠소?"
> 뒤에 서 있던 쪼록꾼들 속에서 킥킥거리는 웃음소리가 들려왔다.
> "웃지마! 시펄놈들아-. 너희들도 머지 않았어."
> (중략)
> 그러나 그 끊어진 길에서 나는 보았던 것이다.
> 지게는 눈에 반쯤 덮여 있었다. 이 땅의 경제발전의 상징인 듯 솟아오르고 있던 S빌딩 신축 공사장의 쓰레기 더미 곁, 지게는 수의를 덮고 있었다. 아니, 그 수의를 미사포처럼 쓰고 있었다.
>
> 『달은 어디에 있나2』pp.264-265

모닥불이 꺼져 갈 즈음, 그는
갑자기 지게를 부수기 시작했다.
돌을 주워 들고, 절망이듯
지게를 내리칠 때마다 뼈 부서지는 소리는
잿빛 암울한 허공에 손톱자국을 긋고 있었고
겨울 짧은 해
엷은 햇살이 비껴 흐르는 청계천
불씨만 남은 모닥불 곁에 웅숭거린 막벌이꾼들은
알을 낳듯 찌푸린 얼굴로 말이 없었다.
서울 지게꾼 반평생에 남은 것은 골병밖에 없다고
자신도 모르는 그 발작에도
제 몸이 부서지는 아픔을 느꼈을까.
(중략)
내일이면 母川으로 되돌아올 어쩔 수 없는
그의 回歸를 위하여, 순간이나마
허망을 뜨겁게 불태워준 그 뼈의 반란에
몸을 맡긴다.
어떤 무거운 짐도 버티게 해줄 지게 멜빵만은
불길 속에서 건져내면서……

「청계천詩篇2 −관절염」

　그는 '쪼록꾼'으로서 자기 포기의 삶을 살다 마침내 다시 피를 뽑으면 죽는다는 의사의 진단을 듣는다. 그 나락의 끝에서 그는 지게를 만들어 등에 건다. 그의 인생의 제2의 직업인 '지게꾼'으로서의 그의 삶이 상징적으로 시작된 것이다. '지게'란 그의 '등뼈'처럼 여겨질 정도로 그리고 지게를 지지 않으면 지게가 마치 등에 있는 듯한 '환상통'을 느낄 정도로 지게는 이후 그의 삶의 한 분신이 된다. 일명 '쪼록꾼'과 관련하여 시에서 그의 비유축이 주요하게 나타난 것처럼 '지게꾼'과 관련한 '등뼈', '관절염', 등의 비유도 주요하게 나타나는데

'지게꾼'과 관련한 비유는 그의 삶의 주요 상징으로서 작용하고 있다.

위 시에서 '그'라는 한 지게꾼이 자신의 지게를 부수는 장면에서 '우리'로 표상된 '지겟꾼들'은 마치 '제 몸이 부서지는 아픔'을 느낀다. '우리'는 부서진 그 잔해를 모아 모닥불을 피우면서 "어떤 무거운 짐도 버티게 해줄 지게 멜빵"만은 불길 속에서 건져낸다. 지게를 부순 그의 반란을 시인은 '뼈의 반란'이라고 명명한다. 자신의 '등뼈'로 주로 비유되는 지게와 지게꾼으로서의 시인의 삶은 끝없는 나락에의 어둠 세계에서 더 이상은 추락하지 않으려는 삶의 의지의 한 일단을 보여주고 있다.

그는 그와 같이 나락의 길을 걷는 혹은 그 속에서 허우적대는 삶의 사실적 형상들을 너무도 자연스런 목소리로서 포착해 내고 있다.

> 푸른 하늘이 갑자기 여우 웃음을 울기 시작했다
> 요강 탱크가 그렁거리고 베개 폭탄이 터지고
> 냄비가 낮게 비행하며 기총소사를 퍼붓는 중세의
> 무덤 속 같은 복도에는 이호실 찐다가 소아마비의
> 다리를 절룩이며 비닐 우산을 팔러 뛰어 나가고
> 당시인은쓰리꾸운나느은또옹갈보기부니나빠서한자안했다와유감있나이
> 시발녀니또지랄하네
> 육호실은 이윽고 육박전이 벌어지고 옆방
> 검은 안경 부부의 연습용 이미자는 눈치도 빠르게
> 찬송가 소리로 싹 변하고
>
> 「陽洞詩篇1 −소나기」 전반부

> 분장을 한다
> 목발을 짚은 다리에 붕대를 감고 義手를 낀다
> 믿어줄까? 겨울에는 반신반의의 물음표가 떠오른다
> 좀더 야비해지기로 한다. 일당만 주면 임대해 주는
> 아이를 등에 업고, 서울에서 가장 불쌍한 아비가 되기로 한다

흰 붕대에 가짜 피의 머큐롬을 칠하고, 남루를 깊게 눌러쓰고
아이에게는 수면제를 탄 드링크를 먹이고

「一人 전쟁」 전반부

이래봬두 남대문 콩고리패 댓빵꾼이라구! 그러나
결정적으로 서커스에 밀린 남사당패꼴로 만든 것은 바로 저 레미콘
때문이었어, 저 콘크리트 알을 낳는 기계닭
저놈 혼자 북 치고 장구 치고 다 해버리는데 우린 뭐
할 게 있어야지, 내 참 드러워서…… 삽자루 꺾고 말았지
저 기계한테 이길려면 저놈 올라타고 마누라 몰듯 해야 하는데
그러나 어쩌겠소 배운 도둑질이 이짓뿐인데……
그렇다고 술만 축내고 있음 어떡하느냐구? 젊은 친구, 노가다밥 더 먹
어야겠구만—
이게 술인 줄 아슈? 이게 바로 깡다구요, 깡다구!

「다시, 酒店에서」 후반부

날품팔이지게꾼부랑자쪼록꾼뚜쟁이시라이꾼날라리똥치꼬지꾼
오로지 몸을 버려야 오늘을 살아남을 그런 사람들에게
몸 보하는 디는 요 궁물이 제일이랑게 하며
언제나 반겨 맞아주는 할머니를 보면요
양동이 이 땅의 조그만 종기일 때부터
곪아 난치의 환부가 되어버린 오늘까지
하루도 거르지 않고 뼉다귀를 고으며 늙어온 할머니의
뼛국물을 할짝이며
우리는 얼마나 그 국물이 되고 싶었던지
뼉다귀 하

「陽洞詩篇2 -뼉다귀집」 부분

「陽洞詩篇1-소나기」는 시인이 사는 양동 판잣집의 얇은 위아래 그
리고 옆 벽을 너머서 들려오는 소리를 통하여 사람들의 삶의 사실적
모습을 보여주고 있다. 소나기가 내리는 가운데 이호실 찐다가 소아마

비 다리를 절룩이며 비닐우산을 팔러나가고 육호실은 부부 육박전, 옆방 검은 안경부부의 연습, 십호실의 화투장 소리, 집주인 뚜쟁이 뭉치의 악착같은 골목 서성임 속에서 시인은 더러운 화장실로 뛰어간다.

「一人 전쟁」은 일당만 주면 임대해 주는 아이를 등에 업고 목발, 다리, 붕대, 의수 등의 분장을 하며 깡소주로 얼굴에 철판을 깔려는 사나이가 그냥 곯아떨어지는 모습을 보여주고 있다. 「다시, 酒店에서」는 한 노동자의 생생한 목소리를 통하여 '서커스에 밀린 남사당패꼴'로 된 자신의 처지를 '콘크리트 기계'와 '레미콘'에 밀려 깡다구로만 버티는 '잡부'가 된 사연을 보여준다. 산업화, 기계화로 자신의 일을 잃은 노동자의 삶의 한 일면을 보여주는 것이다. 그런데 시인에게는 이러한 '노가다꾼'조차 부러움의 대상이기도 하였다. 즉 그는 사회의 구조 하층에도 낄 수 없었던 처지였던 것이다.

「陽洞詩篇2-뼉다귀집」은 할머니 뼉다귀집의 한 풍경을 보여준다. 새벽 남대문 시장 바닥에서 주운 돼지뼈를 고아서 파는 뼉다귀집은 바퀴벌레가 득실거리고 걸레의 꾸중물이 홍건한 식당으로서 그가 시와 소설에서 형상화하는 사람들 즉 '날품팔이, 지게꾼, 부랑자, 쪼록꾼, 뚜장이, 시라이꾼, 날라리, 똥치꼬지꾼'이 모여드는 곳이기도 하다. 이들은 사회의 저층에도 편입되지 못한 사람들이다. 그런데 시인이 뼉다귀집에서 부러워한 것은 '그 국물'이다. 즉 '뼈다귀 하나로 펄펄 끓는 국솥 속에서 얼마나 분신하고 싶었던지' 하는 것이다.

위의 시편들은 각각 자신과 자신을 포함한 이웃들의 아웅다웅 사는 각양의 모습, 한 위장 구걸꾼의 준비 풍경, 한 노동자의 전락의 술회, 이들 부랑자들이 모여드는 뼉다귀집의 풍경 등이다. 일상인에게는 낯설겠지만 시인에게는 매우 친숙한 이웃의 표정들이었던 것이다. 그런데 이러한 형상화에서 시인은 어떤 동정이나 연민의 감정적 표현을 드러내지 않는다. 이 점이 그의 사실적 형상화를 더욱 생생하고 설득력있게 만드는 지점이기도 하다. 마치 현장 르뽀나 허구적이 아닌 사실적 장면을 구축하여 더욱 리얼하게 독자에게 다가오도록 한다. 이것은 이들보다 더 아래의 바닥까지 빠져간 시인의 연륜이 이들의 삶을 담담하게 바라보고 서술하게 한 서사의 힘을 준 것이 아닌가 생각된다.

그리하여 그의 시편에서는 어떤 작위적 결말이나 희망이나 구원의 표정 등을 볼 수 없다. 그저 그가 체험한 대로 보이는 대로 구체적이고 생생하게 그릴 뿐이다. 그의 이러한 작업은 고통 받는 현장을 담아내고 기록하고자 하는 '사진기자'의 정신과 유사한 것임을 보여준다. 자신의 의도와 생각을 직접적으로 드러내지는 않지만 현장과 사람들의 선택적 찍기나 편집, 강조해야 할 부분 등의 간접적 장치망을 통하여 자신의 의식을 드러내는 것에 비견할 수 있을 것이다. 그리고 이것은 '비참의 사타구니'까지 세상에 고발하고자 하는 '고발정신'을 기저로 하고 있다.

그의 시에서 특기할 부분은 과거 우리 사회에서 막노동꾼이나 청소부하면 사회 저층으로 인식되었는데 여기에 편입되기를 갈망하나 그것마저도 얻지 못하는 부표와 같은 사람들이 존재했었다는 것을 보여주는 점이다. 청소부를 부러워하거나 현장에서 막노동하는 노동자의 모습을 부러워하는 장면은 그의 시나 소설 속에서 여과 없이 나타나고 있다.

문제는 그가 고아가 되고 부랑자가 된 시기가 1950년대 후반과 맞물려 있다는 점이다. 그러나 전후의 척박한 현실을 어린 그가 개척해 나가기에 그는 나약하였고 생의 의지가 결핍되었었다. 자신에게 다가온 불행의 나락을 끊임없이 수동적으로만 받아들이면서 '다시 피 뽑으면 죽는다'는 의사의 말에 비로소 지게꾼 즉 삶의 의지 한 가닥을 보여준 것이다.

3. 내 뼈의 가지에는 寒苦鳥가 울고 있다

『개같은 날들의 기록』과 『몽유속을 걷다』에 이어 『환상통』의 시기에 이르면 그의 시세계는 다소의 변화를 보여준다. 즉 구체적이고 사실적인 디테일의 형상화가 사라지면서 추상화된 상징이나 자기 반성적 면모가 두드러진다. 그리고 담담하고 감정개입 없이 기술되던 그의 시작 방식은 어느 정도 자기 연민의 색채를 띠게 된다. 그리하여 그의 시가 지녔던 비참한 사람들의 고통 받는 군상들의 얼굴표정들은 엷어지고 그것이 추상화된 상징으로서 자리 잡게 된다. 그리고 일상 혹은 자연의 한 부분을 중심으로 시상을 전개시키는, 우리가 접하는 다른 서정시인들의 시 형상화 스타일과 유사한 면모를 지니게 되는 것이다.

그런데 그의 후기시의 형상화에서 두드러진 점은 모든 사물들과 자연에게서 자신의 얼굴을 들여다보고 읽어내는 점이다.

1.
내 무정란의 폐수가 그대 청정해역을 적신다
폐사한 조개껍질들이 빈 무덤을 이룬다
태어나기도 전에 나는 이미 이빨이었고 손톱이었다
그것을 바라보는 내 눈에는 갑각류의 짐승이 기어나온다
나는 끊임없이 내 속의 아이의 목을 비틀어야 했다

「赤潮」 전반부

2
지금
그 드므에 내 얼굴을 비쳐보면 어떨까?
썩은 물웅덩이 같은, 생선 뼈다귀 하나 없는 늙은 死海같은 얼굴을 보고
나도 놀라 도망칠까?

내 의식의
위장병이며 소화불량인, 그 정신의 유문 협착증세가 만들어낸
곰팡이 핀 빵이거나
노상방뇨의 오줌자국 같은 얼굴들——.

3
지금 내 시쓰는 일은
그렇게 드므에 얼굴을 비쳐보는 일

「드므가 있는 풍경」 후반부

「赤潮」는 자신의 오줌을 '무정란의 폐수'와 연관시키고 나아가 '적
조'와 연관시켜서 '죽음의 띠'를 연상시키는 것이다. 그는 자신을 "태
어나기도 전에 나는 이미 이빨이었고 손톱이었다", "내눈에는 갑각류
의 짐승이 기어나온다"라고 표현하고 있다. 그는 자신에 관한 혹은
자신의 일부에 관한 형상화에 있어서 부정적이고 불결한 것에 주로
견주어 표현하고 있다.

「드므가 있는 풍경」에서 그는 처마 밑에 빗물이 고이도록 놓아둔
넓적하게 생긴 독에 비친 자신의 모습을 "썩은 물웅덩이같은 생선 뼈
다귀 하나 없는 늙은 死海같은 얼굴" 혹은 "곰팡이 핀 빵이거나 노
상방뇨의 오줌자국 같은 얼굴들"이라고 표현한다. 그의 후기시에서
두드러진 것은 이와 같이 자기 반성적 자기성찰적 면모이다. 그리고
자신의 시 쓰기의 의미에 대하여 자각적으로 인식하는 장면이다.

그는 자신의 시 쓰기를 '드므에 얼굴을 비쳐보는 일'이라고 표현하
는데 그의 시 쓰기는 실상 다른 시인들의 시 쓰기와 다른 측면이 있
다. 그것은 그가 추락한 나락의 세계를 치밀하게 관찰하고 기록함으
로써 즉 그 추락의 심연, 어둠의 세계를 좀더 확연하게 형상화하는
'글쓰기를 통하여' 그 세계로부터 정신적인 측면에서 비약적으로 탈

출하는 것이다.

그리고 그가 굶으면서도 책을 사고 시를 쓰는 것, 나아가 그가 내던져진 추락의 주변세계를 파헤치고 드러냄으로써 어둠 속에 묻혀 있던 지하 군상들을 지상의 세계에 적나라하게 찍어 보여줌으로써 사람들의 각성과 인식을 유도하는 힘을 지니고 있다. 그리하여 그는 지하 속 어둠 세계에서 지상 세계의 여느 시인들의 시보다 공명을 주는 독특한 자리에서 빛나는 지점을 보여주는 것이다.

말라, 온몸 비틀어지는 포도나무처럼 걷고 있다
고뇌의 가지를 비틀어 올리는 뿌리, 돌보는이 없어도
넝쿨에는 미숙아 같은, 영양실조의 포도알들이 꿈처럼 그렁 맺혀 있다
봄볕은, 그 빈혈의 가지에 수혈의 주사기를 꽂고 있지만
벌거벗은 벌판이 자꾸만 아스팔트처럼 자라나
독풀들, 그 흡혈의 이빨이 더 무성하다
저녁 어스름이 벌판 위에 제초제처럼 내리고
희망은, 길의 끝에 무덤을 만든다
모든 길의 끝에는 무덤이 있다
지금 혼자 걷는 내 산책길의 끝, 무덤가에 서면
땅거미 속으로 협궤 열차는 또 망초꽃 가득 싣고 흘러가고
곡괭이로 시를 쓸 수 있는 세계를 향해 나는 걷고 있는가?
내 뼈의 가지에는 寒苦鳥가 울고 있다

「내 뼈의 가지에 寒苦鳥」 후반부

새가 앉았다 떠난 자리, 가지가 가늘게 흔들리고 있다

나무도 환상통을 앓는 것일까?
몸의 수족들 중 어느 한 부분이 떨어져 나간 듯한, 그상처에서
끊임없이 통종이 베어나오는 그 환상통,
살을 꼬집으면 멍이 들 듯 아픈데도, 갑자기 없어져 버린 듯한 날

한때,
지게는, 내 등에 접골된 뼈였다
木質의 단단한 이질감으로, 내 몸의 일부가 된
등뼈,

언젠가
그 지게를 부수어버렸을 때, 다시는 지지 않겠다고 돌로 내리치고 뒤
돌아섰을 때
내 등은,
텅 빈 공터처럼 변해 있었다

그 공터에서는 쉬임없이 바람이 불어왔다

「환상통」 전반부

위 두 시편은 '寒苦鳥'와 '환상통'이라는 독특한 소재를 詩作의 주
요 제재로 취하고 있다. '한고조'는 인도 히말라야 산맥에 산다는 상상
의 새로서 이 새의 암컷은 추운 밤에 추워 죽겠다고 울고 수컷은 날이
새면 집을 짓겠다고 울다가도 날이 새어 따뜻해지면 집 지을 생각을
잊고 놀고 지내기를 되풀이한다고 한다. 그리고 "제 살 제가 먹고, 끝
내 제 흔적마저 먹어버린다는 寒苦鳥,/그 입술이 붉은 새가 지천으로
날아오르고 있었다"(「부목일기 2」끝부분)는 그의 시구절이 있다.

'한고조'는 삶에의 수동성과 '쪼록꾼'으로서 매혈하며 즉 자신의 몸
의 일부인 피로써 밥을 사먹으며 그러한 삶 때문에 빈혈로 죽기 직전
까지 갔던 그의 삶을 상징적으로 드러내고 있다. 그리고 '환상통'은
'쪼록꾼'으로서가 아니라 삶에의 일말의 의지를 보여주었던 '지게꾼'
으로서의 그의 삶의 모습이 상징적으로 형상화되어 있다.

"자신의 등에 접골된 등뼈와 같았던 지게를 부수고" 나서 '텅빈 공
터'와 같은 상실감을 '환상통'으로써 보여주고 있다. 환상통이란 그

중세의 원인이 사라졌는데도 마치 그것이 존재하는 듯한 통증을 느끼는 것이다. '한고조'와 '환상통'은 쪼록꾼, 매혈로서 생을 연명했던 수동적인 그의 삶과 그 비참한 삶의 바닥끝에서 지게꾼으로서 연명했던 그의 삶을 매우 상징적으로 보여주는 제재들이다.

이와 같이 그의 후기시편에서 두드러진 측면은 자신의 삶에 대한 성찰과 반성 그리고 주변의 제재로부터 사유의 연상 작용을 보여주는 측면이다. 즉 그는 과거처럼 그가 대하는 주변의 사람들과 풍경을 그의 뛰어난 관찰력과 입담으로써 충실히 재현하는 사진기자와 같은 시선을 접고서 자신의 삶과 인생에 대하여 사유와 연상 작용을 중심으로 한 반구상 화가와 같은 시선을 보여주고 있다.

그런데 이러한 시세계에서 그의 비유와 상징의 중심어구의 축은 쪼록꾼이자 지게꾼으로서의 자신의 삶이 늘 반영되어 있다. 단적으로 위의 전자 시편에서도 포도나무에 포도알이 열리는 모습을 "영양실조의 포도알", "빈혈의 가지에 수혈의 주사기를 꽂고 있지만"으로 형상화되어 있다. 그리고 후자의 시편에서는 "새가 앉았다 떠난 자리에 가지가 가늘게 흔들리는" 모습에서 지게를 벗고 환상통을 잃는 자신의 모습을 연상시켜 나간 것이다.

즉 그의 시속에서 그가 연상하고 사유하는 중심축은 너무나 강하게 그의 삶을 상징적으로 드러내는 것이다. '한고조'와 '환상통'이외에 그의 삶을 또 상징적으로 보여주는 것이 있는데 그것은 '얼음 물고기'이다.

> 이 얼음 나라에는 얼음의 물고기가 산다
> 얼음이 되어야 살아남는 얼음의 물고기가 산다
> 한여름에도 눈을 얼어붙게 하는 혹한의 나라
> 땡볕 속에서도 귀를 먹게 하는 빙하가 흐른다
> 살아 있는 것은 얼음이 되어야 살아남는다

얼지 않으려고 살아 펄떡펄떡 뛰는 것은 죽는다
핏줄도 심장도 오장육부까지도 얼음이 되어야 살아남는
여기는 불 속의 얼음 나라
질긴 근육과 끓는 뼈는 잠재우고
동태가 되어, 동태눈깔로 숨을 쉬며
미라가 되어야 살아남는다.

「냉동공장」 전반부

'생태'보다 '동태'를 오래 보관할 수 있는 즉 냉동의 장기간 보관 원리에 빗대어 세상을 '냉동 공장'에 견주어 서술하고 있다. 즉 "망각의 미학"속에 투신해야, "세끼밥 등 따뜻한 아랫목을 차지하기 위해 색맹이 되어야" '씨 엉그'는 사회, 의식상 '얼음'과 같은 무감각 상태가 되어야 살아남는 얼음의 물고기만이 살아남는 사회를 빗대어 형상화한 것이다.

즉 시인도 이 냉동 공장의 얼음물고기가 되어 살아왔던 것이다. 그런데 시인 김신용은 냉동 공장의 얼음물고기라고 누구나 생각했던 그 얼음 물고기가 초자연적인 의지의 힘에 의하여 갑자기 살아나서 헤엄치는 모습을 보여준다. 즉 물고기가 오래 살면 실명해버린다는 둥근 어항과도 같은 모순적 현실 속에서 눈을 질근 감고 얼음 물고기처럼 살다가 어느 날 갑자기 눈을 뜨고 자신이 얼음 물고기가 아님을 보여주면서 둥근 얼음 세계 밖으로 펄쩍 뛰어오르기의 사투를 감행하는 끈질긴 생명력과 인내를 보여주는 것이다.

눈을 부릅뜨고 얼음 어항 밖으로 탈출을 시도한 얼음 물고기가 바로 김신용 시의 의미이다. 끝없는 추락과 모멸의 심연 속으로 빠져들던 자신이 그 속에서 눈을 부릅뜨고 관찰한 어둠의 세계를 혼신의 힘을 다해 고발, 폭로함으로써 그는 자신의 운명이 '쪼록꾼'이나 '지게꾼'에 그치는 것이 아닌 이 시대의 '진정한 시인'이라는 이름으로 귀결되고자 한다.

시인 김신용에게는 다른 여느 시인들이 줄 수 없는 어떤 강한 메시지가 있다. 1950년대 상황하에서 고아가 된 한 인간이 얼마나 깊은 나락의 끝까지 내려갈 수 있는지 그리고 그 나락의 늪에서 그 어둠의 늪을 헤엄치고 있는 삶의 군상들을 눈을 크게 뜨고 얼마나 열심히 관찰하였는지, 그리고 그 나락의 늪을 끝까지 구석구석 파헤쳐 보여주는 솔직한 글쓰기를 통하여 그가 속하기를 염원했던 사회의 구조틀 속 지상의 세계에 있는 사람들이 도달하기 힘든 처절하고도 진실한 시의 晶體 경지를 보여준 것이다. '번뇌는 별빛'이라는 종교적 승화의 시구절을 가장 구체적인 표정의 글쓰기로써 보여준 시인이 김신용이다.

> 만약
> 내 관을, 아프리카 사람들이 만든다면
> 어떤 모습일까?
> 나는 지금 시인이므로 시집 모양일까?
>
> 「벌거벗은 棺」 부분

동박새와 해오라기 사이에서

- 김규태의 『흙의 살들』

　김규태의 『흙의 살들』(2005)은 『鐵製 장난감』(1957), 『졸고 있는 神』(1985), 『들개의 노래』(1993) 이후 그의 네 번째 시집에 해당된다. 그의 시집들은 거의 십여년에 한 번꼴로 나오기 때문에 그의 시집 개개의 특성을 고찰하는 것은 그의 시세계의 변모를 추적하는 것이 되는 셈이다. 그런데 그의 시세계는 시집 그 자체로는 복잡하면서도 이질적인 사유와 시각이 드러나지만 전체적 시편들을 살펴볼 때 비교적 유사한 경향을 심화시켜 보여주고 있다.

　『철제 장난감』, 『졸고 있는 신』, 『들개의 노래』 시편들은 모두 그 제목과 그 제목을 단 시편들이 현실적 발언을 향하고 있으나 그 시집들의 주요 내용항은 시인 자아의 내면과 내분에 초점이 맞추어져 있기 때문에 그가 '내분'이라고 칭했던 초기시편들의 이중적 특성을 벗어났다고 보기 어렵다. 그 특성이란 현실적 발언을 취한 시편들이 약간씩 있으면서 자아의 카오스적 내면에 관한 형상화가 중심적이라는 것이다.

　이것은 시적 자아의 양상에서 구체적으로 나타나는데 그것은 '벌레'로부터 '신'의 권능을 지닌 존재에 이르기까지 양극단으로 나타난다. 즉 그는 현실적 바탕과 자아의 이상과 욕망 사이에서 꽤 갈등했던 것 같고 그 갈등의 궤적이 바로 그의 시의 근간을 흐르고 있다.

그의 최근 시집인 『흙의 살들』 또한 이러한 그의 시세계의 변화의 흐름에 연속선상에서 살펴 볼 수 있다. 그의 이전 시집들의 민중적이고 사회적인 뉘앙스를 풍기는 시집 제목과 실제 자기 분열적이고 성찰적인 시집 내용의 불균형적인 면모를 '흙의 살들'이란 제목의 이번 시집도 그 특성을 공유하고 있다. 그러나 『흙의 살들』은 이전 시집에서 보여주었던 이상주의적 자아와 자아 내면의 카오스적 자아 간에 이루어지는 자기 확장과 자기 축소의 역동적 움직임이 다소 정적인 것으로 변화되어 있다.

즉 자아 내면의 카오스적 자아를 형성하는 자아의 타자성에 대한 자기 성찰적 면모가 주변의 자연물과 새, 나무 등에 이입되어 있다. 그의 시에 형상화된 자연과 자연물들은 대체로 그가 비판하는 인간세계의 유추적 사유의 형상화이거나 자기 내면의 투명체이기 때문에 자연을 통한 인간의 교감이나 신성성 체험과 같은 낭만주의적 사유와는 거리를 두고 있다.

그의 시의 주제나 제재는 자연이나 주변 자연 생물, 주변의 사물 등에 초점을 두고 있어서 얼핏 보아서는 잘 드러나지는 않으나 그가 취한 제재의 형상화 방식이나 주제 등을 고찰해 본다면 그의 시는 매우 어둡고 우울한 내면의 방향성을 보여준다고 할 수 있다. 그의 시가 지닌 어둠은 마치 먹물 한 방울이 맑은 물을 모두 회색으로 만드는 것과 같은 방식을 보여주는데 일반적으로 시인들이 희망과 신성성을 느끼기 쉬운 제재들조차 대부분 암울하고 어두운 사색의 방향성을 보여주기 때문이다.

이러한 어둠의 원인은 표면적으로는 그의 이전 시세계의 내용이 그러했듯이 이상주의적 자아가 개척해야 할 사회적 부조리나 현실을 향한 것 같으나 그 표면을 조금만 벗겨보면 자기내부 더 근원적으로는 자기의 타자성, 자기 영혼의 빛에 대한 회의와 부정에서 비롯한 것이다. 이 점은 그의 시를 매우 개성적인 것으로 만드는 지점이기도 하는데 그의 시가 언뜻 잘 안 읽혀지는 이유 중의 하나가 형상화 방식과 제재의 취급 방식이 다른 시인들의 방향과 대조적이며 낯선 측면을 지니기 때문이다.

나는 해협에 누워 있을 것이다.
그때 찬란한 어족처럼
빤짝이는 비늘을 달고
먼 태양의 눈짓과 교감할 것이다.

어둔 해협은
나의 욕망과 절망이 시작되는 깊은 물목,
불현듯 한류에 젖어드는 피부는
한없이 떨고 몸은 고드름처럼 차가와 질 것이다.
심해의 표면과 하늘의 원색이 만나는 곳
나는 사생아처럼 거기 검은 조류 속에
떠 꿈꿀 것이다.

「꿈꾸는 海峽」 전문

태초의 바다에
너는 빛나는 의문처럼 떠 있다
오로지 단절로 살아 있는 혼이랄까
너와 둘이서 얼굴을 맞대고 있는 동안
융합과 분리의 눈짓이
어떻게 상반되는가를 안다
절대 중립이 네 몸의 존재론이다
혼자 요동하고 잠들고 절로 깨어난다
나는 가끔 피곤하여
그의 무릎에 엎드린다

홀로 버티고 있으므로
살아 있는 흔적이 되려 한다

「섬」 전문

　전자의 시편은 이전 시집에 수록된 것이며 후자의 시편은 『흙의
살들』에 수록된 것이다. 두 시편들의 공통적인 점이라면 '바다'에 떠
서 움직이는 존재들이라는 점이다. 떠서 움직이고 부표하는 제재들은
김규태 시편의 특징적인 측면이기도 한데 '다리'나 '섬'조차 그에게는
떠서 움직이는 浮動의 것들이다.

　'바다에 떠 있는 존재'는 전자 시에서는 '심해의 표면'과 '하늘의 원
색'이 만나는 그 지점에 '유동적'으로 '떠' 있다. 즉 '해협의 표면 위'
에서 태양의 눈짓과 교감하며 꿈을 꾸는 자아와 '해협의 아래'에 고드
름처럼 차고 검은 한류에 등이 오싹해지는 자아는 동시에 공존한다.

　그리고 그 심해란 시인의 자아에 내재하는 카오스적 어둠의 표상인
데 그 '심해'에 대하여 그는 "나의 욕망과 절망이 시작되는 깊은 물
목"이라고 서술한다. 그 속에서 떨며 떠도는 '나'는, 그러나 하늘의
원색을 만나서 먼 '태양의 눈짓'과 교감할 것이라고 한다. 즉 '자아'
가 지닌 카오스적인 불안정한 유동적인 힘의 물결이, '태양'으로 표상
된 '이상주의'를 지향하는 '어떤 영웅'인 '자아'를 지탱하고 있다.

　후자의 시에서 '바다에 떠 있는 존재'는 '나'가 투영된 '섬'으로서
"혼자 요동하고 잠들고 절로 깨어나"면서도 '절대 중립'의 존재론을
지켜 나가려 한다. 전자의 시세계의 특징적인 국면인 '이상주의적 자
아'를 떠받치는 유동적인 '카오스적 자아'의 역동성은 "절대중립"과
"융합과 분리의 눈짓" 혹은 "혼자 요동하고 잠들고 절로 깨어나"는
움직임으로 변주되어 있다.

　그런데 이전의 시편들과 변화한 측면은 '이상주의적 자아'와 '카오

스적 자아'간의 환상과 현실을 뒤바꿈하며 오가는 상상력의 측면에서
그 두 자아의 상충적 국면에 대한 응시나 자아의 카오스적 어둠에 대
한 다소 정적인 응시의 측면이 강화된 부분이다.

자아의 카오스적 어둠이나 타자성에 관한 사유는 이전 시세계에서
는 주로 떠서 유동하는 자아의 형상화나 구체적인 형상물로는 '벌레'
의 형상화로 나타났었다. 이때 '벌레'란 '죽음'의 표상으로부터 '자연'
속 풀벌레의 표상에 이르기까지 자아의 경계가 동요하는 표식이자 그
것을 평정시키는 또 하나의 상징물로서 나타났다. 또한 '벌레'는 자신
의 한 분신이면서 자신의 숨기고 싶은 내면의 한 일단이 되기도 하고
자연의 '풀'과 결부되면 더없이 순수한 자아의 상징이 되기도 하였다.

이번 시집에서는 이와 같은 특성을 지닌 '벌레'에 관한 사유가 '먹
물', '멍' 등으로 변주되어 나타나고 있다.

> 태양으로부터 어떤 저주를 받았을까
> 이미 풋감일 적부터
> 몸의 중심부에
> 먹물이 서서히 스며들고 있었다
> 마치 심장 부근에
> 불타는 화살이 꽂혀
> 흔적이 영 사그라지지 않듯이,
>
> 어릴 적 먹감나무 꽃인 줄 모르고 따먹었다
>
> 달콤한 유혹같이
> 배어드는
> 어떤 충만감 때문이었을까
>
> 내 평생의 멍이 될 줄 모르고 따먹었다

「먹감꽃」 전문

그 때 내가 본 것은
누에가 까맣게 파먹은
내 심장의 한 모서리였다
그토록 뛰쳐나가고 싶어
안달하던 초상화 한 조각이 폭발하여
하늘의 빈자리에 부적처럼 걸릴 줄 몰랐다

이슬보다 흥건히 배인 땀방울이
등줄기를 타고 내렸다

그 때 비로소 끝없는 소멸과
생성의 차가운 고리가
거기 살아 움직이고 있음을 알았다

「일식에 대한 추억」 전문

매는 사납지만
하늘을 유연하게 선회할 줄 안다
살의는 부드러운 깃 속에 감추고
움직이는 것을 향하여 기수를 돌린다
어느 날 매는 죽지만
머리를 함부로 떨어뜨리지 않는다
사나운 것은 죽음에 이르지 않는 한
날개를 접을 뿐 무릎은 꿇지 않는다
한 생애동안 몇 번씩이나
무릎을 조아리는 먹물과는 사뭇 다르다

「새는 무릎을 꿇지 않는다」 전문

첫 번째 시편은 '풋감'일 때부터 먹물이 스며든 '먹감꽃'을 시인의
"심장에 꽂힌 화살"이나 "평생의 멍"으로 형상화하고 있다. 두 번째
시편은 '일식'의 풍경을 "누에가 까맣게 파먹은 내 심장의 한 모서

리"로 형상화되고 있다. 그런데 여기에서 "끝없는 생성과 소멸의 차가운 고리"를 인식한다. 즉 첫 번째 시편에서 '먹감꽃'에 스며있는 '먹물' 빛은 자아 내부가 지닌 근원적인 '타자성'에 관한 사유와 그 맥이 닿아 있다. 김규태 시인의 시편에는 자신의 '혼'이 원래부터 '갉아먹어' 있다든지 자기 내면의 어떤 한 부분에 대한 견딜 수 없음에 관한 인식이 늘상 작용하고 있다.

두 번째 시편에서는 이러한 자기 내면의 혼이 지닌 빛깔에 대한 견딜 수 없음이 '자기 소멸'인 동시에 '자기 생성의 차가운 고리'가 됨을 형상화하고 있다. 이전의 그의 시세계는 자아의 카오스적 어둠이 동요하는 표식으로서 과장된 자기 확장과 자기 축소 및 자기 내부 경계의 유동성이 '이상주의적 자아'와 '카오스적 자아'의 상충적이면서 떠받치는 관계로 표현되었다. 그런데 이번 시집에서는 이 두 자아가 지닌 역동적 관계에 대한 다소 정적인 자기 응시와 성찰이 돋보이고 있다.

세 번째 시편에서는 '먹물'이 부정적인 것, 극복해야 할 타자성으로서 형상화되고 있다. 즉 '날개를 접을 뿐 무릎을 꿇지 않는' 새를 통하여 '무릎을 조아리는 먹물'을 대조적으로 나타낸다. 이때의 '먹물'이란 극복해야 할 부정적이고 굴절적 속성으로 형상화되고 있다.

이상의 시편들에서 볼 때 '먹물', '멍' 등은 시인이 지닌 자기의 근원적인 혼에 깃든 타자성에 대한 것으로부터 자기 내면의 경계가 동요하는 표식으로서의 것, 그리고 이상주의적 자아가 극복해야 할 부정적인 것에 이르기까지 다양한 역에 걸쳐져 있다. 이것은 김규태 시인의 이전 시집들에서 '눈동자'에서 끊임없이 나오는 '벌레들'에 대한 상상에서 평화로운 존재로서의 풀과 결합된 '벌레', 떨어지면서 자기 몸의 열배로 우는 '벌레' 즉 '벌레'가 지닌 함의와 유사한 관계에 있다.

그런데 시인의 '먹물', '멍', '근원적인 어둠'에 관한 사유가 이전의

'벌레'에 관한 사유에서 변화된 부분은 타자성에 동요하고 공포에 떠는 자아의 형상화가 아니라 그것을 인식하고 관조하는 자아의 형상화가 중심적이라는 점이라고 할 수 있다. 그런데 그가 자연과 세계에 대한 인식상은 이전의 시세계보다 더욱 암울하게 간접적으로 형상화되고 있다. 즉 이전 시집의 시편들에서는 적어도 현실, 사회의 개선의지나 혹은 자연, 신의 신성함에 대한 인식이 약하게나마 자리 잡고 있었다.

그런데 이번 시집의 경우는 어떤 시편에서도 현실에 내재한 희망이나 자연의 신성성에 관한 인식이 잘 드러나 있지 않다. 그가 시 쓰기에 대하여 "시는 인생에 거의 무익하다고/ 속으로 되씹으며 고뇌해온 일,/ 거의 희망 없는 일이라고 절망하면서/ 매달리어 살아 온 것"(『흙의 살들』, 「시인의 말」중)도 '어둠의 시대'로서의 현실에 대한 인식이 전제로 깔려 있기 때문이다.

그리고 이 시집에는 "분초를 몇 번을 숨 가쁘 반복하는" '동박새'의 사는 방식과 "너무나 느릿하고 여유 있게 사는" '해오라기'의 사는 방식 사이에서 갈등했던 자신의 인생에 대한 '지식인으로서의 회한'이 담겨 있다("물론 동박새처럼 사는 길도 있고 해오라기처럼/ 너무나 느릿하고 여유있게 사는 길도 있다./ 나는 어느 쪽에도 들지 못한다", -『흙의 살들』, 「시인의 말」중).

『흙의 살들』은 인간 내면의 苦에 관한 철저한 응시를 보여주며 섣부른 희망이나 행복을 유추시키는 귀결 방식을 결코 보여주지 않는다. 이것은 시 창작에 있어서 매너리즘적인 형상화를 탈피하려는 그의 개성적 의도이기도 하다. 이러한 김규태 시인의 시 빛깔은 단정한 '먹물빛'이라고 할 수 있는데 그것은 사회와 현실 그리고 인간이 본원적으로 지닌 타자성을 냉정하면서도 철저하게 응시하는 자의 일관된 빛깔이기도 하며 섣부르게 어떤 조류에 겉으로 반응하지 않는 지식인으로서의 몸가짐과 무게를 지닌 빛이기도 하다.

서정주 시에 나타난 전이의 글쓰기

1.

'전이transference'는 프로이트의 『히스테리에 관한 연구』에서 처음 나온 것이다. 피분석자가 분석 내용에서의 소망 대상이 분석자에게로 사적으로 빈번하게 일어나는 것을 일컬어 프로이트가 지적한 것이다. 그런데 그는 이를 잘못된 연결이라고 칭하며 방어하려는 태도를 취했다.[1] 분석 현장에서 전이 문제가 본격적으로 부각된 것은 프로이트의 「도라 케이스」가 처음이다.[2] 「도라 케이스」에서 피분석자인 도라는 아버지에 대한 사랑을, K씨 그리고 정신 분석자인 프로이트를 통하여 전이적 사랑을 경험한다.

이때 전이란 피분석자가 그를 둘러싼 주요 상황에 대한 상대자로서 분석자를 상상하게 되는 현상을 가리킨다. "전이는 분석적 상황에서 생기며 환자의 유아기적 희망들이 분석가라는 인물로의 무의식적 투사(projection) 속에 존재한다고 할 수 있다. 이 과정은 정상적으로 분석가와 어린 시절의 중요한 인물과의 동일시를 통해 이루어진다."[3]

---

1) 프로이트, 김미리혜 역, 『히스테리 연구』, 열린책들 pp.404-405. 참조.
2) 박찬부, 『현대정신분석비평』, 민음사 p.242 참조.
3) 이 과정은 분석가와 어린 시절의 중요한 인물과의 동일시(Identification)를 통해 이루어진다. 엘리자베스 라이트 편, 박찬부 역, 『페미니즘과 정신분석학사전』, 한신문화사, 1997, p.681. 참조.

정신치료적 국면에서 프로이트가 전이에 관하여 소극적 입장이었던 것에 비해[4] 라캉은 전이와 역전이[5]가 불가분하게 연결되어 있음을 지적하고 프로이트 자신의 역전이 현상을 주목, 분석자의 언술적 권위와 지배에 대한 경계를 역설한다. 팰만은 전이를 통하여 안다고 생각되는 주체에 대한 신뢰를 교육현장에서의 교수와 제자의 관계에 적용시켜 보았다.

페미니스트들은 팰만을 견해를 통해 안다고 생각되는 주체에 대한 상상적 환상을 해체함으로써 팰러스 중심적이고 권위적 견해를 거부하고자 하였다.[6] 크리스테바는 전이 담론을 통하여 분석자는 '사랑'에 차 있는 절대적 존재로서 피분석자의 이상을 화해시켜 주며 분석이 실현되는 정신 공간을 창조할 것을 강조하였다.

그는 전이와 역전이를 '사랑'이라는 정서를 일으키는 역학관계로 서술하면서 환자에 대한 분석자의 원초적 어머니, 혹은 엄격한 아버지로서의 '전이'의 사랑 속에서 피분석자를 이해할 것을 강조하였다. 그 가운데 피분석자는 상상계, 상징계, 실재계를 분류화 하고 자신의 현실을 연약하게나마 재축조할 수 있다고 보는 것이다.[7]

크리스테바가 말하는 전이는 프로이트가 방어하고자 했던 국면과는 반대로 정신분석적 치료에 이를 긍정적으로 활용한 것이다. 피분석자와 분석자는 각각 주체와 모체를 그 원형적 모델로 한다. 그리고 주체의 내적 인식과 그 변화 과정으로서 '주체(피분석자), 대상, 대타자

---

4) 이후 프로이트는 「도라 케이스」를 계기로 「전이의 역동성」, 「회상, 반복 그리고 심화 작업」을 거치면서 전이 개념을 정신 분석학의 핵심 개념으로 떠올린다.
박찬부, 『현대 정신분석 비평』, p.243.
5) 역전이는 "개인적인 정신분석 화자에 대한-특히 피분석자 자신의 전이에 대한-분석가의 무의식적 반응의 총체"라고 광범위하게 정의되고 있다.
6) 엘리자베스 라이트, 위의 책 pp. 683-687. 참조.
7) Julia Kristeva, Tales of Love, Columbia Univ, trans by Leon S. Roudiez, 1987, pp.7-12. 참조.

(분석자)의 전이[8] 관계'[9]를 이용하는 것이다.

분석자와 피분석자 간의 언어활동을 통하여 충동의 욕망, 기억 사이에 열린 유동적 역학을 살펴 볼 수 있다는 것이다. 그 가운데 피분석자는 모성적 대상을 향한 동일화의 반복으로써 자기 정체성을 띠는 모습을 보여준다. 정신분석적 전이는 주체와 대상간의 경계 소멸의 지점에서 분리되지 않은 주체와 의미 영역의 상호작용을 보여준다.

이런 점에서 그는 주체와 대상의 경계선이 혼동되는 이 언술행위가 상호 간에 미치는 유기적 관계를 지칭하여 은유의 역학이라고 말한다. 은유의 역학이란 과정 중의 주체가 언술행위 속에 모체와 같은 대타자를 존속시키고 동화하는 관계를 기반으로 한다. 전이의 역학을 통하여 주체의 존재는 변형되고 활력을 발휘하며 기호들의 일의성은 암시적 의미로 분해 된다.

주체는 상실된 대상을 불러들이면서 그를 향한 동일화를, 언어 기호를 통한 동화작용으로써 보여준다. 주체의 대타자를 향한 동일화는 주체 내부에 공존하는 내적 대타자를 발견하는 나르시시즘적 구도를 보여준다. 이를 분석자의 입장에 보면 사랑에 차 있는 대타자로서 이상적인 대아와 대아의 이상을 화해시켜 주고 후에 분석이 실현될 수 있는 정신적 공간을 축조하는 것이다.

---

8) 프로이트는 전이를 두 종류로 나누어 본다. 첫 번째의 전이는 하나의 사랑으로부터 다른 사상으로 감정이 자리를 이동하는 것이고 두 번째의 전이는 치료과정에서 환자가 분석자를 향한 사랑의 양도이다. 크리스테바는 두 번째의 전이를 감정전이라고 하며 이를 전이의 사랑에서의 세 가지 역학을 전제한 데서 이루어지는 것이라고 지적한다. 전이의 사랑이란 주체(피분석자), 상상계나 현실계의 사랑의 대상, 그리고 이상적 권능을 대신하는 제3자인 절대타자(분석자)의 역학을 토대로 한다.
Julia Kristeva, In Praise of Love, Tales of Love.

9) 이를 나르시시즘 구조Narcissism structure라고 한다. 프로이트가 나르시시즘을 자기애에서 대상애로의 발달 단계로 보는 것에 반대하면서 크리스테바는 그것을 모체로부터 상징화로의 협상을 보여주는 구조로 본다. 나르시시즘을 통한 동일화 과정은 타자와의 언술행위를 통해서 이루어지는데, 함께 말을 반복, 재생산하는 동화 과정의 가운데 유아는 하나의 주체가 된다.
Kelly Oliver, The Imaginary Father, Reading Kristeva, Indiana Univ, 1993, pp.69-90.

이 글은 크리스테바의 논의를 중심으로 정신 분석적 상황에서의 전이 현상을 문학 작품 상황 속에 적용시켜 보고자 한다. 시인이 어떠한 인물과 상황으로 자신을 전이시키는지 그리고 그것에 관한 천착을 통하여 어떠한 내적 변화를 드러내는가를 살펴보고자 하는 것이다.

이 글에서는 서정주의 시편에서 시인이 주로 설화 속 주인공과 그 상황으로 전이한 작품들을 그 대상으로 삼는다. 특히 서정주의 「춘향연작」은 시인의 설화 속 상황에 대한 전이 양상과 시인의 연속적인 내적 추이를 고찰하는 것에 적절하다.[10)]

2. '유년시절 여인상'과 '이별 모티브'의 관련성

서정주의 시편과 그의 기억에 의한 유년 시절의 글, 그리고 그가 관심을 보인 신라 설화의 상상력에 의한 詩作 대상을 살펴보면 끊임없는 여성에 관한 몽상과 지향이 나타난다. 등장하는 여성들은 외할머니, 할머니, 어머니, 순네, 숙이, 유나, 서운니, 요시무라 여선생, 여승 등의 인물이다.

외할머니와 할머니는 청상과부의 한을 지닌 이들이다. 어머니는

---

10) 춘향전의 시적 변용은 서정주 뿐만 아니라 김소월, 김영랑, 박재삼, 전봉건, 최하림, 송수권 등에 의하여 다양하게 이루어진 바 있다. '다른 시인들의 작품이 단편적인 변용인 데 비하여 서정주와 박재삼의 연작시들은 연작시 안에 흐르는 일관된 주제가 있고 이미지와 어조 면에서 일정한 성과에 도달했다'(이경수, 서정주와 박재삼의 춘향 모티프 시 비교 연구, 『민족문화 연구』 29호, 고려대 민족문화 연구소)고 할 수 있다. 그런데 박재삼의 연작은 작중 인물에 대하여 시인이 비교적 객관적인 거리를 유지하여 시인의 전이 현상을 고찰하는 것이 어렵다. 그에 비해서 서정주의 경우는 시적 화자와 작중 인물의 발화가 일치한다. 또한 시간적 간격을 두고 그 상황에 대한 연속적인 연작을 보여 주고 있으며 춘향 연작뿐만 아니라 다른 설화적 인물인 선덕 여왕, 사소, 수로 부인 등에 관하여도 연작을 쓴 바 있다. 이들은 대체적으로 발표 순서대로 연작 번호를 붙인 것으로 보인다. 그 예로 「선덕여왕의 말씀」이 『신라초』(1960)에 「우리 데이트는 -선덕여왕의 말씀 2」이 『서정주문학전집』(1972)에 실렸다. 또한 「꽃밭의 독백 -사소 斷章」(『思潮』, 1958. 6)과 「사소 두번째의 편지 斷片」(『사상계』, 1960. 1) 그리고 「노인 헌화가」(『현대문학』, 1957. 4)와 「수로부인의 얼굴 -미인을 찬양하는 신라적 어법」 (『사상계』, 1962. 10)의 발표 일자를 들 수 있다.

"신라계통의 자연주의적 전통을 호흡"[11]하였다고 한다. 숙이는 토혈하며 죽어갔으며 유나는 「부활」에서 스물살 쯤에 꽃상여에 실려 간 이로 나타난다. 서운니는 어린 서정주에게 뒷날의 그에게 깊은 영향을 주었던 설화적 세계의 신비를 가르쳐 준 요절한 소녀이다.

요시무라 선생은 서정주의 첫사랑격인 대상으로 서정주의 시 창작 연습이나 감성 형성에 큰 영향을 끼친 인물이다. 그는 젊어서 남편과 두 아들을 잃고 타국에서 아이들 가르치는 일을 위안으로 삼는 아름다운 여인이다. 그리고 여승 역시 젊어서 아이를 잃고서 소박을 맞고 떠돌다가 스님이 된 고운 여인이다.[12]

서정주의 유년 시절, 그에게 깊은 영향을 주었던 혹은 애틋한 마음을 품게 하였던 인물의 공통 특성은 아름다운 여인이다. 그것도 어린 나이에 과부가 되거나 혹은 요절하거나 간에 한을 간직한 여인들로서 대체로 누이뻘이 된다. 특히 서정주는 詩作에서 박혁거세의 어머니인 사소나 박제상의 부인인 수로 부인, 그리고 선덕 여왕 등에 매료된 모습을 보여준다.

이러한 신라 설화의 인물들도 "어머니는 아무래도 박혁거세의 어머니나 박제상의 부인 같은 신라 계통의 정신을 가졌던 분이었던 듯하다."[13]는 것처럼 그의 유년 시절 어머니를 비롯한 추억 속 여인들의 모습을 닮아 있다. 즉 설화 속 여인들이 처한 상황의 설정이 유년시절에 그가 접했던 어머니와 누이들의 상황과 깊은 관련성을 지닌 것이다.

그의 어린 시절 삶에서 아름다움을 지니면서도 한스러운 운명을 감수해야 했던 여인들은 무한한 동경의 대상이었고 서정주는 이와 관련한 그의 시적 역정에 대하여 '누님 찾아가기'[14]라고 단언한 바 있다.

---

11) 서정주, 『서정주 문학전집 3』, 일지사, 1972, p.11.
12) 앞의 책, 「내마음의 편력」 참조.
13) 앞의 책, p.12.

그리고 그는 시편들에서 빛이나 신성스런 꽃 등의 자연물을 통해 저 승에 있는 유년시절의 여인들을 느끼는 신비로운 몽상을 보여준다. 그 내적 심리는 설화 중에서도 도둑이 데려간 누님을 모셔 오는 이야 기 속 상황을 시의 제재로 선택한 것과 무관하지 않다.

시인이 아름다운 여인과의 사랑과 이별 상황을 주요 모티브로 삼는 것은 이러한 그의 유년시절 한스러운 여인에 대한 추억과 많은 관련 이 있다. 시인은 설화 속의 애틋한 사랑에 잠긴 다양한 인물을 통해 그의 내적 목소리를 발화하고 있다.

> 언제던가 나는 한 송이의 모란꽃으로 피어 있었다.
> 한 예쁜 처녀가 옆에서 나와 마주보고 살았다.
>
> 그 뒤 어느 날
> 모란꽃잎은 떨어져 누워
> 메말라서 재가 되었다가
> 곧 흙하고 한세상이 되었다.
> 그게 이내 처녀도 죽어서
> 그 언저리의 흙 속에 묻혔다.
> 그것이 또 억수의 비가 와서
> 모란꽃이 사위어 된 흙 위의 재들을
> 강물로 쓸고 내려가던 때,
> 땅 속에 피어 있던 처녀의 피도 따라서
> 강으로 흘렀다.
>
> (중략)
> 뜰에 내린 소나기도
> 거기 묻힌 모란씨를 불리어 움트게 하고
> 그 꽃대를 타고 올라오고 있었다.

---

14) 『서정주 문학전집 4』 p.98.

그래 이 마당에
現生의 모란꽃이 제일 좋게 핀 날,
처녀와 모란꽃은 또 한번 마주보고 있다만,
허나 벌써 처녀는 모란꽃 속에 있고
전날의 모란꽃이 내가 되어 보고 있는 것이다.

「因緣說話調」

이 시는 한 송이의 모란꽃과 한 예쁜 처녀의 끊임없는 사랑에 관한 글이다. 그 만남은 죽어서는 재와 흙으로 되는 것을 비롯하여 물고기와 강물의 물살, 그 물고기를 먹은 물새와 강물이 증발된 구름이 된다. 이어서 사냥꾼의 총을 맞아 떨어지는 새와 소나기가 된 구름이 되고 그 새를 먹고 낳은 영아와 소나기를 맞고 싹튼 모란씨로 나타난다. 그리고 마침내 현생에서 모란꽃을 바라보고 있는 나와 활짝 핀 모란꽃이 된 처녀의 짝으로서 그 사랑은 아마도 영원히 이어질 것이다.

그 만남은 서로 온전히 만날 수 없는 안타까움을 깔고 있다. 서로 사랑하는 두 인물이 전생과 현생 그리고 후생을 통해 만남을 시도하지만 결국 엇갈리고 만다는 '인연설'은 이처럼 시인의 주요 시적 모티브로 수용되고 있다. 인연설은 시공간을 초월한 것이기에 몇 백년 몇 천년 전의 설화 속의 인물들의 만남과도 무관하지 않은 상상력을 발동시키는 기저가 되는 것이다.

「牽牛의 노래」 -'견우'와 '직녀', 「歸蜀道」 -'나'와 '님', 「추천사」 -'춘향'과 '향단', 「다시 밝은날에」 -'춘향'과 '신령님', 「春香遺文」 -'춘향'과 '이도령', 「善德女王의 말씀」 -'善德女王'과 '志鬼', 「娑蘇 두번째의 편지 斷片」 -'娑蘇'와 '아버지', 「老人獻花歌」 -'노인'과 '여인', 「숙영이의 나비」 -'숙영'과 '양산', 「쑥국새 打令」 -'나'와 달아난 '아내', 「因緣說話調」 -모란꽃인 '나'와 예쁜 '처녀', 「水路夫人의 얼굴」 -'水

路夫人' 이야기, 「贊成」 -'나'와 구토지설의 '토끼', 「우리 데이트는」
(善德女王의 말씀 2) -'善德女王'과 '志鬼' 등[15]

「국화 옆에서」의 누이와 나, 「견우의 노래」의 직녀와 견우, 「부활」
의 유나와 나, 「춘향유문」의 춘향과 이도령, 「선덕여왕의 말씀」의 선
덕여왕과 지귀 등은 사랑에 찬 두 남녀의 청자와 화자의 담론이다.
공통적인 것은 현생에서는 엇갈리는 만남의 사랑이다. 작품 인물의
한편은 지상의 세계에 발을 딛고 다른 한편은 천상의 세계에 살고 있
거나 헤어진 사람이다.
　시인은 이루어질 수 없는 만남의 담론 속으로 전이되면서 정서를
표출시키고 있다. 그리고 불교적 인연설의 수용이 전이 담론의 토대
로 작용하고 있는 것이다. 전생, 현생, 후생에서의 존재의 환생을 통
하여 시인은 자유롭게 설화 속 인물로 설정될 수 있는 상상력의 기저
를 마련한다.
　이것은 「해일」에서 바다에서 돌아가신 외할아버지를, 바닷물이 넘
쳐서 마당에 홍건히 고이는 날에 "노을빛처럼 불그레해져서 바다쪽만
멍하니 넘어다 보"던 외할머니의 모습이나 그의 방안에 들어온 가냘
픈 나비를 통하여 그가 갔었던 우동집의 팥각시의 영혼을 느끼는 것
등과도 유사한 메커니즘이라 할 수 있다.
　시인은 또한 여인들과의 사랑 관계에 있는 남성들, 수로부인에게
헌화가를 바친 노인, 선덕여왕을 사모한 젊은이, 직녀를 사랑하는 견
우 등의 입장에 서고 있다. 이것은 정신분석에서 발화자가 분석자와
의 관계에서 분석자를, 어릴 적 사랑의 대상으로 전이시키는 것에 견
주어 볼 수 있다.
　시인의 유년시절 여인상을 보여 주는, 설화의 특정한 상황 속으로

---

15) 『歸蜀道』, 『徐廷柱 詩選』, 『新羅抄』를 중심으로 살핀 것이다.

들어감으로써 이별 상황 속에 있는 아름다운 여인상을 절대화시키며 그를 향한 끊임없는 발화를 하는 것이다. 이처럼 서정주 시에서 인연설의 수용은 전이의 담론과 밀접한 관련을 지니고 있으며 주로 유년 시절의 추억과 관련지어서 여인과의 만남과 이별의 모티브를 통하여 정서를 드러내고 있다.

3. 「춘향 연작」에 나타난 전이의 글쓰기

서정주 시에서 설화의 시적 수용은 늘 설화 속 한 인물과 시인이 합치된 독백의 목소리를 낸다. 마치 시인이 설화 속 인물이 된 듯한 태도를 취하는 것이다. 서정주 시인은 인연설을 토대로 하여, 설화 인물들의 상황에 자신을 위치시킴으로써 설화 속 인물의 목소리를 낸다. '춘향'과 '이도령', '견우'와 '직녀', '선덕 여왕'과 '지귀', '유나'와 '나' 등의 인물의 관계는 한 인물의 입장에 섬으로써 타자를 절대화시킨다.

> 향단아 그넷줄을 밀어라
> 머언 바다로
> 배를 내어밀듯이,
> 향단아
>
> 이 다수굿이 흔들리는 수양버들나무와
> 베겟모에 뉘이듯한 풀꽃더미로부터,
> 자잘한 나비새끼 꾀꼬리들로부터
> 아주 내어밀듯이, 향단아
>
> 산호도 섬도 없는 저 하늘로
> 나를 밀어올려다오.
> 채색한 구름같이 나를 밀어올려다오

이 울렁이는 가슴을 밀어올려다오 !

西으로 가는 달같이는
나는 아무래도 갈 수가 없다.
바람이 파도를 밀어올리듯이
그렇게 나를 밀어올려다오
향단아.

「추천사」 - 춘향의 말

西으로 가는 달은 이상향을 향한 춘향의 바람이다. 그네는 산호도 섬도 없는 하늘로 오를 것 같은 희망을 품게 한다. 그러나 다시 그것으로 인해 상승되어 날지 못하는 자신의 굴레를 춘향은 상징적으로 인식한다. 그는 그네를 타며 아래의 지상 세계를 바라본다. 다수굿이 흔들리는 수양버들나무와 베겟모에 뉘이듯한 풀꽃더미, 자잘한 나비 새끼 꾀꼬리들. 이들로부터 멀어지고파 하는 춘향의 소망은 저 하늘처럼 완전하고 영원한 것을 향한 소망이다.

향단에게 그네를 힘껏 밀어 달라고 외치는 춘향은 서으로 가는 달처럼 갈 수 없는 인간으로서의 한계를 알고 있지만 소망한다. 현실적 구속으로부터의 자유로움에 대한 절실함은 '춘향'의 입장에 설 때 더 호소력을 지닌다. 춘향이 살았던 시대에 기생이라는 신분으로 인해 겪어야 했던 이도령과의 이별의 아픔이 깔려 있는 것이다.

이 글에서 주로 형상화하는 내용은 '이상향에 대한 동경과 인간으로서의 한계 자각' 정도로 나타낼 수 있다. 화자의 현재 처지와 내적 상태는 '저 하늘'과 '西으로 가는 달'의 내포적 의미와 대비된다. 향단이에게 건네는 말투는 어쩌면 심정적인 다급함을 담고 있는 시인의 인간적인 모습을 드러낸다.

그런데 일련의 춘향 연작에서 특기할 점은 춘향이를 화자로 하여 듣는 이가 다른 사람으로 옮아간다는 것이다.

①
산호도 섬도 없는 저 하늘로
나를 밀어올려다오.
채색한 구름같이 나를 밀어올려다오
이 울렁이는 가슴을 밀어올려다오!

西으로 가는 달같이는
나는 아무래도 갈 수가 없다.

「추천사」 (춘향의 말 1) 3, 4연

②
그러나 신령님…….
바닷물이 적은 여울을 마시듯이
당신은 다시 그를 데려가고
그 훠-ㄴ한 내 마음에
마지막 타는 저녁 노을을 두셨습니다.
그러고는 또 기인 밤을 두셨습니다.

신령님…….

「다시 밝은 날에」 (춘향의 말 2) 6, 7연

③
저승이 어딘지는 똑똑히 모르지만
춘향의 사랑보단 오히려 더 먼
딴 나라는 아마 아닐 것입니다.
천길 땅 밑을 검은 물로 흐르거나
도솔천의 하늘을 구름으로 날더라도
그건 결국 도련님 곁 아니예요?

「춘향유문」 (춘향의 말 3) 3, 4연

'향단이'에서 '신령님', '도련님'을 향해 춘향이의 발화를 진행시키고 있다. 자신의 괴로운 내적 상태를 수화자를 달리하면서 반복 서술하고 있는 셈이다. 위의 지문이 춘향연작의 부분 인용이지만 그 시에서의 중심적인 내용을 담은 부분을 뽑은 것이라는 점을 고려할 대 시의 주제적 방향이 시인의 특정한 상황에 대한 반복적 발화를 통하여 어떠한 변모를 지니는지 살펴 볼 수 있다.

즉 ①에서는 '西으로 가는 달' 같이는 갈 수 없는 그네로 상징되는 인간의 굴레에 매인 상황과 이상향에 대한 동경이 작품의 주조를 이룬다. ②에서는 타는 '저녁 노을'과 '기인 밤'으로 표상되는 님과의 이별의 정서를 신령님에게 호소하고 있다. ③에서는 시의 전편이 춘향의 사랑의 깊이에 대해 비유적으로 도련님에게 노래하고 있는데 저승을 넘어서는 육체를 벗어난 영혼의 사랑을 이야기한다.

수화자가 '향단'과 '신령님'에서 '도련님'으로 바뀌어졌는데 님에 대한 사랑 혹은 님의 이미지를 담지한 이상향에 대한 동경을 초점으로 하고 있다. 그런데 그 과정은 사랑의 내적 승화 과정을 보여 준다. 그것은 구체적으로 '자잘한 풀꽃데미'에서 '타는 저녁노을과 기인 밤'을 통한 '도솔천의 하늘'이라는 초월적 세계로 표상된다.

시인은 공통된 화자인 춘향의 입장에 섬으로서 감정의 연속적인 추이를, 글쓰기를 통해 드러내는 것이다. 그 속에서 자신의 존재가 투영된, 설화 속 이별의 상황을 길들이는 것이다. 이것은 정신 분석에서 피분석자가 자신의 경험에 대한 말하기 치료의 효과와 유사하다고 할 수 있다. 화자는 처한 상황에 대한 말하기의 반복을 통하여 차이를 만들어 내고 사후적16)인 생각을 만들어 나가는 것이다. 하나의 상황

---

16) 사후성이란 정신적 시간성과 인과성에 관한 프로이트의 견해와 관련하여 그가 자주 사용한 용어이다. 경험과 인상, 그리고 기억의 흔적들은 후일에 새로운 경험이나 새로운 발전 단계의 성취에 부합하도록 수정될 수 있다는 것이다. 그 경우 그것들은 새로운 의미뿐만 아니라 정신적 효과까지도 부여받을 수 있다. Jean Laplanche and J.B Pontalis,

을 사후적인 생각을 통하여 길들이는 셈이다.

전이된 상황으로 들어가 시적 발화로서 감정의 연속적 추이를 보여
주는 것은 新羅始祖 朴赫居世의 어머니인 娑蘇의 連作에서도 볼
수 있다. 娑蘇가 처녀로 아이를 잉태하여 神仙修行을 떠나기 전 그
의 집앞의 꽃밭에서의 독백인 「꽃밭의 獨白- 娑蘇 斷章」과 그 후속
편인 娑蘇가 산에 간 지 이듬 해 가을에 아버지에게 보낸 「娑蘇 두
번째의 편지 斷片」에서 드러난다. "벼락과 海溢만이 길일지라도/ 門
열어라 꽃아. 門 열어라 꽃아."를 되뇌이는 독백에서 "피가 잉잉거리
던 病은 이제는 다 낳았습니다."라는 내적 변모 양상을 보인다. 이것
도 시인이 사소의 운명적 체험을 치열하게 경험한 전이의 글쓰기를
통한 것이라 할 수 있다.

서정주의 시에서 『화사집』의 관능적 세계에 휩싸인 혼란과 갈등에
찬 자아가 『귀촉도』 이후 모성적 세계를 보여주는 안정적이고 정립
적인 국면으로 나아가는 데에는 시인의 대타자를 이상화하는 사랑의
담론과 깊은 관련이 있다. 이별과 사랑의 상황이라는 설화 속 장면의
한 화자의 입장에 끊임없이 섬으로써 사랑의 대상에 자신의 대타자를
끊임없이 투영시키는 것이다.

자아의 대타자가 승화되는 국면은 그가 상정하고 동일화하는 시적
대상이 '가시내'에서 '누이', 그리고 '선덕여왕'에서 매서운 새가 비켜
가는 '동천의 달'로 변화하는 것에서 특징적으로 나타난다. 서정주는
이별의 상황과 사랑의 상황 속에 처한 화자의 입장을 상정한 끊임없는
시 쓰기를 통하여 자신 내부의 대타자를 은유적 대상으로 승화시킨다.

> 내 마음 속 우리님의 고운 눈썹을
> 즈믄밤의 꿈으로 맑게 씻어서

The Language of Psycho-Analysis, 박찬부, 앞의 책, p.279에서 재인용.

하늘에다 옮기어 심어 놨더니
동지 섣달 날는 매서운 새가
그걸 알고 시늉하며 비끼어 가네

「冬天」

'우리님'과 '달'이 '여인으로 표상된 대타자'와 그를 상기시키는 '자
연물'이라면 "즈믄밤의 꿈으로 맑게 씻어서 하늘에다 옮기어 심어"
놓은 '고운 눈썹'은 시인이 간절하게 영혼을 불어 넣은 은유의 대상
이다. 그때 그것은 신성스런 존재로 승격된다. 타자와 함께 이동하는
주체의 담론 속에서 매개를 통하여 전이되어 동일화로 가까워지는 나
르시시즘의 구조를 드러낸다.

즉 사랑의 담론에서 서로의 이상화 거울로 상승되는 주체들이다.
'나'와 '고운님'의 '눈썹' 간의 투명한 자장을 비켜나르는 '매서운 새
의 날개짓'이 이를 보여준다. 시인의 주체는 절대타자를 향하여 은유
적으로 동화되면서 내적 발견과 정신의 高揚을 드러내고 있다. 이것
은 시인의 고통스런 경험을 감내하는 치열한 글쓰기의 결과일 것이다.

4.

이 글은 분석자와 피분석자 간의 전이의 역학을 작품분석에 적용하
였다. 전이의 역학이란 일종의 사랑의 역학이다. 왜냐하면 피분석자가
자신의 주요한 상황과 사랑의 대상을 분석자에 합치시키면서 그 대상
을 향한 끊임없이 발화 가운데 그가 사랑의 대상에 자신의 대아를 합
치시키는 심리를 근저로 하기 때문이다.

서정주의 시에서도 은유적 이미지를 통하여 사랑의 대상을 고양시
키는 면모가 특징적으로 나타난다. 그는 주로 이별의 상태에 있는 사

랑의 담론, 구체적으로는 춘향과 이도령, 사소와 선덕여왕, 견우와 직녀 등과 같은 설화의 담론 속에 자신의 상황과 감정을 전이시킨다. 특히 춘향연작들은 사랑의 대상을 염두에 둔 끊임없는 발화를 통하여 시인의 내적 상태가 고통에서 사랑으로 충만한 존재로 변화하는 양상을 연속적으로 보여준다. 이 변화는 사랑의 대상을 향한 은유적 글쓰기의 힘이다.

서정주의 시세계에서 초기시와 후기시세계의 매우 이질적인 변모는 이러한 사랑의 글쓰기와 관련을 지닌다. 즉 시적 자아의 대타자가 승화되는 국면은 그가 상정하고 동일화하는 사랑의 대상이 '가시내'에서 '누이', 그리고 '선덕여왕'에서 매서운 새가 비켜가는 '동천의 달'로 변화하는 것에서 특징적으로 나타난다. 서정주는 이별의 상황과 사랑의 상황 속에 처한 화자의 입장을 상정한 끊임없는 시 쓰기를 통하여 자신 내부의 대타자를 은유적 대상으로 승화시킨 것이다.

들뢰즈의 의미이론과 무의미시

1. 문학적 무의미의 개념 및 유형

일반적으로 김춘수의 무의미시에 대하여 '의미시'에서 '무의미시' 그리고 '의미와 무의미의 변증법적 지양'으로 나아갔다고 논한다. 그러나 그의 무의미시에 관한 시도는 1960년대부터 최근에 이르기까지 지속적으로 이루어진 시인의 주요한 시 창작론과 결부되어 있다.

그리고 의미시와 무의미시의 변증법적 지양이라고 논의된 『의자와 계단』(1999) 이후 詩作의 경우도 실제 작품을 살펴보면 그가 40여년에 걸쳐 써 왔던 무의미시의 시 작법에서 크게 벗어났다고 말하기가 어렵다. 다시 말해서 무의미시는 그가 일생 동안 갈고 닦았던 시 작업의 스타일로 굳어진 경향이 있다.

무엇보다도 무의미시에 관한 그의 지향은 그가 의미시를 추구했던 1950년대를 제외하면 시 생애의 대부분이 이것에 놓여져 있다는 비중의 문제를 지적할 수 있다. 이와 같이 무의미시를 연구하고 의미시에서 무의미시로의 전환적 계기를 서술한다는 것은 김춘수 시 세계의 본질적 요체를 해명하는 중요한 작업이다.

김춘수는 자신의 '무의미시nonsense poetry'를 설명하기 위하여 대상과의 관련성에 의한 '서술적 이미지'를 설명하고 그 이미지의 분류에 따라 그의 시를 연습하였다. 이것은 그의 무의미시가 치밀한 知的

계획하의 산물임을 말해 준다. 즉 무의미시에서 나타나는 다양한 무의미nonsense의 양상들은 통상적인 의미에서 '무의미'가 뜻하는 '어리석음absurdity' 내지 '의미의 없음'과는 어느 정도 동떨어져 있는 것임을 알 수 있다.

물론 김춘수는 그의 무의미시론에서 '의미'와 '대상'이 그의 시에 없다라고 논하였으나 이것은 그가 언어로부터 대상을 지시하는 기능을 없애려는 그의 창작 의도를 강조하는 맥락에서 이해해야 할 것이다. 실제 무의미시에 나타난 무의미의 양상들은 다양한 시적 의미의 생산 지점과 맞물려 있기 때문이다.

김춘수의 무의미시에서 '무의미'가 지닌 이와 같은 특성을 염두에 두고서 '무의미'의 다양한 개념들을 먼저 살펴보기로 한다. 먼저 '무의미nonsense'는 일반적인 논의에서는 '의미sense'의 반대 혹은 부정의 경우로서 다룬다. 이러한 개념적 정의에서 무의미는 흔히 의미가 없거나 어리석은 생각을 전하는 것으로서 '어리석음absurdity'과 연관된다.[1]

둘째 무의미의 또 다른 개념에는 무의미가 '뜻meaning'을 지니며 위트와 재능의 산물이란 점을 인정한다. 그리고 '순수한 무의미pure nonsense'란 전혀 다른 우주의 법칙을 따르며 논리적인 것 혹은 정상적인 것의 반대편에 선다는 것이다.[2]

마지막으로 철학적 관점에서 '무의미'의 개념을 살펴보면 무의미를 허무 의식의 표출이나 의미의 없음이라고 간주하지 않는다. 오히려 무의미가 의미의 다양한 생산을 내포하며 서로 밀접하게 관련된다는 점에 관하여 주목한다.[3]

'첫 번째 무의미의 개념'에 대해서는 다음과 같은 점을 지적할 수

---

1) *The Oxford English Dictionary*, Simpson, J. A., Clarendon Press, 1991 참고.

2) *The Encyclopedia of Poetry and Poetics*, Princeton Univ Press, 1965, pp.839-840 참고.

3) *The Encyclopedia of Philosophy*, Paul Edwards, the Macmillan company, 1967, pp.520-522 참고.

있다. 즉 문학적 차원에서의 무의미'는 '일반적인 개념으로서의 무의미'와 관련하나 '어리석음'의 산물이 아니라는 것이다. '두 번째 무의미의 개념'은 무의미와 의미의 관계에 관하여 서로 별개거나 혹은 서로 대립적인 관점에서 정의한다는 점에서 '문학적 무의미'의 실제적 작용 및 양상과는 거리가 있다. 왜냐하면 문학적 무의미는 의미sense와 무의미nonsense의 상호 관련성을 지니고 있기 때문이다.

문학적 무의미의 작용을 해명하는 데에는 세 번째 개념인 '철학적 관점에서의 무의미'가 유효하게 적용된다고 할 수 있다. 무의미 문학에서 무의미는 지적 재능의 산물이면서 의미에 반하는reject 것이 아니다. 그리고 이때의 무의미란 치밀하게 계획적으로 의미를 염두에 두거나 구현하는 차원에서 이루어진다. 즉 무의미는 의미sense의 맥락을 와해하지만parasitic 결코 의미로부터 완전히 떠나지는 않는다. 단적으로 문학에서 극도의 무의미 어구조차도 최소한의 음운론적 의미 체계에서 유사성은 공유한다.

이와 같이 '무의미'는 '의미'의 맥락을 와해하지만 결코 '의미'로부터 완전히 떠나지는 않는다. 오히려 시의 의미적 차원에서 볼 때는 새로운 '의미'[4]의 창조와 연관되어 있음을 알 수 있다. 주요한 시적 장치인 '역설', '비유', '상징' 등을 살펴보면 '무의미'의 양상과 밀접

[4] 'meaning', 'significance', 'sense'는 일반적으로 '의미'로 번역된다. 'meaning'은 일반적인 용례로서의 '의미'로 사용되며 언어학Linguistics에서 주로 다루는 개념인 반면, 'significance'와 'signification'은 기호학emiotics과 관련하여 텍스트 생산의 내용에서 중시된다. 그리고 'sense'는 주로 철학Philosophy에서 유의성을 지니며 Gilles Deleuze는 '사건event'과 '무의미nonsense'와의 연속적 관련에 초점을 둔 개념으로 사용한다. Riffaterre는 미메시스의 차원에서 전달되는 객관적 정보로서 'meaning'을 다루며 시텍스트가 지니는 형식상, 내용상의 통일성으로서 'significance'를 다룬다. 한편 Kristeva는 'signification'에 대하여 정신분석적 의미를 부여하여 정적static인 'meaning'을 초래하는 심리적 과정psychological process으로써 다룬다.
M. Riffaterre, 유재천 역, 『시의 기호학』, 민음사, 1989, p.15.
Julia Kristeva, *Language The Unknown*, Columbia Univ, New York, 1989, pp. 37-38.
Deleuze, Gilles, Third Series of the Proposition, *The Logic of Sense*, Columbia Univ, 1990 참고.

하게 결부되어 있다.

구체적으로 '죽어도 아니 눈물 흘리우리다', '내 음은 호수요', '매화 향기 홀로 아득하니' 등과 같이 '역설', '비유', '상징'의 대표적인 문학적 표현의 사례들도 '구문론적 측면', '의미론적 측면', '범주론적인 측면' 등과 결부된 무의미의 형태를 취하고 있다.[5]

즉 시적 '유의성'을 지니는 '무의미'[6]는 의미를 생산하는 주요한 출발점이다. 이런 측면에서 볼 때 무의미의 다양한 양상들을 범주화, 유형화하고 무의미에서 의미가 생산되는 양상 나아가 무의미가 생산하는 내적 욕망 및 사상적 연원 등에 관하여 고찰한다는 것은 매우 의미 있는 작업이 될 것이다.

이와 같은 논의를 고찰하기 위해서는 '무의미'의 특성에 관하여 기본적으로 의미와의 관련성을 전제로 다룬 논의를 적용할 필요가 있다. 구체적으로는 철학적 논의와 결부된 '들뢰즈의 의미이론'을 중심으로 하여 무의미의 유형 및 속성 그리고 의미생산에 관한 논의를 전개하기로 한다.

먼저 앞에서 논의한 문학적 무의미의 개념 즉 무의미와 의미의 상호 관련성을 염두에 두고서 무의미의 유형에 관하여 살펴보도록 하자. 무의미의 유형에 관한 서술은 The Encyclopedia of Philosophy에서 살펴 볼 수 있다. 여기서는 무의미와 의미의 관련성에 기반을 두면서 '무의미'를 몇 가지로 유형화하고 있다.

---

5) "죽어도 아니 눈물 흘리우리다"에서는 실제적 사실이나 상황에 맞지 않는 '상황의 무의미', "내 마음은 호수요"에서는 주어와 서술어의 호응관계의 범주가 맞지 않는 '범주적 이탈'의 무의미, 그리고 '매화향기 홀로 아득하니'에서는 시 전체적 맥락과 결부시킨 무의미의 양상을 규명할 수 있을 것이다.

6) 본고에서 '유의성'을 지니는 '무의미'란 작품의 심층 구조를 통하여 얻어지는 고도의 문학적 '일원화unification'를 전제로 한 것이다. 여기서 '일원화'란 프로이트의 개념으로서 '표상들 상호간의 관계나 그것들에 대한 공통된 정의 혹은 공통된 제3의 요소에 대한 언급을 통해 예기치 않았던 새로운 통일성이 만들어지는 과정'이다.
   S. Freud, 『농담과 무의식의 관계』, pp.86-90. 참고.

그리고 무의미가 허무 의식의 표출이나 의미의 없음이 아니라 의미의 다양한 생산 지점이라는 측면을 밝히고 있다. Alison rieke는 The Encyclopedia of Philosophy에서 분류한 '무의미'의 개념에 입각하여 현대 소설가와 현대 시인들이 창작하는 일련의 언어 실험적 경향을 무의미 문학이라고 규정한다. 그리고 그는 The Encyclopedia of Philosophy에서 유형화한 각각의 무의미의 특성을 집어내어서 그 유형을 요약적으로 명명한다.

그 유형이란 첫째 '상황의 무의미Nonse of situation', 둘째 '언어의 무의미Nonsense of words', 그리고 셋째 '범주적 이탈Category mistake'이다. '상황의 무의미'는 사실에 맞지 않는 발언이나 기대된 상황에 맞지 않는 발언이나 행동을 말한다. '언어의 무의미'는 구문론적 syntactical 구조를 결여한 발언, 알아볼 수 없거나 혹은 낯설거나 번역될 수 없는 어휘, 그리고 순수한 무의미pure nonse로서 전혀 알아볼 수 없는 발언을 포함한다. '범주적 이탈'[7]은 구문론적으로 옳으나 의미론적Semantic 법칙에 위배된 경우를 말한다.[8]

---

7) '범주적 이탈'과 관련한 범주적 분석은 Noam Chomsky의 논의에 연원한다. 그는 통상적인 '문법적인grammatical'의 용어가 아닌 '문법성의 정도degrees of grammaticalness'라는 용어를 선택하여 문장의 '비문법성 정도'를 서술한다. 그는 'misery loves company'를 'John loves company'와 비교할 때 N-V-N이란 층위를 지니나 '활명사animate noun'가 아니므로 '유사 문법적Semi-grammatical'이라고 칭한다. 이에 비해 'Abundant loves company'는 완전히 비문법적인 것이다. 이와 유사한 방식으로 그는 '문법성의 정도'를 생성문법의 범주체계에 의해 보완할 수 있다고 본다. 이것에 대하여 그는 'k-범주적 분석the optimal k-cateory analysis'(k는 임의의 변수)이라고 명명한다.
이러한 분석의 계기는 그가 Dylan Thomas의 'a grief ago'나 Veblen의 'perform leisure'과 같이 '문법성의 규칙성grammatical regularity'으로부터 떠나서 문학적인 의미상으로 '놀라운 효과a striking effect'가 이루어진 것에 주목한 것과 관련이 있다. 그런데 '범주적 이탈'의 무의미는 그가 말한 '반문법적ungrammatical'과 '유사문법적semi-grammatical' 경우를 모두 포함한 경향이 있다.
Noam Chomsky, Degrees of grammaticalness, Jerry A. Fordor and Jerrold J. Katz, eds, *The Structure of Language*, Englewood Cliffs, N.J., 1964 참고.

8) *The Encyclopedia of Philosophy*, pp.520-522.
Alison rieke, *The Senses of Nonsense*, University of Iowa Press, 1992, pp.5-9. 참고.

이 글은 위의 세 가지 무의미 범주 이외에 '수수께끼enigma'의 양상을 첨가하고자 한다. 무의미시에서 수수께끼의 성격을 띤 무의미의 어구 또한 의미들의 계열 체계 내에서 무의미의 자리 옮김에 의해서 의미를 생산하는 대표적인 하나의 유형이 되기 때문이다.

수수께끼의 양상은 '범주적 이탈'과 비교해 볼 때 구문론적으로는 옳으나 의미론적 모순을 일으킨다는 공통점이 있다. 그러나 범주적 이탈이 어구 자체에 국한되는 반면 수수께끼의 양상은 어구들 나아가 시 전체적 측면에서 작용하는 경우가 많으며 주로 시 본문과 제목과의 관련성에서 발생하는 측면을 지닌다. 이와 같이 문학적 무의미의 유형은 '상황의 무의미', '언어의 무의미', '범주적 이탈', '수수께끼' 등으로 나눌 수 있다.

2. 무의미와 '사건'의 관련성

무의미의 양상들은 다양한 시적 의미 생산과 관련성을 지닌다. 김춘수의 무의미시에서도 '무의미의 전략the Strategy of Nonsense'을 통하여 다양한 의미를 생산한다. 즉 무의미시에 나타난 '무의미'는 그 자체로는 무의미이나 '의미'의 다양한 결절점 구실을 한다.

이러한 무의미의 의미 형성적 측면과 밀접한 관련을 지닌 것이 들뢰즈의 '사건event' 개념이다. 그는 현상적 세계의 비물체적인 것을 언표로 포착하는 방식으로서 '사건'을 논의한다. 그런데 사건은 그 자체는 아무런 뜻을 지니지 않는 '무의미'이나 다른 사건들과 연관되는 양상에 따라 의미 생산의 분기점이 되는 것이다.

이러한 무의미의 작용에 의한 의미 생산 국면은 '계열화'와 밀접한 관련성을 지닌다.9) 들뢰즈는 '계열화serialization'란 말을 사건과 사건

---

9) '사건event'은 계열화되면서 동시에 '무의미'에서 '의미'로 변한다. 이 연속적 지점에 주

의 연결을 통한 의미의 생산 방식을 뜻하는 것으로 사용한다. 그는 특정한 주제나 개념에 관한 논의를 보여주는 그의 모든 글에 대하여 '계열series'이라는 제목을 붙인다.

즉 '계열'이란 말은 특정한 상황에 관하여 하나의 고정불변한 설명이 있기보다는 관점과 범위를 취하는 방식에 따라 다양한 갈래의 사유가 존재함을 보여주는 하나의 표지라고 할 수 있다.[10]

이렇게 본다면 '무의미의 계열화'란 다층적 의미를 내포한다. 먼저 무의미시가 무의미의 연속으로 이루어진 하나의 계열체임을 지적할 수 있다. 또한 무의미시에서 무의미를 통한 의미의 생산 방식을 모두 계열화라고 지칭할 수 있다. 그런데 후자의 경우는 무의미의 양상에 따라 다양한 갈래로 계열화가 이루어질 수 있다.[11]

하나의 명제에 나타난 '의미'는 그것을 지시하는 다른 명제에 나타난 의미에 의해 밝혀진다. 그리고 명제의 연결항 내에서 각각의 항은 다른 모든 항들과 서로 연관되는 위치에 의해서만 '의미'를 지니므로 그 자체로는 '무의미'이다. 그런데 이러한 '무의미'가 명제의 상호 관련항들을 순환함으로써 새로운 '기표 계열' 및 '기의 계열'이 생산된다. 들뢰즈는 '무의미'의 이러한 특성에 주목하여 '소급적인 종합 regressive synthesis'[12]이라고 일컫는다. 이것은 '무의미'의 항구적인 '자리 옮김'에 의해서 '의미'가 생산되는 측면을 지적한 것이다.[13]

명제의 항들 중에서 무의미 어구들이 다양한 의미의 갈래로 계열화되는 중심적인 고정점 역할을 하는 '무의미'가 존재한다. 이러한 무의

목하므로 들뢰즈의 '의미senes'는 우리가 통상적으로 말하는 '의미'와 차이가 있다. 즉 '사건'은 '무의미'이면서 동시에 '의미'인 것이다.

Deleuze, Gilles, *The Logic of Sense*, pp.12-22. 참고.

10) 'The serial form is thus essentially multi-serial', Deleuze, Gilles, *ibid,* p.37.

11) Deleuze, Gilles, Sixth Series on Serialization, *ibid*.

12) '소급적 종합'에 대해서는 이 글 III장 2절, pp.66-67. 참고.

13) Deleuze, Gilles, Seven Series of Esoteric Words, The Logic of Sense, pp.44-45. 참고.

미의 양상은 무의미시의 전체적인 차원에서 본다면 의미를 생산하는 '분기점'이 되는 것이다. 이것에 대하여 들뢰즈는 '특이성Singularity'이란 말로서 표현한다.[14)

'특이성이란 보통이나 규칙성의 반대말로서 다른 경우들과 '질적으로 다르다'는 의미를 함축한다.'[15) 이것은 Peguy의 '특이점Singular points'과 관련한 개념이다. 특이점은 역사 및 사건과 불가분의 관계를 이룬다. 온도가 고유의 중요한 지점 즉 녹는 점, 끓는 점 등을 지닌 것처럼 사건들은 그 결정적인 지점을 지니고 있다.

들뢰즈는 이 '특이점'과 관련하여 '특이성'을 설명한다. 특이성들은 구조의 계열 속의 각각의 부분을 이룬다. 각각의 특이성은 또 다른 특이성의 방향으로 곧장 나아가는 계열들의 원천이다. 한 구조 내에서 다양한 계열들은 그 자체가 몇몇의 하위 계열들로 구성된다.

이를 언어적 측면에 비추어 보면 특이성은 기본적인 두 계열인 기표signifier 계열과 기의signified 계열을 중심으로 볼 때 각각의 계열들이 나누어지고 서로 공명하고 하위 계열로 가지치는 원천이라고 할 수 있다. 즉 사건들의 이웃관계에서 어떤 커다란 변화가 일어나는 지점이다. 기표 계열과 기의 계열을 중심으로 살펴본다면 특정한 '특이성'이 사라지고 나누어지고 기능의 변화를 겪는 것을 볼 수 있다.

무의미의 어구와 같은 '역설적 요소the paradoxical agent'에 의하여 기표 계열과 기의 계열은 재분배되고 다른 것으로 변화된다. 하나의 시편에서 특이성을 이루는 역설적 요소인 무의미는 다양한 계열화의 중심점을 이룬다. 즉 '특이성'을 중심으로 하나의 텍스트는 다양한 양상으로 계열화될 수 있다.

무의미시에서 이 특이성 역할을 하는 것이 '무의미의 어구들'이다.

---

14) Deleuze, Gilles, *The Logic of Sense*, pp.52-54.
15) 이정우, 「특이성」, 『시뮬라크르의 시대』, 거름, 2000, pp.165-204. 참고.

무의미시에서 특이성을 중심으로 한 무의미의 어구들이 생산하는 의미항들은 김춘수라는 시인의 내면적 지향과 깊은 관련성을 지닌다. 즉 특이점에 의하여 다양하게 계열화되고 의미생산 된 내용항들이 갖는 몇몇 주요한 의미망을 찾을 수 있을 것이다.

무의미가 주요하게 생산하는 이러한 의미망은 김춘수의 내적 무의식을 드러내기도 할 것이고 혹은 그의 의식적 지향점을 나타내기도 할 것이다. 단순한 예를 들자면 '범주적 이탈'의 무의미 양상은 일종의 '말실수'에 해당되는 경우이다. 그런데 이 경우 범주적 층위가 맞지 않는 '주어와 서술어' 내지 '목적어와 서술어'의 사용 등의 양상을 통하여 발화자의 무의식 내지 내적 욕망을 읽을 수 있는 것이 그 한 예가 될 것이다.

무의미 어구가 나타내는 의미생산의 내적 방향성은 김춘수의 무의미를 중심으로 한 시가 전반적으로 지니는 사상적 지향과도 관련되어 있다. 김춘수의 무의미시에서 '무의미의 어구들'이 지니고 있는 역설적 상황은 이미지의 차원에서 볼 때 '환상fantasy' 및 모순적 장면과 관련이 깊다.

이것은 플라톤Platon의 현실과 이데아에 관한 세 가지 항 중에서 '시뮬라크르simulacre'에 해당된다.[16] 플라톤은 현실의 모든 것은 '복사물eidola' 즉 그림자라 보는데 복사물이라도 '본질'을 많이 나누어 가지는 복사물을 'eikon', '형상'을 받아들이기를 거부하는 것을 'phantasma' 즉 '환각', '시뮬라크르'라 하였다. 그는 환각, 즉 시뮬라크르가 본질을 지니고 있지 않다고 하여 도외시하였다.

그런데 스토아 학파Stoics는 이 시뮬라크르에 가치를 부여하여 물체가 만들어 내는 운동 즉 '물체적인 것corporeal entities'의 표면 효과로서 관심의 대상을 삼았다. 즉 플라톤과 스토아 학파의 견해는 세계

---

16) 플라톤의 논의에 대해서는 서동욱, 『들뢰즈의 철학』, 민음사, 2002, pp.108-111, 박종현,

를 바라보는 대조적인 두 방향을 제시한다고 할 수 있다. 이 중 김춘수의 무의미시에서 나타나는 무의미에 의한 역설적 장면은 스토아 학파의 '시뮬라크르'와 관련이 깊다.

3. 무의미의 계열체로서의 무의미시

김춘수가 논의한 '무의미시'란 역사나 현실에 대한 허무의식의 표출로서 시에서 의미나 대상의 형상화 측면을 의도하지 않았다. 그러나 이러한 무의미시의 전략은 역설적으로 많은 의미들을 생산하는 지점을 만들어낸다. 즉 환상적인 현상 세계를 파편적인 이미지의 기표들로 포착함으로써 고유의 기의로부터 미끄러진 기표의 무리를 보여준다. 그 언어적 기표들이 무의미의 양상을 이루면서 심리적인 다층적 의미망을 형성한다.

이러한 무의미의 의미 형성적 측면과 밀접한 관련을 지닌 것이 들뢰즈의 '사건event' 개념이다. 그는 현상적 세계의 비물체적인 것을 언표로 포착하는 방식으로서 '사건'을 논의한다. 그런데 사건은 그 자체로는 아무런 뜻을 지니지 않는 무의미이나 다른 사건들과 계열화serialization되는 양상에 따라 의미 생산의 분기점이 되는 '의미의 논리the Logic of Sense'를 보여준다.[17]

'의미의 논리'란 의미와 사건 그리고 무의미의 연속적 논리를 지적하는 말이다. 즉 '사건'과 '무의미' 그리고 '의미'는 궁극적으로 등가의 뜻을 지닌다는 것이다. 들뢰즈는 이러한 사건의 시제로서 비인칭적 부정不定형을 취한다. 그리고 '-어지다to become'[18]의 서술어에 주목하

---

17) '의미의 논리'란 들뢰즈의 저서인 *The Logic of Sense*의 표제이자 이 책 내용의 핵심에 해당된다.

18) 그는 '-어지다to become'의 다양한 형태, 예를 들어 '자라다to grow', '작아지다to diminish', '푸르러지다to become green' 등의 서술어에 주목했다. '-어지다'의 서술어는

였다. '-어지다'는 비물체적인 것, 명멸하는 것, 시뮬라크르의 포착에 적절한 서술어이면서 특정한 시간적 개념을 내포하지 않는다.[19]

벽이 걸어오고 있었다.
늙은 홰나무가 걸어오고 있었다.
한밤에 눈을 뜨고 보면
호주 선교사네 집
회랑의 벽에 걸린 청동 시계가
겨울도 다 갔는데
검고 긴 망토를 입고 걸어 오고 있었다.
내 곁에는
바다가 잠을 자고 있었다.
잠자는 바다를 보면
바다는 또 제 품에
숭어 새끼를 한 마리 잠재우고 있었다.
다시 또 잠을 자기 위하여 나는
검고 긴
한밤의 망토 속으로 들어가곤 하였다.
바다를 품에 안고
한 마리 숭어 새끼와 함께 나는
다시 또 잠이 들곤 하였다.
호주 선교사네 집에는
호주에서 가지고 온 해와 바람이
따로 또 있었다.
탱자나무 울 사이로

언표 속에서만 존속하는 물체의 표면효과를 포착하기에 적절한 형태라고 할 수 있다. '-어지다'는 물체의 변화를 서술한 것이면서도 그 변화의 모습은 이미 말해지는 순간, 물체의 현상에서는 지시되지 못하고 말 속에만 들어 있는 것이다.
Deleuze, Gilles, *The Logic of Sense*, pp.5-6. 참조.
19) 김춘수의 무의미시에서 형상화되는 장면도 특정한 시공간을 기준으로 한 것이 아니다. 그리고 명멸하는 물체적인 것의 포착에 효과적인 서술어, 즉 변화와 진행을 동시에 나타내는 '-고 있었다'란 서술어를 주로 사용하고 있다.

겨울에 죽두화가 피어 있었다.
주님 생일날 밤에는
눈이 내리고
내 눈썹과 눈썹 사이 보이지 않는 하늘을
나비가 날고 있었다.
한 마리, 두 마리,

「처용단장」 1부 3 전문

위 시에서는 다양한 장면들이 만나서 겹쳐지는 현상을 볼 수 있다. 이 시의 상황을 대략적으로 서술하면 다음과 같다. '벽'과 '늙은 홰나무'와 검고 긴 망토를 입은 '청동시계'가 걸어오고 있다. '바다'는 잠을 자고 '숭어 새끼'를 품고 있다. 나는 '바다'와 '숭어새끼'를 품고 잠을 자고 있다.

'호주 선교사네 집'의 풍경과 '주님 생일날 밤'의 '눈' 내리는 풍경이 표현되어 있다. 즉 위의 장면들은 시인의 환상 내지 꿈의 세계를 포착한 문장들로 구성되어 있다. 이러한 환상의 세계는 대략 세 개의 장면으로 나타난다. 청동시계가 걸어오는 방안의 풍경과 바다와 숭어새끼를 품고 내가 자는 풍경 그리고 호주선교사네 집의 풍경이 그것이다.

이 세 장면은 역설적인 내용들을 내포하고 있다. 즉 청동시계가 망토를 입고 걸어온다든지, 바다와 숭어새끼를 품고 잔다든지, 호주에서 가지고 온 해와 바람이 호주선교사네 집에 있다든지 하는 부분이 그것이다.

그런데 이러한 무의미의 역설적 구절들은 전체적인 의미의 맥락 속에서 이질적으로 작용하기보다는 조화를 이루고 있다고 보여 진다. 그것은 이 역설들의 내용항이 심리적 상황을 전달하는 의미의 맥락을 잘 드러내 주기 때문일 것이다. 즉 벽이 다가오는 것과 같은 밤중의 공포스러운 순간이나 바다와 숭어새끼를 품고 자는 듯한 평화로운 잠의 순간, 그리고 호주 선교사네집의 이국적인 풍경을 그대로 표현해 주기 때문일 것이다.

그런데 주목할 것은 여기서 주요하게 사용된 '청동시계', '바다', '숭어새끼', '호주선교사네집' 등이 그것들의 고유한 기의에 미끄러져서 작용하고 있다는 점이다. 이러한 양상은 이 사물들에 어울리지 않는 서술어나 목적어를 취하는 무의미에 의하여 이루어지고 있다.

첫 번째 장면에 주목하여 이를 서술하면 다음과 같다. 사물들이 자신을 향해 다가오고 걸어오고 있는데 그 사물들이란 '벽'과 '늙은 홰나무'와 '회랑의 벽에 걸린 청동 시계'이다. 그런데 '벽'이 걸어서 다가온다 함은 화자의 불안하고 두려운 심리를 드러내는 한편 '청동시계'의 '검고 긴 망토'란 '밤'이 다가와서 꿈에 들기 전의 상태를 드러낸다.

사물들이 자신을 향해 다가오는데 '벽', '늙은 홰나무', '회랑의 벽에 걸린 청동 시계'이다. 이들 기표의 무리는 이들에게 어울리지 않는 목적어나 서술어를 취함으로써 무의미의 양상을 취한다. 그럼으로써 이러한 사물들은 기표에 부착된 실제적 기의와의 연결 관계가 느슨한 무의식상의 존재 형태를 띤다.

그리고 이러한 무의미의 기표들은 다시 무리를 지어서 계열화됨으로써 하나의 의미를 획득한다. 즉 '벽'과 '늙은 홰나무'와 '벽에 걸린 청동시계'는 서로 계열화하여 '오래된', '퇴락한', '막힌' 등의 의미를 형성한다.

이 제재들의 서술어는 모두 '걸어오고 있었다'를 취하고 있다. 그런데 '걸어오다'란 표현은 사람을 주어로 취하는 동사이므로 이들 사물에게 이것을 사용한다는 것은 일상적으로는 어울리지 않는 무의미의 표현이다. 그리고 주체가 된 이러한 제재들은 '벽', '벽에 부착된 것',

혹은 '땅에 부착된 것'이라는 고정적 위치를 지닌 것들이다. 이들은 '걸어오다'란 기표가 취하는 주체의 기표로부터 미끄러져서 새로운 의미를 취한다.

즉 움직이지 않을 것이라 기대된 대상이 '걷는다'는 것과 그것도 걸어 '오고 있었다'라는 점에서 밀폐된 공간에서의 막연한 '압박감' 내지 '밀폐감'이란 의미를 생산한다. 이와 함께 주체들이 지닌 '퇴락한', '막힌' 등의 의미가 결부되어 시 전반부에서 그로테스크하면서 조금은 공포스런 분위기도 자아낸다.

그리고 사물들이 '걸어 오고 있었다'에서 '-고 있었다'란 표현은 물체적인 것을 보고 있는 그 당시에는 존재하지만 언표로 포착한 순간 물체적인 것에서 이미 사라지고 언표상으로만 존속하는 비물체적인 것의 포착 즉 사건의 특성을 드러내는 시제라고 할 수 있다. 또한 과거형을 취하긴 하나 환상에서나 존재하지 실제 나타날 수 있는 장면이 아니란 점에서 비인칭적 시간에 속한다.

무의미 기표들의 연쇄는 무의식에 존재하는 의미들의 압축 양상을 보여주는 데 효과적이다. 이러한 특성으로 인하여 위의 장면은 어떤 측면에서 바라보느냐에 따라 그 압축된 의미들이 하나씩 풀려 나가면서 다양한 계열들을 보여준다. 의미들의 압축은 특정한 계열화 방식을 취함으로써 좀더 구체적으로 드러난다.

예를 들면 위 시에 대하여 '잠들기 이전-잠이 듬-꿈꾸는 순간'으로 '잠'을 중심으로 계열화할 수 있다. 동시에 '밤의 공포와 불안의 순간-바다로 표상된 평화로움의 순간-눈이 내리는 신성스러운 순간'으로 '심리'를 중심으로 계열화할 수 있다. 또한 '청동시계가 걸린 방-바다-호주선교사네 집'이란 '공간'을 중심으로 계열화할 수 있다.

그리고 잠을 통하여 유년기의 추억을 연상하는 '시간'을 중심으로도 계열화할 수 있을 것이다. 즉 위의 시는 의미들의 연속적 국면을 보여주는 다른 시편들에 비하여 다양한 의미의 계열체들로 해석할 수 있는 의미의 다의성 내지 과잉을 내포하고 있다. 즉 무의미시는 일관되고 통일적 이미지를 드러낸 시편에 비해 다양한 의미생산의 국면을 보여준다.

4. 무의미의 의미생산

무매개적 직접성을 추구한 무의미시의 무의미 어구들은 구체적이고 현실적인 상황을 제시하는 것에는 비효율적인 방식이다. 그러나 심리적인 양상이나 감정의 깊이를 보여주는 데에는 효과적으로 작용하고 있다. 김춘수의 무의미시에서 특별한 구체적인 내용항이 없이도 시편들이 절망의 깊이, 슬픔의 깊이, 혹은 내면의 깊이 등을 형상화하는 것에 탁월한 것도 이러한 무매개적 직접성을 구현한 무의미의 표현들이 나타내는 효과와 관련한 것이다.

이러한 정서적 측면의 제시는 김춘수의 무의미시에서 무의미가 나타내는 '의미'에 해당된다. 무의미의 어구들은 다양한 의미 생산의 분지점 즉 특이점을 형성한다. '특이점'의 무의미로부터 생산된 '의미'는 이들을 중심으로 다른 어구들을 순환적으로 소급하게끔 한다. 무의미가 생산한 '의미'의 소급적 독해를 통하여 시적 의미 내지 내면의 정서가 좀더 구체적이면서 풍부한 양상으로 생성되는 것이다.

이와 같이 특이점의 역할을 하는 무의미의 어구가 다른 어구를 '지시'하면서 그 자체의 '의미'를 생성하는 방식에 대하여 들뢰즈는 '소급적 종합'이라고 일컫는다. '소급적 종합regressive synthesis'은 들뢰즈가 '신조어esoteric words' 예를 들면 'Snark'를 설명하면서 논의한 것이다. 즉 'it', 'thing' 등의 '빈 말blank word'이 '신조어'에 의해 지시될 때 빈 말 혹은 신조어의 기능은 두 이질적인 계열을 생성시킨다. 즉 신조어는 역설적인 요소로서 '말word'이자 동시에 '사물thing'인 것이다. '빈 말'은 '신조어'를 '지시denote'하고 '신조어'는 '빈 말'을 '지시denote'하면서 이들은 '사물'을 '표현express'하는 기능을 갖는다.

동시에 '사물'을 '지시'하면서 그것의 '의미'를 표현하는 것이다. 그는 의미를 부여받은 이름들의 정상적인 법칙이 그들의 의미가 오로지 다른 이름에 의해서만 지시되는 것(n1->n2->n3…)이라는 점에서 그 자신의 의미를 말하는 이름은 '무의미'라고 말한다.

들뢰즈는 신조어의 또 다른 예로서 '새로운 합성어portmanteau words'를 들고 있다. 이 '새로운 합성어'의 사례 또한 '스나크'의 경우와 마찬가지로 Lewis Carroll의 저작에 나오는 말에서 빌어와 설명한다. '새로운 합성어'는 두 개 단어의 결합 형태를 이룬 것에 해당되는데 그 자체가 그것이 이루는 두 단어의 선택 원리를 보여준다.

예를 들면 'frumious'란 단어는 'fuming + furious' 또는 'furious + fuming'의 결합 형태로 나타난 신조어이다. 들뢰즈는 '빈 말'을 '지시'하면서 '사물'을 '표현'하는 계열을 생산하는 신조어의 형태와 두 개념의 결합으로 이루어진 '새로운 합성어'가 생산하는 여러 계열들의 형태에 주목한다.

들뢰즈는 의미를 부여받은 이름들의 또 다른 원칙은 그들의 의미가 그들이 맺게 되는 대안 관계를 결정할 수 없다는 점에서 '새로운 합성어'는 하나의 '무의미'라고 말한다. 그는 이 두 가지 무의미의 유형에 대하여 각각 '소급적 종합regressive synthesis'과 '선언적 종합disjunctive synthesis'이라고 지칭하고 있다.[20]

'소급적 종합'과 '선언적 종합'의 무의미가 지닌 공통점은 '사물'을 지칭하는 동시에 '의미'를 생산하는 계열을 형성한다는 점이다. 그리

---

20) Deleuze, Gilles, *The Logic of Sense,* Eleventh Series of Nonsense, pp.66-68. 참조.

고 이 두 가지를 구분하는 기준이 되는 것은 사물을 지칭하는 기표 계열과 의미를 생산하는 기의 계열이 합쳐지거나 나누어지는 분지점과 관련이 깊다.[21]

즉 '소급적 종합'의 사례인 '스나크Snark'의 경우 이 단어는 'shark+snake'의 복합적인 말로서 한편으로는 '환상적인 동물'을 지칭하며 '스나크'의 내용은 그것을 이어 받는 다른 문장들을 통하여 하나의 환상적 동물과 '비물체적인 의미'라는 두 가지의 계열을 만든다.

그리고 '선언적 종합'으로 설명될 수 있는 '제버워키'는 'jabber+wocer'의 복합적인 말이다. 여기서 'jabber'는 '수다스런 토론'을 의미하며 'wocer'는 '새싹, 과일'을 뜻한다. 즉 '제버워키'는 '식물적 계열'과 표현 가능한 의미에 관련되는 '언어적 계열'을 포함한다.[22]

이와 같이 들뢰즈는 무의미의 유형으로서 '신조어'와 관련하여 '소급적 종합'과 '선언적 종합'에 대하여 설명하고 있다. 그런데 이 두 가지 유형은 역설적 요소로서 하나의 무의미가 그것을 받는 다른 어구들과의 관계에서 포착된 것이다. 즉 하나의 무의미가 '사물'을 '지시'하고 '의미'를 '표현'하는 계열축에 있어서 '의미'를 종합하거나 생성하는 측면에 초점을 맞춘 것이다.

즉 역설적 요소로서의 무의미는 이전 계열들의 의미를 종합하는 동시에 또 다른 계열들을 생산하는 측면을 지닌다. 이를 통하여 그 무의미는 기표 계열과 기의 계열을 변화시키거나 새로운 계열을 형성하거나 두 계열 축 속에서 이리저리 자리를 옮겨 다닌다.

---

21) 들뢰즈는 주로 Lewis Carroll의 『이상한 나라의 앨리스』에 나타난 신조어에 주목한다. 그 작품에서 무의미의 양상을 보여주는 몇 가지 단어들은 그가 '사건event'과 '의미 sense'를 설명하는 핵심적인 사례로 작용하고 있다. 들뢰즈의 논의에서 뿐만 아니라 루이스 캐럴의 저작에 출현하는 신조어들과 무의미의 어구들에 관한 논의는 현대 무의미 문학에 관한 논의나 철학 사전에서 무의미에 관한 개념적 정의를 다루는 사례에서 주요하게 나타나는 경우에 해당된다.

22) Deleuze, Gilles, *The Logic of Sense*, pp.44-45.

나는 왜 그런 데에 가 있었을까,
목이 잘룩한
오디새같이 생긴 잉크병 속에
나는 들어가 있었다.
너무 너무 슬펐는데
사람들은 나를 웃고 있었다.
꿈에 신발 한짝이 없어졌다.
없어진 신발 한짝을 찾는 동안
기차는 떠났다.
잠을 깨고도 눈앞이 썰렁했다.
며칠 뒤에 내가 優美館에서 본 것은
분명 그런 줄거리의 신파극이다.
입이 씁슬했다.
나는 한때 一錢짜리 우표였다.
가슴이 벅찼다.
어디로 갈까 어디로 갈까 하다가
해는 지고
나는 그만 거기 주저앉고 말았지만,
조카녀석은 二錢짜리 우표가 됐다. 단숨에
멀리 오르도스까지 가버렸다.

「거지주머니」 전문

　위 시에서 '나'는 잉크병 속에 있는 존재이다. 그리고 '나'는 없어진 신발 한 짝을 찾고 있는 동안 기차를 떠나보낸다. 또한 '나'는 잠을 깨고 눈앞이 썰렁해진다. 그리고 '나'는 우미관에서 신파극을 본다. 또한 '나'는 일전짜리 우표이다. 나는 그만 거기 주저앉을 동안 조카 녀석은 이전짜리 우표가 되어 오르도스로 날아가 버린다.
　이 시에서 '나'는 다양한 양상으로 지칭되며 존재한다. '나'는 잉크병 속의 '소인'이 되었다가 몇 십 년 전 어린 시절의 '아이'가 된다. 그리고 다시 현재의 '어른'이 되었다가 '일 전 짜리 우표'가 된다. '나'의 모습은 현실에서는 있을 수 없는 비현실적인 모습으로 이어지고 있다.

위 시에서 "오디새같이 생긴 잉크병 속에/나는 들어가 있었다", "없어진 신발 한 짝을 찾는 동안/기차는 떠났다", "며칠 뒤에 내가 優美館에서 본 것은/분명 그런 줄거리의 신파극이다", "나는 한때 一錢짜리 우표였다", "해는 지고/나는 그만 거기 주저앉고 말았지만" 등은 사물이나 현상을 나타내는 기표 계열을 형성한다.

사물이나 현상을 나타내는 기표 계열 각각의 어구 뒤에서 이어지는 어구들은 다음과 같다. 그것은 "너무 너무 슬펐는데", "잠을 깨고도 눈앞이 썰렁했다", "입이 씁쓸했다", "가슴이 벅찼다", "주저앉고 말았지만" 등이다. 즉 이 어구들은 앞서 나왔던 '사물'이나 '현상'을 나타내는 어구들 각각의 '의미'를 나타내는 기의 계열에 해당된다.

즉 비현실적인 장면이나 사물을 보여주는 이질적인 '사물'을 지칭하는 계열의 축이 중심적으로 형성되면서 그 각각의 비물체적인 상황의 '의미'를 나타내는 '의미'의 계열축이 형성된다. '사물'의 계열축이 '기표'를 형성한다면 '의미'의 계열축은 '기의'를 형성하고 있다.

그런데 다양한 현상을 드러내는 '기표'들은 개별적인 '기의'를 형성하기보다는 '기표들'이 계열화하는 '차이'에 의하여 유사한 내용의 '기의'를 형성한다. 구체적으로 잉크병 속에 갇힌 존재로부터 신발 한 짝을 잃고 기차를 떠나보내며 일전짜리 우표가 되어 주저앉는 다양한 '기표'의 양상들과 그 차이가 '슬프다', '썰렁하다', '주저앉다' 등의 유사한 '기의'를 형성하면서 강조한다. 이를 통해서 볼 때 기의 계열에 비하여 기표 계열이 과잉의 양상을 보인다고 할 수 있다.[23]

이와 같은 기표 계열과 기의 계열의 상호 관련성을 구체적으로 살펴보기 위해서는 '나'의 변신의 양상과 관련한 '특이성'의 어구들에 관

---

[23] '두 계열series 중의 기표signifier 계열은 다른 계열the other에 비하여 과도함excess을 드러낸다', Deleuze, Gilles, *The Logic of Sense*, p.40.

하여 주목할 필요가 있다. '소인', '아이', '어른', '우표'는 모두 '나'의 다양한 변신으로 나타난다. 그런데 이들은 각각 그 자체로 볼 때 전후의 관계 설정이 논리적 이치에 닿지 않는 무의미의 어구들이다.

특히 '잉크병 속 소인'이 된 '나' 혹은 '일 전 짜리 우표'가 된 '나'는 '역설적인' 측면이 두드러진 부분이다. 그런데 이 '잉크병 속 소인'의 '나'는 다른 사람들에게 비웃음을 받고 있는 모습으로 나타난다. 즉 '잉크병 속 존재'로서의 '나'는 하나의 '사물'이면서 동시에 '비웃음'이라는 '의미'를 나타낸다.

그리고 '일 전 짜리 우표'로서의 '나'는 '이 전 짜리 우표'가 되어 오르도스까지 날아가 버린 '조카녀석'에 비하면 보잘 것 없이 주저앉는 존재이다. 즉 '일 전 짜리 우표로서의 나'는 하나의 '사물'이면서 '가벼운 존재감'이란 '의미'를 드러낸다. 다시 말해 역설적 측면이 두드러진 위의 두 구절은 각각의 '사물'을 표시하면서 동시에 '비웃음' 내지 '가벼운 존재감'이란 '의미'를 나타낸다.

그런데 위 시에서 '사람이 잉크병 속 소인이 된다'든지 '사람이 일 전짜리 우표가 된다'든지와 같이 현실적인 이치와 큰 거리를 지닌 무의미의 서술은 시에서 전체적인 '의미' 생산의 중심축을 형성하는 측면이 있다. 즉 이 무의미 어구들을 중심으로 하여 위 시에 나타난 다양한 '나의 변신'의 양상들을 다시 조망해 볼 수 있다.

즉 이러한 역설적 어구들은, '없어진 신발 한 짝을 찾는 나', '잠을 깨고 눈앞이 썰렁해진 나', 그리고 '우울한 신파극을 보는 나' 등이 보여 주는 '현상'과 '의미'의 계열축 속에서 한편으로는 각각의 '의미'를 역설적으로 강조하면서 한편으로는 각각의 '의미'를 중첩적으로 통합하는 구실을 한다.

역설적 성향이 강한 위의 무의미 어구들이 형성하는 '위축감', '존재의 가벼움' 등을 중심점으로 하여 '나의 변신 양상'이 보여주는 기표의 계열화는 '우울', '좌절', '슬픔' 등의 '의미'를 강조하면서 중첩적으로 하나의 우울한 내면을 드러내고 있다.

이와 같이 김춘수의 무의미시에서 무의미 어구들은 기표 계열의 과잉에 비하여 기의 계열이 중첩 혹은 빈약한 측면을 보여 준다. 그리고 기표 계열의 과잉은 '빈 기표'의 양상을 보여 주기도 한다. 즉 빈 기표가 기의 계열을 끊임없이 떠도는 방식을 보여주는 것이다. '빈 기표'의 자리 옮김에 의하여 기의 계열 축의 변화가 일어나므로 이것은 일종의 '특이점'이다.

위 시에서는 "잠을 깨고도 눈앞이 썰렁했다./ 며칠 뒤에 내가 優美館에서 본 것은/ 분명 그런 줄거리의 신파극이다."의 구절에 주목해 볼 수 있다. 이 구절에서 '잠'은 신파극의 '그런' 줄거리로 이어져 지시된다. 그런데 '그런' 줄거리와 '잠'의 내용이 무엇을 뜻하는지는 애매한 측면이 많다.

즉 '잠'의 내용이 앞의 장면들 즉 '잉크병 속 소인으로서 비웃음을 당하는 나'와 '신발 한 짝을 찾다 기차를 놓친 나'를 둘 다 지칭하는지 아니면 후자만을 지칭하는 지가 명확히 드러나지 않는다.

그리고 '잠'의 내용이 '그런' 줄거리의 신파극이라는데 그 신파극이 무엇인지 밝혀져 있지 않고 '그런'이란 애매한 표현을 쓰고 있다. 또한 '그런'이 앞에서 말한 '잠'의 내용을 말하는 것인지 아니면 신파극 속 '뻔한' 이야기라는 것에 초점이 맞추어져 있는 지도 애매하다.

즉 '잠', '그런' 등과 같이 그 자체의 고유 의미를 지니지 못하는 지시적인 어구들은 이들이 가리키는 기의들의 표면에서 끊임없이 미끄러질 수 있다. 그리고 이러한 기의의 미끄러짐 가운데서 '의미'를 생성한다. '잠', '그런'과 같은 '빈 기표'에 의한 무의미 양상은 'n1, n2, n3 … 등'의 형식으로 지시어에 의해 계속적으로 이어지는 문장들이 있을 때 하나의 기표가 지닌 의미를 드러내 보이지 않으면서 'n1, n2, n3 …' 등에 속한 지칭어들을 이리저리 옮겨 다니는 존재와 같은 역할을 한다.

그 특이성의 어구는 그 자체로는 의미를 지니지 않으면서 계열체의 순환을 통하여 의미를 생산한다는 점에서 '무의미'의 한 양상에 속한다.[24] 이와 같이 기표 계열과 기의 계열의 분지점을 형성하는 '특이점'의 양상은 다양한 방식으로 나타날 수 있다.

위 시는 기표 계열과 기의 계열에서 역설적 요소의 역할과 관련한 '특이성' 양상뿐만 아니라 '나의 변신', '내가 겪은 사건', '시구의 서술어', '나와 타인의 모습 대비' 등 다양한 시각과 제재 등을 기준으로 하여 다양한 계열화 방식이 나타날 수 있다. 이러한 계열체들에 관한 고찰은 무의미시에 나타난 주제 의식이나 심리 현상 등의 복합적이면서 구체적인 갈래를 좀더 세밀하게 들여다 볼 수 있도록 한다.

구체적으로 위 시의 '서술어'를 중심으로 살펴보기로 하자. 즉 위 시는 '들어가 있다', '비웃음을 당하다', '없어지다', '나다', '썰렁하다', '쓸슬하다', '벅차다', '주저앉다', '가버리다' 등의 서술어를 취한다. 이들 서술어의 어휘가 형성하는 의미는 '밀폐', '비웃음', '소멸', '상실', '쓸쓸함' 등과 관련한 '행위' 및 '감정'이며 특히 서술어의 양상, 즉 '당하다', '-어지다', '-버리다' 등의 피동적 표현은 이러한 정서를 더욱 강화하는 역할을 한다.

또한 서술어를 중심으로 한 계열화에 의하여 생산된 '의미' 뿐만 아니라 위 시는 '자신'과 '타인'의 대비 및 '과거'와 '현재'의 대비를

---

24) 이러한 무의미의 양상을 잘 드러내는 경우로서 '애드가 앨런 포우'의 「도둑맞은 편지」의 '편지'를 들 수 있다. '편지'를 '왕', '여왕', '대신', '뒤팽' 등의 인물들 중에서 누가 차지하느냐에 따라서 세력의 중심이 달라지며 동시에 이야기가 초점적으로 계열화되는 양상도 달라지는 것이다. 이것과 유사한 방식으로 위의 시에서는 '그런'이나 '잠' 등의 '빈 기표'에 의한 '기의의 미끄러짐' 양상을 보여 준다. 그리고 이들은 여러 갈래의 의미를 생산하는 고정점을 이루고 있다.

통하여 이루어진 계열화에 의해서도 그 주제적 양상이 나타난다. 즉 자신은 일전짜리 우표로서 주저앉았는데 자신보다 겨우 일 전 더 가치가 나갈 뿐인 조카 녀석이 오르도스로 날아가 버린 것에 주목할 수 있다. 또한 며칠 전 꿈속에서 신발 한 짝을 잃은 '나'와 며칠 뒤 우미관에서 쓸쓸한 내용의 신파극을 보는 '나'에 주목해 볼 수 있다.

전자에서 심리적인 '상대적인 박탈감'을 볼 수 있다면 후자에서는 '상실감의 연속'이라는 점을 지적할 수 있을 것이다. 이처럼 '과거의 사건과 현재의 사건' 혹은 '자신의 모습과 타인의 모습' 등이 대비되는 기표의 계열화를 통하여 '박탈감'과 '상실감'의 '의미'가 구체화되는 양상을 고찰할 수 있다.

무의미시는 심리묘사적, 추상적, 환상적 이미지의 형성과 관련이 깊다. 심리 묘사적 이미지는 무의미의 어구에 의해서 형성된다. 김춘수의 무의미시에서 꿈의 세계와 같은 시편들은 주류를 이룬다. 이러한 시편들은 하나의 집중된 의미를 향해 구성되지 않고서 개별적으로 흩어져서 낱낱이 의미를 발산시키는 것이 특징이다.

이러한 심리적 장면의 묘사는 김춘수가 그의 시론에서 논의한 '무매개적 직접성'을 구현하려고 한 것과 관련이 있다. 들뢰즈는 신조어와 관련하여 무의미의 유형으로서 '소급적 종합'과 '선언적 종합'을 설명하였는데 이들의 주요한 특성은 기표 계열과 기의 계열의 분지점과 관련한 것이다. 무의미의 다양한 양상들이 바로 이러한 의미 생산의 '특이점'을 형성한다.

5. 무의미의 의미생산과 시인의 트라우마

무의미시에서 기표 계열과 기의 계열의 변화 지점을 형성하는 것이 '특이점'이며 이것은 역설적 요소, 즉 무의미에 의하여 주로 나타난다. 무의미시의 이치에 닿지 않는 무의미의 어구들은 텍스트 의미를 다양한 방식으로 계열화한다. 이러한 무의미의 의미생산이 나타내는 것은 주로 우울한 분위기, 좌절감, 허무의식 등이다.

이러한 정조는 그의 무의미시 대부분의 주제에서 공통적으로 나타나는 것이다. 이러한 정조는 전반적으로 추상적인 언술이나 비유적인 표현의 형태를 빌어서 무의미한 발언의 반복을 통하여 나타난다.

> 돌려다오.
> 불이 앗아 간 것, 하늘이 앗아 간 것, 개미와 말똥이 앗아 간 것,
> 여자가 앗아 가고 남자가 앗아 간 것,
> 앗아 간 것을 돌려다오.
> 불을 돌려다오. 하늘을 돌려다오. 개미와 말똥을 돌려다오.
> 여자를 돌려주고 남자를 돌려다오.
> 쟁반 위에 별을 돌려다오.
> 돌려다오.

> 「처용단장」 제2부 1 전문

위 시에서 구체적인 상황의 제시나 세부적인 내용을 기대하기는 어렵다. '무엇을 돌려 다오'라는 메시지만 반복적으로 이루어질 뿐이다. '돌려다오'란 서술어는 처음부터 끝까지 모든 문장의 끝에서 서술될 뿐만 아니라 반복적으로 강조된다. 이것은 시인이 보여주는 강한 '피해의식'의 표현이라고 할 수 있다. '돌려다오'란 것은 '빼앗김'을 전제로 하는 것이기 때문이다.

그런데 이러한 '빼앗김' 의식은 언뜻 보아서는 무의식적인 발언 속에서 나오는 것으로 보인다. 그러나 위 시에서 '돌려다오'라고 말하는 대상 즉 빼앗은 주체들을 눈여겨 볼 필요가 있다. 빼앗은 주체들은, '불', '하늘', '개미와 말똥', '여자', '남자'이다. 그런데 화자가 돌려달

라고 말하는 빼앗긴 대상들도 '불', '하늘', '개미와 말똥', '여자', '남자'이다. 여기에다 '쟁반 위에 별'만 추가되어 있을 뿐이다.

즉 빼앗은 주체가 곧 빼앗긴 대상과 거의 일치하는 것이다. 이것은 그의 말처럼 무의식적 표현의 형태를 취하였으나 시인이 치밀한 계획과 의도를 계산한 뒤에 이 시를 썼다는 말이 된다. 다시 말해 무의미 어구들 뒤에는 시인이 무언의 메시지를 전달하려는 계획적인 전략이 숨어 있는 것으로 이해된다.

그렇다면 왜 빼앗은 주체들과 빼앗긴 대상들이 일치하는 것일까. 먼저 그 대상들의 성격을 살펴 볼 필요가 있다. 이들 제재들을 융의 원소론과 연관시켜 생각해 보기로 한다. 구체적으로 '불'은 '불', '하늘'은 '공기', '개미와 말똥'은 '대지'의 상징에 속한다.

그리고 '여자'와 '남자'는 '사람'이다. '불', '공기', '대지'는 지구를 구성하는 주요한 원소이며 '사람'은 지구의 구성요소를 인식하는 주체이다. 이렇게 볼 때 위에 언급된 제재들은 '세상의 모든 것'이라는 말이 된다.

그러면 세상을 대표적으로 표상하는 모든 대상이 시적 화자에게서 무엇을 빼앗아갔다는 말일까. 그런데 역설적이게도 빼앗는 주체가 동시에 빼앗기는 대상들이라는 것에 주목해 보아야 한다. 이것 또한 사실에 어긋난 표현이면서 구문론적으로는 무리가 없으나 의미론적으로 말이 되지 않는 '상황의 무의미'와 '범주적 이탈'에 속하는 무의미의 양상이라고 할 수 있다.

빼앗는 주체들이자 빼앗기는 대상들은 '세상'을 표상하는 주요한 것들이면서 동시에 시인과 더불어 살아가는 '남자'와 '여자' 즉 사람들이다. 이것은 시인의 세상에 대한 양면적이면서 이중적인 의식을 드러내는 부분이라고 생각된다. 그리고 동시에 인간이 지닌 본성적인 특성과 관련이 있다. 세상의 사람들은 빼앗는 주체이자 빼앗기는 대상이 동시에 될 수 있다. 현대인은 소외된 실존적 존재이면서도 동시에 혼자서 지낼 수 없는 사회적 존재인 것이다.

시인은 이러한 역설이 보여주는 진리를 마지막 구절에서 '쟁반 위에 별'을 돌려달라는 것에서 드러내고 있다. '쟁반 위에 별'은 위의 제재들과 나란히 나오기는 했으나 빼앗긴 대상일 뿐 빼앗는 주체는 아닌 것이다. 시인이 추구하고 진정하게 돌려받고자 하는 것의 표상이 바로 '불'도 아니고 '하늘'도 아니고 '개미와 말똥'도 아니고 '남자'와 '여자'도 아닌, '쟁반 위에 별'임을 알 수 있다.

다른 시어들이 주체이자 대상으로서 시에서 동일한 순서로 반복적으로 나타나는 것에 비하여 '쟁반 위에 별'이란 어구는 '이질적인' 특성을 지닌다. 즉 이 어구는 시의 문맥에서 의외의 출현이라는 점에서 기대에 맞지 않는 '상황의 무의미'라고 할 수 있다. 어구들이 형성하는 맥락의 단순성을 벗어나려는 이러한 이질적 어구에 시인의 의도와 욕망이 가중되어 있다.

그렇다면 '쟁반 위에 별'이란 무엇을 상징할까. '쟁반'은 부엌에 있는 일상적인 사물이면서 동시에 빛을 비추어낼 수 있는 대상이다. 그리고 '쟁반 위에 별'이란 일상적인 대상인 '쟁반'에 비친 '빛'의 종류를 비유적으로 표현한 것이다. 다시 말해서 '쟁반 위에 별'이란 일상적인 생활 속의 빛, 내지 희망 등의 의미로 범주화할 수 있을 듯하다.

이와 같이 시인은 무의미의 어구들로 이루어진 무의미시를 통하여 자신의 시적 전략을 내비치는 동시에 무의식의 세계도 보여준다. 즉 그는 이 시를 통하여 '돌려다오'라는 무수한 반복을 통하여 시인의 '피해의식'을 보여준다. 그리고 빼앗김의 주체와 대상이 일치하는 모습을 통하여 현대인으로서 혹은 인간으로서 지닌 실존적인 양면적 특성을 보여주고 있다.

또한 화자가 진정으로 돌려받기를 바라는 '쟁반 위에 별'을 통하여 시인이 일상적인 삶 속에 내재한 희망 내지 삶의 윤기 등을 내재적으로 욕망하고 있음을 드러내고 있다. 무의미의 어구 속에 내재적으로 나타나는 '세상에 대한 양면적 태도' 그리고 '그가 소망하는 일상적 희망' 등은 '피해의식'이라는 그의 주요한 테마 속에서 세부적으로 나타나는 형국이다.

그의 무의미시에서는 이러한 '피해 의식'과 함께 '은폐 의식'이 주요하게 나타나고 있다. 이러한 의식 또한 전반적으로 볼 때는 추상적인 언술이나 비유적인 표현을 통하여 나타나는 경우가 많다.

> 모난 것으로 할 까 둥근 것으로 할까
> 쭈뼛하니 귀가 선 서양 것으로 할까, 하고
> 내가 들어갈 괄호의 맵시를
> 생각했다. 그것이 곧
> 내 몫의 자유다.
> 괄호 안은 어두웠다.
> 불을 켜면
> 그 언저리만 훤하고 조금은
> 따뜻했다.
> 서기 1945년 5월,
> 나에게도 뿔이 있어
> 세워 보고 또 세워 보고 했지만
> 부러지지 않았다. 내 뿔에는
> 뼈가 없었다.
> 괄호 안에서 나서 괄호 안에서
> 자랐기 때문일까 달팽이처럼,

「처용단장」 제2부 40 中

'숨음 의식' 및 '피해 의식'의 양상은 그의 현실에 대한 '허무 의식'의 다른 표현이다. 그의 '숨음 의식'은 주로 '유폐의식'으로 나타나는데 '괄호 속 존재'라는 형태로 구체화된다. '괄호 속 존재'에 관한 언급은 그의 이러한 고립적 유폐감을 단적으로 드러낸다. 그는 자신이 숨는 방식, 즉 '괄호의 맵시'를 고르는 것이 '내 몫의 자유'일 뿐이라고 말한다. '모난 것', '둥근 것', '쭈뼛하니 귀가 선 서양 것' 등의 괄호의 맵시란 말 그대로 < >, ( ), { } 등을 말한다.

그는 괄호 속과 같은 자신만의 영역 속에서 따뜻함과 평온함을 느낀다. 위 시 또한 사람이 괄호 속에 숨는다는 의미에서 하나의 무의미 어구를 형성한다. 그런데 다른 무의미시편에 비하여 '괄호'에 관한 언급이 지속적이면서도 구체적인 측면이 있다.[25]

위 시에서 '괄호'로 표상된 자신의 보호막 내지 방어막이 사회적 격동기 속에서 얼마나 쉽게 벗겨지는 '달팽이 껍질'과 같은 것인지를 보여주고 있다. '괄호'는 그가 숨는 방식의 표상이자 그가 숨는 고립적 현재가 얼마나 *浮動*적인 것인지를 보여준다. 그는 자신이 안주하는 '괄호'의 깨어지기 쉬움에 대하여 이것을 '관념'과 연관지어 설명하기도 한다.

> 내 입장에서 본다면 <우리>는 括弧 안의 <우리>일 뿐이다. 즉, 觀念이 만들어낸 어떤 抽象일 뿐이다. 觀念이 박살이 날 수밖에는 없는 어떤 절박한 사태를 앞에 했을 때도 <우리>를 말할 수 있는 사람에게만 括弧를 벗어난 우리가 있게 된다.[26]

여기서의 '괄호'란 '우리'라고 믿고 있는 '허상적 관념'을 말한다.

---

25) '괄호', '뿔', '뼈' 등은 외부의 압력 때문에 깨어지기 쉬운 연약한 '내적 방벽'의 이미지로서 김춘수 시에서 주요하게 나타나고 있다.
26) 『김춘수전집2』, p.352.

그는 앞의 시에서 그의 실존적 '괄호'가 깨지기 쉬운 것은 달팽이처럼 '뼈'가 없기 때문이라고 하였다. 마찬가지로 '우리'라는 것이 허상을 벗어날 수 있는 계기는 바로 관념이 박살날 수밖에 없는 어떤 절박한 사태를 극복한 경우에 한에서 '괄호'가 '허상적 관념'을 벗어날 수 있음을 보여 주고 있다.

위 시에서 자신이 '괄호 속에서 나서 괄호 안에서 키워졌기' 때문에 자신에게는 '뿔'이나 '뼈'가 없다라고 비유적으로 나타낸 것은 중요한 의미를 지닌다. 그는 이 시 마지막 부분에서 그의 '괄호 속 존재의식'의 근원에 대한 힌트를 보여 주고 있다. 그것은 '서기 1945년 5월' 그가 괄호의 '뿔'을 세워보려 한 시기로 표상되어 있다.

1945년 5월의 사건이란 그가 겪었던 일제 때 감옥체험의 고통과 관련한 것이다. '뿔'이나 '뼈'를 세워보지 못했다는 것은 그의 관념과 의지가 '고통' 앞에 여지없이 무너져 버렸던 실존적 고백에 해당된다고 할 수 있다.

ㅋ ㄱ ㅅ ㄱ헌병대가지빛검붉은벽돌담을끼고달아나던 ㅋ ㄱ ㅅ ㄱ헌병대헌병軍曺某T에게나를넘겨주고달아나던포승줄로박살내게하고木刀로박살내게하고욕조에서氣를絶하게하고달아나던 創氏한일본姓을등에짊어지고숨이차서쉼표도못찍고띄어쓰기도까먹도달아나던식민지반도출신고학생헌병補 ㅓ ㅈ ㅄ 某의뒤통수에박힌 눈 개라고부르는인간의두개의 눈 가엾어라어느쪽도동공이없는

「처용단장」 제3부 5 전문

무의미시에서 띄어쓰기를 하지 않고 무의식적 언술에 가깝게 자동기술적 글쓰기를 보여준 유일한 경우에 해당되는 시이다. 위 시는 일단 통상적인 구문론적 규칙에서 벗어난 '언어의 무의미'를 보여주는 경우에 해당된다. 이러한 무의식적 국면을 드러내는 무의미의 어구들

은 시인의 무의식을 잘 드러내는 형태라고 할 수 있다. 혹은 그가 전략적으로 이러한 글쓰기를 취했다 하더라도 그 자신의 내면을 자유롭게 토로하고자 한 장치에 해당된다.

이 시는 그의 무의식에 내재한 그의 자전적 트라우마trauma를 들추어내고 있다. 프로이트에 의하면 트라우마란 '방어 방패를 꿰뚫을 정도로 강력한 외부의 자극'에 대해서 칭하는 말이다. 이때 '방어 방패'란 자극에 대해서 효과적으로 대처하는 장벽의 의미이다.27) 내면의 '방어 방패'에 대하여 시인은 앞의 시에서는 '괄호' 내지 '뿔'이란 것으로서 상징적으로 나타내었다.

이 시는 그 '괄호'가 무너지게 된 계기에 관하여 서술하고 있다. 즉 일본 유학시절 시국에 대한 자신의 불평을 듣고 이를 헌병대에 밀고한 한국인 동료 고학생에 관한 묘사 부분이다. 시인은 그의 시에서 주로 나타나는 '고통 콤플렉스'만큼이나 이 고학생에 대한 분노를 강렬한 정서를 담아서 표현하고 있다.

이러한 미움은 그로테스크한 뒤틀기의 형상을 통하여 표현된다. 이러한 방식은 그의 시에서는 드문 양상이다. 대상의 비틀기식 표현은 현실의 이면에 내재한 공포스럽고 억압적인 부분을 드러내는 것에 효과적이다. "뒤통수에 눈"이 있고 또한 "어느 쪽도 동공이 없는" 것이란 매우 혐오스러운 모습이다.

그러나 이러한 괴상한 외양 묘사와 함께 나타나는 자동기술적 표현방식은 시인이 과거 겪었던 감옥의 고통체험이 자전적인 트라우마로 작용하고 있음을 보여준다. 즉 자신 내부의 방어방벽을 깨뜨린 '외상'은 언술적으로는 통상적 글쓰기를 불가능하게 만든 측면이 있다.

또한 이렇게 자신의 내부 방어체계를 혼란시킨 장본인의 모습을 왜곡되고 기괴한 형상으로 나타내어서 자신의 정체성 혼란에 대한 정신

---

27) 프로이트, 박찬부 역, 『쾌락 원칙을 넘어서』 열린책들, 1997, p.41.

적 보상을 받고자 한다. 그 고학생은 자신을 1년간 감옥에서 고통 받게 했던 장본인이면서 '동공이 없는 인간'으로 나타난다.

김춘수의 트라우마 체험의 원인은 그가 과거 받았던 '포승줄', '목도', '욕조' 등으로 기절 당했던 끔찍한 고문과 관련된다. 그의 자전적 수필에서도 드러나듯이 그는 통영의 큰 부잣집에서 할머니와 어머니의 각별한 보호를 받으며 유년시절을 평온하게 자랐다.

그런 그가 일제치하에 일본타국에서 이유 없이 당했던 1년간의 육체적, 정신적 고통은 그에게 평생 씻을 수 없는 치욕적인 상처로 작용하였다. 그 체험은 그에게 역사로 인한 '피해 의식'의 대명사로 자리 잡는다. 구체적으로는 '괄호 속 존재'에 숨는 방식으로 나타난다. 이러한 의식은 김춘수가 무의미시에서 형상화한 무의미 언술들의 주조적 주제와 분위기 즉 허무 의식, 피해 의식, 슬픔, 우울 등과 관련되기도 한다.

개인이 역사로부터 받은 억울한 고통은 김춘수의 자전적 트라우마로 자리 잡고 있다. 그리고 그의 무의미시에서 그가 토로하고자 한 무언의 테마로 작용한다. 무의미시의 주요 대상으로서 김춘수는 '처용', '이중섭', '도스토예프스키', '예수' 등을 취하였다. 그리고 이들에 관하여 '연작'의 형태로서 여러 편의 시를 발표하였다.

'연작'의 형태를 취했다는 것은 그 대상에 대한 일관되고도 끈질긴 관심을 보여준다는 뜻이 된다. 시에서 형상화된 이들의 삶 역시 부정적인 역사의 흐름이나 거대한 권력 또는 힘이 초래한 개인의 비극적 삶과 관련이 있다. 그리고 이러한 비극적 인물상들에 관하여 주요하게 형상화한 장면을 보면 그들이 육체적, 정신적 고통을 당하는 순간 내지 죽음을 맞이하는 순간의 문제를 다루고 있다.

그에게는 일제치하의 부정적 '역사', 6.25 전쟁을 초래한 폭력적

'이데올로기' 그리고 이후 정권 혼란기 속에서 그가 겪었던 부정적인 '권력' 등이 의식적으로 동일한 연속선상에 있다. 그리고 이러한 것들로부터 그가 받았던 자전적 상처의 토로는 무의미의 언술들 속에서 주요하게 형상화되고 있다.

6.

'무의미Nonsense'는 시편에서 단순히 '의미 없음'이나 '어리석음'의 차원이 아니라 새로운 시적 의미를 생산하는 주요한 원천이다. 주요한 시적 장치인 '역설', '비유', '상징' 등을 살펴보면 '무의미' 양상과 밀접하게 결부된 것임을 알 수 있다. 그리고 무의미 어구는 의미의 맥락을 차단, 재구성함으로써 추상적, 환상적 비전을 보여준다.

김춘수의 무의미시는 이와 같은 무의미의 어구들로서 구성되며 이들은 개별적으로 시적 의미를 생산하는 가운데 다양한 의미의 계열체를 이룬다. 무의미 어구가 형성하는 '시뮬라크르Simulacre'의 세계는 김춘수의 초기시와 대비되는 의식적 기저를 드러낸다. 이러한 무의미의 의미 형성적 측면과 밀접한 관련을 지닌 것이 들뢰즈의 '사건event' 개념이다.

그는 현상적 세계의 비물체적인 것을 언표로 포착하는 방식으로서 '사건'을 논의한다. 그런데 사건은 그 자체는 아무런 뜻을 지니지 않는 '무의미'이나 다른 사건들과 연관되는 양상에 따라 의미 생산의 분기점이 되는 것이다. 이러한 무의미의 작용에 의한 의미 생산 국면은 '계열화'와 밀접한 관련성을 지닌다.

무의미시에서 무의미의 어구는 시적 의미를 생산하는 중심적인 역할을 하며 다양한 계열체를 형성하고 있다. 무의미의 양상들 중에서 특히 역설적 요소가 강한 어구들은 이러한 계열화의 중심점을 형성한다. 이 중심점은 기표 계열과 기의 계열이 나누어지는 분지점 혹은 기표 계열과 기의 계열 축의 중심 내용을 형성하는 '특이점'이다.

역설적 요소의 무의미 어구는 전체적인 언술들이 이룬 사건과 의미의 계열체를 소급적으로 순환하도록 한다. 기표 계열과 기의 계열에서 김춘수의 무의미 어구가 이루는 의미는 하나의 내면적인 방향을 갖는다. 그것은 '우울', '슬픔', '절망', '좌절' 등의 정서로 요약된다.

이러한 정서의 강조는 시인이 처한 구체적, 현실적 상황을 은폐하는 효과가 있으며 비현실적 환상 내지 상상의 세계를 나타낸다. 이 환상의 세계는 실제적이고 인칭적인 시간에 놓여 있지 않는 '아이온 Aion'의 시간에 속한다. 여기서 무의미 어구의 비중 및 빈도는 '비재현성' 내지 '추상성'의 정도와 조응한다.

무의미시는 기표 계열의 과잉 경향과 기의 계열의 빈약 내지 중첩 양상을 보여 준다. 즉 무의미 어구는 기표와 기의의 다양한 계열 방식을 생산하는 가운데 '내면의 정서'를 중첩적으로 강조한다.

무의미의 어구가 계열화하는 주요한 의미는 김춘수의 '자전적 트라우마'와 관련된다. 이것은 '괄호 속 존재'라는 형태로 반복적으로 구체화된다. '괄호 속 의식'의 근원은 일제 때 그가 겪었던 '감옥 체험'과 깊은 관계가 있으며 이것은 그의 시에서 심리적인 '방어 방패를 꿰뚫을 정도로 강력한 외부의 자극' 즉 '외상'의 형태로 자리 잡고 있다. 그의 무의미시에서 무의미의 의미 생산이 나타내는 것은 '우울한 분위기', '좌절감', '허무 의식' 등이다.

그는 고통을 위로하고 고통으로부터 탈피하고자 하는 방식으로서 '무의미'의 언어를 선택한 것이다. '무의미' 중심의 시 쓰기는 기존의 이성적 글쓰기의 반대편에 선 것으로서 이것이 구축한 세계는 현상적, 찰나적 장면으로 나타난다. 파편적 이미지 중심의 글쓰기는 무의미시가 지닌 반이성주의, 반플라톤주의의 세계관을 드러낸다.

즉 김춘수의 무의미시는 환상적 이미지를 중심으로 그가 겪은 고통의 심리를 강조한다. 그는 언어적 측면의 무의미 형식 이외에 시의 내용적 측면에서 자신의 것이 아닌 작중 인물의 상황을 빌어서 나타낸다. 이것은 그의 무의미시가 시인 자신을 숨기는 가면의 전략과 관련된 것임을 보여 준다.

위험 표지판처럼 서 있는 우리는 누구인가

- 오세영, 『봄은 전쟁처럼』
- 신대철, 『누구인지 몰라도 그대를 사랑한다』
- 김명수, 『가오리의 심해』

컴퓨터, 전화, 아파트 이전의 시골 농촌 생활을 경험한 세대들에게는 우리가 일상적으로 살고 있는 도시의 삶은 그들의 유년시절과 대비해 볼 때 매우 낯선 삶일 것이다. 또한 6.25 전쟁과 남북 이데올로기의 냉전 속에서 불안과 공포를 경험했던 세대들에게는 지금의 생활과 현재의 평화를 유동적인 것으로 실감할 것인가를 알 수 있다. 그리고 현대 사회의 부조리와 가난한 사람들의 삶을 체험한 세대들에게는 속악한 현실 속에서 시인의 순수한 꿈을 꾼다는 것이 때로는 얼마나 허망한 것인가를 실감할 때가 있을 것이다.

이와 같이 오세영, 신대철, 김명수의 새 시집들은 급격한 근대화로 탈바꿈한 사회토대와 전쟁으로 인한 피폐함의 경험, 급격한 사회변화의 틈바구니에 있는 사회적 모순 현장이라는 '위험 표지판'과 같은 '경계'의 이쪽과 저쪽을 체험한 '세대의식'이 작용하고 있다. 즉 변화와 격동기 시대의 '태풍눈'을 통과한 세대들의 실감과 그 실감을 잊지 않으려는 인간으로서의 자각의식 혹은 동시대인으로서의 휴머니즘에 대한 갈망이 반영되어 있다. 자연과 문명, 남한과 북한, 현실 세계와 상상 세계라는 '이쪽과 저쪽'의 '경계'에 섰던 자신들의 표정을 잊지 않으려는 사람들에게서 교차되는 만감이 서려 있는 것이다.

신작시집들 속에서 세 시인들이 선 사유의 출발점이자 지향점을 공통적으로 부각시켜 줄 수 있는 소재는 '물방울'에 관한 것이다. 오세영의 『봄은 전쟁처럼』에서 '물방울'은 '문명'과 대비된 자연의 근원적 생명력이면서 그 자연의 일부로서 인간의 사랑을 이루는 '생명수'의 의미를 지닌다("물질이 불로 사는 짐승이라면/생명은 물로 사는 기계,/인간도 이와 같아라./사랑 또한 나와 너 사이를 흐르는/수맥이 아니던가", -「물의 사랑」끝부분).

신대철의 『누구인지 몰라도 그대를 사랑한다』에서 '물방울'은 역사적인 모순의 현장에 서서 개인으로서 어쩔 수 없었던 자신의 뇌리에 '찰칵'하고 박힌 목격자의 가슴 아픈 시선과 관련을 지니고 있다("물방울이/풀잎에 매달려 있다/초원을 배경으로/몰래 잎 사이를 비춘다/우박 녹은 자리에/연둣빛 스치고/별꽃 아롱거리고/찰칵", -「물방울」부분).

그리고 김명수의 『가오리의 심해』에서 '물방울'이란 몽상적 자기변신을 위한 원초적 존재와 같은 것으로서 변신 동력체로서의 순수한 결정체가 되기도 한다("내가 불을 끄고/한밤중 눈을 감고 누웠을 때/머언 옛날 나 또한 한 방울 물방울이었을 때 ……", -「서호납줄갱이 두 마리」끝부분).

세 시인들이 지닌 '물방울들'은 이들 시인의 구체적 체험과 그와 결부된 상상의 '물줄기' 속에서 제각기 개성적인 색깔과 소용돌이를 만들면서 그 각각의 고유한 수로를 형성하고 있다. 그 수로들은 결국은 현대 문명사회를 살면서 남북 이데올로기의 문제에 대면해야 하며 사회 부조리와 빈부 차를 겪는 사회 다수의 고통을 맞대면해야 하는 바로 우리들의 문제라는 '공통 수역水域'으로 통하고 있다.

먼저 오세영의 『봄은 전쟁처럼』을 살펴보면 시집 전편에서 '휴대폰', '컴퓨터', '리모콘', '웹써핑' 등 현대 문명의 상징이면서도 현대를 사는 우리에게는 너무나 친숙한 제재들이 시적 대상이라는 주요한 비중을 지니고 반복적으로 나타난다. 그런데 그 제재들을 시로써 형상화한 방식이 독특하다. 문명 소재들을 주체로 한 이어지는 술어들에는 자연의 소재들이 그 의미의 짝을 맞추면서 꼬리표처럼 따라다니기 때문이다.

역으로 자연 소재로 이루어진 문장의 주체들에는 이와 이질적인 문명 소재들로 이루어진 술어들이 그 꼬리표처럼 따라다닌다("꽃들인가. 계곡에 난만히 핀/네온의 불빛,/강물인가. 까마득히 아래에서 반짝거리는/헤드라이트 물결,/일순, 도시는 원시의 정글인데/홀로 홈페이지를 검색하는 나는/야행성 동물,/말에 굶주린 숲 속의 타잔같이/늘어진 한 가닥 코드에 매달려/절벽과 절벽을 건너뛴다", -「타잔」부분). 즉 시인은 핸드폰 및 컴퓨터와 늘상 함께하는 현대인의 모습에 대하여 자연의 원시적 삶을 사는 '타잔'의 시선과 그의 머릿속 언어들로써 표현하고 있는 셈이다.

그런데 현대인의 문명을 비판하는 이 '타잔'이 그 문명의 이기가 없으면 단 하루도 살 수 없는 바로 그 '현대인'이라는 데에 아이러니가 있다("이제 더 이상/백지에 펜을 긋지 않는다./한 문장의 이랑도 컴퓨터 없이는 갈지 못하는/내 원고지의 빈 들", -「들꽃」부분). 휴대폰과 컴퓨터로부터의 자유를 갈망하지만 시인역시 이미 '황토'가 아닌 '시멘트 보도'에, '주택'이 아닌 '아파트'에, '펜'이 아닌 '컴퓨터 자판'에 익숙해져서 그것들의 이기利器가 아니라면 하루도 제대로 생활해낼 수 없는 도시인의 운명을 상징적으로 드러내는 것이다.

그리하여 오세영의 시속에서 '자연'과 '문명'이라는 상당히 이질적인 두 부류의 소재들을 통하여 '자연의 일부로서의 인간'과 '문명의 일부로서의 인간' 형상화가 무리 없이 짝을 맞추면서 자연스럽게 연결되며 각각의 개별적 유추 관계를 통하여 통합적인 전체상을 이루고 있다("산천(山川)은 지뢰밭인가/봄이 밟고 간 땅마다 온통/지뢰의 폭발로 수라장이다./대지를 뚫고 솟아오른, 푸르고 붉은/꽃과 풀과 나무의 여린 새싹들./전선엔 하얀 연기 피어오르고/아지랑이 손짓을 신호로/은폐 중인 다람쥐, 너구리, 고슴도치, 꽃뱀……/일제히 참호를 뛰쳐 나온다", -「봄은 전쟁처럼」부분).

자연에 대1한 동경과 문명에 대한 비판이라는 단순한 시작詩作 구도에서 이 시집이 벗어나고 있는 지점도 이러한 독특한 형상화 방식과 관련이 있다. 이러한 형상화를 통하여 '펜이 있어야 시를 쓰고' '컴퓨터가 있어야 시를 쓰'는 양립적이면서도 이중적인 현대인의 실상을 고발하려고 하는 것이다("컴퓨터를 버리고 펜을 잡는다./아직도 펜을 들어야만 쓰여 지는/나의 시", -「꽃씨는 손으로 심는다」부분).

이 자가당착적인 모습이 바로 자연 속에서 '위험표지판'처럼 서 있는 '인간'인 오늘날 우리의 모습이다. 그리하여 시인은 자연의 밤을 밝히는 거대한 도시의 '불' 속에서 인간의 사랑과 관계를 움직이게 하는 '자연'의 '물'을 꿈꾼다. 이것은 자연과 인간의 순환적 연결고리 속에서 인간 그 자신을 '낯설게' 발견하려는 의식적 노력의 메시지를 보여 주는 것이다.

땅 속이 어디 암흑뿐이더냐
지상에 강이 흐르는 것처럼
수맥이 흐르고
지하의 하늘에서도 별들은
반짝거린다.
다이아몬드, 사파이어, 에메랄드, 루비……
노동하는 지하의 삶을 보아라.
수맥에 뿌리를 대고

탐스럽게 익어가는 땅 속 과일들,
감자, 무, 당근……
영원이 항상 낮에 있는 것만이 아니듯
삶 또한 지상에 있는 것만은 아니거니
죽음이란
삶이 잠깐 그 자리를 바꾼 것일 뿐.
그러므로 영원을 약속하며
내 별을 하나 따다가
네 손가락에 반지로 끼워 주마.
이 지상의 목숨 다하는 날
함께
우리들의 지하를 화안히
밝히기 위해.

「죽음」 전문

신대철의 『누구인지 몰라도 그대를 사랑한다』는 비무장지대 최일선 GP 장교로서 시인의 특수한 체험을 토대로 한다는 점에서 그만이 지닌 고유의 영역과 시적 세계를 보여준다. 그리고 그의 체험은 개별적인 것인 동시에 자연스럽게 역사적, 민족적 공동체의 것이기도 하다.

그가 '비무장 지대 체험'을 환기하게 된 주요한 계기는 '실미도'의 감상과 그에 관한 것과 관련이 있다. "그러나 신화적인 숫자 속에 묻혀지는 저 사람들, 복사꽃 피면 언제나 돌아오는 저 사람들은 어디로 가야 하는가. 바람이 불 때마다 묵은 갈대들 휘어지면서 환하게 드러나던 복사꽃, 그 만발한 복사꽃 사이에 어둡게 웅크리고 앉아 흩날리는 꽃잎을 파편처럼 맞으면서 복사꽃 피면 고향으로 돌아가고 싶다던 저 사람들은 이제 어디로 가야 하는가", -「홍행 신화만 남은 '실미도'」(동아일보, 2004.3.12)부분).

즉 '실미도'에 관한 관심은 그가 과거 군사업무로 행했던 일들의 실체적 의미에 관하여 재인식한 계기가 된 것이다. '실미도'는 북파 공작원을 양성하기 위해서 혹독한 훈련을 받았던 남한의 사회 저층 사람들이 한스런 땀과 피와 뼈를 묻었던 곳이다. 이 실미도가 그의 시선을 강하게 끈 이유는 '실미도'와 같은 섬에서 혹독한 훈련을 거 친 공작원들을 3.8 경계선에서 북파 시키는 특수한 군임무를 그가 맡 은 바 있기 때문이다.

즉 그가 북파 시켰던 사람들이 그 이전에 겪었을 엄청난 고통을 상기하게 되었고 또 그들이 북파 하여 맞이해야 할 그들의 비극적 운 명을 떠올리게 되었던 것이다. 그리고 그는 그들을 보내며 파헤치고 매설하곤 하던 지뢰작업의 현장에 대해서 불안해했던 자신의 기억을 생각해 내고는 자신이 무고한 사람들의 본의 아닌 저승사자역을 하였 음에 몸서리쳐 한다("매설하고 제거하고 매설하고 제거하기를 수십번, 그러나 정작 GP를 철수할 때에는 너무 긴급하여 지뢰와 부비트랩을 제거하지 못한 채 목측과 지도 표기로만 인계인수를 하고 비무장지대 를 벗어나왔다./그리고 악몽이 시작되었다. 피투성이가 된 공작원과 GP 요원들이 수시로 찾아왔다", -「시인의 말」).

그리하여 그의 시에서는 누군가를 필사적으로 기다리는 모티브와 그 기다림의 대상과 관련한 모티브가 많은 부분 차지하고 있다("모래 밭 부근에서 갈대 끼고 나는 올라가고 그대는 협곡으로 내려가고, 서 로 엇갈려 생을 나눠 가진 그대와 나, 그대 아직 기억하는가, 1969년 9월 12일, 유난히 하늘 푸르고 물새들 후다닥 엉키며 날아오르던 날, 사정거리 밖으로 물 흘러가고 갈대 서걱이는 소리 안으로 안으로 들 어오다 흘러가고 좁은 강 사이에 두고 총부리 겨눈 채 굳어 있던 우 리, 그대가 협곡으로 사라진 뒤에도 나는 해골 굴러다니는 바위 구멍 에서 총부리를 겨누고 떨었다", -「향로봉에서 그대에게」부분). 이것은 그가 당시 북파 시켰던 이들이 맞부딪칠 상황에 관한 상상과 결부되어 연민과 속죄 의식이라는 반복적 강박 형태를 보여주고 있다.

우리는 자신의 잘못이 아님에도 괴로워하면서 어떤 일을 어쩔 수 없이 감당해야 할 상황에 놓여 있을 때가 있다. 시인은 엄격한 체제에서 명령에 따라 움직여야 하는 군인으로서 부조리한 역사 현장의 사각지대 속에 처해 있었다. 그런데 시인은 당시 자신이 그들을 황천길로 인도한 주역이었다는 죄책감에 휩싸여 있다. 그리고 무력하기만 했던 자신의 모습을 주로 '아이'의 입장을 빌어서 형상화하고 있다.

그는 실미도 체험이 그의 과거 비무장 지대 체험을 이끌어 들인 것과 마찬가지로 최근의 '이라크전'을 통하여 그는 또 다른 역사적 현장인 6.25 체험을 떠올리곤 한다. 그것은 6.25 때 젖을 물린 채 죽어가던 피난민 새댁의 기억이다("코쟁이들 믿지 마라 하시던 할머니, 모래폭풍 속에서 양떼 따라가다 티 없이 웃던 아이들 팔다리 잘려나가고 울부짖던 부모들 폭격 맞아 죽어가고 있습니다. 오늘 TV화면엔 젖먹이와 그 어미가 나란히 관 속에 누워 있습니다. 그 여름 동틀 무렵 냇물 건너 앞산 토굴에서 애 젖 물린 채 죽어가던 피난민 새댁 기억나시죠? 할머니께서 따발총 소리 뚫고 참나무댕이에서 주먹밥을 얻어오셨을 때 새댁은 이미 저승으로 떠난 뒤였고 애 울 때마다 모두들 어둠 속에서 버짐 낀 얼굴 더듬으며 신음소리도 내지 못했습니다", -「지평선 마을 3」부분).

시인의 특수한 체험들은 민족적인 동시에 사적인 것을 공유한 고통으로 그를 몰아넣었고 그것은 그에게 한 동안 시를 쓸 수 없게 한 공포였던 동시에 그로 하여금 시로써 증언하고 자신을 치유하도록 할 수밖에 없도록 한 원동력이었다. "체험적인 진실과 창조적인 진실 사이에서 나는 아무것도 할 수 없었다. 나는 시를 버렸다. 그 뒤 고통스럽게 몰려오던 혼란과 방황, 그리고 동족으로부터의 소외, 그게 내가 감당해야 할 삶의 양식이었다", -「시인의 말」부분). 그의 전체적 시편을 감싸고 있는 '기다림', '원인모를 두려움', '속죄의식' 등은 이러한 그의 역사적 원체험과 관련하여 다양하면서도 반복적인 형태로 나타나고 있다.

　　　7부 능선에서
　　　개활지로 강가로 내려오던 밤

　　　누가 누군지 알 수 없지만
　　　앞선 순서대로 이름 떠올리며
　　　일렬로 숨죽이며 헤쳐가던 길

　　　그분은 맨 끝에 매달려 왔다
　　　질퍽거리는 갈대숲에서
　　　몇번 수신호를 보내도
　　　한 발자국도 움직이지 않았다
　　　깜깜한 어둠속을 한동안 응시하다
　　　군사분계선을 넘어갔다
　　　함께 가자 위협하지도 않고
　　　뒤돌아보지도 않았다

　　　작전에 돌입하기 직전
　　　손마디를 하나하나 맞추며
　　　수고스럽지만 하다가
　　　다시 만나겠지요 하던 그분
　　　숨소리 짜릿짜릿하던 그 순간에
　　　무슨 말을 하려다 그만두었을까
　　　그게 그분의 마지막 말일 수도 있는데
　　　나는 왜 가만히 듣고만 있었을까

창 흔들리다 어두워지고
천장에 달라붙은
천둥 번개 물러가지 않는다

「마지막 그분」 전문

오세영의 시집이 문명비판적 시선과 함께 그 문명에 매여 있어야
하는 현대인의 운명을 보여준다면 신대철의 경우는 자신의 구체적인
역사 체험을 바탕으로 남북 이데올로기에서 비롯한 공적인 고통과 연
결된 사적 고통의 생생한 얼굴을 형상화하고 있다. 김명수의 경우는
이들에 비하여 좀더 사적인 존재의 위치에 서 있다. 사적인 존재의 표
상으로서 그의 '물방울'은 오세영의 '자연으로부터 치유력'이나 신대철
의 역사현장에 대한 '목격자로서의 시선'이라는 의미에 비추어 볼 때
사적인 공간에서 꿈을 꾸는 인간의 원형적 형상을 지니고 있다.

즉 그의 '물방울'은 순수한 자아로서 다양한 변신으로의 원재료 구
실을 한다("물방울이 영롱한 돌을 만든다/눈물이여, 굳어져라", -「石筍」
부분). 이 자아변신의 상상은 너무나 생생하게 이루어지기 때문에 때
로는 자연의 장애물과 벽들을 뚫고서 먼 곳의 '어떤 대상'과 합일되
는 과정으로서 공간이동의 속도감을 보여주기도 한다("내 몸은 나무/
불덩어리 속을 지나갑니다/내 몸은 불덩어리/물구덩이 속을 지나칩니
다", -「고향길」부분).

또는 자신이 신문에서 보는 부조리의 현장이나 도감에서 본 절멸된
물고기의 상황으로도 그 자신의 시간과 공간을 이동시킨다("내가 불
을 끄고/한밤중 눈을 감고 누웠을 때/꽃 피고 지는 봄날 호수 속에
있었지요", -「서호납줄갱이 두 마리」부분). 즉 김명수 시인의 시적 상
상력의 원천은 어떤 의미에서 '자기 변신'의 자유로운 몽상으로부터
기인한다("코스모스 보면/코스모스 나를 보고/미루나무 보면/미루나무

나를 보고/나는 이 들녘에 비치고/들녘은 나를 비춘다/두고 온 천심 (天心)도/가까이 다가서는/코스모스가 되는 나/미루나무가 되는 나", -「3인칭의 나」부분). 그 꿈을 꾸는 의지 속에서 가동화되는 상상의 현장 속에서 시인은 주로 고요와 평안을 갖는다.

혹은 시인은 그 꿈에서 깨어날 때 현실과 대비되는 시적 몽상의 허탈함을 자각하기도 한다("회오에 젖는 시인들아/시는 그렇게 써야 하는데/시인들은 후회한다/나도 조그마한 개미 한 마리를 두고/개보다는 조금 작고/여우보다는 조금 큰/개미가 있었다고 말한 적이 있었다", -「개미와 개」부분). 몽상의 세계란 일상적 생활과 가난한 이웃의 고통과 현실적 문제에는 속수무책인 것이기 때문이다.

이러한 문제역시 그는 암담한 상황에 놓인 개인과 생명체들로 '자기 변신적 상상력'을 가동함으로써 '공감의 영역'을 확보하려고 한다("서문 시장인가 중앙시장에서/의류제품 공장을 하던/마흔두 살 김양모 씨였다/새벽 네시/잠자던 다섯 식구/제 아내와 두 딸 아들 노모를 깨워/차에 밀어넣었다", -「나는 자동차를 타지 못합니다-5.고속도로」부분).

그런데 참담한 상황에 놓인 대상들에 대한 '전신'을 건 그의 상상은 그 부정적 상황이 주는 어두운 힘으로 인하여 시인 스스로를 지치게 하기도 한다. 또한 시인은 동시대를 사는 고통 받는 사람들에 대한 '공감'에의 시도가 결국은 자기 자신의 문제로 '반복적'으로 귀결되는 것에서 답답함의 문제를 드러내기도 한다("끝없이 끝없이/이어진/똑같은 방/사람은 없고/내 그림자 비치는 방//우우 하고 목소리를 내면/우우 하고 목소리가 되울림 하는 방/끝없이 끝없이/이어진 방", -「끝없이 이어진 방」부분).

시인의 다양한 자기변신적 몽상은 최면술에 걸리기 직전과 같은 순수한 자아의 상태를 그 출발점으로 한다. 그리하여 그는 등기권리증도 없고 국적도 없이 고요한 어둠 속에서 고단한 자신을 되돌아보는

'가오리의 심해'를 꿈꾼다. 다시 그 '심해' 밖으로 나올 몽상적 힘을
얻기 위해서.

> 바다에 들어 모래알
> 헤아리기 곤비로운 날
> 바람 한 점 없는 곳에 바람이 인다
>
> 무국적(無國籍)은 이따금
>
> 얼마나 다행인가
>
> 다시마도 미역도 너울거리고
>
> 거기 등기권리증도 없는 밤
>
> 가오리의 심해(深海)

「가오리」 전문

이와 같이 김명수의 시가 개별적 존재로서의 인간 모습을 보여준다
면 신대철의 시는 역사적 존재로서의 인간 모습을, 오세영의 시는 자
연과 대비된 보편적인 문명인으로서의 인간 모습을 형상화한다. 즉
일상적 체험, 역사적 사각지대의 체험, 현대인으로서의 문명 체험으로
대별할 수 있을 것이다.

또한 김명수의 시가 자기 변신적 몽상을 보여 주면서 '심해'와 같
은 평화와 고요의 상태를 갈망하면서도 비루한 일상을 사는 동시대인
의 문제에 '공감'하고자 하는 부단한 노력을 보여준다면 신대철의 시
는 자신의 고통 체험을 반복적으로 토로하므로써 '실미도'와 같은 혹
독한 훈련의 장에서 죽음의 문턱으로 떠난 억울한 역사적 희생자들에
대한 속죄양 의식을 보여준다.

그리고 오세영의 시는 문명사회를 사는 인간의 모습을 냉정한 이성의 시선으로 고발하고 현대 인간이 놓인 상황에 대하여 각성하고자 하는 의도를 보여준다. 이들의 모습은 결국 세계를 사는 현대인의 문명, 남북 이데올로기에 처해 있는 한국인의 상황 그리고 부조리한 일상을 살면서 순수한 몽상으로 그것을 위안받는 일상인이라는, 이 시대를 사는 인간에 대한 각각 다른 각도에서의 '연속적'이면서 '동일한' 모습을 보여준다.

오세영의 시에서 돋보이는 부분은 '문명' 비판의 형상화 방식이 '자연'이라는 대조적 색채를 띤 시어들과 연속적으로 결합되면서도 이질적인 느낌을 풍기지 않는 시적 연륜을 보여준다는 점이다. 그리고 '문명의 늪'에 '빠져서' 사는 '그 현대인'이 '문명'을 '의식하고 비판하는' 아이러니한 실상을 적확하게 드러내면서 현대를 사는 모든 세계인이 공유한 보편적이면서도 절실한 문제를 다루고 있다는 점이다.

신대철의 시에서는 한민족의 일원으로서 희생당한 이들에 대한 연민과 안타까움에서 비롯한 역사와 민족에 대한 담론이 진실한 공명을 얻는다는 점을 들 수 있다. 그 공명의 중앙부에는 시인의 개별적이면서도 역사적이었던 사각지대의 체험이 가로놓여 있다. 그리하여 이 시집은 역사적 증언 기록으로서의 가치뿐만 아니라 한국이 지닌 남북 이데올로기 문제의 첨예한 지점에 선 자의 실감이 휴머니즘과 결부되어 詩史적 측면에서 결여되었던 주요 내용항을 채워 넣어 준다.

김명수의 시에서 돋보이는 부분은 일상과 부조리한 현실을 사는 인간이 '자기 변신적 몽상'을 통하여 타인과 멸종에 처한 생물 그리고 그 밖의 다른 불행에 처한 생명체들에 대한 '공감'에의 노력을 보여준다는 것이며, 자기변신의 원자아인 '물방울'을 맑게 다시 샘솟게 할 '심해'의 공간 즉 고단한 현대인을 치유하는 고요한 몽상적 자리를 마련해 주고 있다는 의의를 들 수 있을 것이다.

呂尙鉉 연구

1.

여상현[1]은 1914년(대정3년) 2월 9일 전라남도 화순군 동면 천덕리 452번지에서 부친 呂奎炳과 모친 조함령(趙咸寧)의 5남 5녀 중 장남으로 태어났다. 18세에(1931년) 김아지와 결혼하여 7남 2녀를 두었다. 화순의 동복 공립보통학교를 졸업하고 경성중동학교 본과에 편입 2년간 수학하였으며 고창고등보통학교를 졸업하고 1939년 연희전문 문과를 졸업하였다.

그의 詩 등단은 『시인부락』1, 2호에 「腸」, 「호텔앞廣場」, 「法院과가마귀」, 「呼吸」을 게재하기 시작하면서부터이다. 『시인부락』2호에는 후기를 썼으며 당시 그의 시경향은 모더니즘적 기교와 현실 풍자적 색채를 띠고 있으나 시적 성취는 습작 수준에 그치고 있다. 이후 그는 『자오선』, 『인문평론』, 『조광』, 『신천지』 등에 「群蛙」, 「地鎭祭」, 「薔薇속에서」, 「옷고름맺다가」 등을 수록하는 한편 『매일신보』에는 「詩壇의浪漫的氣分-『海外抒情 詩集』刊行에際하야」, 「文

---

1) 본명은 呂尙鉉, 필명으로 呂尙玄, 呂玄을 쓰기도 함. 『조선문예연감』(人文社, 1940.3.15) 문인주소록과 그의 시집 『칠면조』(정음사, 1947), 그외 여상현의 기타 게재지에는 모두 '呂尙玄'으로 작품을 수록하고 있다. 단, 『매일신보』1938.7.3, 1938.11.20, 1939.1.5의 학생란에는 '呂尙鉉'으로 발표하였고, 『자오선』, 『시학』, 『인문평론』에는 모두 呂玄으로 표기하였다. 그는 '呂尙玄'을 즐겨 썼음을 알 수 있다.

學과生活-文筆家에게주는글-」, 「新文學精神의樹立」의 평론을 발표하기도 하였다.

해방 후 1946년 서울신문에서 기자생활을 했으며 조선문학가동맹에 가입 활동하였고 동맹 서기로 선출된 바 있다. 이 무렵 그는 그의 대표작이라 할 「분수」, 「커-브」, 「榮山江」 등을 발표하였다. 1947년 그는 당시까지 발표하였던 작품들을 많은 부분 수정하고 그의 미발표 작품들을 다수 실은 시집 『七面鳥』를 동창 崔暎海의 도움을 받아 정음사에서 발간하였다.

그의 시집은 시대에 야합하는 인물의 상징적 의미를 담은 '七面鳥'라는 제목에서 알 수 있듯이 사회 풍자적 성격을 띤 것이다. 그러나 그의 시집은 일제치하 그의 신산했던 삶의 체험을 내적 성찰과 결부지어 노래함으로써 서정 시집으로서의 면모도 충분히 살리고 있다. 그는 6.25 전쟁 중에 장남 運昌과 함께 행방불명되었다.[2]

여상현에 관한 연구는 주로 그의 인적사항과 작품출처 확인을 중심으로 하여 시작되었다. 박홍원의 글[3]은 그의 가계, 학력, 주변환경 등을 중심으로 대략적인 그의 시세계를 소개하고 있다. 박덕은[4]은 여상현 시의 사투리와 결부하여 그의 시가 지닌 향토성을 지적한다. 채수영[5]은 그의 시를 해방 전후로 양분하고 그의 시세계의 특징을 해명

---

2) 여상현은 정영진의 『통한의 실종문인』(문이당, 1989)에서 북행문인 다음 7가지 분류 중 타의입북자로 분류되어 있다(① 處刑受難文人, ② 逃避越北文人, ③ 志向越北文人, ④ 自意越入文人, ⑤ 他意入北文人, ⑥ 拉北文人, ⑦ 在北文人). 월북, 재북작가에 대한 해금조치는 모두 4차례에 걸쳐 이루어졌다(1차(1976.3.13), 2차(1987.10.19), 3차(1988.3.31), 4차(1988.7.19)). 여상현은 4차 해금조치에 포함되었다.
* 여상현이 행방불명되었을 당시인 1950년에 막내아들 運亮가 태어났고 가족들이 대부분 고향 화순에 있었던 정황, 그리고 북한에서 그에 대한 언급이 거의 전무한 것으로 보아 여상현의 북행은 잠정적인 체류의 목적이었을 수도 있으며 전란 통에 그가 행방불명되었을 가능성도 배제할 수는 없다.
3) 박홍원, 『표현』 18호, 1990, pp.32-50.
4) 박덕은, 『해금작가작품론』, 새문사, 1991, pp.128-142.

하였다.

최학출[6]은 그의 초기시에 대하여 모더니즘적 현실 인식의 한계라는 것으로 비판적으로 검토하고 그의 해방 직후 시에 대하여 시대상황과 리얼리즘적 성취의 측면에서 논의하였다. 신범순[7]은 그의 시에서 비판적 현실 인식과 가난의 시적 형상화 측면의 문제를 지적하고 이를 연속적 맥락에서 논의하고 있다. 유성호[8]는 해방직후 제 역학관계에 주목하여 외재적 사실을 그가 내면적으로 수용한 민중적 정서 및 현실풍자의 측면에 관심을 지니고 서술하였다. 전영주[9]는 전기적 고찰과 시가 지닌 주제의식 및 작품에 나타난 주요한 이미지를 중심으로 그의 시를 고찰하고 있다.

이와 같이 여상현의 시 연구는 1988년 4차 해금조치이후 90년대에 들어서 연구사의 주목을 받아왔다. 그런 까닭에 그의 인적 사항과 작품연보의 조사 및 정리에 일차적인 관심이 이루어져 왔다. 그리고 시세계의 개략적 구분과 시세계의 주요 특질에 관한 논의 등이 점차적으로 이루어졌다.

박홍원에 의해 그의 인적사항 및 몇몇 주요 작품의 의미가 어느정도 조망되었고 신범순에 의해 여상현의 초기작품이 갖는 '가난'의 의미를 그의 시의 발전상 연속적 맥락에서 해명되었다. 그리고 최학출, 유성호에 의해 리얼리즘적 측면에서 그의 시세계가 갖는 특질이 실증적으로 규명되었다.

그리고 전영주에 의해 그의 시의 주요한 이미지로서 '밤', '바다',

5) 채수영, 「시대수용과 시인의 고뇌」, 『해금시인의 정신지리』, 느티나무.1991, pp. 128-153.
6) 최학출, 「여상현론1」, 『서강어문』, 제7집, 1990.
   ──── , 「여상현론2」, 『울산어문논집』, 제7집, 1991.
7) 신범순, 『한국현대 시사의 매듭과 혼』, 민지사, 1992.3, pp.218-225.
8) 유성호, 「여상현 시 연구」, 『연세어문학』 27권 1995. 6.
9) 전영주, 『여상현 연구』, 수원대 석사, 1995.

'고향', '장미'의 중심항이 밝혀진 공로가 있다. 그럼에도 불구하고 그의 생애연보 및 시작품 연보는 좀더 확인 검토해야 할 부분이 많이 남아 있다. 그리고 그의 시세계가 해방 전과 해방 후로 나뉘어 개략적인 특질이 규명된 측면을 좀더 보완할 필요가 있다.

그러므로 본고는 그의 인적사항 및 작품 연보를 검토, 재확인하는 작업을 일차적 목표로 한다. 그리고 이를 토대로 하여 통시적 맥락 속에서 시대적 상황 및 그의 전기적 사실에 토대하여 그의 시세계가 갖는 연속적 국면 및 특성 그리고 시작방식의 변화 등에 관하여 살펴보고자 한다.

작품과 시대현실, 그리고 시인의 전기적 사실과의 넘나듦을 어느 정도 전제로 한 이러한 작업이 가능한 이유는 그의 시세계가 갖는 주요한 하나의 특성 때문이다. 그것은 그의 시는 늘 당대 현실의 시사적 사실이나 그가 겪는 전기적 사실 등에서 출발하여 시작품을 구성하는 특징적 면모를 지닌다는 점이다.

2. 생애 연보 및 작품 연보

1) 생애 연보

1914년 2월 9일, 전라남도 화순군 동면 천덕리 452번지에서 부친 여규병(呂奎炳)과 모친 조함령(趙咸寧)의 5남 5녀 중 장남으로 출생.10)

---

10) 본 내용은 호적상의 내용이며 함양 여씨 화순파 족보에는 1913년 1월 20일생, 1남 5녀 중 장남으로, 연희전문 학적부에는 1914년 2월 19일로 기록되어 있다. 咸陽呂씨 화순파, 일제시대 창씨개명으로 성이 宮田(미야다)로 호적에 표기되어 있다.
다음의 내용은 전남 화순군 동면 천덕리 451번지 呂奎炳, 呂尙鉉의 제적등본 내용이다.
1914년 2월 9일 : 전남 화순군 동면 천덕리 451번지에서 부 呂奎炳과 모 趙咸寧의 5남 5녀 장남으로 呂尙鉉 출생.
1931년 8월 15일 : 金阿只(1911.6.15)와 혼인신고
1931년 : 딸 運子 출생신고
1932년 : 아들 運昋 출생신고-1964년 12월 7일 서울가정법원 실종선고, 동월 18일 제

1922년(대정12년) 4월 1일, 화순의 동복(同福) 공립보통학교 입학

1929(소화4년) 3월 31일, 동복(同福) 공립보통학교 졸업

1929년 4월, 경성중동학교에서 2년간 수학[11]

1931년 고창으로 내려가 고창고등보통학교에 입학.

1931년 8월 5일, 김아지(金阿只-1911.6.15일생)와 결혼, 전라남도 장성 출신. 7남 2녀를 둠. (딸 運子1931)(아들 運昌1932) (아들 運大 1934) (아들 運正1936) (아들 運成1941) (딸 運賀1942) (아들 運朝 1944) (아들 運邦1947), (아들 運亮1950)

1935년 4월 13일, 연희전문학교 문과 본과 입학

1936년『시인부락』동인으로 활동.

1939년 3월 13일, 연희전문 졸업[12]

1945년 해방 후 조선문학가동맹에 가입하여 시부 위원으로 활동.

1946년 서울신문에서 기자생활을 했다고 함.[13]

적됨.

　1934년 : 아들 運大 출생신고

　1936년 : 아들 運正 출생신고-1962년 서울시 성동구 신당동 251-13번지로 분가

　1941년 : 아들 運成 출생신고-1963년 서울시 성동구 신당동 251-13번지로 분가

　1942년 : 딸 運賀 출생신고-1963년 서울시 성동구 신당동 251-13번지로 분가

　1944년 : 아들 運朝 출생신고-1963년 서울시 성동구 신당동 251-13번지로 분가

　1947년 : 아들 運邦 출생신고-1963년 서울시 성동구 신당동 251-13번지로 분가

　1950년 : 아들 運亮 출생신고

　1955년 3월 20일 : 부 呂奎炳의 사망으로 여상현 호주상속

　1964년 12월 7일 : 서울 가정법원 생사불명 기간 만료로 실종선고, 동월 18일 제적됨.

　1967년 4월 5일 : 셋째 아들 呂運正이 호주 상속

　1954년 7월 6일 : 여규병의 5남(을현) 화순에서 출생, 여상현 호적에 입적.

11) 6.25로 학적부 소실에 관한 것은, 전영주,『여상현 연구』, 수원대 석사논문, p.9 참조.

12) 연희전문 학적부의 학력란에는 전라도 화순에서 보통학교를 졸업하고 서울 중동학교 본
　　과 2학년에 입학하여 2년간 수학 후 다시 고향으로 내려가 고창고보 3학년에 전학, 고
　　창고보를 졸업한 것으로 기록되어 있다. 전영주, 앞의 논문, p.11 참조.
　　* 학부의 나타난 연희전문 재학시 성적은, 1학년부터 4학년에 이르기까지 학급 인원
　　의 중간 정도에 미칠까 말까하는 성적을 유지하였다.

13) 한국전쟁 직전에 그가 서울신문사 교정부 부장으로 지냈다는 이야기(전라도 화순군청

전국문학자대회에서 홍구(洪九), 박찬모(朴贊謨) 등과 동맹의 서기로 선출됨.14)

1947년 9월, 시집 『七面鳥』를 동문인 최영해(崔暎海)가 운영하던 정음사에서 펴냄.

1950년 6.25 전쟁 중에 장남 運昌과 함께 행방불명됨.

2) 작품 연보

詩15)

「腸」 『시인부락』(1), 1936. 11.

「호텔앞廣場」 『시인부락』(1), 1936. 11

「法院과가마귀」 『시인부락』(2), 1936. 12.

「呼吸」 『시인부락』(2), 1936. 12.

「編輯後記」 『시인부락』(2), 1936. 12.

「鐘路一六八號」 『風林』(3), 1937. 2.

「群蛙」 『子午線』, 1937. 11.

「부채」 『朝鮮日報』, 1939. 7. 4.

「입술을빨며」 『詩學』(4), 1939. 10.

「地鎭祭」 『人文評論』(4), 1940. 1.

「나의勳章」 『人文評論』(7), 1940. 4.

「薔薇속에서」 『人間評論』(11), 1940. 8.

「呼吸」(바다에서),16) 「森林」, 「부채」 『新選詩人集』 韓慶錫 編,

홈페이지, 유성호, 「여상현 시 연구」, 『연세어문학』(27)(1995.6, pp.122-123.))가 있다. 그러나 본인이 서울신문본사 자료실과 한국언론재단 자료실을 방문한 결과 관련 자료는 찾을 수가 없었다.

14) 『제1회 조선문학자대회의록』, 조선문학가동맹, 1946, p.208.

15) 呂尙鉉 작품 목록은 원전을 각각 찾아서 정정하여 실은 자료이며 작품·수필·평론의 제목은 맞춤법 및 띄어쓰기를 게재 당시 그대로 표기함. '#' 한 것은 게재지를 확인할 수 없는 작품임.

(詩學社, 1940).[17]

「아카시야만 남기고」『人文評論』(15), 1941. 2.

「孔雀」『國民文學』(5), 1942. 3.[18]

「白花의 抒情」『朝光』, 1942. 8.

「옷고름맺다가」『朝光』, 1942. 12.

「農軍의 노래」『朝鮮週報』, 1945. 10.

「봄날」『解放記念詩集』(중앙문화협회, 1945. 12).

「時計」『藝術新聞』, 1946. 8.

「분수」『東亞日報』[19]

「커-브」『朝鮮詩集』(朝鮮文學家同盟, 1946).

「初春在家手記」『新天地』, 1947. 2.

「歸不歸」『한글』, 1947. 3.

「푸른 하늘」『新聞評論』(2), 1947. 7.

「敎室에서」『신교육건설』(1), 1947. 9.

「榮山江」『新天地』(20), 1947.10.

「洋」『民主朝鮮』(4), 1948. 3.

「슬픈 가락」『白民』, 1949. 1.

「榮山江」, 「孔雀」『朝鮮文學全集』(第10卷), 林學洙編, (漢城圖書, 1949. 4. 20).

詩集

『七面鳥』(正音社, 1947)[20]

---

16) 『시인부락』에 실린 「호흡」과 제목만 같을 뿐 전혀 다른 작품이다.

17) 박홍원의 「呂尙玄論」에는 1949년이라 되어 있는데 이는 오기이다.

18) 「孔雀」, 「白花의 抒情」을 임종국의 『친일문학론』((평화출판, 1966) p.475)에는 친일시로 간주하지만 실제 작품 내용에서는 그런 면을 찾을 수 없다. 오히려 이는 게재지의 친일 성향과 관련지을 수 있다.

19) 1946년 3월 20일 덕수궁에서 열린 미소공동위원회가 휴회된 내용이 드러나 있는 것으로 보아 그 이후에 썼을 것으로 추정된다.

20) 시집을 출간하기 이전에 게재한 작품 내용을 변형시키거나 제목이 같더라도 다른 내용

隨筆

「민족의 渴症?」『신천지』 1948. 7.

「말과 시대와 美」『새한민보』 1948. 3.

「電話와禮儀」『학풍』 1948. 10.

評論

「詩壇의 浪漫的 氣分-『海外抒情 詩集』刊行에際하야」『每日新報』 1938. 7. 3.

「文學과生活-文筆家에게주는글-」『每日新報』 1938. 11. 20.

「新文學精神의樹立」『每日新報』 1939. 1. 5.

으로 만들거나 한 것이 많다. 그는 시집 <序>에서 작품 수록 순서가 최근작부터 습작의 순서로 되어 있다고 밝히지만 이는 사실과 조금 다르다(이것은 이전에 게재한 잡지의 연도 대비를 통해서 드러난다). 작품 수록 순서는 그가 경향 문학에 동조했던 시점인 시집 1947년이라는 시기에 비추어 볼 때 해명이 어느 정도 가능하다. 즉 그는 1부와 2부에는 비교적 사회적 현실을 염두한 작품들을, 3부와 4부에서는 私的 취향의 작품을 게재한 것으로 보인다. 특히 제4부의 산문시 2편(「새벽(散文詩)-어떤 어머니의 手記」, 「좀먹은 斷層」)은 그의 가족사와 닮아 있는 자전적 색채를 띠고 있다

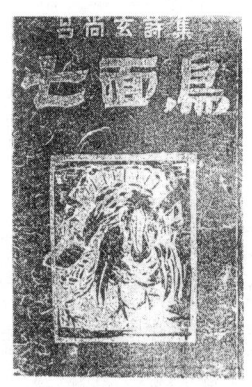 

<『七面鳥』 시집 겉표지>　　<『七面鳥』 시집 속표지>

* 속표지 그림에 쓰여진 '玄'이란 싸인으로 보아 여상현 자신이 직접 그린 그림이다. 그런데 이상한 것은 시집 제목이 『七面鳥』인데 겉표지, 속표지 그림은 그의 작품제목이기도 했던 '孔雀'의 모습이다.

3. 『칠면조』에 나타난 사상적 지향

> 나는 이 世代에 태어난 것이 不幸하지않고 오히려 이모저모로 經驗을
> 쌓을 수 있었다는點에서 퍽 잘태어났다고 생각되는 적이 한두번이 아
> 니다. 말을 배우던 철나기前부터 三十이 되도록 倭族에게 부닥겨 살아
> 오는동안 참으로 奇蹟的으로나마 우리말을 애써 배울게제가 가끔 있
> 었고, 스스로 되잖은 우리말詩를 지어보기도하였다. 勿論 마음놓고 쓰
> 지도 못했고, 더구나 太平洋戰爭三年有餘는 통이 한줄 써보지도 못한
> 屈辱도 톡톡이 맛보았지만.
>
> 『칠면조』序 부분

위 글은 1947년 여상현이 자신이 그 동안 쓴 시를 취합하여 시집
을 내면서 쓴 글의 첫 부분이다. 여기서 그는 자신이 살아온 삶에 대
한 감회를 말하고 있다. 그가 "나는 이 世代에 태어난 것이 不幸하
지않고 오히려 이모저모로 經驗을 쌓을 수 있었다는點에서 퍽 잘 태
어났다고 생각되는 적이 한 두 번이 아니다."에서 알 수 있는 바와
같이 여상현은 체질적으로 낙관적이고 강인한 기질의 소유자임을 알
수 있다.

그리고 이 시집 서문 후반부에는 이 시집을 발간하게 해준 동창학
우 崔暎海 형에게 전하는 감사의 말과 문학가동맹의 시우들에 대한
감사의 말을 전하고 있다("마침 同窓學友 崔暎海兄이 拙稿를 베풀
어주어 비로소 나의 첫詩集으로 이를 上梓케되었다. 于先 崔兄께
感謝하며 아울러 恒常 激勵해주는 文學家同盟의 詩友들이 限없이
고마웁다", -『七面鳥』序끝부분).

여기서 알 수 있는 것은 그가 이 시집을 낼 당시 문학가동맹의 일
원으로서의 사상적 경향성이다. 그는 문학가동맹의 서기를 맡은 바

있으며 그의 시들은 문학가동맹이 편한 대표 시인선에 다수 실린 바 있다. 이러한 사실들로 볼 때 그의 시집 제목인 '칠면조'가 지니는 의미가 이해될 수 있다. 즉 프로운동을 하는 이데올로기 주창자의 입장에서 '칠면조'는 현실 변절적 인물 내지 친일적 인물의 전형으로 해석된다. 그리고 이 시집을 낼 당시 그의 주요한 시경향이 현실풍자와 비판의 특성을 담고 있었다.

그의 시 「칠면조」는 이러한 여상현 시의 풍자적 특성을 단적으로 드러내고 있다("速製의 憂國士 와 洋裝女 들은/ 어느새 七面鳥의 習性을 배웠다/ 낯설은 사람과도 外交가 能해/ 蓄財의 지름길로만 달리는것이다//중략/昌慶苑에서 돈 내고야 구경한/ 가지 가지의 異國産 즘생중에도/ 어른들이 가장 무서워하는 變節의 奇鳥/ 謀利輩들은 무릎치며 歎服하리라", -「七面鳥」중에서).

이어지는 서문에서 그는,

> 이토록 어수선한속에서 할일이 많기도한데 詩를 추껴든 나의青春이 너무도 보람없다함을 이제 이 『七面鳥』 한卷을 꾸미면서 새삼스럽게 유독 切實히 느껴진다. 거센 歷史의 潮流속에 티끌처럼 떠나려가는것을 붙들어 記錄해본것이 第一部 「福爐房」에 모아논것이다. 所謂解放後, 解放을 찾으며 쓴것이라고나할가 그다음 第二部 「歸不歸」에 收錄한 것은 五, 六年以前에에 日帝의 쇠사슬에 억매어있으면서 極히 柔弱한 붓대로 當時의 生活과 心境을 그려본데 不過한것이다. 遠不遠間에 오고야 말이라는 굳은 希求에 살았다는 한낱 追憶이된다면 幸이겟다. 第三部는 擧皆가 第二部와 同期에쓴 某日某時의 抒情記요, 第四部는 約十二年前 延專在學時문에 쓴것이다. 이같은 說明은 讀者에겐 부즐없는 親切乃至蛇足일지 모르나 나로선 記憶을 남기는뜻에서 說明하는것이다.

라고 쓰고 있다. 위의 글은 그의 시편들을 어떠한 순서에 따라 실었는지에 대하여 자신이 설명하고 있는 부분이다. 그의 말을 따르자면

제 1부는 조선문학가동맹원으로서의 이데올로기의 입장이 반영된 작품이며 2부는 5, 6년 전이라고 했으니까 이 시집 발간년도인 47년을 감안해서 41, 42년도 가량 되는 일제 암흑기 즉 우리말의 자유로운 사용마저 억압되던 시기가 해당된다.

그리고 3부의 내용은 2부와 같은 시기에 쓴 서정시편이며 4부는 연전 재학시절 즉 35~39년이 해당된다. 즉 4부, 2, 3부, 1부의 순으로 그가 시를 써나간 셈이다. 그런데 3, 4부는 개인적 서정의 경향이 강하고 1, 2부는 현실풍자 및 이데올로기적 성향이 강하게 나타난다. 후자를 앞세운 것으로 보아서 시집 낼 당시 그의 시가 지닌 지향점을 알 수 있다.

그런데 그의 위와 같은 진술에도 불구하고 이러한 사실에 부합되지 않는 작품들이 더러 있다. 구체적으로 「귀불귀」와 「시계」는 해방 후에 발표된 것들인데 2부에 실렸으며 「群蛙」는 1937년 그의 연전시절 발표작인데 2부에 실려 있다. 그리고 4부에는 자신의 습작기시편들인 미발표시를 수록한 것인데 그의 초기시가 모더니즘적 서정적 경향으로부터 출발한 것임을 감안해 볼 때 이색적으로 이 시편들은 민중적 성향이 농후하다.

다만 여기서 중요한 것은 이 4부의 작품들이 그의 유년시절 환경 및 자전적 요소들에 대한 그의 사적 기록을 파악하는 데에 도움이 된다는 점이다. 따라서 이 글은 먼저 시집을 만들 당시의 이데올로기 방향성을 담았으나 그의 습작기의 모습 및 어린시절 가족사항과 환경을 알 수 있는 4부의 시편으로부터 2부, 3부, 1부의 순으로 고찰하되 그가 기타 잡지 및 신문에 발표한 시편들 혹은 수필, 평론에 나타난 그의 전기적 사실, 역사적 사건 등을 염두에 두면서 그의 시세계를 통시적으로 살펴 볼 것이다.

4. 유년기 가족 공동체의 체험과 모더니즘적 기교

그의 등단은 『시인부락』부터이지만 이 시집 4부에 실린 미발표 산문에 가까운 시들은 화순 탄광 근처에서 성장하면서 보고 들은 그의 자전적 요소가 녹아 있어 그의 시세계를 살피는 데 유효하다.

그렇다. 어머니의 눈물겨운 이야기를 잊지 않았다.
우리 하라버지는 숯장수, 주먹만한 질탕관 조밥에 九峰山 아사리 밭길
을 안개속에 나리고 별빛에 더듬어 올라
모래를 풍기든 호랑이 앞에서도 상투 끝을 붙잡고 발을 굴리고
藥물터에서 것배를 채우며 山에 맹세를 했다는 할아버지의 下壽平生
호랑이 어금니를 쌈지끈에 달아매고

하얀 무명토시짝이 숯검장과 진땀에 검어지는 동안 그의 검은 머리는
히여졌드란다.

九峰山 기슭에 왜버들로 에워싼 신작로가 지나가고 멀리 바라보이는
南海 우에 가마귀같은 汽船이 떠돌아
아버지는 時代따라 요구된 간드레 불빛에 번쩍이는 숯(石炭場)을 파러
온종일 굴속을 드나들고 選灰場에 모여 앉은 어머니들의 품을 기다리
며 손톱이 깜아토록 소꼽질을 하든 시절/ 바위 너덜겅에 새끼를 치든
호랭이도 우뢰같이 터지는 남포소리에 山中을 도망쳤다.

나는 정작 幸福스러웠든가.
진달래꽃 뿌리를 스쳐 갈대밭 속을 더듬어 흐르는 개울물에 멱을 감
던 어느 봄날
약물터 외진 곳에 모여 앉아 속삭이던 어른들 틈에 주먹을 쥐고 떠들
던 것이 아버지였다.
그날밤 엄마와 나는 아버지 뒤를 따라 할아버지의 墓도 마당가에 나
의 소꼽도 잊고 그곳으로 떠나버렸다.
아아 그날밤은 참으로 바쁘기도 했다.

「좀먹은 斷層」 부분

할아버지의 행적은 호랑이와 관련하여 설화성을 띠고 있으며 아버지의 모습은 현실적으로 투영되어 있다. 시인은 '나는 정작 행복스러웠든가'라는 의문을 던지고 있지만 이후 시구절의 서울에서 꿈을 잃은 생활의 모습을 고려해 본다면 가난하지만 산골에서 단란했던 삶에 대한 추억어린 시선이 내재해 있음도 간과할 수 없다.

그러나 그 속에는 숯을 캐는 광부의 아들인 숯장수 아버지의 신산한 삶에 대한 항거어린 모습도 놓칠 수 없다. 실제로 여상현의 시인이 화순 탄광촌 근처에서 성장한 것과 이 글이 습작기의 작품이라는 점을 고려한다면 자신이 체험한 사실을 토대로 하여 작품을 형상화하였다고 할 수 있는데 이것은 이 시 뒤의 다음과 같은 구절들에서 좀 더 명확하게 나타난다.

> 그뒤 나는 S시 東문밖 煙突선 洞里에서 고꾸라 양복을 입고 질거워 뛰는 都市의 少年이 되었다./ 아버지의 뼈골과 어머니의 치마끈으로 가방을 멘 중학생의 으젓한 활개도 저었고/ 때로는 소꿉질하다가 남포소리에 깜짝 놀래던 어린 追憶에 낯을 붉히고/ 그러면서도 나날이 썩어가는 사다리를 타고 軟弱한 숨길을 붙들고/ 층계로 층계로 푸른 하늘만 쳐다보고 오르던 斷層은 이미 좀먹어 흘릴날이 가까워 왔다./ 千길 허공에 떠도는 나의 꿈은/ 진실로 九峰山 호랭이도 잊고 악물도 잊고 하늘을 끌리는 煙突도 잊고 말었든가./ 그리고 푸른 하늘을 검어 쥐고 별과 달과 이슬을 먹음고 노래를 시험했든가.

"나는 S시 東문밖 煙突선 洞里에서 고꾸라 양복을 입고 질거워 뛰는 都市의 少年이 되었다"고 쓰여 있듯이 실제로 여상현은 시골에서 보통학교를 졸업한 후 서울에서 경성중동학교 본과에 2년간 다닌 일이 있다. 그는 서울생활에서 시골에서 들었던 九峰山 호랑이도 하늘로 끌리는 煙突도 잊은 채 푸른 하늘만 쳐다보고 오르던 자신의

斷層이 좀먹어 흘릴 날이 왔었다고 말한다.

그 단층의 끝에서 그는 단지 그의 '꿈'을 통하여 푸른 하늘을 검어 쥐고 별과 달과 이슬을 머금고 '노래'를 시험하는 시인의 길을 향했다고 할 수 있을 것이다. 여기서 '좀먹은 단층'은 시집 4부의 제목이기도 한데 이것은 어린시절부터 이상을 꿈꾸며 나아가던 한 소년의 지나온 삶에 대한 성찰 내지 현실의 벽에 부딪쳐 상처받은 모습 정도로 해석할 수 있다.

구체적으로 그는 자신이 지나온 생의 역정을 '층계' 오르기에 비유하고 있는데 그 '사다리'의 어느 지점에서 '단층'이 이미 '좀먹어' '썩은' 것임을 깨닫게 된다("무슨 어리석은 꿈이었느냐. 소스라쳐 깎아내린 이 斷層밑바닥에는 좀이 먹고 사태가난지 이미 오래였다"). 그리고 이 시 끝에서 "지나간 꿈이여 오오 좀먹은 斷層이여!"라고 외치고 있다.

그러나 전기적 사실과 관련하여 여상현을 이해하고자 하는 입장에서 볼 때 "아버지의 뼈골과 어머니의 치마끈으로 가방을 멘 중학생", 혹은 "산골 탄광으로부터 가족의 줄행랑" 등으로 표상된 위 시 전체의 묘사처럼 그의 집안이 실제로 신산하지는 않았다는 사실을 지적할 수 있다.

그의 아버지가 동네 면장을 지냈고 그 마을의 유지격이었다는 박홍원의 자료[21]나 그가 고향 화순을 떠나 서울에서 연전유학을 한 이력을 감안할 때 이 시의 묘사에는 어느 정도 '주의자'로서 해방 후 그의 사상적 입장이 윤색되어 다루어진 측면이 있는 것이다. 특히 이 시의 발표시기인 1947년 조선문학가동맹원으로서의 활동내력을 감안하면 더욱 그러하다.

이 시와 함께 실린 4부의 「새벽」이란 작품은 '어떤 어머니의 手記'란 부제가 달려 있는데 여기에서는 새벽녁에 빈 젖을 아기에게 물리는

---

21) 박홍원, 앞의 글, p.42.

어머니의 모정이 "나도 아기도 세수하고 햇님 따라 닭처럼 나서 볼 테다. 밤에 버티고 새벽에까지 버티고 말테다. 내 좀 버티고 싸워 이 기고야 말테ㅡ"라고 서러움과 의지를 보여주는 가락으로 끝맺고 있다.

이와 같이 어린시절 가난한 삶의 형상화 가운데 따뜻했던 어머니의 정과 아버지, 할아버지 등 가족 공동체에 대한 그리움과 결부된 민중적 정서는, 습작기 여상현 시의 주요한 특징이다. 그리고 화순 탄광지역에 관한 유년기 체험 및 가족, 고향에 대한 그리움과 결부된 '長子'로서의 책임감은 이후 그의 시에서도 반복적으로 나타난다("턱을 고이면 호올로 피어오르는 봄에 취하고/ 더구나 帽子를 쓰면 언제나 나의 마음을 졸로는 故鄉이여", -「목도리」끝부분).

그의 본격적인 초기시 창작은 서울에서의 연전유학 체험 및 당시 문단의 모더니즘적 경향과 관련을 지니고 이루어졌다. 구체적으로 여상현의 등단은 1936년 『시인부락』 1, 2호를 통해서 이루어졌다. 편집장인 서정주가 같은 고창고보 출신인 점을 감안하면 그의 『시인부락』에의 참여는 인맥의 차원에서 이루어졌다.

그는 『시인부락』의 2호에서는 편집후기[22]를 썼을 만큼 동인으로서 당당한 자리를 차지한 것으로 보인다. 그는 이 잡지를 통하여 「腸」, 「호텔 앞 廣場」, 「法院과 가마귀」, 「呼吸」을 발표하였다. 그의 경향으로 볼 때 생명의 옹호라는 시인부락의 주요한 테마는 그의 시 체질과 비교적 부합된 것이다.

---

22) 「그렇게 춥니? 허긴 요지음 날씨가 바람이 불고 아 벗적 고약해젓겟지?」/ 「그러게 말이야」/ 「지금 밤도 꽤 오래됫지? 어서 쪽보를 널직히 퍼여라. 먼저 색갈부터 찾게 등불이나 좀 돋기고」/ 「웅 그래 사내들은 기ㅅ대를 만드느라고 야단들이 더구나 그리고 동내 앞에 안테나에는 바람이 휘휘매달리겟지 또 병원에는 X光線裝置도 다됫대.」/ (部落의 요새이야기한토막) (呂)
얼핏 보면 다른 후기에 비해 엉뚱한 말을 하는 것 같지만 『시인부락』에 그가 실은 시들이 모더니즘적인 언어 실험을 한 자취를 어느 정도 보인다는 점에서 '안테나'나 'X光線裝置'의 당시 문명을 상징하는 제재와 함께 논리적 의미 구조를 해체하려 했던 그 나름의 시도가 편집후기에서도 내비치고 있다.

단적으로 「呼吸」에서 모더니즘적 기법과 함께 '세찬 호흡'으로 표상되는 젊음의 열정을 보여준다("屍體같은 沈默을 벗으며 일어나는 東山이 쏘는 햇살을 등 뒤에 소이며/ 젊은 우리들의 診脈과 유輪血/ 아우성치며 살아나는 機械들의 세찬 숨소리", -「呼吸」부분). 그러나 이 시기 시인부락의 동인인 오장환의 시경향과 마찬가지로 '몽타주 기법'의 모더니즘적 기교가 두드러지는 그의 초기시는 실제 시적 성취에 있어서는 미숙한 면이 많이 드러난다.

그도 이후에 이것을 인식하였는지 그의 시집 『칠면조』에는 아예 실지 않거나 혹은 다른 것으로 변화시키거나 같은 제목이라도 전혀 다른 작품으로 손질하여 게재한다. 구체적으로 「장」, 「법원과 가마귀」, 「호흡」, 「종로일육팔호」 등의 초기 모더니즘 경향의 작품은 그의 시집에 수록하지·않았다.

그리고 그의 시집에 실린 「호흡」은 1940년 『新選詩人集』에 실린 같은 제목의 작품이며 「호텔앞 광장」은 「몽염기」로 제목을 바꾸어 게재하였다. 그런데 주목할 만한 것은 그가 고향 화순을 떠나 서울에서 연전을 다닌 시기에 모더니즘적 언어기교에 대한 실험을 감행하였다는 점이다.

그리고 또 한 가지 염두에 둘 사실은 그가 이러한 시편들을 쓰던 1930년대 후반은 일제가 카프의 활동을 금지시키고 엄격한 사상적 제약에 의하여 모더니즘적 기교주의 및 순수시파의 문학활동의 명맥이 유지되던 때라는 점이다.

> 구태 幸福도 싫다만 등골에 腸子가 엥겨 붙어도
> 그래도 머리에 자장가를 외이며 포옥 한 소금 자버릴텐가.
>
> 「腸」 부분

달켜들었다 그 女子
악 버려 물어뜯고 늘어저 늘어나
또 한女子다 달켜든다
生命은 敎十이 쥐처럼 에린다
큰 몸이다 쥐처럼 에린게 크나큰 살덩이다.

「호텔 앞 廣場」 부분

위의 「腸」의 인용부분은 그나마 의미 맥락이 이어지는 부분이다. 극도의 굶주림을 형상화한 이 작품은 인간의 내장이 마치 사람인 것처럼 혹은 인체의 내부 밖의 존재인 것처럼 초현실주의적으로 묘사하려 했지만 그 시적 성취는 미숙하다. 「호텔 앞 廣場」은 여자의 달려듦과 물어뜯고 늘어지는 모습이 마치 그로테스크한 장면을 연상시킨다.

이러한 시적 기교의 시도와 그 미숙성은 후에 「群蛙」 같은 작품이나 「입술을 빨며」와 같은 시에서 의성어를 사용한 시적 기교나 형태적 배치, 반복을 통한 리듬감의 활용으로 조금은 세련된 형태로 표현되어 나타난다. 언어기교적 기법, 운율, 동요적 정서 등은 해방전후로 하여 그의 의식과 시 창작이 지속적으로 이루어지면서 긍정적인 방향으로 전환된다.

단적으로는 「호텔앞 광장」, 「군와」, 「슬픈가락」 등에서 나타나는 의성어, 의태어의 리듬감 있는 구사에서 볼 수 있다. 즉 「호텔앞 광장」의 총알소리, 「군와」의 개구리 소리, 「슬픈가락」의 거문고 소리에서 그의 언어 감각이 점차 발전됨을 알 수 있다. 그리고 해방 후 작품인 「보리씨를 뿌리며」에서는 "와이 좀 못막능기요"란 갑작스런 사투리의 리드미컬한 사용으로 언어적 기교와 민중적 정서를 통합적으로 적용시킨 면모를 드러낸다.

5. 생명력을 주조로 한 중의적 표현

1938년부터 그는 『매일신보』학생란에 세 편의 평론을 실었다. 「詩壇의 浪漫的氣分」(『매일신보』, 1938.7.3)에서는 해외의 낭만주의 시인 작품의 우리말 번역 시집에 대한 감회를 밝히면서 이것이 불행한 시대를 사는 이 시대의 시인들에게 위안을 제공한다고 말한다. 「文學과 生活」(『매일신보』, 1938.11.20)은 '문필가에게 주는 글'이란 부제가 달린 것으로, 문학자가 '생활'을 기저로 하여 사회적 활동을 조화시킬 것에 대하여 강조하고 있다.

그런데 「新文學精神의 樹立」(『매일신보』, 1939.1.15)에서는 최근의 문예사조가 무분별하게 범람하는 실정을 말하고 '조선문화'와 '조선문학'의 특징에 대하여 고찰한 후, 조선문학이 나아갈 바에 대하여 논하고 있다. 그 핵심이 되는 것은 유서 깊은 조선의 고전 문학의 연구가 문학가 공부의 밑바탕이 되어야 한다는 것과 이를 토대로 조선문학의 인간적이고 생활적인 특성을 살려야 한다는 것이다.[23]

이 세 편의 글에서 드러나는 것은 해외 낭만주의 시인의 작품에 대한 옹호적 시선에서 문학자의 '생활'을 기저로 한 사회적 활동 및 그가 이전에 위안이 되었다고 한 외래사조에 대한 비판으로 나아간 그의 사상적 궤적이다. 이것은 그의 시세계의 편력과도 어느 정도 상응한다.

그의 시편들과 평론에서 나타나는 바와 같이 여상현은 모더니즘적 성향, 낭만주의적 성향, 리얼리즘적 성향을 고루 나타내고 있다.[24] 여

---

23) 이때의 '조선주의'는 물론 일본문학의 전시적 체제와 관련하여 새로운 동아의 건립을 위해서 일제가 시행했던 구미적 요소에 대한 배척, 동양전통, 동양의 고전적 정신의 탐구와 밀접한 관련이 있다.
  신범순, 앞의 글, p.225. 참고.
24) "이러한 경향은 여상현의 시에서만 나타나는 것은 아니다. 서정주, 오장환 등의 다른 시인의 이 시기 시에서도 공통적으로 나타나는 현상이다. 이때는 리얼리즘, 모더니즘, 초

상현의 시에서 모더니즘, 낭만주의 계열에 해당되는 작품들이 각각 그의 시인부락에 실은 초기작과 그의 시집 3부에 실린 개인적 서정을 담은 시편들에 해당된다.

특기할 것은 1940년 인문평론, 신선시인집, 국민문학, 조광, 조선주보 등에 발표한 40년도 중반에서 해방 전까지의 작품들이 주로 서정적, 낭만적이거나 전통적 소재를 다룬 것들이라는 점이다. 일제가 우리말 사용에 압박을 가할 이 무렵 친일적 게재지에 시를 발표해야 했던 그로서는 현실로부터 벗어나거나 '중의적'인 표현방식을 구사할 수밖에 없었던 것이다.

그중에서 「지진제」는 1940년대 초 일제 암흑기를 살아가는 지식인의 모습이 돋보이는 시편이다.

건너는 재주가 없으니
바다를 메여야겠다
벼슬도 없고 船價도 못가진 우리들이라.

온終日
성낸 물결을 죽여버리기위하여
千번 더나 던지는 검은 흙덩어리였다.

검은 흙에서 흙으로 연달리
밤이다!
너는 할아버지의 울음일랑 豪蕩히 마셔라
나는 아버지의 憤怒를 씹어 넘긴다.

우리는 모두발로 뛰어
하늘에 솟아 웃음을 털고

현실주의, 다다이즘, 심리주의 등의 외래사조가 유입되어 어설프게 시험되던 시기였다", 최학출, 앞의 글 p.13. 참고.

따에 나려 永遠을 심는다.

來日아침 太陽이 솟지않는데도 좋다
손꾸락에 불을 켜고 이밤을 延長하는게
오히려 우리의 질거움일라.

「地鎭祭」(『人文評論』, 1940.1) 전문

위 시는 '바다'로 표상되는 현실적 역경 앞에서 자신의 할아버지의
울음과 아버지의 분노를 함께 느끼면서 현실을 극복하고자 하는 의지
를 표현한 작품이다. 그런데 특기할 것은 현실적 역경의 상징물인
'바다'를 흙으로 메운다는 의지적인 상상력의 측면이다. 이것은 '바다'
와 비슷한 의미를 지닌 '밤'을 '밤'의 연장으로써 대응해 보려는 듯한
태도에서 더욱 뚜렷이 나타난다.

그의 시 「새벽」, 「밤의 철학자에게」, 「별」 등에서도 이러한 모티
브는 반복적으로 나타난다("나도 아기도 세수하고 햇님따라 닭처럼
나서 볼테다. 밤에 버티고 새벽에까지 버티고 말테다 내 좀 버티고
싸워 이기고야말테-", -「새벽」끝부분). '밤'을 '밤'으로써 연장하고 버
티겠다는 역설적 상상력의 기저는 그가 삶을 지탱하고 개척해 나가고
자 하는 강한 생명력과 현실에 대한 긍정적 신념에서 나온 것이다
("한생전 빗나는 동안/ 기어코 큰光明은 오잖을 수 없으리// 저 하늘
에 별들은 몇千개든고/ 이 따우에 별들은 몇萬개이냐", -「별」끝부분).

이러한 의지적 힘은 '태양' 즉 광복이나 희망이 없는 상황 속에서
'손꾸락에 불을 켜고' '이 밤을 연장'한다는 자기희생적 모티브로 이
어진다. 이와 같이 그가 시대의 '밤'을 연명해 가는 방식은 자기희생
적인 '생명력'에 바탕하고 있다. 이러한 '생명력'의 이미지는 주로 '호
흡', '바다', '태양' 등의 중의적 시어와 결부되어 나타난다.

「나의勳章」에서는 위 시의 '바다'와 상징적 의미는 다르지만 뛰는 듯한 바다의 생명력을 만끽하는 모습이 나타나 있다. 1940년 발간된 『新選詩人集』에는 여상현 대표작으로서 「呼吸(바다에서)」과 「森林」, 「부채」가 실렸다. 이 중에서 「呼吸(바다에서)」과 「森林」은 당시 여상현이 새롭게 쓴 것이다. 여기서도 「呼吸(바다에서)」은 바다주변의 어부와 해녀의 생활 풍경을, 「森林」에서는 푸른 숲 속에서 太陽에의 믿음이란 희망적 모습을 보여주었다.

그의 삶에 대한 생명력은 서정적 사랑의 감정과도 연관된 詩作으로 나타나기도 한다.

저녁 노을에
한아람 薔薇가 걸렸다

사랑하기엔 넘으나 恍惚한 꽃──

五色으로 녹아 나리는 琉璃窓을 열어
그대와 둘이서 한껏 바라보자
아아 그러나 단둘이 바라보기엔
발밑에 슴여드는 어둠이 무섭고
푸른 솔밭에 우는 새소리 외롭고나.

「薔薇속에서」 전반부

宋壯士가 이긴다눈 朴壯士가 이긴다눈
상씨름이 나가든 秋夕 달밤에

八모亭집 淑이와 옷고름을 맺다가
자주고름 한짝을 잃어버리고
고깔 쓰고 소타고 판이 해진뒤
서리밭 더듬더듬 웃기만 했소

「옷고름맺다가」 『朝光』(1942.12) 전문

「薔薇속에서」는 그대와 둘이서 바라보는 장미의 황홀함에 대하여 표현하고 잇는데 전체적 자연 묘사와 분위기가 낭만적인 것이 특징이다. 「아카시야만 남기고」(『人文評論』, 1941.2)에서도 마을에 왔다간 洋女와 관련한 아카시야에 대한 이야기가 서정적으로 그려져 있다. 그에게 있어서 꽃이나 식물적 이미지는 여인에 관한 모습의 형상화나 서정적인 분위기를 연출하곤 한다.

이와 조금 다르게 「옷고름맺다가」는 전통적인 씨름으로 표상되는 민속적 축제의 공간에 남녀의 해학적이면서 건강한 사랑의 정서를 형상화한 것으로 여상현의 전체시에서 볼 때 조금 이색적인 작품이다. 그런데 이러한 서정적, 토속적 경향의 시 스타일은 그가 광복 후 민중적이면서 낭만적인 경향의 대표작을 쓰는 데에 그 바탕으로 작용하고 있다.

그가 40년대 초 일제 암흑기에 발표했던 「孔雀」(『국민문학』, 1942.3)과 「白花의 抒情」(『朝光』, 1942.8) 등은 임종국의 『친일문학론』에서 여상현의 친일시로 일컬어지는 작품에 해당한다. 「孔雀」은 공작의 아름다운 모습을 그린 것인데 마지막 연에서 "日曜日 散步를 나온 누으런 兵丁이 한명/ 이 조고마한 異彩를 한동안 노리고 있다"가 빌미로 해서 친일시로 문제시된 바 있다.

사실 이 시를 여상현이 『칠면조』 시집에 수록할 때는 '누으런 兵丁'을 '駐屯美兵'으로 고친 점과 이 시를 제3부의 맨 끝에 실은 점으로 볼 때는 의혹의 소지가 있으나 시의 맥락상으로는 공작이 있는 동물원의 전체적 묘사 가운데 한 부분으로서일 뿐이라 생각된다. 이 연장선상에서 「白花의 抒情」도 "초조로히 軍糧의 누른보리밭길로/ 期約없이 돌아가는 幸福을 알자"라는 문제시된 구절이 오히려 군량으로 수탈당하는 현실에서 체념한 자의 목소리가 두드러진다.

「農軍의 노래」(『조선주보』, 1945.10)는 "二千餘萬 우리農軍/ 自由롭게 나가세"라는 구절이 문제시되지만 이 작품은 해방 이후의 작품이라는 점에서 전혀 다른 의미로 읽힐 수 있는 것이다. 그리고 여상현은 연희전문에 이르기까지 모든 교과과정을 정식으로 따른 당시 엘리트로서 활동한 시인이면서 그가 일본어로 시나 글을 발표하지 않았다는 점, 직접적인 친일 시편을 쓰지 않았다는 점을 감안하면 그의 시에서 강한 생명력의 주제나 낭만성, 그리고 중의적 표현기교 등은 그가 그 나름으로 "손까락에 불을 켜"고 시대의 '밤'을 연명해 가는 최소한의 방식으로 이해된다.

6. 일상적 제재를 통한 현실풍자와 민중적 정서

해방 이후 그의 詩作은 우선 서정적인 따스한 풍경을 담은 작품이 두드러진다. 「봄날」(『해방기념전집』, 중앙문인협회, 1945.12)은 만물이 풍성하고 따스한 봄날의 풍경 속에서 우체부가 가져온 '무슨 소식'으로 끝을 맺는데 이 작품은 해방의 기쁨을 서정적인 자연의 풍경 속에서 은근하게 드러내고 있다. 「初春在家手記」(『신천지』, 1947.2)는 생활주변의 제재 다섯 가지를 중심으로 쓴 연작시의 형태이다.

그러나 이중에서 주목을 요하는 것은 「E 壁」이라는 시이다. 현실의 무게를 기댄 벽에서 바라보이는 세 개의 벽이 자신을 향해 밀려온다는 것으로써 전체 시를 마무리하고 있는데("壁을 기대고 앉었노라니/ 세壁이 짙은 무게로 밀려온다// 모두발로 차고/ 손으로 머리로 닥치는대로 떼밀고// 엄 트는 山野로 달려/ 풀 열매 먹으며") 이는 시대적이면서 생활적인 중압감을 밀도 있게 표현한 것이다.

그는 해방 이후에도 별반 달라진 것이 없는 민중의 삶과 사회에 대한 풍자적 시선을 해방전과 마찬가지로 견지하고 있다. 조금 달라

진 것이 있다면 일상적 제재를 통해 기발한 착상으로 부정적 사회현
상을 풍자한다는 점이다.

    찌익—
    어데로 가는 電車가 "커-브"를 도느냐

    진종일 解放과 自由를 쪼코렛처럼 씹다가
    「찔」煌煌히 달리는 소란한 거리로
    조심 조심 집에 돌아오는
    나의 無數한 그날 그날

    멀리서 들려오는 클래리온 소리
    戰災民收容所의 慰安公演이다
    鄕愁마저 잊은지 오랜 災民들
    사투리가 많아서 서루 말이 通하지않고
    걸핏하면 울음판이 버러지고 있다

    일직이 아배는
    「하이」한마디도 몰라 보조원이 못되였고
    이제 三十代가 넘은 나도
    西洋말 모르니 벼슬사리 어려울게고
    하늘에 별은 노상 많기도하다

    나라에 아직 근심이 많고
    마을엔 몹시 고달픈 밤이 쌓인다
    누구 때믄이냐, 누구를 위한것이냐, 누구를 위한것이냐
    곧장 달려야할 우리들의 길
    부즐없이 "커-브"를 돌고 있다.
            「커-브」(『朝鮮詩集』, 조선문학가동맹 편, 1946)

이 시는 우선 조선문학가동맹 편에 실린 여상현의 유일한 시라는 점에서 주목을 요한다. '커-브'란 소재에서 출발하여 우리 민족이 처했던 여러 역사적인 삶의 질곡과 고달픔을 문학적으로 형상화하였다. 「커-브」처럼 그는 일상적 사물에서 시대, 현실에 대한 통찰을 드러내는 시가 많이 나타난다.

구체적으로 「七面鳥」는 시대에 야합하는 부정적 인물을 풍자 비판한 시이다. 「地圖」는 "소삽한 오솔길처럼/ 어지럽게 그어진 國境線/ 지긋이 당기어 퉁기면/ E線의 슬픈소리 들릴 것 같다// 철따라 꾸며지는 花壇같이/ 곧잘 變色하기 쉬운 地圖/ 이따금 休紙처럼 내버리고/ 새것으로 새것으로 바꿔야 한다"는 후반부처럼 이따금 지도를 휴지처럼 버리고 새것으로 바꿔야 한다는 표현이 나라의 국경선 문제를 통해 시대적 현실을 다루고 있다.

즉 '커브', '칠면조', '지도' 등과 같은 대상들은 당시 우리나라의 혼란된 시국, 변절적 인물들, 어지럽게 그어진 국경선 등을 나타낸다. 여상현은 대상의 형상화를 통해서 우회적으로 자신의 의도를 표현하는데 그가 궁극적으로 의미를 부여하는 것과 이들 대상과의 비판적 거리를 두는 알레고리의 기법을 주로 구사한다.

「분수」는 미소공동위원회의 휴회와 덕수궁에 걸린 星條旗를 바라보며 하늘을 쏘는 분수를 통해 자신의 의분을 말하고 있다.

슬픈 歷史가
午睡에 잠긴 古宮

홰를 치며 우는
닭의 울음이 어데서 들릴것만 같다

하늘을 쏘는 噴水

地熱과함께 猛烈히 뿜는 義憤이려가
墻넘어 불타는 아스팔드 거리에는
生活이 落葉처럼 굴르고--

텅비인 庭園엔 星條旗 하나
「共委」休會後, 園丁은 때때로 먼 虛空만 바라볼뿐

비들기 깃드는 추녀끝엔 풍경이 떨고
꼬리 치며 뭉였던 금붕어떼 금새 흩어진다
노상 속임수 많은 여름구름은
무슨 재주를 필 듯이 머뭇머뭇 지나가는데
내 마음의 噴水도 사뭇 솟곳치려 하는구나

德壽宮에서 「분수」 전문

이 시는 「영산강」과 함께 여상현의 대표작으로 불릴 수 있는 작품
이다. 여기서는 <미소 공동위원회>가 덕수궁에서 열린 시대적 상황에
대한 감회를 우수와 함께 비유적으로 표현하고 있다. '풍경'이 떨고
'금붕어떼'가 금새 흩어진다는 표현은 미소의 세력권 앞에서 우리 민
족이 처한 상황을 상징적으로 드러낸다. "속임수 많은 여름 구름"을
보며 시인은 "내마음의 분수도 솟곳치려 하는구나"라고 말하고 있다.

전자가 시국에 대한 적실한 판단을 나타낸다면 후자는 자신의 울분
을 대상화한 것이다. 이 시에서 시인의 시국관이 지닌 정확성과 시인
이 현실을 시화하는 알레고리의 기법 간의 조화가 돋보인다. 이와 같
이 일상적인 제재를 통해 시대적 현실을 총체적으로 보여주는 수법은
여상현의 시에서 두드러진 기교이면서 시적으로도 효과적 성취를 보
이고 있다.

1947년 여상현이 상재한 『七面鳥』(정음사, 1947)는 그가 게재했던
시를 취합하여 낸 것으로 1장 '福爐房'과 2장 '歸不歸'에서는 최근

의 사회적 경향의 시들을, 3장 '薔薇속에서'는 연애시편 중심의 서정적 시편을, 4장 '좀먹은 斷層'에서는 자신의 어린 시절을 보여주는 회고적 성격의 산문시가 실려 있다.

이 시집의 특색은 기존에 그가 미발표한 작품들을 대폭 수록하였다는 점이다. 그리고 그가 『시인부락』에서 실험했던 모더니즘적 실험의 성향 작품들은 빼거나 대폭 고쳤다. 여기에 실린 「餞別」은 "運朝를 보내며"란 부제가 달린 것인데 기차간에서 자신의 여섯 살 난 딸아이와 세 살 난 아들 운조를 보내는 것으로 자전적 사실을 형상화하고 있다.

1948년 그는 세 편의 수필을 발표한다. 「말과 時代의 美」(『새한민보』, 1948.3)에서는 우리말이 일본어에 의해 심각하게 오염된 현 상태에서 외래어를 몰아내고 우리말을 살리려는 의도를 고려하지만 생활화되고 자연스러워진 언어들은 살려나가자는 주장이다. 「민족의 渴症?」(『신천지』, 1948.7)은 서울에서 조카와 함께 한 방에 살던 모습을 보여주고 있는 것으로 보아 1948년도를 즈음한 그의 기거 현황을 추측할 수 있다.

이 글에서는 미군창고가 불탄 것에 대해 서양과자의 단 것을 이제 먹을 수 없음을 상심하여 잠들지 못하는 어린 조카의 모습을 씁쓰레한 태도로 바라보고 있다. 「電話와 禮儀」(『학풍』, 1948.10)는 전화가 희귀했던 시절에 정육점에서 전화를 한 번 빌려 쓰려다 어쩔 줄 모르던, 어린 시절의 체험을 회상하면서 전화를 받을 때의 예절 사항에 대하여 상대에 대한 배려와 세심한 시각을 보여주면서 글을 서술하고 있다.

전체적으로 볼 때 다른 사람들에 대한 세심한 배려와 함께 시대와 현실을 근심하는 이의 모습 그리고 국어 정화에 있어서 실현성 있으면서 종합적인 시각이 두드러진다. 이와 같이 해방 이후 그의 산문

경향은 일상적 현실 내지 사실에 관한 것이 중심적이다.

산문과 달리 이 시기 그의 시편에서는 민중의 삶에 대하여 외면하지 않는 그의 시선이 민중의 고통스런 삶에 대한 형상화를 통하여 이루어진다. 「某日消息」에서는 청상과부와 그의 무남독녀 외동딸이 딸의 데릴사위 죽음 소식을 듣고 절규하는 모습을, 「石炭工」에서는 석탄공의 서글픈 노동의 삶을 문학적으로 형상화하였다.

또한 「보리씨를 뿌리며」는 일제하와 해방 후에도 여전히 궁핍한 삶을 사는 한 농부의 넋두리를 표현하고 있다. 그의 해방 후 민중시편들은 그의 등단시절 초기 모더니즘적 언어형식 실험 및 일제암흑기에 그의 시편이 보여주었던 생명력을 주조로 한 낭만성 및 토속성이 중첩적으로 뒷받침되면서 한층 호소력을 지니게 된다.

그리하여 그의 대표작은 해방 후 작품이 주를 이루며 그중 「영산강」, 「보리씨를 뿌리며」, 「커브」, 「분수」, 「福爐房」 등은 민중적 정서의 성공적 형상화의 보기로 지적할 수 있다. 여기서 공통적으로 드러나는 것은 일상적 사물을 알레고리의 수법을 이용하여 현실 풍자의 방향으로 변화시키는 詩作 방식이다.

민중들의 삶의 질곡을 형상화한 작품 가운데 대표적인 것으로 「榮山江」(『신천지』, 1947.10)을 꼽을 수 있다.

> 封建의 티끌 처마밑마다 쌓여있고
> 帝國主義 外敵의 탯줄을 붙들어
> 至極히 영특한 「뿌르」의 雄據地
> 여기 全羅道 富豪가 사시고
> 여기 또 全羅道 小作人, 선비의子息, 상놈
> 사철 검정 무명치마의 가시내도 무수히 산다
> 중략
> 봄이 오면 제비 날르고

풀 뿌리 캐서 延命할 서름
열 구 골 줄기 줄기 몽여든
예나 다름없는 榮山江 五百里 서러운 가람이여

「榮山江」 부분

이 시는 영산강을 터전으로 삼는 서민의 애환을 봉건시대, 일제시대, 해방이후의 혼란기와 왜곡된 현실을 통렬하게 비판하면서 유장한 어조로 서술된다. 즉 영산강의 흐름을 중심으로 펼쳐지는 민중의 삶의 모습에서 일제하나 해방 후에도 이들의 고통은 계속적으로 이어지고 있다는 것을 형상화하고 있다.

그런데 여기서 분명히 알 수 있는 바는 '「뿌르」의 웅거지'라는 어구에서 드러나듯이 가진 자, 권력자에 대한 반감 내지 '뿌르'에 상반되는 '프롤레타리아' 의식이다. 이것은 그의 이데올로기적 성향을 단적으로 드러내는 동시에 1950년 당시 장남과 함께 사라진 그의 월북이 타의에 의한 것이 아닐 수 있다는 짐작을 가능하게 한다(비록 그가 5남5녀의 장남이자 5남2녀의 아버지라고 하더라도 말이다).

해방 후 그의 이데올로기적 성향은 그가 행방불명되기까지 여러 작품들에서 점점 그 사상적 강도가 짙어진다. 예를 들어 「盟誓」에서는 "조선人民의 나라", 「푸른하늘」에서는 "푸른 하늘 푸른 푸른 하늘에 久遠한 새나라의 旗빨을 날리소서"와 같은 문구로서 표현된다. 여상현의 월북에 관한 암시는 마지막 작품 「슬픈 가락」(『백민』, 1949.1)에서 유장한 거문고 가락과 함께 "이수 건너 백로 가"기라는 이상향에 대한 지향으로서 상징적 어구의 반복으로 나타난다.

가자 가자 어서 가
二水 건너 白鷺 가─

「슬픈가락」 첫부분이자 끝부분

7.

이 글은 여상현에 대한 생애 연보 및 작품 연보를 재검토, 확인하는 것을 근본적 출발점으로 삼았다. 이러한 작업을 토대로 하여 그의 시세계가 갖는 언어기법과 특질 및 시세계의 연속적 추이양상을 실증적으로 드러내고자 하였다. 그가 남긴 유일한 시집인 『七面鳥』는 1947년 당시 그의 이데올로기의 성향을 반영한다.

이 시집과 기타 매체를 통한 발표를 통시적으로 종합하여 그의 시 창작 전개를 살펴보면 다음과 같다. 먼저 그의 시집에만 수록된 미발표 처녀작은 그의 유년기 가족 공동체의 체험을 보여주는 데 해방 후 그가 시집을 만들 당시 시인의 사상적 지향이 윤색된 측면을 지닌다.

그의 본격적 시 창작 활동은 『시인부락』에 모더니즘적 형식실험을 중심으로 한 작품을 발표하면서부터이다. 모더니즘적 언어기교의 습득은 그가 해방 후 민중적 정서와 결부된 시편들을 쓸 때 사상에만 편향되지 않고 시의 형식적 측면을 어느 정도 배려하는 한 바탕이 된다.

그리고 일제의 사상적 검열과 군력 동원이 심화되는 1940년대 일제 암흑기 그의 시편은 '생명력'을 주조로 한 '중의적' 표현으로써 문인으로서의 시대적 양심을 유지하는 면모를 보여준다. 여상현의 본격적인 시의 개화는 해방 후라고 할 수 있다. 일제 암흑기에 '중의적' 표현으로서 창작의 명맥을 유지하던 그는 해방정국의 혼란기를 사는 이데올로기 주의자의 입장을 명백히 표명하는 가운데 '알레고리'와 결부된 민중적이고 풍자적인 면모를 특징적으로 보여준다.

여상현의 대표작은 이 시기에 대부분 이루어지며 「영산강」, 「보리씨를 뿌리며」, 「커브」, 「분수」, 「福爐房」 등을 들 수 있다. 그는 주의자로서 선전, 선동의 시나 글, 혹은 일본어로 된 친일적 작품을 발표한 적이 없다. 그리고 그는 해방 후 시국에 대한 당시 상황인식이 비교적 정확한 편이며 그 상황에 대한 극복 방안이 글속에서 낙관적이면서도 생명력 있게 나타나는 것이 특징이다. 또한 그가 시 창작 방식으로 활용한 '중의적 표현'과 '알레고리'는 일제 치하와 해방 후 격동기를 살아나가는 문인으로서의 몸가짐을 보여준다.

문학적 무의미의 개념 및 유형

1.

　시에서 나타나는 무의미들에 관하여 기존의 문학적 장치로서의 접근으로는 무의미의 매우 다양한 양상들을 해명하기에 미흡한 측면이 있다. 즉 역설, 비유, 상징 등의 문학적 장치만으로는 설명 및 분류될 수 없는 다양한 양상들이 존재하기 때문이다.

　단적으로 김춘수의 시 구절인, "울고 간 새와 울지 않는 새가 만나고 있다", "신나게 시들고 있었다", "봄은 한 잎 두 잎 벚꽃이 지고 있었다"는 표면적 논리상으로는 모순을 일으키나 내적으로 의미의 맥락을 형성한다는 점에서 변별성 없이 모두 역설에 속한다.

　그런데 이들은 '전후 상황', '구문론', '의미론', '문장성분의 범주론' 등의 차원에서 다시 분류할 수 있다. 즉 첫 번째 경우가 '현실적인 상황'에서 있을 수 없는 유형이며 두 번째 경우가 구문론적으로 옳으나 의미론적으로 맞지 않는 유형이라는 점을 지적할 수 있다. 그리고 세 번째 경우는 의미론적으로는 상통하나 구문론적으로 옳지 않은 경우이다.

　이것은 '역설'이라는 문학적 장치로서는 세분화되지 않는 특성들이 설명되고 그 효과를 서술할 수 있는 무의미의 유형에 관한 논의가 필요하다는 것을 보여준다. 그리고 '문장성분의 범주론'과 관련하여 '은

유'와 '환유' 혹은 '상징' 또한 무의미의 몇몇 양상에 포함될 수 있는 것이다.

특히 무의미 어구의 연속체로서 시가 이루어진 김춘수 무의미시의 경우는 무의미의 양상 및 유형에 관한 좀더 세밀한 접근이 요구된다. 뿐만 아니라 환상과 상상의 영역을 보여주는 시적 표현은 대체로 표면적으로는 무의미의 양상을 띠고 있다.

'무의미'라고 생각하는 어구들이자 시적 표현의 어구들에 관하여 이들을 일정한 기준에 의해 범주화하고 이들의 효과를 살펴보는 일은 시의 창조적 의미생산을 해명하는 측면에서 중요한 작업이다. 따라서 이 글은 문학적 무의미가 일반적 무의미와 변별되는 특성 및 문학적 무의미의 개념 그리고 문학적 무의미의 유형에 관하여 고찰할 것이다.

2. 무의미의 개념 및 시적 표현과의 관련성

먼저 '무의미(nonsense)'는 일반적인 논의에서는 '의미(sense)'의 반대 혹은 부정의 경우로서 다룬다. 이러한 개념적 정의에서 무의미는 흔히 의미가 없거나 어리석은 생각을 전하는 것으로서 '어리석음(absurdity)'과 연관된다.[1] 둘째 무의미의 또 다른 개념에는 무의미가 '뜻(meaning)'을 지니며 위트와 재능의 산물이란 점을 인정한다.

그리고 '순수한 무의미(pure nonsense)'란 전혀 다른 우주의 법칙을 따르며 논리적인 것 혹은 정상적인 것의 반대편에 선다는 것이다.[2] 마지막으로 철학적 관점에서 '무의미'의 개념을 살펴보면 무의미를 허무 의식의 표출이나 의미의 없음이라고 간주하지 않는다. 오히려

---

1) *The Oxford English Dictionary*, Simpson, J. A., Clarendon Press, 1991 참고.
2) *The Encyclopedia of Poetry and Poetics*, Princeton Univ Press, 1965, pp.839-840. 참고.

무의미가 의미의 다양한 생산을 내포하며 서로 밀접하게 관련된다는 점에 관하여 주목한다.[3]

'첫 번째 무의미의 개념'에 대해서는 다음과 같은 점을 지적할 수 있다. 즉 문학적 차원에서의 무의미는 '일반적인 개념으로서의 무의미'와 관련하나 '어리석음'의 산물이 아니라는 것이다. '두 번째 무의미의 개념'은 무의미와 의미의 관계에 관하여 서로 별개거나 혹은 서로 대립적인 관점에서 정의한다는 점에서 '문학적 무의미'의 실제적 작용 및 양상과는 거리가 있다. 왜냐하면 문학적 무의미는 의미sense와 무의미nonsense의 상호 관련성을 지니고 있기 때문이다.[4]

문학적 무의미의 작용을 해명하는 데에는 세 번째 개념인 '철학적 관점에서의 무의미'가 유효하게 적용된다고 할 수 있다. 무의미 문학에서 무의미는 지적 재능의 산물이면서 의미에 반하는reject 것이 아니다. 그리고 이때의 무의미란 치밀하게 계획적으로 의미를 염두에 두거나 구현하는 차원에서 이루어진다. 즉 무의미는 의미sense의 맥락을 와해하지만parasitic 결코 의미로부터 완전히 떠나지는 않는다. 단적으로 문학에서 극도의 무의미 어구조차도 최소한의 음운론적 의미 체계에서 유사성은 공유한다.

이와 같이 '무의미'는 '의미'의 맥락을 와해하지만 결코 '의미'로부

---

3) *The Encyclopedia of Philosophy*, Paul Edwards, the Macmillan company, 1967, pp.520-522. 참고.
4) 무의미와 의미의 상호 관련성은 역사적, 통시적인 고찰을 통하여도 나타난다. Gustav Stern은 의미 변화의 일곱 가지 범주에 대하여 '역사적 사건들'이 '정신과정'에 관여한 것을 중심으로 나누었다. 그것은 외적 요인(①대체Substitution)과 언어적 요인(②유추 Analogy, ③축약Shorting, ④지정Nomination, ⑤전이Regular Transfer, ⑥교환Permutation, ⑦적응성Adequation)으로 나눌 수 있다. 언어적 요인은 다시 언어관계의 변화(②③)와 관련관계의 변화(④⑤), 그리고 주체관계의 변화(⑥⑦)로 분류된다.(Gustav Stern, *Meaning and Change of Meaning*, Goteborg, Sweden, 1932, pp.165~176. 참고.)
의미가 사회적 맥락 및 시대적 변화에 따라 변화한다는 것은 '무의미'의 경우도 '의미'의 이러한 특성을 반영한다는 증거이다. 이것은 우리나라 중세의 몇몇 단어를 지금 사용한다고 했을 때 우리가 '무의미' 어구로 인식하는 것과 유사하다. 즉 통시적인 측면에서 볼 때도 의미와 무의미는 '상호 유동적' 관련성을 지닌다.

터 완전히 떠나지는 않는다. 오히려 시의 의미적 차원에서 볼 때는 새로운 '의미'[5]의 창조와 연관되어 있음을 알 수 있다. 주요한 시적 장치인 '역설', '비유', '상징' 등을 살펴보면 '무의미'의 양상과 밀접하게 결부되어 있다.

구체적으로 "죽어도 아니 눈물 흘리우리다", "내 마음은 호수요", "매화 향기 홀로 아득하니" 등과 같이 '역설', '비유', '상징'의 대표적인 문학적 표현의 사례들도 '구문론적 측면', '의미론적 측면', '범주론적인 측면' 등과 결부된 무의미의 형태를 취하고 있다.[6] 즉 시적 '유의성'을 지니는 '무의미'[7]는 의미를 생산하는 주요한 출발점이다.

이런 측면에서 볼 때 무의미의 다양한 양상들을 범주화, 유형화하고 무의미에서 의미가 생산되는 양상 나아가 무의미가 생산하는 내적 욕망 및 사상적 연원 등에 관하여 고찰한다는 것은 매우 의미 있는 작업이 될 것이다.

---

5) 'meaning', 'significance', 'sense'는 일반적으로 '의미'로 번역된다. 'meaning'은 일반적인 용례로서의 '의미'로 사용되며 언어학Linguistics에서 주로 다루는 개념인 반면, 'significance'와 'signification'은 기호학Semiotics과 관련하여 텍스트 생산의 내용에서 중시된다. 그리고 'sense'는 주로 철학Philosophy에서 유의성을 지니며 Gilles Deleuze는 '사건 event'과 '무의미nonsense'와의 연속적 관련에 초점을 둔 개념으로 사용한다. Riffaterre는 미메시스의 차원에서 전달되는 객관적 정보로서 'meaning'을 다루며 시텍스트가 지니는 형식상, 내용상의 통일성으로서 'significance'를 다룬다. 한편 Kristeva는 'signification'에 대하여 정신분석적 의미를 부여하여 정적static인 'meaning'을 초래하는 심리적 과정 psychological process으로서 다룬다.(M. Riffaterre, 유재천 역, 『시의 기호학』, 민음사, 1989, p.15. / Julia Kristeva, *Language The Unknown*, Columbia Univ, New York, 1989, pp. 37-38. / Deleuze, Gilles, Third Series of the Proposition, *The Logic of Sense*, Columbia Univ, 1990. 참고.)

6) "죽어도 아니 눈물 흘리우리다"에서는 실제적 사실이나 상황에 맞지 않는 '상황의 무의미', "내 마음은 호수요"에서는 주어와 서술어의 호응관계의 범주가 맞지 않는 '범주적 이탈'의 무의미, 그리고 "매화향기 홀로 아득하니"에서는 시 전체적 맥락과 결부시킨 무의미의 양상을 규명할 수 있을 것이다.

7) 본고에서 '유의성'을 지니는 '무의미'란 작품의 심층 구조를 통하여 얻어지는 고도의 문학적 '일원화(unification)'를 전제로 한 것이다. 여기서 '일원화'란 프로이트의 개념으로서 '표상들 상호간의 관계나 그것들에 대한 공통된 정의 혹은 공통된 제 3의 요소에 대한 언급을 통해 예기치 않았던 새로운 통일성이 만들어지는 과정'이다.(S. Freud, 『농담과 무의식의 관계』, pp.86-90. 참고.)

3. 문학적 무의미의 유형

The Encyclopedia of Philosophy[8])에 의하면 '무의미의 유형Types of Nonsense'을 다음과 같이 여섯 가지의 형태로 나누어 설명하고 있는데[9]) 그것을 요약적으로 정리하면 다음과 같다. 첫째 사실에 맞지 않는 표현, 둘째 예기된 상황으로부터 벗어난 표현, 셋째 구문론적 법칙보다는 의미론적 법칙에 어긋난 표현, 넷째 구문론적 구조를 결여한 표현, 다섯째 알아 볼 수 없거나 번역할 수 없거나 낯선 표현, 여섯째 완전히 알아 볼 수 없는 표현 등이다.

위의 무의미의 유형을 차례대로 설명하면 다음과 같다. 무의미의 첫 번째 유형은 실제적 사실에 맞지 않는 발언을 한 경우에 해당된다. 예를 들어 '물이 사실상 끓고 있는 상황'에서 '나는 물이 끓고 있는 것을 볼 수 없어요'라고 말하는 것을 들 수 있다. 이것은 물이 끓고 있는 사실에 반대, 대조되는 말을 하는, 사실에 맞지 않는 무의미이다.

---

8) *The Encyclopedia of Philosophy*, pp.520-522. 참고.
9) 무의미의 유형 중 그 핵심적인 부분을 간추려 보면 다음과 같다.
  (1) The same words spoken when contrary to fact. …… We may call this, which is nonsense in the colloquial sense, "nonsense as obvious falsehood"
  (2) The same words spoken when no one knows which water is spoken of or cares if it boils. …… The rules or conventions violated are those tying this well-formed sentense to certain nonlinguistic contexts, so we may call this "semantic nonsense."
  (3) The words "The water is now toiling" spoken in almost any circumstances: This would constitute nonsense of the sort which fascinates the philosopher, since although it is in most respects a well-formed sentense, it attaches to its subject, "water", a predicate in some way unsuitable is a contested points. What is involved is what has been called a category mistake.
  (4) Strings of familiar words which lack, to a greater or lesser extent, the syntactic structure of the paradigms of sense or any syntax translatable into the familiar.
  (5) Utterances which have enough familiar elements to ennable us to discern a familiar syntax, but whose vocabulary, or a crucial part of it, is unfamiliar, and untranslatable into the familiar vocabulary.
  (6) Last, those cases where we can find neither familiar syntax nor familiar vocabulary, still less familiar category divisions or semantic appropriateness.

무의미의 두 번째 유형은 물이 끓고 있는 상황을 결혼식 중간에 말한다든지와 같이 예기치 못한 상황에서의 발언이 해당된다. 무의미의 세 번째 유형은 "The water is now toiling"[10]와 같이 '물'이란 주어에 어울리지 않는 서술어를 쓴 경우 등이 해당된다. 그런데 이 문장은 '물방아의 바퀴'를 돌리는 물을 말할 때라면 이치에 닿을 수 있는 것이다.

무의미의 네 번째 유형은 "Jumps digestible indicators the under"과 같이 의미 범주들의 '구문론적' 구조를 결여한 친숙한 단어들의 연결 등이 해당된다. 즉 익숙한 구문의 흔적이 없으며 익숙하게 번역될 수 없는 구문으로서 '무의미의 연결nonsense strings'이라고 부를 수 있다. 무의미의 다섯 번째 유형은 "All mimsy were the borogoves"와 같이 구문상syntax으로는 익숙하게 이해되나 그것의 중요한 부분을 이루는 '어휘vocabulary'가 낯설며 익숙한 어휘들로 번역될 수 없는 범주이다.

그래서 이를 '어휘의 무의미vocabulary nonsense'라고 부를 수 있다. 마지막으로 무의미의 여섯 번째 유형은 "grillangborpfemstaw"와 같이 익숙한 구문도 익숙한 어휘도 발견할 수 없을 뿐만 아니라 익숙한 범주의 분류나 의미상의 적절성도 갖추지 못하는 경우이다. 그래서 이를 '지껄임으로서의 무의미(nonsense as gibberish)'라고 부를 수 있다.

이 모든 무의미의 유형에서 특기할 것은 문학에서의 어떠한 무의미(nonsense)도 최소한 익숙한 음운체계(a familiar or phonetic system)는 의미(sense)와 공유한다는 점이다. 즉 무의미는 의미를 와해하는 parasitic 측면을 지니지만 언어의 부분이기를 포기하면서까지 의미로부터 벗어나지는 않는다. 이러한 측면에서 무의미가 의미와 서로 상반되면서도 서로 밀접한 관련성을 지니고 있음이 확인된다.

---

10) 'toil'은 '힘써 일하다'란 뜻이다.

이러한 무의미의 유형에 대하여 철학사전은 이것을 다시 세 가지 범주로 분류하는데 Alison Rieke는 이를 좀더 상세화하여 서술한다. 즉 첫 번째와 두 번째 범주는 '상황 또는 문맥의 무의미nonsense of situation or context'로 지시될 수 있다. 그리고 네 번째부터 여섯 번째 까지 무의미의 유형을 '언어의 무의미nonsense of words'로 구분된다.

마지막으로 무의미의 세 번째 유형은 '범주적 이탈category mistake' 이라고 할 수 있다. 이 '범주적 이탈'은 상황에 따라 적절하거나 이치 에 닿을 수 있으므로 무의미로 고정시켜 논하기가 어려운 측면이 있 다. 그리고 계산된 단어의 오용이라는 점에서 새롭고 놀라운 의미를 생산하므로 시에서 주로 많이 나타나는 무의미의 유형에 해당된다.[11]

즉 무의미의 유형은 세 가지로 범주화할 수 있다. 그 분류는 '상황 의 무의미nonse of situation', '언어의 무의미Nonsense of words', '범 주적 이탈Category Mistake'[12]로 정리할 수 있다. 그런데 철학적 측면 에서 무의미의 유형에 포괄되지 않는 문학적 무의미의 경우가 있다. 무의미시를 고찰할 때 시 본문의 내용이 전혀 엉뚱하게 알 수 없는

---

11) The Encyclopedia of Philosophy, pp.520-522. 참고.
   Alison rieke, The Senses of Nonsense, Unversity of Iowa Press, 1992, pp.5-9. 참고.
12) '범주적 이탈'과 관련한 범주적 분석은 Noam Chomsky의 논의에 연원한다. 그는 통상 적인 '문법적인grammatical'의 용어가 아닌 '문법성의 정도degrees of grammaticalness'라 는 용어를 선택하여 '비문법성의 정도'를 서술한다. 그는 'misery loves company'를 'John loves company'와 비교할 때 N-V-N이란 층위를 지니나 활명사가 아니므로 '유사 문법적Semi-grammatical'이라고 칭한다. 이에 비해 'Abundant loves company'는 완전히 비문법적인 것이다. 이와 유사한 방식으로 그는 '문법성의 정도'를 생성문법의 한 범주 에 의하여 보완할 수 있다고 본다. 이것에 대하여 그는 'k-범주적 분석 the optimal k-category analysis(k는 임의의 변수)'이라고 명명한다.
   이러한 분석의 계기는 그가 Dylan Thomas의 'a grief ago'나 'Veblen'의 'perform leisure'과 같이 '문법성의 규칙성'으로부터 떠나서 문학적인 의미상으로 '놀라운 효과a striking effect'가 이루어진 것에 주목한 것과 관련이 있다. 그런데 범주적 이탈의 무의 미는 그가 말한 '반문법적ungrammatical'과 '유사문법적semi-grammatical' 경우를 모두 포함한 경향이 있다.
   Noam Chomsky, Degrees of grammaticalness, Jerry A. Fordor and Jerrold J. Katz, eds, The Structure of Language, Englewood Cliffs, N.J.,1964 참고.

어구로 가득 찬 것이 적지 않다.

그런데 그 무의미시의 제목을 통하여 본문의 내용에 대한 힌트를 얻는 경우가 많다. 철학사전에서 분류한 무의미의 유형은 시 작품에서 나타나는 이러한 특수한 경우를 포괄하고 있지는 않다. 그러나 김춘수처럼 시를 쓰는 많은 시인들의 작품에서 이러한 수수께끼적 양상은 보편적으로 나타나는 경우에 해당된다.

즉 무의미시에서 나타나는 이러한 수수께끼적 양상 또한 시의 무의미를 논하는 자리에서는 그 한 유형으로서 자리매김해야 할 필요성이 있다. 이것은 '범주적 이탈'과 비교해 볼 때 무의미의 어구 그 자체로는 의미상 모순을 일으키나 전후 문맥에 따라서 이해를 달리할 수 있다는 공통점이 있다.

그러나 수수께끼적인 양상은 주로 본문의 전체적인 양상과 시제목과의 관계에서 발생하는 경우가 많다. 그리고 실제와 같은 수수께끼의 양상을 띠는 측면 이외에 '범주적 이탈'의 경우처럼 문맥에 대한 암시를 제시하는 차원에서 이루어질 수도 있다. 그리고 구문론적으로는 옳으나 의미론적으로 모순 되는 측면을 지닌다는 공통점을 지니며 특수한 문맥에 따라 의미론적인 측면이 모순 되지 않을 수도 있다.

그러나 '범주적 이탈'의 경우보다는 어구의 차원에서 나아가 어구들의 연속인 시 전체의 차원에서 작동하는 양상을 보여준다. 그리고 다른 무의미의 경우와 유사한 방식으로 '수수께끼enigma'의 양상또한 그 자체로는 무의미이나 계열화에 의해 의미를 발생하는 무의미와 의미의 관련성을 보여준다.[13]

---

13) 시에 나타난 무의미 어구들은 주로 시적 의미 생산에 관련되나 일상적인 현실에서 무의미 어구는 '농담'의 형태와 결부되는 경우가 많다. Freud는 농담의 유형에 대하여 「농담의 기술」에서 ①압축, ②동일한 소재의 다양한 사용, ③이중적 의미로 정리하였다. 그리고 그는 「농담의 쾌락 기제와 심리적 기원」에서는 언어적 소재와 사고 상황을 선택하는 것과 관련하여 '언어유희'와 '사고유희'로 구분하기도 한다. 그가 나눈 농담의

1) 상황의 무의미

ⓐ 울고 간 새와
　울지 않는 새가
　만나고 있다.
　구름 위 어디선가 만나고 있다.
　기쁜 노래 부르던
　눈물 한 방울,
　모든 새의 혓바닥을 적시고 있다.

　　　　　　　　　　「처용단장」 제2부 서시 전문

ⓑ 내 손바닥에 고인 바다,
　그 때의 어리디어린 바다는 밤이었다.
　새끼 무수리가 처음의 깃을 치고 있었다.
　봄이 가고 여름이 오는 동안
　바다는 많이 자라서
　허리까지 가슴까지 내 살을 적시고
　내 살에 테 굵은 얼룩을 지우곤 하였다.

　　　　　　　　　　「처용단장」 제1부 8 전반부

　전자의 경우를 먼저 보기로 하자. 일반적으로 '새가 지저귀는 것'을 '새가 운다'라고 표현한다. 이것을 감안할 때 "울지 않는 새"란 실제적인 사실에 맞지 않는 발언이라고 할 수 있다. 그리고 두 마리 새 중 한 마리 새가 '갔다'는 것은 남은 새는 그 자리에서 '가지 않'고 있다는 것을 암묵적으로 뜻한다.

　그런데 그 자리에서 "울고 간" 새가 그 자리에 있는 '다른 새'와 만

유형들은 무의미의 유형과 거의 일치하는 측면이 있다. 이것은 그만큼 일상적 현실에서 농담이 무의미 어구에 매우 포괄적으로 작용한다는 것을 알려 준다.(S. Freud, 임인주 역, 「농담의 기술」, 「농담의 쾌락 기제와 심리적 기원」, 『농담과 무의식의 관계』, 열린책들, 2002 참고.)

난다는 것은 공간적인 설정에서 볼 때 명백히 있을 수 없는 일이다. 그런데 이러한 사실에 맞지 않는 무의미의 모순적 언술이 시적 차원에서는 환상적이면서 추상적인 장면을 형상화하는 것에 도움을 주고 있다.

후자의 경우에서 '손바닥에 바다가 고인' 다는 것은 기대된 상황에 맞지 않다. 또한 '바다가 어리다'는 것도 말이 되지 않는다. 뿐만 아니라 '바다가 자란다'는 표현 또한 생소한 표현이다. 그러나 이들 무의미의 어구들은 문맥을 통해 시적 의미를 발생시키는 역할을 한다. 즉 '어린'으로 표상되는 '순진한 화자'를 연상시키게 하며 '고인 바다'와 '밤'으로 표상되는 '슬픔과 절망의 분위기'를 추측하게 한다.

이러한 무의미의 사례는 빈번하게 나타난다. 예를 들면 "애꾸눈이는 울어다오./ 성한 한 눈으로 울어다오./ 달나라에 달이 없고/ 인형이 탈장하고"(「처용단장」 제3부 4)에서 "달나라에 달이 없"다는 것은 기대된 상황에 맞지 않는다. 그러나 이러한 표현은 앞뒤 문맥을 감안할 때 절망적이고 허탈한 심정을 드러내는 '모순적 상황'을 보여주는 것이라고 할 수 있다.

그리고 이외의 경우에 그의 시 「하늘수박」에서와 같이 "바보야 우찌살꼬"의 구절이 시의 전체적인 문맥상황에 맞지 않게 가끔씩 엉뚱하게 끼어드는 경우도 기대된 상황에 맞지 않는 무의미의 대표적인 사례이다. 이와 같이 '상황의 무의미'는 사실에 맞지 않는 발언, 기대된 상황에 맞지 않는 발언이나 행동을 통하여 시적 의미를 형성하는 역할을 한다.

2) 언어의 무의미

ⓐ 봄은 한 잎 두 잎 벚꽃이 지고 있었다.

「처용단장」 제1부 7

ⓑ 니 케가 멧자덩가

　　니 폴이 멧자덩가

　　니 당군 소풀짐치 눈이 하나

「처용단장」 제3부 21

ⓒ ㅎㅏㄴㅡㄹㅅㅜㅂㅏㄱㅡㄴ한여름이다 ㅂㅏㅂㅗㅑ

「처용단장」 제3부 39

ⓓ 구두점을무시하고동사를명사보다앞에놓고잭슨폴록을앞질러

「처용단장」 제3부 28

　　ⓐ에서는 "봄"과 "벚꽃"이란 두 개의 주어가 등장한다. 그런데 '토끼는 귀가 크다'와 같이 두 개의 주어가 공존하는 문장의 옳은 사례를 비교해 볼 때 이것은 구문론적으로 맞지 않는 표현이다. 구문론적 구조를 결여한 단어의 연결로 인해 발생하는 무의미의 한 형태이다. ⓑ에서는 "니 케"와 "폴", "당군", "소풀짐치" 등이 등장한다.

　　그런데 '코'와 '팔' 등의 사투리는 언뜻 알아보기가 어렵다. 그리고 이러한 단어들은 번역되기 어렵거나 낯선 표현에 속한다. 또한 '당군', '소풀짐치' 등도 언뜻 알아들을 수 없는 말의 사적인 중얼거림의 형태로 나타난다.14) 이것은 구문론적으로는 주어와 서술어의 형태로서 이해되나 어휘의 측면에서 나타나는 무의미의 양상에 해당된다.15)

---

14) "당군"은 '담근', "소풀"은 '부추', "짐치"는 '김치'의 통영 사투리이다. 이 점을 감안하면 엄밀한 의미에서 '어휘의 무의미'가 되기 어려운 측면이 있다. 그러나 일상적인 표현 방식에 대비해 볼 때 "케", "멧", "폴", "당군", "소풀" 등의 어휘가 낯설고 무의미하게 다가오는 측면을 주목해 볼 수 있다.

15) 위 시는 "니"와 "덩가"의 반복, "케", "폴", "소풀짐치" 등에서 'ㅋ', 'ㅍ', 'ㅊ' 등의 유사한 거센 소리의 등위적 반복을 통한 소리의 울림 효과를 노린 측면이 있다.
　　이은정은 김춘수의 시에서 '식물'의 이름과 어울리는 음운과 음상들을 의도적으로 배치한 시구들을 분석하면서 김춘수 시의 '식물어'의 '이름'이 글 안에서 환기하는 울림의 이와 같이 구문론적 구조를 결여한 친숙한 어휘들의 연결 내지 구문론적으로는 옳으나 알아볼 수 없거나 번역되기 어려운 개인적 언어 사용과 같은 언어의 무의미 또한 무의미시에서 빈번하게 나타나는 표현이다. 그러나 상황의 무의미와 마찬가지로 이러한 무의미의 양상이 효과적으로 작용할 수 있는 문맥의 형성에는 도움을 줄 수 있다. 즉 사적인 의미 없는 중얼거림을 통하여 시적 화자의 불안하고 두려운 심리를 드러내는 데 효과적으로 작용할 수도 있는 것이다.

그리고 ⓒ에서 '하늘수박은 한여름이다 바보야'란 말은 논리적으로 언뜻 이해가 되지 않는 무의미한 발언이다. 이것은 무슨 의미인지 알아보기 어려운 사적인 중얼거림의 형태를 취하고 있다. 그리고 시인은 이 문장을 다시 낱낱의 음운들로 해체하여 서술하고 있다. 즉 "ㅎㅏㄴㅡㄹㅅㅜㅂㅏㄱ"은 익숙한 구문이나 익숙한 어휘의 형태를 갖추지 못하며 의미상의 적절성 또한 갖지 못하는 경우의 무의미이다

그러나 이러한 무의미한 중얼거림과 음운 해체와 같이 낯선 언어적 표현 방식은 불안이나 두려움에 휩싸인 순진한 화자의 모습을 드러내는 데 효과적으로 작용한다. 뿐만 아니라 화자 자신의 심정을 무의미한 발언의 반복을 통하여 달래고 위로하는 모습을 형상화하기도 한다.

ⓓ에서 띄어쓰기를 무시한 표현과 의미가 닿지 않는 표현은 일차적으로는 이해가 되지 않는다. 그런데 무의식의 언술 중에 나타난 '잭슨폴록'이란 단어를 통하여 의식의 개입을 배제한 잭슨폴록이란 화가의 지향점과 이 시가 관련이 있음을 알 수 있다. 이와 같이 '언어의 무의미'[16]는 구문론적syntactical 구조를 결여한 발언, 알아볼 수

효과를 서술하였다.(이은정, 『김춘수의 시적 대상에 관한 연구』, 이대석사, 1986, pp.48-52. 참고.)

16) Deleuze는 무의미의 유형을 '소급적 종합(regressive synthesis)'과 '선언적 종합(disjunctive synthesis)'으로 나눈다. 이 두 경우는 '신조어(esoteric words)'와 '새로운 합성어(portmanteau words)'를 그 대상으로 삼는다. 각각은 모두 하나의 무의미로서 그것을 받

없거나 낯설거나 번역될 수 없는 어휘로 구성된 경우, 그리고 순수한 무의미pure nonse로서 전혀 알아볼 수 없는 발언이나 중얼거림 등을 포함한다.

3) 범주적 이탈

ⓐ 대낮에 갑자기
   해가 지고, 그때
   나는 신나게 신나게 시들고 있었다.

「처용단장」 제3부 22

ⓑ 구름 발바닥을 보여다오.
   풀 발바닥을 보여다오.
   그대가 바람이라면 보여다오

「처용단장」 제2부 2

ⓒ 살려다오.
   북 치는 어린 곰을 살려다오.
   북을 살려다오.

「처용단장」 제2부 3

ⓐ에서의 서술은 구문론적으로는 옳은 표현이다. 그러나 의미론적으로 볼 때 "대낮에 갑자기 해가 지"다는 것은 적절하지 않다. 그리고 '나'는 "시들고 있었다"에서 구문론적으로는 주어와 서술어를 갖춘 형태로 보인다. 그러나 사람 주체인 '나'가 식물 주체를 취하는 '시들다'는 서술어를 취하는 것은 의미상 맞지 않다.[17]

는 다른 문장과의 관계에서 기표 계열과 기의 계열의 변화를 주는 지점이라는 공통점을 지닌다. 여기서 말하는 '신조어'와 '새로운 합성어'는 새로운 단어를 만들거나 기존의 단어를 낯설게 합성한 것으로서 본고에서 분류한 '언어의 무의미'에 속한다.(Deleuze, Gilles, Eleventh Series of Nonsense, The Logic of Sense 참조.)

또한 "신나게 시들고"에서 '신나게'와 '시들게'의 결합은 의미상 서로 어울리지 않는다. 그러나 서로 의미상 맞지 않는 주어와 서술어의 선택 및 의미상 어울리지 않는 부사어와 서술어의 결합 등으로 나타나는 무의미 어구를 통하여 '해가 지는 것'과 같은 허망한 상황이나 비극적 상황을 형상화하는 것에 도움을 주고 있다.

그리고 ⓑ에서 '구름'이나 '풀' 등의 식물은 동물이나 사람에게 있는 '발바닥'이 있을 수 없다. 즉 이것은 전체와 부분의 관계가 성립할 수 있는 사실을 벗어난 표현이다. 그런데 이러한 표현방식은 '풀'이나 '구름'이 지닌 그림자 및 음영의 효과를 상기시키는 역할을 한다. 또한 마치 어린 아이가 처음 언어의 결합관계를 구사하는 것과 같이 순수한 동심의 세계와도 약간의 관련을 지우게 만든다.

ⓒ에서 '어린 곰을 살려달라'고 말할 수는 있다. 그러나 논리적으로 볼 때 무생물인 '북'을 유기체를 대상으로 하는 서술어인 '살려다오'란 표현을 할 수는 없다. 그런데 "북을 살려다오"란 문구가 "북치는 어린 곰을 살려다오"의 뒤에 바로 이어지고 있다. 그리고 "북치는 어린 곰을 살려다오"의 문구 바로 앞에 '살려다오'란 문구가 반복적으로 이루어져 '살려다오'의 의미를 강조하고 있음을 알 수 있다.

즉 "북을 살려다오"의 '북'이란 '북치는 어린 곰'을 줄여서 표현한 것이거나 그것을 연상시키게 하는 효과가 있다. 그리고 제대로 문장을 갖추어서 말해야 할 자리에 중요한 성분이 되는 대상을 빠뜨림으로써 심리적으로 절박한 상황에 있는 화자의 입장을 드러내는 효과를 주는 측면도 있다.

위에서 살펴 본 바에 따르면 '범주적 이탈'의 경우는 '주어와 서술

---

17) Chomsky는 이러한 표현이 N-V-N이란 층위를 지니나 '활명사(animate noun)'가 아니므로 '유사 문법적(Semi-grammatical)'이라고 칭한다.(Noam Chomsky, Degrees of grammaticalness, ibid 참고.)

어', '부사어와 서술어', '수식어와 피수식어' 등 매우 다양한 문장성분의 관계를 중심으로 나타나는 무의미의 양상임을 알 수 있다. 즉 문장성분들의 관계가 구문론적으로는 옳으나 의미론적으로 맞지 않는 대부분의 경우를 포괄적으로 설명한다고 할 수 있다.

이것은 범주적 이탈의 무의미 양상이 문학적 장치로서의 '비유'와 '상징'을 포괄하고 있는 측면에서 더욱 뚜렷하게 나타난다. 즉 앞의 경우에서 보듯이 "북을 살려다오"에서 '북'이 '북치는 어린 곰'을 나타낸다면 이것은 '환유'의 한 양상이다. 그리고 '구름 발바닥'의 경우에서 '구름'에게 '발바닥'을 붙임으로써 '의인'의 한 경우를 보여준다. 그리고 '나의 하나님은 늙은 비애다(「나의 하나님」中)에서는 '은유'의 원리가 적용된 '범주적 이탈'이라고 할 수 있다.[18]

이와 같이 '범주적 이탈'의 무의미는 '비유'와 '상징' 등과 같은 문학적 장치를 포괄하는 측면을 지니며 '문학적 무의미'와 깊은 관련성을 보여 준다. 그리고 '범주적 이탈'은 앞에서 논의한 '언어의 무의미'와는 대조적으로 구문론적인 범주에서 보면 옳으나 의미론적semantic 법칙에 위배된 경우의 다양한 형태로 나타남을 볼 수 있다.[19]

---

18) 이숭원은 "나의 하나님은 늙은 비애다"의 구절에 대하여 연속성이 있는 것처럼 하나의 문장으로 연결되어 있지만 사실은 시인이 주관적으로 생각한 어떤 유사성에 의해 두 개의 어구가 결합된 것이라고 한다. 그리고 주관적 유사성에 의한 어구의 결합이 형식적으로는 말과 말의 결합이므로 환유로 보이지만 사실은 주관적 유사성에 의해 폭력적으로 결합된 것이기 때문에 은유에 속한다고 한다.(이숭원, 『서정시의 힘과 아름다움』, pp.98-99.)

19) 그런데 '범주적 이탈'의 경우 만약 이러한 무의미 양상의 앞 혹은 뒤에 '꿈에서 - 보았다'와 유사한 구절이 나타날 경우는 무의미가 되지 않을 수 있다. 왜냐하면 '꿈'이란 전제가 있을 경우 이미 주어와 서술어 혹은 목적어와 서술어 등이 서로 범주적으로 호응하는 범위가 광범위해지므로 '범주적 이탈'의 무의미 양상이 성립하지 않을 수 있기 때문이다. 이것은 '상황의 무의미' 양상에도 마찬가지로 적용된다. '꿈'이란 단서가 붙을 경우 기대된 상황, 사실의 상황 등의 기준이 모호해지기 때문이다. 이에 비해 '언어의 무의미'나 '수수께끼'의 양상 등은 이러한 특수한 상황에서 어느 정도는 자유로운 편이다.

4) 수수께끼

　ⓐ 주어를 있게 할 한 개의 동사는
내밖에 있다.
어간은 아스름하고
어미만이 몹시도 가까이에 있다.

「詩法」 中

　ⓑ 씨암탉은 씨암탉,
울지 않는다.
네잎토끼풀 없고
바람만 분다.
바람아 불어라, 서귀포의 바람아
봄 서귀포에서 이 세상의
　제일 큰 쇠불알을 흔들어라
　바람아,

「이중섭 1」 전문

　ⓒ 耳目口鼻
耳 目 口 鼻
울고 있는 듯
혹은 울음을 그친 듯
넙치눈이, 넙치눈이,
　모처럼 바다 하나가
　삼만 년 저쪽으로 가고 있다.
　가고 있다.

「봄안개」 전문

　ⓐ에서 "동사와 어간을 찾기 어렵"고 "어미만이 가까이 있"다고
했을 때 제목을 염두에 두지 않는다면 무슨 의미인지 언뜻 이해하기

어려울 수 있다. 그런데 이 시구의 전체적 주제가 '시 쓰기의 어려움'이라는 점은 제목에서 '詩法'이란 말을 보면 바로 이해가 될 수 있다.이것은 우리가 수수께끼를 풀 때의 경우와 유사한 기능을 한다. 예를 들면 '아침이 되면 올라가고 저녁이 되면 내려오는 것은?'이라고 했을 때 그 답이 '이불'이라는 것을 알게 되면 바로 이해되는 것과 같은 이치이다.

ⓑ에서 "씨암닭"과 "서귀포의 바람", "쇠불알" 등은 그 자체로 보면 어떤 의미에서 결합이 이루어졌고 이러한 단어들을 선택했는지 알 수가 없다. 그러나 '이중섭'이란 시 제목, 정확히 말하자면 이중섭의 그림들을 염두에 둔다면 위의 단어들이 모두 이중섭 그림의 주요 소재임을 알 수 있다.

이중섭은 '부부'와 관련하여 「닭」의 이미지를 작품으로 형상화한 것이 많다. 그리고 여기에 덧붙이자면 이중섭이 서귀포에서 그림을 그렸던 사실 그리고 그의 가난하고 불우했던 생활인으로서의 삶을 염두해 둔다면 더 큰 도움을 받을 수 있다. 즉 왜 '바람' 앞에 '서귀포의'란 관형어가 붙는지 그리고 왜 '행운'의 상징인 '네잎 토끼풀'이 없는 상황, 즉 행복하지 못한 상황인지가 모두 이해될 여지가 있는 것이다.

ⓒ에서는 내용상으로 볼 때 이치에 맞지 않는 무의미로 구성되어 있다. 그리고 제목인 '봄안개'를 보아도 시의 내용과 잘 어울려서 생각하기가 어려운 편이다. 그러나 '울고 있는'지 혹은 '울음을 그쳤는'지가 애매한 '넙치눈이'의 모습이나 "바다 하나가 삼만년 저쪽으로 가고 있다"는 표현이 하나의 힌트가 되지 않을까 생각된다.

즉 안개 속에 싸여 불명확한 얼굴의 표정이나 바다위 안개의 이동 등이 연상되는 효과가 있을 듯도 하다. 위 시의 경우는 앞의 시와는 달리 단지 시의 내용과 제목을 서로 연관시킴으로써 '봄안개'가 지니고 있는 특성인 '아련함', '잘 보이지 않음' 등을 시의 내용과 파편적으로 맞추어 생각할 수 있을 따름이다. 전혀 다른 입장에서 볼 경우 이 시는 제목과 내용의 연관이 없는 무의미 어구들의 구성으로서도 파악할 수 있다.

위의 서술들은 제목을 통해 내용을 바로 알리거나 힌트를 주거나 유사성을 드러내는 수수께끼적 요소가 다분한 시편들이라고 할 수 있다.[20] '수수께끼'의 양상과 결부된 무의미의 어구들은 각각의 서술 그 자체는 무의미이나 이들 언술의 계열화 및 제목과의 관련에 의한 계열화 등에 의하여 시적 의미를 생산하는 측면을 지닌다.

ⓐ의 경우가 전형적인 수수께끼의 양상을 지니고 있다면 ⓑ의 경우는 제목으로 표상된 하나의 힌트가 시 내용과 관련된 다양한 정보를 제공하여서 시의 이해를 돕는다. ⓒ의 경우는 제목의 단어가 환기시키는 분위기를 시내용에서 담지 하는 모습을 확인할 수 있기도 한다.

이와 같이 1)에서 4)까지 통틀어 볼 때 무의미의 유형은 '상황의 무의미', '언어의 무의미', '범주적 이탈', '수수께끼'로 나누어 살펴볼 수 있다. 그리고 이러한 무의미의 다양한 양상들이 어떻게 시적으로 의미를 지니는지 구체적으로 살펴 볼 수 있었다. 그리고 무의미의 양상은 '비유'와 '상징' 등과 같은 문학적 장치를 포괄하는 측면을 지니고 있음을 확인할 수 있었다.

이러한 측면에서 무의미의 양상은 시적 언어와 밀접한 관련성을 지니고 있다. 김춘수의 무의미시가 다양한 측면에서 의미의 과잉 내지 창조의 결절점을 특징적으로 보여주는 것도 시적 장치와 관련된 무의

---

20) "수수께끼의 이 왜곡하는 장치가 시의 제목과 내용 사이에 쓰여질 때, 시는 긴장감을 획득하게 되고, 독자는 재미와 즐거움을 느끼게 된다"(엄국현, 「무의미시의 방법적 이해」『김춘수 연구』, p.436.)

미 양상들의 집합체로서 무의미시가 구성된 측면과 관련이 깊다. 즉 이들 무의미의 어구들은 시적 의미를 창조하는 한편 의미를 풍부하게 산출하는 중심점의 역할을 하고 있다.

그리고 무의미는 결코 의미로부터 완전히 떠나지 않고 의미에 근거하면서 이를 와해시킨다는 사실도 확인할 수 있다. 즉 무의미의 여러 유형은 그 자체로 무의미이나 시적 의미 형성과 시의 분위기 조성에 중요한 부분으로 작용하는 의미생산의 분기점인 것이다.

4.

이 글은 시적 표현에서 나타나는 '무의미 양상'에 주목하여 '무의미'가 문학적 의미를 부여받는 특성에 주목하였다. 무의미는 세 가지 개념으로 정의된다. 첫째 의미의 반대 혹은 부정의 경우로서 의미가 없거나 어리석은 생각을 전하는 것이다. 둘째 무의미가 '뜻(meaning)'을 지니며 위트와 재능의 산물인 점을 인정하나 논리적인 것, 정상적인 것의 반대편에 선다는 것이다.

셋째 무의미가 지적 재능의 산물이면서 의미에 반하는(reject) 것이 아니라 계획적 의미 구현의 차원에서 이루어진다는 것이다. 이 세 가지 개념 중에서 문학적 무의미와 밀접한 관련성을 지닌 것은 세 번째의 경우이다. '문학적'이란 수식을 얻을 수 있는 '무의미'란 시적 유의성을 지니는 경우이다. 시적 유의성을 지니는 무의미란 작품의 심층 구조를 통하여 얻어지는 고도의 문학적 일원화(unification)를 전제로 한 것이다.

이와 같은 문학적 무의미는 네 가지로 범주화할 수 있다. 그 범주화의 기준은 '전후상황', '의미론', '구문론', '범주론' 등에 의해서이다. 그 범주는 언어의 무의미, 상황의 무의미, 범주적 이탈, 수수께끼로 요약된다. 이 중에서 시적 장치인 '비유', '역설', '상징' 등과 밀접한 관련성을 지닌 것은 범주적 이탈의 무의미이다.

그리고 수수께끼는 제목과 본문의 내용 사이에서 주로 발생하는 것으로서 일반적인 경우가 아니라 시에서 특징적으로 나타나는 무의미에 해당된다. 이러한 무의미의 양상은 시적 언어와 밀접한 관련성을 지닌다. 그리고 문학적 무의미는 결코 의미로부터 완전히 떠나지 않고 의미에 근거하면서 이를 와해시킨다. 그리고 무의미의 여러 양상들은 그 자체로는 무의미이나 시적 의미 형성과 시의 분위기 조성에 중요한 부분으로서 작용하는 의미생산의 분기점이다.

서정주 시에 나타난 여성 이미지의 변모양상

1.

서정주의 시세계는 『화사집』, 『귀촉도』, 『서정주 시선』 이후 및 『질마재신화』 등을 중심으로 시세계가 변모한다. 이에 따르면 그의 시세계는 크게 세 가지 단계로 나뉜다. 즉 『화사집』 중심의 보들레르적 관능과 니체적 도취의 세계, 『귀촉도』 이후의 전통적 정한의 세계 그리고 『질마재신화』 이후 질마재 및 신라 설화 세계의 추구 등으로 나뉠 수 있다.

그런데 이러한 그의 시세계의 다양하고도 이질적인 변모 양상은 서정주 시의 연속적 국면을 논의하는 데 장애로 작용하기도 하였다. 그런데 이러한 다양한 변모의 근저에는 늘 서정주가 체험한 혹은 지향한 여성들의 형상화가 자리 잡고 있다. 이 여성들은 때로는 관능적으로, 모성적으로 혹은 한을 간직한 전통적 이미지로 다양하게 나타나고 있다.

그리고 이 여성들은 그가 유년시절 인상 깊었던 여인들의 고유명사를 공유하고 있다. 구체적으로는 '순네', '서운니', '유나', '요시무라', '외할머니' 등으로 나타난다. 이 여인들은 서정주의 유년시절 기록에서도 나타나는 시인과의 실제적 연관성을 지닌 경우가 대부분이다. 그리고 이 여인들은 한국적이면서 전통적인 면모를 전형적으로 지니고 있다.

더 나아가 그의 후기 시편들은 이러한 유년시절의 여인들이 설화 속 여인들의 모습과 겹쳐지기도 하면서 신화적 여인들로 확장되는 양상을 보여준다. 이러한 여인들의 형상화 및 그 변모 양상은 곧 미당의 시세계를 이끄는 견인으로 작용하는 동시에 그의 내적 성숙과 맞물려 있다.[1] 시에서 주요하게 형상화된 서정주의 여성 이미지 혹은 대상을 대하는 태도의 변화는 결국 시인 자신의 의식의 반영체로 작용하기 때문이다.[2]

이 글은 이와 같은 문제의식에 착안하여 서정주 시에 나타나는 여인상들의 양상을 고찰하고자 한다. 이러한 작업은 그의 자전적 기록을 토대로 하여 실증적인 방식을 통하여 이루어질 것이다. 그리고 그의 시에 나타난 여인 이미지의 형상화 및 이미지의 변화 양상을 통하여 그의 시세계가 지닌 특성 및 변화 양상을 '연속적'인 측면에서 규명해 보고자 한다.

2. 질마재 마을과 그 여인들의 삶

서정주 시에서 형상화되는 여인들의 모습이나 그 고유명사를 살펴보면 시의 상상력의 토대로서 '여성들'에 대한 몽상이 주요하게 자리잡고 있음을 알 수 있다. 그리고 이 여성들은 주로 그의 고향 질마재에서 체험한 유년시절의 인물들임을 알 수 있다. 이러한 여성들을 대

---

1) 미당 시에 나타난 '여성적인 것'에 주목한 논의를 들자면 다음과 같다. 천이두는 미당 시에 나타나는 '눈썹'을 논하는 자리에서 『화사집』에서 『귀촉도』로 넘어가는 시세계의 일반적 변모와 확대의 근원이 '신비로운 <여성의 바다>'에 있다고 논하였다. 그리고 신범순은 미당 시의 '숱한 여성들'이 '이 지상에서의 삶을 긍정하는 영원성의 표상'이라고 하였다.
천이두, 「지옥과 열반」, 『시문학』, 1972. pp.6-9.
신범순, 「질기고 부드럽게 걸러진 영원」, 『현대시』, 1994. PP.1-3.
2) 서정주는 자신의 시를 "자기 형성 과정에서 무시로 탈피해 던지는 낡은 허물"이라고 규정한다.
서정주, 『시창작법』, 선문사, 1955, p.104.

하는 태도는 그의 시세계의 변모 양상과 밀접하게 관련되어 있다.

즉 '순네', '서운니', '요시무라 선생', '외할머니', '춘향', '선덕여왕' 등의 여인들은 그가 이들 대상을 대하는 태도와 방식에 따라서 각기 다른 양상으로 나타난다. 이러한 서정주의 시적 여정에 대하여 그는 '누님 찾아가기'라고 단적으로 표현한 바 있다.[3] 공통적인 것은 이러한 여인들과 이들에 얽힌 이야기 및 시의 형상화의 기저가 그의 고향, 질마재 속 여인들의 삶을 반영하였다는 점이다.

서정주의 작품과 그의 글들에 주로 등장하는 여성들은 서정주의 실제 외할머니, 할머니, 그의 어머니 그리고 서정주의 어릴적 친구이자 누이들인 순이(네), 숙이, 유나, 서운니, 그의 첫사랑 격인 일본인 요시무라 선생, 그의 집을 찾아왔던 여승 등이다. 서정주의 「내마음의 편력」 자서전[4]에는 이러한 그의 시에 등장하는 인명들과 시속의 구조적 이야기들이 그의 유년시절 실제적 추억과 매우 긴밀히 결부되어 있음을 보여준다.

그의 외할머니와 할머니는 청상과부의 한을 지닌 분들이며 그의 어머니는 그의 표현에 의하면 "신라계통의 자연주의적 전통을 호흡"[5]하였다고 한다.

> 어머니는 어떤 어부의 과부의 딸이었다. 내 외할아버지는 젊어서 배를 타고 바다에 나가신 채 영 돌아오지 않고, 그 뒤를 두 딸과 막내의 한 아들과 함께 청상으로 남은 과부의 둘째 딸이었다. 한문은 모르시나, 국문은 외할머니가 마을에서 첫째 가는 이야기책 애독자라 그 덕으로 알고 있었다.
> 지금 생각하면 아버지가 철저한 儒生이었던 데 비해 어머니는 新羅流 自然主義的 傳統 속에서 더 많이 호흡하고 계시었던 것 같다.[6]

---

3) 『서정주문학전집4』, 일지사, 1972, p.98.
4) 『서정주문학전집3』 참고.
5) 위의 책, p.4.

「자화상」 구절의 해설적 성격을 지닌 이 글에서 서정주가 전래 이야기 듣기를 즐기게 된 계기가 나타난다. 즉 그는 마을 첫째가는 이야기책 애독자인 외할머니의 영향을 받은 것이다. 어린 시절 이야기 듣는 것에 대한 흥미는 그가 훗날 삼국유사에서 신라의 설화 속 여인들에 대한 관심으로 이어지고 있다. 그의 고향이 전라도의 질마재 마을인 것을 염두에 둔다면 백제의 전통과 관련시킬 만하나 그는 훗날 익힌 삼국유사 및 신라계 전통에 대한 공부를 통하여 그의 과거 고향을 신라적 세계에서 반추하고 있는 점은 특징적이다.

이와 같이 그의 자전적 글에서 그의 어머니, 외할머니, 할머니 등이 신라계통의 정신을 가진 분이었다는 서술이 자주 반복적으로 나타난다("어머니는 아무래도 朴赫居世의 어머니나 朴堤上의 부인 같은 그런 신라계통의 정신을 가진 분이었던 듯하다"7)). 또한 그가 학질을 앓았을 때 어머니의 잡귀쫓기식 전통치료법을 통하여 낳게 된 경위에 대해서도 이것을 신라류 자연주의적 전통과 연관시킨다.

그런데 특기할 것은 그가 어머니, 외할머니, 할머니 등 모계쪽 영향을 많이 받고 어린시절을 보낸 사실이다. 이것은 그의 시편들과 자전적 기록에서 공통적으로 확인할 수 있는 사실이다. 외할머니의 보호 아래 있던 어린 시절의 기억은 그의 시편 「자화상」에서 자신의 흙벽집을 배경으로 형상화된다.

그의 외할머니는 「해일」에서는 그녀가 청상 때 바다에서 돌아가신 외할아버지를 밀물 때 마당으로 넘어온 바닷물을 보면서 얼굴을 붉히던 모습으로 나타난다. 그리고 외할머니, 할머니, 어머니들의 일에 지친 "까만 손톱때"는 그가 여러 시편들 속에서 여인을 바라보고 평가하는 주요한 상징적 척도가 되기도 하였다.

---

6) 위의 책, p.11.
7) 위의 책, p.12.

서정주는 이들의 삶과 밀착되어 유년시절을 보내면서 귀신, 도깨비 등을 믿는 무속적 성향 및 이들에 대한 무섬증에도 익숙해진다. 그 이유는 남편을 비롯한 가까운 이의 죽음을 일찍 경험한 할머니, 외할머니와 그의 유년시절 주변 여인네들의 영향과 깊은 관련을 지닌다.

인젠 우리 할머니 이야기를 하지. 외할머니처럼 너무 이른 청상과부는 아니지만, 이분도 四十 전에 된 과부, 왼편 약손가락 한 토막은 할아 버지 임종 날에 그 숨 넘어가는 목에다가 피를 흘려 넣느라고 손수 끊어 버린 분이었다. 눈이 매나 그런 猛禽답게 작고 날카롭고, 이마가 넓고 콧날이 우뚝하고, 입이 갸름하니 야무진 넓적한 얼굴, 이분이 사 실은 아버지보다도 내 어린 철의 우리집의 왕이었다.…… 내가 학질이 나면 그이는 나를 발가벗겨 거울 비슷한 그 마당에다 갖다 눕히고는 부엌의 식도를 들고 나와 내 누운 둘레의 땅에 그 칼로 박박 그으며 「엇소 잡귀 물러가거라. 엇소 잡귀 물러가거라.」하며 한식경을 두고 숨겨워하시었다. 그러면 어느 때는 틀림없이 더러 나았던 것 같다. 오 그라드는 학질의 정신에 세게 출렁이어 와 씻는 마음의 刺戟力 때문 아니었을까.
매운 반찬 짠 반찬은 모조리 입으로 빨아서 먹이시고, 내 말 노릇도 숱하겐 하시고, 쉬는 일은 아주 적던 이 할머니의 말년의 종교는 불교 였던 것이다.[8]

과부가 되신 나이는 내가 그분 생전에 물어 본 일이 없어 기억에 없 으나, 겨우 몇 살씩을 떼어서 낳은 삼남매 중 둘째 딸인 우리 어머니 가 언젠가 무슨 얘기던가의 끝에 그분의 친정아버지의 얼굴을 모른 다고 하신 걸로 미루어 보면 스물다섯은 되었을 것이니, 그로부터 三 十여 년 촘촘한 날을 이어 읽어 오신 거니까 그럴밖에 없다. 소녀 때 부터 이분은 그것들을 탐독해 왔다니 더군다나.……하나 海溢 뒤의 햇빛 아래 잠시 신부 같아 보이던 외할머니의 얼굴은, 사실은 잘 두 고 보면, 이 집이 무서운 것처럼 좀 무서운 얼굴이었다.[9]

---

8) 위의 책, pp. 12-13.

어린 시절 서정주는 그의 할머니와 외할머니를 통하여 그들의 청상
과부로서의 한과 무속적 전통을 체득하였던 것이다. 구체적으로 학질
쫓는 할머니의 '잡귀쫓기'식 무속적 행위나 불교에 대한 믿음, 마을
첫째가는 외할머니의 이야기꾼 솜씨 등은 이후 서정주가 전통적 상상
력, 불교적 인연 사상이나 그의 고향 질마재 마을의 세계에 경도하게
되는 주요한 계기가 되었다.

그가 『화사집』 이후 『귀촉도』, 『서정주 시선』 등에서 불교적 인연
사상에 경도하게 되는 것, 『질마재 신화』 이후 우리 고유의 무속적
전통 마을을 구상하게 되는 것도 결국 그의 어린 시절 질마재 마을에
대한 추억속 재현인 것이다. 그 중에서 마을의 이야기꾼 격이었던 외
할머니로부터 들은 풍부한 전래 이야기들은 그가 이후 「원이설화」나
「지하국도적퇴치설화」 등의 설화를 시적 제재로 활용하는 데 근원적
밑바탕이 되었다.

이와 같이 그의 시가 지닌 전통적 성향은 그의 고향인 질마재 마
을의 문화와 외할머니, 할머니, 어머니 등의 모계적 혈통의 영향에
기인한 것이다. 그가 고향 질마재 마을에서 체험했던 몇 가지 이야
기들은 그의 시에서 주요한 제재로 나타나고 있다. 구체적으로 「신
부」에서 지아비를 기다리다 초록재와 빨강재가 되어 버린 신부 이
야기는 외할머니의 청상과부의 한과 그녀가 들려준 옛날이야기가 결
부된 것이다.

그리고 마을의 '간통 사건'이 일어났을 때 마을 사람들이 소가 먹
는 여물을 우물에 넣고 이를 벌하던 어린 시절 경험도 그의 시 「간
통사건과 우물」에 나타나 있다. 또한 질마재에서 풍류와 힘을 즐기던
광대꾼이 요강에 얼굴을 비추며 얼굴 머리단장을 하는 해학적인 모습
도 「上歌手의 소리」에서 나타나고 있다.

---

9) 위의 책, pp. 21-22.

또한 「麥夏」에서는 가족들이 모두 일 나가고 집을 혼자 지키던 자신이 '문둥이와 멧돼지 등'을 두려워하던 '무섬증'을 서술하고 있다. 이처럼 어머니, 할머니, 외할머니의 삶과 그들이 소박하게 믿던 도깨비, 귀신, 영혼 등의 존재는 훗날 서정주의 시적 상상력에 많은 영향력을 끼치고 있다.

3. 유년시절 여인들에 대한 몽상

서정주의 유년시절 기록을 보면 어머니, 외할머니, 할머니의 이야기를 이어서 그가 유년기에 좋아했던 누이들과의 이야기가 주를 이룬다. 그만큼 유년기 시절 그 여인네들에 대한 인상이 그에게 강렬하게 추억으로 남아 있다는 뜻이기도 한데 이는 시편들을 보아도 나타나는 특성이다. 이 여인들은 어린 나이에 과부가 되거나 혹은 요절을 하거나 간에 그야말로 한을 간직한 아름다운 여인들로서 형상화되고 있으며 대체로 누이 뻘이 되는 사람이 대부분이다.

그중 순네는 그의 자서전에서 실제 유년시절의 관능적 체험과 밀접한 관련을 지니는데 「花蛇」에 묘사된 것을 보면 다른 인물과 달리 유일하게 관능적인 여인의 모습으로 나타나 있다. 『화사집』의 근간을 이루는 관능적 대상으로서의 여인은 순네를 제외하면 '가시내'라는 익명의 보통명사로 표현되어 있다. 이것은 시인의 젊은 시절의 자아 심리의 반영이 중심적이지 그 대상의 구체성이 주요하지 않은 까닭이다. 「花蛇」에 표현된 '순네'와의 관능적 체험도 이러한 특성을 지니고 있다.

서정주의 첫째 동생인 서정태씨에 의하면 「부활」의 '유나'는 '수나(순네)'의 오기라고 한다. 그리고 서정주 시인이 시낭독을 할 때에나 「부활」을 언급할 때에도 '수나(순네)'라고 언급한다. 이것은 서정주의 자전적 기록과 그의 시편들을 대비하여 볼 때도 확인될 수 있다.

즉 서정주 초기시에 나오는 여인들 중 미당의 유년시절 기록인 「내마음의 편력」에 유일하게 언급되지 않은 미지의 인물이 '유나'인 것을 감안하면 '수나(순네)'설은 타당성을 지닌다. 그리고 유년시절의 기록 중에서 그의 관능적 체험과 직접적으로 결부된 인물은 '순네'와 우동집의 '끝각시' 두 사람인데 순네는 「花蛇」에서 '꽃뱀'의 관능적 이미지와 결부되어 나타나며 '끝각시'는 가냘픈 나비와 관련하여 여러 시에서 형상화된다.

이렇게 볼 때 대표적 관능시편인 「花蛇」의 '순네(유나)'가 등장하는 『화사집』의 관능적 시세계와 '유나(순네)'의 죽음과 그 환영으로 끝이 나는 『화사집』의 맨끝 시편인 「부활」 이후 서정주 시세계가 고전적이고 아름다운 여인네들에 대한 정신화된 애정의 시편들로 급격히 전환하는 흐름이 이해될 소지가 있다.

즉 관능적 대상으로서의 '유나(순네)의 죽음'은 젊은 날의 육체적 정열과 관능의 심리를 또 다른 차원의 정신적 영역으로 승화시키는 하나의 '상징적 의미'를 지니는 것이다. 『화사집』에서 시적 자아의 의식의 반영체로서 결핍의 이미지가 여인에의 관능으로 구현되었다면 이 시집 끝 작품인 「부활」로부터 관능적 이미지가 탈색되고서 유년시절 구원의 여인상들이 떠오르기 시작한다.

즉 『화사집』에서 여인의 모습과 결부된 신체적 이미지가 시적 자아의 분열되고 결핍된 모습을 재현하였다면 이러한 관능적 여인 '유나(순네)'의 죽음으로부터 그의 시세계는 유년시절의 모성적 여인에 대한 몽상을 통하여 그들의 넋을 되살림으로써 자아를 통합시키려는 양상을 보인다. 전자가 '가시내'로 표상된다면 후자는 '누님'으로 표상된다.

이러한 '누님들'은 서정주의 어린시절에서 아름다움을 지니면서도 한스러운 운명을 감수해야 했던 그의 무한한 동경의 대상이었다. 그는 이후 박혁거세의 어머니인 '사소'나 박제상 부인인 '수로 부인' 그리고 '선덕여왕' 등 신라 설화의 여인네들에 매료된다. 그런데 이한 인물들은 서정주의 유년시절 추억 속 '누님들'의 모습과 닮아 있다.

서정주는 '빛'이나 '신성스러운 꽃' 등의 자연물을 통하여 저승에 있는 추억 속 이들 여인과의 몽상을 경험하곤 한다. 구체적으로는 「부활」에서 '빛' 속 소녀들의 모습을 통하여 '유나'의 환영을 경험하는 것으로 나타난다. 이와 같은 그의 '누님' 지향 의식은 설화 중에서도 도둑이 데려간 누님을 모셔오는 모티브의 이야기를 주로 시적 제재로 형상화하는 것과 무관하지 않다.

그가 시에서 형상화한 '누님들' 중 주요한 한 여인은 유년시절 그가 좋아했던 누이 '서운니'이다. 그녀는 어린 서정주에게 '누님 모셔오는'「지하국도적퇴치설화」를 들려준 인물이기도 하다. 그리고 그녀 또한 가슴에 병을 앓아서 늘 마늘을 구워먹어야 했던 아름답고도 '한'스런 서정주의 누이들 중의 한 사람이다.

서운니와의 추억은 어린 시절 친구인 섭섭이와 푸접이와 순네를 따라 산으로 들로 나갔던 경험과 결부되어서 형상화되기도 한다.

> 섭섭이와 서운니와 푸접이와 순네라하는 네名의 少女의 뒤를 따라서, 午後의산그리메가 밟히우는 보리밭새이 언덕길우에 나는 서서 있었다. 붉고 푸르고, 흰, 傳說속의 네 개의바다와같이 네少女는 네빛갈의 저고리를 입고 있었다.
> …………
> 손까락 끝에 나의 어린 핏방울을 적시우며, 한名의少女가 걱정을 하면 세名의少女도 걱정을허며, 그 노오란 꽃송이로 문지르고는, 하연 꽃송이로 문지르고는, 빠알안 꽃송이로 문지르고는 하든 나의傷처기는 어

쩌면 그리도 잘 낫는것이었는가.

정해 정해 정도령아
원이 왔다 門열어라.
붉은꽃을 문지르면
붉은피가 도라오고,
푸른꽃을 문지르면
푸른숨이 도라오고.

「무슨 꽃으로 문지르는 가슴이기에
나는 이리도 살고 싶은가」 부분

이 시는 살해당한 원이를 사랑하던 정도령이 붉은 꽃과 푸른 꽃으로 살려 내었다는 「원이 설화」를 모티브로 하고 있다. 원이 설화는 서정주가 어린 시절 위 시에 나오는 한 소녀인 서운니 누이로부터 들은 내용이다. 서운니는 어린 서정주에게 설화적 세계의 신비를 가르쳐 준 소녀이다.

이 설화는 유년시절의 서정주가 강강수월래를 놀던 계집아이들의 노래 속에서도 종종 들을 수 있었던 것이다. 즉 위 시는 서운니라는 요절한 아름다운 누이의 신비스러운 이미지와 그녀가 이야기해준 원이 설화의 원이 그리고 그녀의 유년시절 상처를 치료해준 섭섭이, 서운니, 푸접이와 순네 등과의 추억 등이 복합적으로 작용한 것인 셈이다.

위 시의 네 명의 소녀와 함께 서정주의 시에 나타난 '누이들'은 시인의 시적 상상력을 이끄는 動因의 역할을 한다. 그리고 이러한 소녀들은 시인의 세월의 연륜과 함께 성장하는 모습을 보여준다. 즉 『귀촉도』 후반부로 갈수록 어린시절의 소녀들은 소녀가 아닌 성숙한 누님, 혹은 모성적 특성을 지닌 존재로 나타난다.

'서운니'와 함께 서정주의 시편에 주요하게 나타나는 누이로서 '숙이'를 들 수 있다. '숙이'는 서정주의 어린 시절 동네에 살던 '순네'의 언니로서 그의 시에서는 토혈하고 죽어간 소녀로 나온다. 어린 서정주는 병든 아버지를 간호하는 숙이에게 그네를 태워주곤 했고 마침내는 자기집 마당에도 그네줄을 매어서 숙이를 태워 밀어준 추억을 그의 자전적 기록에서 서술하고 있다.

이러한 추억은 그의 시 「추천사」에서 현실적 구속을 벗어나고픈 숙이의 소망을 춘향의 소망으로 전이시켜서 형상화되고 있다. 그리고 그가 어린 시절 자신의 집을 찾아와 기구한 방랑적 일생을 토로하던 한 '여승'은 그가 훗날 『삼국유사』에서 산속 수행자를 찾아온 여인이나 황진이의 방랑적 삶과 결부지어서 서술되고 있다.

서운니, 숙이와 함께 서정주의 첫사랑 대상으로서 그의 시에서 주요하게 형상화된 여인으로는 '요시무라 선생'을 들 수 있다. 그녀는 서정주의 시창작 연습을 도와주었고 그의 감성의 형성에 오랜 세월 큰 영향을 끼친 인물이다.

「요시무라 아야꼬(吉村綾子)라는 일본인 여선생의 볕을 만나 다시 기를 펴게 된 것이다.

이 여선생을 나는 지금까지 못 잊어 하는 것처럼 이 뒤의 내 생애에 있어서도 잊을 수 없을 것이다. 왜냐하면 그는 내 과거에 있어 나를 가르친 모든 선생 중에서도 나를 가장 사랑하던 분이었으니까.

나는 지금도 고단한 때면 이분이 빚은 볕을 돌이켜 느낀다. 뭣이라 할까. 역시 라일락-- 그것도 물빛 라일락의 빛과 향기가 선선히 깃들인 포근하고도 싱그러운 볕을…….

그의 볕을 생각할 때 하필에 물빛 라일락을 합쳐서 생각하게 되는 데에는 이유가 있기는 하다. ……

그런데 이 쑥하고 그 비슷한 것들밖에는 없었던 구렁의 그늘 속에서 내가 맡고 보고 있던 그 물빛 라일락의 향기와 빛과 아울러서 내가 내 속에 지니고 있던 것은 이상하게도 그 요시무라(吉村) 선생의 모양

이었다.[10)]

내 永遠은
물빛
라일락의
빛과 香의 길이로라.

가다 가단
후미진 굴형이 있어,
小學校 때 내 女先生의
키만큼한 굴형이 있어
이쁜 女先生의
키만큼한 굴형이 있어,

내려가선 혼자 호젓이 앉아
이마에 솟은 땀도 들이는

물빛
라일락의
빛과 香의 길이로라.
내 永遠은·

「내 永遠은」 전문

위 시는 서정주가 요시무라 선생에 대하여 물빛 라일락의 향기와
빛으로 추억하는 그의 의식을 반영하고 있다. 요시무라 선생을 몇 년
동안 마음에 깊이 품고 있던 것은 그의 자전적 기록 속에서 나타나고
있다. 그리고 그의 시편들에서 그녀의 '분홍빛 손톱'은 그가 미인을
가리는 척도로 작용한다.

요시무라 선생은 젊어서 남편과 큰 아이를 잃었다. 그리고 이후 조

10) 위의 책, p.116.

선에서 남은 막내 아이마저 장티푸스로 잃었다. 그리고 서정주의 고향에서 아이들 가르치는 일을 한때 위안으로 삼았던 한스런 여인이다. 그녀는 서정주의 일생에서 그의 시 창작을 격려하고 그가 시인이 되도록 이끌어준 사람이다. 이와 같이 서정주의 시에서 주로 형상화된 여인들은 한스런 삶과 인내를 지닌 이들로서 그는 이러한 전통적 성향의 여인네들의 삶에 대한 깊은 공감과 이해를 보여준다.

서정주의 「나의 시」에서 작자는 어느 부인에게 풀밭위에 흥건한 낙화가 안쓰러워 부인의 펼쳐진 치마 위에 그 꽃들을 갖다 놓으며 바로 그 마음이 그가 시를 쓰는 마음이라고 서술하고 있다. 그리고 마지막 연에서 "그러나 웬일인지 나는 이것을 받아줄 이가 땅위엔 아무도 없음을 봅니다"라고 말한다. 또한 "내가 주워 모은 꽃들은 저절로 내손에서 땅위에서 떨어져 구을르고 또 그런 마음으로에는 나는 내 시를 쓸 수가 없습니다"로 끝맺는다.

이러한 그의 표현은 서정주의 첫사랑이었던 요시무라 선생과의 인연을 연상시키도록 한다. 그는 동백꽃 그늘 아래에서 그 여선생을 그리워하며 꽃잎을 줍곤 했던 기억을 밝히고 있거니와 그의 유년시절에 있어서 요시무라 선생과의 추억과 그녀가 떠난 다음 방황했던 아픈 기억은 생생하게 그려져 있다.[11]

> 하늘을 나는 구름덩이들의 어디엔가는 그대의 돌아가신 아버지 어머니의 피였던 것이 틀림없이 끼어 있을 것을 그 구름을 볼 때마다 느끼고 기막혀 해 하는 것이 당연하지 않은가? 또 그대가 가장 그리워하던 사랑하는 사람을 여의었다면 그대의 우산이나 옷도 적시며 내리는 하늘서 오는 비의 어느 것인가엔 빠짐없이 그대의 그 사랑하던 사람의 液體이었던 것도 섞여 있을 것을 비가 올 때마다 느끼고 가슴 벅차하는 것이 당연하지 않은가[12]

11) 위의 책, pp.116-130.

서정주는 하늘을 나는 구름덩이나 우산과 옷을 적시는 하늘에서 내리는 비를 맞으며 그리운 부모, 사랑했던 여인의 체취를 느낀다. 즉 그는 인생살이가 지닌 세월의 한계와 경험의 폭을 뛰어 넘는 원대한 상상력을 보여주는 것이다. 그런데 하늘에서 내리는 빗속에서 사랑했던 사람을 이루었던 액체의 일부도 섞여 있을 것이 아니냐는 생각은 서정주의 외할머니의 삶에 대한 통찰에서 영향 받은 바 크다.

해일로 인하여 집 앞 마당에 넘어온 바닷물을 통하여 그의 외할머니가 바다에서 돌아가신 외할아버지를 생각하던 모습은 서정주의 시편에서도 반영되고 있다. 즉 「해일」에서 "바닷물이 넘쳐서 개울을 타고 올라와서 삼대 울타리 틈으로 새어 옥수수밭 속을 지나서 마당에 흥건히 고이는 날" 외할머니의 모습을 형상화한다.

외할머니는 돌아가신 외할아버지가 마치 해일이 되어 마당에 흥건히 고인 물이 되어 찾아온 것처럼 웬일인지 한 마디도 말을 안혹 벌써 많이 늙은 얼굴이 엷은 노을빛처럼 불그레해져서 바다쪽만 멍하니 넘어다보고 서 있었던 것이다. 서정주의 표현에 의하면 그녀는 해일이 몰고 온 물을 통하여 외할아버지의 넋을 느끼는 것이다.

이와 유사한 체험의 방식은 서정주의 여러 시편들에서 나타난다. 서정주는 그의 외할머니가 외할아버지의 넋을 체험하는 방식과 유사하게 그가 유년시절 동경했던 여인들의 모습을 체험한다. 즉 그는 '물빛', '하늘 빛', '꽃 빛' 그리고 '가냘픈 나비의 날개 빛' 등을 통하여 그가 유년시절 동경했던 여인들의 넋을 체험하는 몽상을 보여준다.

가령 진흙이 될 때 혹은 그의 방안에 들어온 가냘픈 나비의 날개 빛을 볼 때 그가 갔었던 우동집의 어린 기생 끝각시와의 인연을 떠올리곤 한다. 그리고 고운 손톱과 라일락의 빛과 향기를 느낄 때 학창

---

12) 서정주, 「하늘과 땅 사이의 사람들과 동물들의 시체 이야기」, 『미당 수상록』, 민음사, 1976, p.119.

시절 그의 첫사랑인 여선생을 떠올린다. 즉 그가 접하는 자연의 신성스런 '빛'은 유년시절 여인들을 추억하는 하나의 '매개'가 되는 것이다. 「冬天」에서 '눈썹'이라고 비유한 '초승달의 빛' 또한 '꽃'과 '빛'으로 표상된 여인네들의 다른 매개이다.

서정주가 그의 시적 역정을 '누님 찾아가기'라고 말했듯이 유년시절의 고운 누님네들은 그에게 여인의 전통적인 삶과 신비로운 몽상을 경험하게 하는 존재이다. 그가 이미 하늘로 올라간 이들 여인들을 지상에서 그를 떠올리는 '꽃', '빛' 등을 통하여 느껴보려 하는 것은 그 여인네들에 대한 그의 지향을 드러내는 것이다.

『귀촉도』의 시적 원리로 작용하는 '윤회설의 내면화' 또한 이러한 여인들과의 이별을 극복하려는 만남의 상상력이라는 점에서 서정주가 유년시절의 여인들에 대한 지향이 얼마나 절실한 것인지를 알 수 있다.

4. 설화 속 전통적 여인들에 대한 몽상

서정주의 후기시로 가면서 하늘과 꽃 등의 신성스러운 '빛'을 통하여 체험한 유년시절의 여인들은 새로운 모습으로 변모되는 양상을 보여준다. 이것은 그가 탐독했던 고전 설화의 신라계 여성들의 모습을 반영하고 있다. 그런데 이들에게서 그가 주목한 특성은 그의 유년시절의 여인들의 모습과 내적 연속선상에 있다.

박혁거세의 어머니인 '사소'의 산중 수행이나 김유신 누이의 처벌에 대하여 사랑은 국법보다도 더 세어야 한다는 것을 보여준 '선덕여왕'의 선행, 강릉 군수가 '수로부인'을 부르는 몽둥이의 해안 난타 소리, 백월산 산중에 찾아온 産苦의 '묘령 여인'과 파계한 수도승, 한속에서 살다간 방랑 여인인 '황진이', 그리고 당대의 사회적 신분의

갈등을 초월한 '춘향이' 등이 그러한 여성들이다.[13]

이들은 그가 체험했던 유년시절의 여인네들과 견주어 볼 때 한스런 운명을 감내한 고운 여인들이라는 공통점을 지닌다. 그러나 그의 유년시절의 여인들이 그러한 그들의 삶을 '인내'라는 방식으로 극복한 반면 서정주가 시에서 구현한 설화 속 여인들은 그들의 운명에 당당하게 맞서는 '여장부'와 같은 면모가 부각된 특성을 지닌다.

서정주는 이러한 우리 고유의 설화 세계 속 여인상과 그녀가 지닌 가치관에 대하여 다른 서양의 이야기 속에 내재된 여인들의 모습보다도 훨씬 가치를 두는 경향이 있다. 서정주가 수로부인과 비너스의 설화를 서술하면서 우리 전통적 여인상이 지닌 자연스럽게 배어 나오는 내면의 미를 강조한 부분에서 이러한 사실은 단적으로 드러난다.

> 그런데, 여기에 좀 우스운 일은 美의 女神 아프로디테(비너스)의 마지막 꼴이다. 하늘과 땅의 美라는 것을 모두 도맡아 경영하는 높으신 몸으로, 오직 그 美를 위해서만 그리이스의 王妃 헬레네와 트로이의 美男 王子 파리스를 짝붙여 놓고서도, 마지막 판에 가서는 오직 헬레네의 짜증난 핀잔만을 그 대가로 받아야 하게 되었으니 말이다.
> 파리스와의 달콤한 蜜月들의 사랑이란 것이 首都 일리온의 阿鼻叫喚으로 산산이 깨어지자 헬레네는 그녀의 幇助者 아프로디테에게 마침내 대들면서 「파리스하고 붙는 건 인젠 좋건 당신이나 하슈. 나는 그리이스의 본남편 메넬라오스한테로 다시 돌아가고 말테니까.」 퍼부어대게만 하고 말았으니 말이다.
> 그 美라는 걸 가지고 기껏 솜씨를 부려 봤다는 것이 最後에는 이 핀잔뿐인 데다가, 이 핀잔을 듣고 또 어름어름하기까지 하다가 함부로 막 내두르는 軍人들 槍 끝에 찔리어 그 귀하신 神血 이코르(ichor)라는 것까지를 얼마만큼 흘려야 했다니 말이다.[14]

---

13)『서정주문학전집5』, 한국의 여인상, pp.123-163. 참조.
14)『서정주문학전집4』, p.15.

사람으론 못 올라간다는 그 높은 낭떠러지를 오를 수 있는 건 그냥 사람은 아닌 무엇이라야 할 텐데, 여기 나와서 사람이 못 오르는 데를 오르는 할아버지는 그 암소라든지 住所 모를 사람인 점 등으로 보아 古代 神仙圖나 神仙 記錄의 많은 例와 一致하니 어쩔 수 없이 神仙일 밖에 없다. 그러니 다시 말하면 「하늘의 玉京의 仙界의 美를 두루 겪은 神仙老人까지도 그만큼 녹아 버리게 했을 만큼」水路는 이뻤다는 것이 된다.

그러나, 神仙의 갸우뚱한 찬양과 하늘을 재료로 한 化粧으로써만 그들의 美 의 한 장식은 끝나지 않는다.

땅의 기르는 것 중에선 가장 귀한 사람의 소리의 合唱이라든지, 심지어는 단단한 나무 몽둥이까지가 그 美의 化粧品으로 사용되어 상당한 효과를 거두고 있었던 걸 보는 것은 또 다른 재미이다.

아까, 늙은 할아버지를 다람쥐같이 낭떠러지 위에까지 기어 오르게도 했던 水路夫人은 이번에는 어느 바닷가의 정자에 이르러서 뭍과 바다를 온통 動員한 두 가지의 化粧을 한꺼번에 가진다.[15]

위의 글에서 서정주는 '화장'이나 '화장품'이라는 말을 그것이 지닌 일차적 의미를 넘어 한 여성이 지니는 '품위' 내지 '기품'까지 아우르는 것으로 사용하고 있다. 이렇게 볼 때 수로 부인이 산위의 '꽃'을 아름답게 여겨 감탄하며 그것을 지니고 싶어 하는 그 마음을 서정주가 '화장'이라고 표현한 맥락이 이해될 수 있다.

그는 선덕여왕이 그녀를 사모하는 지귀에게 자신의 글팔찌를 얹어 준 이야기에 대해서도 그 내면의 아름다움을 강조하고 있다. 반면 서정주는 서양의 '아프로디테'가 하늘과 땅의 외적인 아름다움을 타고 났으면서도 그것이 그녀의 내적인 아름다움이 뒷받침되지 못한다는

---

15) 위의 책, p.19.

판단을 내리고 있다.

이것을 물론 서정주의 자의적인 해석이나 선호경향과 관련지울 수 있다. 그러나 여기서 그가 강조하고자 한 '여인의 '미의식'이 드러난다. 그것은 그가 시에서 주요하게 다루었던 '수로부인', '선덕여왕', '사소' 등의 모습에서 구체화된다. 즉 이 여인들은 외적인 미뿐만 아니라 자연과 사람을 대하는 태도 나아가 인생에 대한 가치관 등에서 자연스럽게 내적인 기품과 지혜를 드러내고 있는 것으로 형상화된다.

서정주 초기시의 대부분 여성들 이름이 서정주 자신의 유년시절 추억 속 여인네들의 것이었듯이 그의 시에 나타난 우리나라 설화속 여인들도 유년시절 여인들의 추억과 결부된 상상력의 양상을 보여준다. 구체적으로 그 여인상은 삼국유사에 나타난 신라계 여성들의 행적에 매료된 서정주가 이들의 삶을 공감하고 재해석한 모습으로 형상화된다.

그런데 이들에게 숨겨진 한 편의 진실은 이들이 당대의 관습적 제약에 도전하거나 그것을 뛰어넘으려 한 여성들이라는 점이다. 사소의 처녀 잉태나 선억여왕의 김유신 누이에 대한 선처, 수로부인을 되찾는 행위, 파계승의 열반, 기생 황진이의 행적, 그리고 이도령과 춘향의 사랑 등은 당대의 모럴이나 제약을 한 차원 뛰어 넘거나 시대를 앞선 선구적인 면모를 보여주는 측면을 지닌다.

그리고 이러한 여인네들의 자태와 삶의 방식은 서정주가 시편을 통하여 그녀들을 몽상 속에서 불러오는 주요한 이유가 되기도 한다. 즉 그들은 당대의 세속적 기준, 규율을 너무나 자연적이고 인간적인 견지에서 내면적으로 한 차원 높게 지양, 극복하는 면모를 보여준다.

그리고 이러한 모습은 서정주의 초기시에서 주요한 테마인 관능과 죽음의 문제로부터 그가 또 다른 전통적 승화의 시세계로 비약하게끔 한 원동력으로 작용하기도 하였다. 즉 서정주의 『화사집』에서 관능과 죽음의 이미지와 결부된 여인들은 『귀촉도』 이후 서정주의 연륜의 세월과 함께 유기체적으로 성장, 변화하는 모습을 보여준다.

이와 같이 서정주의 시에서 구현된 여성상은 그의 젊은 날의 열정과 유년시절의 체험, 설화 속 여성들 그리고 이들과 결부된 상상력의 복합적 산물이다. 이 여인들의 모습은 서정주의 삶과 시세계 속에서 그의 의식과 함께 유기체적으로 성장, 변화한다. 그가 이들과의 몽상을 체험하는 방식은 주로 신성스러운 자연물 특히 '빛'을 통하여서이다. 즉 하늘 빛, 나비의 빛 혹은 꽃 빛 속에서 그는 가슴속에서 간직한 여인네들을 몽상적으로 시속에서 구현해 낸다.

> 한 송이의 국화꽃을 피우기 위해
> 봄부터 소쩍새는
> 그렇게 울었나보다.
>
> 한 송이의 국화꽃을 피우기 위해
> 천둥은 먹구름 속에서
> 또 그렇게 울었나보다.
> 그립고 아쉬움에 가슴 조이던
> 머언 먼 젊음의 뒤안길에서
> 인제는 돌아와 거울 앞에 선
>
> 내 누님같이 생긴 꽃이여
> 노오란 네 꽃잎이 필라고
> 간밤엔 무서리가 저리 내리고
> 내게는 잠도 오지 않았나보다.

「국화 옆에서」 전문

위의 시에서 '국화꽃'은 서정주가 마음속에서 간직해온 여인네들의 삶의 모습을 상징적로 지니고 있다. 그 '국화꽃'은 그냥 피는 것이 아니라 봄부터 소쩍새가 울고 천둥이 먹구름 속에서 우는 것처럼 젊은 날의 뒤안길을 보낸 원숙한 '누님같이 생긴 꽃'이다.

시인은 그립고 아쉬움에 가슴 조이던 젊은 날을 보내고 인제는 '거울 앞에 서'서 자신을 돌아다보는 국화꽃 같은 누님들 삶의 모습에 공감하고 이들의 삶에 경탄하는 존재로 나타난다("노오란 네 꽃잎이 필라고/ 간밤엔 무서리가 저리 내리고/ 내게는 잠도 오지 않았나보다"). 이러한 '국화꽃'같은 삶은 서정주의 유년시절 여인들 혹은 그가 감응한 설화 속 여인들의 모습을 닮아 있다.

즉 청상과부로서 젊은 날의 한을 극복해가는 그의 외할머니, 할머니의 모습, 가슴에 병을 앓으면서도 어린 서정주에게 전래 이야기를 들려주며 꿈을 심어 주었던 서운니, 철모르던 시절 관능적 체험을 갖게 했던 순네와 우동집 팥각시, 남편과 두 아들을 잃은 요시무라 선생 등. 이들의 가슴속 한이 바로 '먹구름', '천둥', '무서리'라는 젊은 날의 고난으로 상징화되는 것이다. 이러한 서정주의 유년시절 여인들의 모습은 다시 사소, 선덕여왕, 수로부인 등이 지닌 기품에 찬 당당함의 모습과 결부되어 '노오란 국화꽃의 개화'로서 형상화된다.

서정주의 추억 속 여인네들 혹은 그가 탐독한 설화속 여인네들은 자신이 맞이한 가혹한 운명의 기구함을 지혜로운 인내로서 헤쳐나간 분들이다. 즉 이들은 외적인 아름다움뿐만 아니라 내적인 성숙함 내지 인내에 기인한 원숙미를 지니고 있다. 그런데 서정주 시에 나타난 여인네들의 수난과 그 극복의 모티브는 우리나라의 고전에서 보여 지는 주요한 주제와도 상통하고 있다.

즉 서사무가 「바리데기」에서 버려진 바리공주가 부모의 병을 고치고 무신이 된다든지 「주몽신화」에서 유화가 해모수의 아이를 가지고 쫓겨나서 고구려 시조인 주몽을 낳은 것, 그리고 「심청전」에서 심청의 고난과 공양 및 왕비가 되기까지의 역정 등에서 이러한 주제의식을 대표적으로 볼 수 있다. 이 여인들의 수난과 극복의 모티브는 서정주의 유년시절 여인들이 지닌 인고의 삶과도 상통하며 그가 주목했던 고전 설화 속 여인네들의 수난 극복의 삶과도 연속적 맥락을 지닌다.

서정주의 시에서 형상화된 여인들의 모습은 세월의 연륜과 함께 초기시에서 후기시로 갈수록 유기체적으로 성장하고 있다. 이것은 이러한 여인들의 모습의 비유적 표현 혹은 지칭어에서 단적으로 나타난다. 즉 '가시내'에서 '소녀'로, 소녀에서 '누님'으로, '누님'에서 '선덕여왕'으로 그리고 매서운 새도 비껴 나르는 '눈섭 같은 달'의 형상이 되는 것이다. 이러한 여인들의 상징적인 변모 양상은 서정주의 내적 심리의 성숙과정과 맞물려 있다.

그리고 이러한 변모는 유년시절 누님들의 추억과 시인의 상상력 및 자기 성찰의 복합적 산물이라고 할 수 있다. 시인의 가슴 속에 간직한 그리움과 그의 추억과 결부된 상상의 글쓰기를 통하여 그가 시를 통하여 평생토록 길들여온 여인네들은 이미 객체적 대상으로서가 아니라 시인 자신의 내면을 닮아 있는 것이다.

5.

이 글은 『화사집』에서 『귀촉도』 이후로 급격하게 변모양상을 보여주는 서정주의 시세계의 연속적 국면을 해명하기 위한 문제의식에서 출발하였다. 구체적으로는 그의 시에서 주요하게 형상화되는 시적 대상인 '여성 이미지'를 중심으로 그의 자전적 기록과 대비하여 실증적으로 고찰하여 보았다.

그 결과 그의 자전적 글에 나타난 유년시절의 여성들의 구체적인 고유명사와 그들의 삶이 서정주 시에서 주요하게 형상화되고 있음을 알 수 있었다. 그리고 이후 그가 우리나라 고전 설화 속에서 관심을 보이고 시의 대상으로 형상화하였던 여성상들의 특성을 고찰함으로서 그의 유년시절 여인들과의 내적 연관성을 살펴보았다.

　　그의 시와 산문에 나타난 여인들의 모습은 그가 유년시절 인상 깊었던 한을 간직한 아름다운 여인들과 관련이 깊다. 『화사집』에서는 '순네(유나)'와 관련하여 '가시내'라는 이름으로 관능적 여인상이 형상화되며 이 시집 마지막 시편인 「부활」에서 상여에 실려간 '유나(순네)'의 환영을 보는 그녀의 죽음으로부터 여인들의 모습이 변모한다.

　　즉 『귀촉도』 이후 시편부터는 모성적인 특성을 지닌 '누님'의 여인상들이 주로 나타난다. 그리고 이후 그가 탐독한 신라 설화 속 여인들의 모습은 고난의 인내와 한스런 삶을 극복하고 신성스러운 존재의 면모, 단적으로는 '선덕여왕'이나 매서운 새도 비껴가는 '눈섭 같은 달'로서 표상된다.

　　그의 누이들은 외적인 아름다움을 지닌 존재일 뿐 아니라 그들이 맞이한 한스런 운명 및 고난을 슬기롭게 넘어서는 내적 기품을 소유하고 있다. 구체적으로 본다면 그의 유년시절 여인네들의 모습은 한스런 운명의 '인내'란 특성이 두드러진다면 그가 가치 부여한 설화 속 여인들은 당대 사회적 제도상의 부조리한 시련을 인고와 의지로서 '극복'하는 모습이 두드러진다.

　　이와 같이 서정주의 초기시부터 후기시까지 형상화된 여인상들의 변모양상을 통하여 그의 시를 살펴보면 그의 시세계가 지닌 이질적 단면들이 통합적으로 이해될 수 있다. 즉 여인들이 '가시내'에서 '소녀'로 '누님'으로 '선덕여왕'으로 마침내 '눈섭 같은 달'로 변화하기까지 이들의 모습과 변모는 서정주의 내적 성숙과 연륜이 맞물려 작용하고 있다.

광기의 열쇠를 망각의 바다에 빠뜨리기까지

-유종인론

·

　유종인의 최근작 특집시 10편은 대체로 꽃, 수련, 개잔디밭 등 식물군을 주제로 하여 시인 특유의 상상력을 불어넣은 경우가 많았다. 그 상상력의 방향은 주로 자연 속 구체적 식물에 관한 묘사와 상념을 중심으로 이루어지고 있다. 특기할 것은 시인이 자신의 내적 호흡과 정서적 측면을 드러내지 않고 자제한 모습을 보여준다는 점이다.

　이러한 경향은 시인이 『아껴먹는 슬픔』이란 그의 초기시집에서 보여 주었던 시적 대상을 대하는 태도와 이질적 측면을 보여준다. 즉 유종인은 첫 시집 이후 새로운 자기의 시스타일을 맞춤해 나가는 전환적 시도를 하고 있는 것이다. 그런데 시인의 전혀 다른 일상복 갈아입기란 으레히 기존 스타일에 익숙한 그에게는 어색함을 동반한다.

　그런 나머지 「여름꽃」, 「구부러지는 것에 대하여」, 「함몰의 경지」, 「구름의 연보」, 「지붕에 관하여」는 습작적 경향 및 다소 억지스럽고 복잡한 비유라고도 할 수 있는 부분들이 눈에 띤다. 반면 「수련 농담 1」, 「수련 농담 2」, 「열쇠를 바다에 빠뜨리다」, 「개잔디밭에서」 등은 그의 전환기적 시도가 올린 수작이자 결실에 해당된다.

　처녀시집인 『아껴 먹는 슬픔』에서 유종인은 매우 불행한 가족사 및 사랑의 좌절 등과 결부된 광기에 찬 언어들을 보여주었다. 아니

'뿜어내었다'고 하는 편이 적절하다. 그도 그럴 것이 이들 시편들에서 감지할 수 있는 정서는 '젊음의 열기', '터질 것 같은 욕망', '미칠 것 같은 번민' 등이다.

·

새끼 조롱박에 귀를 댄다
푸르게 문 두드리는 소리가 났다
갈수록, 문 두드리는 소리가
울먹울먹하게 들렸다 그
소리 때문에 조롱박은
제 몸을 자꾸 밖으로 넓혀갔다.
안에서 나는 소리를
밖에서 듣지 못하도록 조롱박은
허리를 졸라가며 몸을
밖으로 밀어냈다. 그 새끼 조롱박은
허리를 졸라가며 몸을
밖으로 밀어냈다. 그 새끼 조롱박
어느 날, 더 이상 몸 불릴 수 없는
다 큰 조롱박이 됐지만……

가슴에 둔 귀는 어쩔 수 없다
침묵은 커져만 갔다

쪼개면 하얗게 타버린 소리들,
쭉정이로 마른 속씨들
잇몸이 다 들떠 있었다

「조롱박-울음」

　그의 시에서는 주로 '식물성'을 띠면서 '열기'와 결부된 '터질 것 같은 상태'가 주요하게 등장한다. 옥수수 씨앗의 터짐인 '팝콘'이라든지 비를 맞아 부풀대로 부풀어 올라 독해지는 '잔디밭'이라든지 '정신병'에 걸린 '광인'이 바라보는 시선을 찍어댄 듯한 시편들이 주요하게 나타나고 있다.

이때 '식물성'이란 시인의 수동적, 내성적인 측면을 은유적으로 드러낸다면 '터질 것 같은 열기'를 뿜는 존재란 그의 불행한 가족사 및 젊음의 열정과 욕망의 억눌림 등과 관련을 지니고 있다. 특히 <조롱박>은 이러한 내면을 단적으로 반영한 소재이다. 시인은 새끼 조롱박을 보면서 자신이 마치 '박' 안에 들어 있는 존재라고 상상한다.

이것은 '안팎'을 뒤집어서 생각하는 그의 상상력의 독특함을 보여준다(그에게는 '하늘'이나 '구름', '꽃' 등의 아름다운 소재들은 부정적이고 욕망어린 형상으로 변화하는 것이다). '조롱박'을 보면서 시인은 자신이 그것의 외부에서 관찰하는 존재로서가 아니라 그 속에 들어앉아 있는 존재라고 상상한다.

조롱박 속에 들어가 있는 사람이란 얼마나 작은 존재인가. 그 소인이 조롱박을 필사적으로 두드리고 그래서 그 광기의 힘으로 조롱박의 몸이 자란다. 그래서 조롱박의 성장이란 소인의 필사적인 두드림의 정도 내지 그가 지닌 두려움과 분노와 광기의 정도의 크기이다. 스스로의 침묵과 열기와 두려움에 의하여 터져 버릴 것만 같은 이 조롱박의 상태는 유종인의 초기시집의 시적 특성을 특징적으로 드러낸다. 즉 은폐된 공간 속에서 그것을 벗어날 문을 두드리다 지치고 지쳐서 '울음'도 희석되어 부식된 '속 썩음'의 상태이다.

그리하여 이 박이 쪼개어졌을 때 나오는 것은 "하얗게 타버린 소리들", "쭉정이로 마른 속씨들"이다. '하얗게 타버린' 속씨들'이 되기까지의 역정 이것이 시인 유종인 초기시의 세계이며 그 '하얗게 타버린 속씨들'은 주로 '광기'와 결부된 '폭발적 터짐'의 모티브를 만들어 낸다.

손으로 집어먹을 수 있는 꽃,
꽃은 열매 속에도 있다.
단단한 씨앗들
뜨거움을 벗어버리려고
속을 밖으로
뒤집어쓰고 있다.
내 마음 진창이라 캄캄했을 때
창문 깨고 투신하듯
내 맘을 네 속으로 까뒤집어 보인 때
꽃이다.

뜨거움을 감출 수 없는 곳에서
나는 속을 뒤집었다. 밖이
안으로 들어왔다. 안은
밖으로 쏟아져나왔다 꽃은
견딜 수 없는 嘔吐다

나는 꽃을 집어먹었다.

「팝콘」 전문

뜨거움을 감출 수 없는 지점에서 시인은 속을 뒤집어 터뜨리는 '팝
콘'이 되었고 '꽃'이 되었다. 그는 이러한 자신의 분노와 막막한 열기
에 관하여 시에서 구체적으로는 말하지 않고 있다. 그러나 이 시집의
주종을 이루는 불행한 가족사와 사랑의 좌절, 젊음의 열기 등이 그
주요한 주제 의식으로 작용하고 있음에서 그의 고뇌가 지닌 의미를
추측해 볼 수 있다.

즉 시에서 형상화된 것으로 볼 때는 어릴 적 '어머니의 죽음'과 '미
친 누이', '방랑적 아버지의 삶에 대한 연민', '사랑의 좌절감' 등이
'하얗게 타버린 속씨들'의 動因으로 작용하고 있다. 어쩌면 그는 객관

적인 측면에서는 사적인 그의 작은 불행을 '팝콘의 원리'처럼 뻥튀기하여 상상력을 발동했을 가능성도 있다. 어쨌든 그는 이러한 자신의 개인적 불행에 대하여 젊음의 분노와 열기를 '뿜어내며' 형상화한다. 그런데 이 '뿜어내기'를 그는 천천히 음미하며 하나씩 쏟아내려 한다.

'아껴먹는 불행'의 글쓰기는 그 이면에 카타르시스와 깊은 관련을 지닌다. 이러한 내적 카타르시스의 경험은 특징적으로 '누룽지'와 관련하여 '바닥 긁기의 구수함'으로도 혹은 '배설'과 관련한 형태로서 구체화된다.

> 내 안에서 썩고 있는 부처들, 어서어서
> 비워내느라, 똥이
> 마렵다
>
> 부처를 엎질러야, 내가
> 편하다 엎질러진 물처럼!
>
> 　　　　　　　「엎질러진 물─원효스님에게」 마지막 연
>
> 내려온 작고 누런 부처가 얼굴을 땀으로 지워버린 채
> 그저 내 냄새만으로 한세상 썩어나갈 쿠린 經典을 소올솔 피워올린다.
>
> 　　　　　　　　　　　「大便佛」 마지막 부분

그의 시편들에서 자주 등장하는 '배설'의 모티브는 그의 '안팎뒤집기' 상상력의 좋은 보기이다. '하늘', '꽃' 등이 부정적 상상력의 방향성을 갖는 것과는 반대로 그에게 '배설'의 모티브는 주로 '불교적 상상' 내지 '정화'의 정서를 주요하게 드러낸다. 당연한 귀결로 다른 그의 시편들이 열기에 찬 가스실과 같다면 '배설' 모티브의 시편들은 그 가스실을 나온 상쾌한 상태랄까 그런 '시원함'의 감각과 결부되어 있다.

구체적으로 그는 자신의 배설물 속에서 '누런 부처'를 경험한다고 말하고 있다. 그의 몸을 부풀게 하고 그를 열나게 하고 그를 불편하게 하는 '뱃속의 이물질'을 쏟아내기란 바로 육체적 정화에 해당된다. 이 육체적 정화는 시인의 정신적 '카타르시스'와 조응 관계에 있다. '배설'로 표상된 카타르시스는 열기에 찬 시인 내면의 '고열'을 내리게 하고 잠시 새로운 '깨달음'의 순간을 맛보게 해 주기도 한다.

'배설' 모티브는 사실 그의 초기시집 『아껴먹는 슬픔』에서 거의 유일하다시피 긍정적인 상상의 방향성을 지닌다. 이것은 '하느님', '별', '잔디밭' 혹은 자연의 아름다움조차 시인 특유의 음울하고 욕망에 찬 상상으로 변모되는 것에 비견할 수 있다. 그의 시에서 주종을 이루는 그의 주요한 시적 소재들은 주로 욕망과 결부된 음울하고 칙칙한 성격을 지닌 것 일색이다. 즉 '고양이', '개', '정신병원', '미친 누이', '수음', '광인일기' 등의 제재가 그것이다.

이와 같은 초기시집의 내용적 연장선상에서 이번 특집시 10편의 의미는 자못 새롭다. 초기시집의 주제의식을 염두에 둘 때 이 시편들이 전하는 메시지는 그의 시에서 "가을도 봄의 것이 있다"는 어구로서 상징적으로 표현된다. 구체적으로 그의 처녀 시편에서 나타났던 여성에 대한 퇴폐적이고 욕망에 찬 부정적인 시선은 이번 특집시편에서는 한결 가라앉고 정화된 면모를 보여준다.

> 저만치 구름의 딴청 부리는 소릴 듣고 있는데,
> 등뒤의 늪 가에서
> 치마 옆구리 찢는 소리
> 짧게 짧게 터진다
> 늪은 눈만 뜨고
> 꽃은 허공에 半熱처럼 떠올랐다
> 옆구리 터진 치마 잎새들,

입을 벌린 초록의 쪽가위들!
오래 고인 물, 흐르지 않으면 짐승의 냄새가 나서
저년들, 제 홀아비의 물마저
해지기 전에 脚을 떠보려고
치마 옆구리 찢고 가만히 웃고 있는 과년한 것들
늪 물이 파르르 떤다
홀아비 물이 여름내 안고
외출 한 번 안 시킨 저 늪家의 딸년들,
그 저무는 잎새 위로
꼬마물떼새 같은 바람이 경중경중 밟고 지나간다.

「수련 농담 2」 전문

　재미있는 비유는 '늪'을 "늙은 홀아비"로, '수련'을 "늪가의 딸년"으로 형상화한 것이다. 그리고 「수련 농담 1」에서는 이 '수련'의 여인이 '나'와 만나는 모습을 유추적으로 형상화하고 있다. 그런데 주목할 것은 이러한 형상화의 어조이다. 이것은 그가 이 시 제목에 '농담'이란 표현을 부기한 것에서도 알 수 있듯이 젊은 날 아버지의 불행, 미친 이복누이에 대한 양가적 감정으로 고통 받았던 시인의 삶을 어느 정도 관조적으로 되돌아볼 여유를 지니게 되었다는 것을 의미한다.
　이것은 그가 처녀시집에서 보여주었던 내면 중심의 사유가 특집시에서는 대상 중심의 사유라는 방향으로 중심점이 옮아가고 있음도 뜻한다. 유종인의 시에서 '아껴먹는 불행'의 되씹기는 이제 불행의 쓴물과 단물(?)이 다 빠지고 결국은 되씹는 행위를 하는 그 자신에 대한 담담한 '연민'만 남게 된다("물빛에도 덥던 치마만 벗겨주고 돌아오는 길,/ 묵은 울음이 터졌다/ 내가 나에게 덥석 안긴다/ 너무 고운 빛이 사랑을 앞질렀다/ 色만 쓰다가 마음을 다 짓지 못했다니", -「수련 농담 1」끝부분).

①예초기가 지나간 자리마다
숨이 고르다

풀 베고 앞서가는 노인네 뒤에서
개잔디가 스포츠머리다
여름내 키 훌쭉해진 보리밥나무
풋것 여럿 달린 가지 하나 잘려져
깎인 잔디밭 가에 누워 있다

斬首에 처한 초가을의 개민들레꽃,
잘리기 전부터 얼굴이 노랗다
달리 전할 말 없다
가을도 봄의 것이 있다고

개운하지, 낮게 훑고 가는 바람 밑에
짧아진 풀빛 민망한 풀빛, 따사롭다
그 밑에 몇 尺의 키를 숨긴 뿌리가 그물을 짠다

「개잔디밭에서」 전문

②저 수만 갈래 빗줄기를 배려고
잔디밭은 부풀고 있다 부풀어
혼자 독해지고 있다 홀로
금줄을 치고
못 다 부른 不幸을 가만히
비워두고 있다

가둘 수 있었다면
이렇게 부를 수도 없었을 텐데
녹아내리는 빗속의 감옥, 잔디밭은
아직도 뒹굴 수 있다고
버리고 돌아와 누운 하늘
눈빛 가득 품을 수 있다고

어떻게든 비의 감옥을
뿌리 깊이 내려받고 있었다

「비 오는 감옥」 마지막 2연

위 두 시편은 모두 '잔디밭'을 소재로 한 것이다. ①이 최근 특집
시에 해당되고 ②는 그의 처녀시편들 중 하나에 해당된다. ①에서는
예초기가 지나간 자리에 숨이 고른 개잔디의 모습이 지금 시인의 심
경과 정황을 상징적으로 드러낸다. 즉 모든 개인적 불행과 분노의 열
기를 가라앉히고 그 곁가지들을 잘라내면서 무엇인가 새롭게 도약하
고자 하는 그의 노력을 보여준다. 이것은 "개운하지", "짧아진 풀빛",
"민망한 풀빛"으로 나타나 있다.

즉 욕망과 분노와 열기가 얽힌 넝쿨 숲의 언어가 아닌 짧아진 풀
빛 그래서 조금은 '민망한'이란 수식이 붙는다. 비유를 하자면 머리를
길게 어지럽게 기르고 거리를 방황하며 시를 쓰던 광인이 깨끗하게
이발, 면도하고서 그의 지인 앞에서 머리를 긁적이는 '민망한 표정'에
비견할 수 있다(그러나 그의 이 시편 속에서도 여전히 "몇 尺의 키를
숨긴 뿌리가 그물을 짜고" 있다).

최근 그의 심경을 드러내는 위 시에서의 중심소재인 '잔디밭'은 그
의 초기시에서도 주요한 소재로 나타나 있다. 그런데 그 어조와 상상
력의 방향을 대조하여 볼 수 있다. ②에서 수만갈래의 빗줄기를 배려
고 부풀고 부풀어 혼자 독해지고 금줄을 치는 빗속의 감옥은 바로
'잔디밭'을 보는, 처녀시집을 쓸 당시 시인의 의식을 보여준다.

그의 '못다 부른 불행'의 표상인 '비 오는 잔디밭'은 이제 예초기로
깔끔히 다듬은 '스포츠머리의 잔디밭'이 된 것이다. 이것은 그가 초기
그의 시경향으로부터 방향적 전환을 시도한다는 것을 단적으로 보여
준다. 그리고 '그의 못다 부른 불행'은 세월의 연륜과 시인의 글쓰기

를 통하여 어느 정도 카타르시스 되었음을 보여준다.

이런 이유인지 그의 이번 특집시에서 「여름꽃」은 풍성하고 다양한 꽃의 풍경 속에서 느끼는 시인의 감회, 「구부러지는 것에 대하여」는 굽은 소나무에 대한 연민에 찬 사색, 「함몰의 경지」는 최근 여 아나 운서의 죽음 및 그 무덤에 관한 상념, 「구름의 연보」는 가벼운 욕망이 얽힌 자연풍경에 관한 엉뚱한 상상, 「지붕에 관하여」는 자연의 나무 및 채마가 이루는 허공 지붕과 대조되는 인간의 지붕에 관한 상념 등이 나타나고 있다.

이들의 공통적인 특성은 시인 특유의 젊음과 욕망의 열기를 자제하고 자연이란 대상에 몰입하려고 시도하면서 새롭게 시 창작에 임하는 습작기 시인과 같은 태도를 보여준다는 점이다. 이것은 또한 그의 이번 시편들이 보여주는 기교적 성향의 두드러짐과 관련을 맺고 있다.

여름 끝물이다
그년 참 무더웠다
그곳 한 번 더듬자니 속옷이 백 여덟 벌이나 될 줄이야

「수련 농담 1」 부분

소나무 등껍질 타고 오르는 개미 한 마리에게
소나무도 산이냐고 물었다
눈길마저 허리 잘룩해져 되돌아왔다

「구부러지는 것에 대하여」 부분

한여름, 매미처럼 울던 아이의 입안엔
白沫의 작고 작은 혓바닥 나라가 서고,
울음 그치면 소낙비 대신
국수 삶아라! 국수 삶아라!
마른 땅에 눌러 붙은 물 국수 다발이 흥건했다

「끝물」 부분

유종인이 그의 『아껴먹는 슬픔』에서 보여 주었던 언어의 결합 방식은 주로 미추 혹은 선악이라는 상반된 시어들의 다소 충격적이고 이질적인 종합이었다. 이러한 시어들의 결합 방식은 그러나 그의 열기에 찬 불행한 영혼이 뿜어내는 열도와 광기에 묻혀 시에서 잘 드러나지 않는 편이다.

그런데 이번 특집 시편에서는 그러한 열기와 광기가 어느 정도 가라앉은 가운데 언어의 기교랄까 비유의 능숙함이 부각되고 있다. 그러나 아쉬운 점은 이와 같은 세련된 어구들이 그 자체로 부유浮遊하여 떠다니면서 독자성을 드러낼 뿐 시 전체적인 구조의 통합성을 이루어내지 못하는 측면이 있다는 점이다.

그런데 어쩌면 이것은 당연하고도 시인으로서는 정직한 결과이기도 하다. 정신분열적이고 욕망을 담지한 글쓰기를 감행했던 아니 그런 시의 체질을 보여 주었던 유종인 고유의 유종인 표 혹은 유종인의 고유성을 보여주는 부분이기도 하기 때문이다. 구체적으로 몇몇 시편들이 다소 억지스럽고 복잡한 비유가 전개된 측면을 지니는 반면 완성도와 참신성을 두루 갖춘 수작도 눈에 띤다.

이러한 사실은 시편들의 성취도가 비교적 고르지 못한다는 아마츄어성을 드러내는 동시에 시인의 미래 시편이 성장할 가능성이 무한한 것임을 동시에 말해준다. 이중 특집시의 수작에 해당되는 작품을 뽑는다면 「수련 농담 1」, 「수련 농담 2」, 「열쇠를 바다에 빠뜨리다」, 「개잔디밭에서」를 들 수 있다.

> 내 그림자 살아 있는 것인가
> 열어보고 싶어 호주머니의 열쇠를
> 바닷물에 빠뜨렸다

그림자가 얼마나 깊은 지
열쇠는 까마득하게 바다를 열러 들어가서
손닿지 않는 곳에
阿羅漢의 열쇠구멍 하나 만든다
그림자도 가지러 갈 수 없고
그 그림자 열러 간 열쇠는 더더욱 가져 올 수 없으니
바다에 빠진 열쇠는
저 홀로 자물쇠의 몸이 됐다

나와 병 깊은 바다를 열러
아직도
내려가고 내려가고 있을 토끼 같은 열쇠가
어딘가에서 아픈 숨 몰아쉬는 소리 듣는다

죽이지 않으마 뭐든
살리는 네 肝의 열쇠를 복사해다오
바다에 빠뜨린 열쇠는
뭍으로 돌아올 세월의 주인이라 말해다오

「열쇠를 바다에 빠뜨리다」 전문

　　위 시편에서 그가 쥔 열쇠이면서 그가 병 깊은 바다에 던져버리는
'열쇠'는 무엇을 의미하는가. 그 열쇠는 유종인이 그토록 귀를 대고
필사적으로 두드려대던 광기에 찬 '박속' 혹은 잔디밭에 내리는 빗줄
기를 '창살이 가득한 감옥'으로 인식했던 곳과 관련을 지닌다. 즉 그
가 청년시절 몸부림치고 고뇌하던 유폐적 공간 바로 그 '방'의 '열쇠'
인 셈이다.
　　과거의 그 방속에서 조롱박 속 소인小人처럼 웅크리고 있던 시인
은 이제 더 이상 그 방 속에 있지 않다. 그것은 그가 자신의 불행의
무게로 자라서는 마침내 터져 버린 '박'의 바깥으로 나왔기 때문이다.

그래서 그 '안'으로 향하는 문은 어디에고 이제는 없다. 그러나 시인은 그 불행의 문을 '자물쇠'로서 채우고서 그 열쇠를 병 깊은 바다에 빠뜨리고자 한다.

　그리고 다시 그 '토끼 같은 열쇠'가 어딘가에서 '아픈 숨 몰아쉬는 소리'를 듣는다. 밀폐된 공간 속에서 밖으로 향하여 귀대며 떨던 시인이 이제는 그 곳 먼 바깥에 서 있다. 그리고 지난날 안벽에서 몰아쉬던 자신의 '불행의 굴레'를 던져버리려 한다. 또한 그것을 고요한 추억 속에 묻어버리려 한다. 유종인은 그의 젊은 날 열정과 광기와 불행을 망각의 바다에 빠뜨리면서 그것들이 전설 속 토끼의 '간'과 같은 삶의 치유제가 되기를 소망한다.

낡은 집에서 비치는 빛

- 오세영의 『적멸의 불빛』

1. 벼랑에 뜨는 별

오세영 시인의 시집에는 위기에 선 자가 꾸는 꿈을 의미하는 메타포가 빈번히 나타나곤 한다. '벼랑의 꿈', '적멸의 빛'이란 그의 최근 시집 제목은 이를 단적으로 보여준다. '벼랑', '적멸'에서 알 수 있듯이 절망 끝에 선 자가 딛고 선 불안하고 유동적인 땅의 움직임이 느껴진다. 이러한 한계상황에 선 자의 의식이란 대체 어디에서부터 기인하는 것일까.

> 나룻배 한 척
> 빈 강변 모래밭에 매여 있다.
> 철없는 어린 것이 잠들어 있다.
> 보리수 그늘 아랜 꽃잎 두어 닢
> 물결에 실려 흔들려 가고
> 깊은 잠 흘러흘러
> 江물은 몇천 리,
> 귀 먼 사공은 돌아간 지 오래인데
> 여어이 여어이
> 강건너 彼岸에선 부르는 소리
> 여어이 여어이
> 갈대밭 彼岸에선 갈바람 소리.

「江물은 몇천리」 전문

나룻배 한 척 속에 잠들어 있는 존재가 "철없는 어린 것"으로 나타나고 있다. '철없는 어린 것'이란 시인이 자신의 의식을 투영한 대상이다. 사공은 강물 저 멀리 돌아간 지 오래인데 피안에서 부르는 소리만 들린다. 그런데 사공의 귀는 멀었다. 이 작품은 시인의 유년시절 모습을 전형적으로 드러내고 있다.

유복자로 태어나 귀 먼 어머니를 둔 어린 소년이었던 시인의 모습이 겹쳐지고 있는 것이다("나는 무녀독남의 유복자로 태어나 홀어머니 밑에서 자랐다. 22세의 꽃다운 나이에 홀로되신 어머니는 일생을 수절하시다가 51세의 젊은 나이로 세상을 뜨셨는데 당신을 보내고 난 이후 결혼하여 가정을 꾸리기까지 실로 인생의 반 남아 되는 기간을 나는 외톨배기 내 스스로의 삶을 살았다"[1]).

갈대밭 갈바람 소리만 무성한 가운데 강가에서 들려오는 소리를 시적 자아는 듣고 있다. 시인의 어린 시절, 이야기 상대가 없어서 대나무 숲에서 혼자 이야기하였다는 그의 말이 새삼 떠오른다. 아버지와 어머니의 작고, 그리고 어린 시절의 쓸쓸했던 외로움은 언제나 그의 시편 어느 언저리에서 이렇듯 죽음의 모티브로서 반복 강박증처럼 드러나기도 한다("누군가 아득히 부르는 소리"-「무덤의 노래」, "강변에 잿가루 한줌", -「꽃씨를 날리듯」, "들것에 실려 간 지어미는 말이 없다", -「이승의 옷」).

감수성이 형성되는 유년 시절에 이미 죽음을 커다랗게 경험했던 시인의 내적 고통과 고독은 그로 하여금 시를 쓰게끔 한 원동력이었을 것이다. 또한 이 어린 소년을 이토록 큰 시인으로 자라게 한 원천이었을지도 모른다. 어릴 적부터 내성적이어서 친구들과 잘 어울리지 못하는 감수성이 예민한 소년, 그에게는 숲과 나무가 그의 유일한 친구였다.

그런 그가 자연을 중심으로 한 전원적 상상력을 키워나가게 된 것

---

1) 오세영, 「운명 그리고 외로움」, 『시와 시학』, 2000 가을.

은 어쩌면 자연스런 귀결일 것이다. 또한 시인의 외가 쪽이 한학자 집안이었고 그가 외가에서 줄곧 자란 성장과정을 생각할 때 모더니즘 시보다는 전통적 시의 성향이 그가 지닌 삶의 색깔에 좀더 합치될 수 있었을 듯하다. 그의 초기시가 반짝이는 이미지군에 비하여 전체적으로 그의 특성을 시로써 유기화 시키지 못한 듯한 느낌이 드는 것도 이러한 것과 관련이 있을 듯하다.

> 자일을 타고 오른다.
> 흔들리는 生涯의 重量,
> 確固한
> 가장 철저한 믿음도
> 한 때는 흔들린다.
>
> 岩壁을 더듬는다.
> 빛을 찾아서 조금씩 움직인다.
> 결코 쉬지 않는
> 無名의 벌레처럼 無名을
> 더듬는다.
>
> 함부로 올려다보지 않는다.
> 함부로 내려다보지 않는다.
> 벼랑에 뜨는 별이나,
> 피는 꽃이나,
> 이슬이나,
> 세상의 모든 것은 내 것이 아니다.
> 다만 가까이 할 수 있을 뿐이다.
>
> 「登山」 전문

인간의 인생을 자일을 타고 오르는 등산에 비유한 것은 얼마나 적

절한 비유인가. 특히나 시골의 가난한 내성적 소년이 서울이라는 도
시에서 인간관계를 맺으면서 자기의 이상을 실현해 가야 하는 과정에
서 말이다. "항상 홀로 있으니 사람들은 가끔 나를 오해하곤 했다. 무
리에 끼이지 않으면 무언가 잘못되어 보이고, 무언가 불온해 보이고,
무언가 하찮게 보이고, 무언가 구박해도 될 것 같아 보이고, 그를 구
박해야만 무리에 대한 충성심을 인정받을 것 같아 보이는 것이 속된
한국인의 심리가 아닌가. 소위 '왕따'의 윤리가 아닌가".[2]

현실의 순간들이 자일에 흔들리는 생애의 중량을 느끼게 한다면 그
것은 얼마나 불안하고 외로운 심정이 될까. 세상의 어떤 것을 전부라
고 믿고 따르다가 그것이 얼마나 유동적이고 불안정한 것인가를 깨닫
는다는 것은 고통이기도 하다. 이것은 어쩌면 모든 인간이 성장 과정
속에서 겪게 되는 시련의 일부일 것이다.

그는 그러한 자신의 모습, 인간의 모습을 "無名의 벌레"에 비유한
다. 속세의 욕망에 사로잡히면서 살 수밖에 없는 굴레 속 인간의 모
습이 바로 '무명의 벌레'인 것이다. 시적 자아는 세상의 모든 것이 내
것이 아님을 터득하고 있다. 그러나 '무명의 벌레'는 그 시련 속에서
도 "벼랑에 뜨는 별"을 끊임없이 꿈꾸고 있다.

> 암흑의 저 건너에서
> 반짝반짝 가냘프게 빛나는 존재를
> 별이라 이르거니
> 누구나 인간은 그 별 하나를 가슴에 안고
> 한 생애를 산다.
> 별을 보고 어둠 속에서 길을 찾고
> 별을 향해 걸어간다.

「별」 부분

---

2) 오세영, 앞의 글.

인간은 누구나 별 하나를 가슴에 안고 어둠 속에서 길을 걸어가고 있는 존재인지 모른다. 시인의 별은 자기를 과장하지도 축소하지도 않고 자기를 진실하게 바라볼 때 소박한 삶 속에서 묻혀지지만 가냘프게 배어져 나오는 빛을 지녔다. 그는 가로등빛이 아닌 달빛과 별빛과 같이 자연스러우면서도 은은한 빛을 사랑한다.

시인은 너무 반짝이는 빛이 인위적인 별이었음을 서술한다. 그는 완전하게 구현된 듯한 현상의 세계에는 참된 무엇이 결여되었음을 말하고 싶어 한다. 여기서 자연주의자이자 소박한 삶을 추구하는 시인의 모습이 드러난다. 양주보다는 토속주를, 값진 보석보다는 풍물과 삶이 배인 목각인형을 좋아하는 시인, 그의 거실에 진열된 세계 각국의 소박한 기념품들과 그들에 대한 애착을 보라.

그렇다면 시인이 안고 있는 별이 과연 희미하고 가냘프기만 한 것일까. 그 별은 세속적 먼지에 의해 가려지고 잘 보이지는 않지만 진짜를 알아보는 이의 눈에서는 언제나 영롱하게 빛난다. 사랑, 진실, 온정 등의 순수한 감정처럼 세속적 질서와 현상 속에서 왜곡되고 은폐되지만 어느 찰나에 결국 드러나는 진실로 순수한 그 무엇일 것이다. 기존의 온전한 질서세계에서는 포착되지 않는 자연스럽고 자유스러운 존재를 시인은 지향하고 있다.

2. 사금파리 반짝거리다

그것을 불러 보석이라 이름한다.
햇빛에
눈부신 그 반짝그림,
강변 모래 언덕에
사금파리 하나 반쯤 묻혀 있다.

보석이란 가장 소중한 마음을 이르는 것이려니
우리 어린 날
네게 바친 이 순수한 영혼의 징표보다
더 아름답고 고귀한 것이 이 세상 또
어디에 있으랴.
깨진 것은 모두 보석이 된다.

「보석」 부분

　그의 시에서는 사금파리, 무, 야생화, 깨진 그릇 등이 빈번히 나타난다. 이들의 공통적 특성은 소외되고 버려진 존재들이라는 점이다. 기존의 질서와 체계에서 철저히 소외되고 버려진 것들이다. 그러한 존재들에 대한 시인의 애착은 무엇을 말할까. 그의 눈에는 이러한 사금파리의 반짝거림이 예사롭지 않다. 무수한 날들과 날들이 빼곡히 질서정연하게 꽉 들어차서 비로소 온전한 그릇이 되는 질서정연함의 세계에서만 그는 존재하지 못한다.

　그러한 기존의 질서체계에서는 제 자리를 잃어버리고 이탈되고 오히려 균열을 만드는 것 그것은 기존의 세계 질서에 대한 하나의 반항이며 진정한 세계를 구현하기 위한 그만의 소박한 몸부림의 방식이다. '그릇'의 시인 오세영은 그릇을 빚는 것이 아니라 그릇의 온전하고 꽉 찬 날들의 결합을 깨뜨리고 반란을 꾀한다.

　기존체계의 빈틈없는 당연함의 이치를 깨뜨려서 새로운 세계에 대한 비전을 보이게 하는 것이다("節制와 均衡의 중심에서/ 빗나간 힘/ 부서진 원은 모를 세우고/ 異性의 차가운/ 눈을 뜨게 한다", -「그릇」). 현대문명의 보이지 않는 체계들의 수많은 결합으로서 기계적으로 살아가면서 현대인이 간과해 버리지만 그 이면에 숨어 있는 진정하고 순수한 가치에 대한 열망을 보이는 것이다.

질서정연한 날들의 결합에서 이탈된 사금파리를 눈부신 보석으로 보는 것은 시인의식이 강하게 투영되어 있는 까닭이다. 겨울철이면 백담사로 들어가 쓸쓸하고 추운 산사 생활을 칩거하는 그가 세속적 삶에서 벗어난 자유로움을 맛보았다면 그런 그의 자유로우면서 삶에 대한 예리한 깨달음의 경지를 드러내는 메타포로서 사금파리는 적절한 비유일 것이다.

그 깨어진 조각들은 더 이상 깨어지는 것을 두려워하지 않는다. 더 이상 깨어질 것이 없다는 것, 그것은 무엇에도 구애받지 않는 자유로움일 수도 무엇에도 속할 수 없는 이탈자로서의 모습을 띠고 있다. 그의 기존의 세속적 질서와 불의에 저항하는 모습은 무의 형상으로 나타나기도 한다.

> 꽁꽁 얼어붙은 겨울 밭, 무우 하나
> 땅에 묻힌 채
> 강그라지고 있다.
> 돌아보면 텅 빈 들판, 강추위는 몰아치는데
> 분노에 일그러져 시퍼렇게 하늘을
> 노려보는 그 눈,
>
> 뽑혀 생명을 보전하다가
> 일개 먹이로 전락하기 보다는
> 차라리
> 뿌리를 대지의 중심에 내리고
> 스스로 죽는 길을 선택했구나
>
> 「신념」 부분

텅 빈 들판 강추위가 몰아치는데 무 하나가 시퍼렇게 하늘을 노려보고 있는 만화와 같은 장면을 상상해 본다면 웃음이 나올지도 모른다. 무 하나가 하늘을 시퍼렇게 눈 흘긴다고 한들 변하는 것 하나도 없다. 그것은 한마디로 계란으로 바위치기다. 우리는 서정주의 「화사」에서 푸른 하늘을 물어뜯으려는 화사의 몸부림을 알고 있다.

자신을 악으로 규정지어버린 절대적인 선의 상징이자 지배체계인 '푸른 하늘'에 대한 도전, 그것은 태어났을 때부터 악으로 규정된 천형적(天刑的) 존재의 몸부림을 보여 주었다. 위 시에서 외딴 곳에 떨어져 푸른 하늘을 쏘아보고 있는 '무'는 어떤 의미를 지니는가.

서정주의 '화사'가 천형으로서 악의 존재를 부여받은 자의 몸부림을 보여주었다면 오세영의 '무'나 '사금파리'는 '스스로' 저만치 중심에서 떨어져 나간 자의 기존 체계질서인 '푸른 하늘'에 대한 도전을 보여준다. '화사'의 몸부림이 원죄의식과 한을 기저로 한 것이라면 '무'와 '사금파리'의 눈 흘김은 반항의식과 기성질서에 대한 비판의식을 드러내고 있다.

『적멸의 불빛』 시집에서는 아름다운 꽃이나 과일이 언급되지 않는다. 오히려 외딴 곳에 핀 자유로운 들꽃 그리고 사람들의 손에서 자유로울 수 있는 못생긴 과일이 그의 시에서 큰 의미를 차지한다. 시인의 존재의식이 '무 하나'로 나타나는 것이다. 무 하나가 분노에 일그러져 시퍼렇게 하늘을 노려본다고 한들 바뀌는 것은 없다. 이것은 아무도 해치지 않으면서 자신의 의지를 표명하는 방식 즉 시인의 내성적 성향을 드러내는 것이기도 하다.

그러나 인격체로서 무의 내적 측면을 바라볼 때는 특별한 의미를 지닌다. 우리는 진정으로 이웃에게 베풀 때의 조그만 나의 성의가 얼마나 스스로에게 내적인 기쁨과 안정감을 주었는지 경험해 보았을 것이다. 생명을 보전하기 위해 바둥대다가 결국 먹이로 전락하는 삶 그것은 외적으로 아무리 화려하고 반듯해 보이더라도 내적으로는 얼마나 덧없는 것인가. 꽉 찬 날들의 결합으로 이루어진 구속 틀에서 벗어나 대지의 향기를 느끼며 진정한 자유를 얻은 삶, 그것이야말로 비인 들녘에서 외롭게 살다 죽은 무의 존재론적 가치일 것이다.

3. 고요한 명상과 몸 씻기

> 물이 차가운 어름이 되듯
> 증오가 굳으면 싸늘한
> 침묵이 된다.

「적의 敵意」 부분

오세영 시인에게서 증오와 분노 등의 격한 감정들은 흔히 사금파리, 칼날, 어름 등의 딱딱하고 단단한 질감을 지닌 것들로 나타난다. 그러한 물리적 형태들의 행동화된 표현이 바로 싸늘한 침묵이다. 그것은 그의 시 속에서 표현된 '어름'이나 '사금파리' 그리고 '시퍼런 무' 등의 이미지가 그러하듯이 외적인 면에서 소극적이고 내성적인 시인의 행동 성향을 드러낸다. 세상에 단련된 '어름'으로 표상된 그의 '침묵'은 어떠한 때 녹을 수 있을까.

그는 그러한 '침묵'을 '침묵'으로써 녹이고 있다. 그것의 구체적 형식은 '명상'으로 나타난다. 그는 끊임없이 자신을 바라보고 생각하고 느끼는 것이다.

> 고독할 때
> 내 육신은 무한에 떠 있는 섬
> 살갗에서 이는
> 밀물과 썰물의 적막한
> 호흡소리를 듣는다.

「영원」 부분

자신의 호흡소리가 밀물과 썰물의 적막한 호흡소리로 들린다면 내 육신이 무한에 떠있는 섬과 같은 상태라면 그것은 아마도 매우 고요한 명상 속에서 느낄 수 있을 것이다. 시인이 자신의 의식을 얼마나 정밀하게 집중시키고 자신 속에서 자연과 우주의 숨결을 느끼는지를 보라. '별 하나를 가슴에 안'고서 살아 왔듯이 시인은 자연의 숨결을 가슴에 안고서 산다.

그에게 인간과 자연의 합일의 순간은 고요한 시간 속에서 이루어진다. 그는 시를 쓰기 위해서 불을 끄고서 명상의 시간을 오래 가진다고 한다. 그리고 이런저런 생각을 하면서 시상을 떠올린다고 한다.「영원」에서는 그러한 고요한 숨결을 느낄 수 있다.

'밀물과 썰물의 숨결 소리'는 철저한 고독의 순간 속에서 들리는 초침의 째깍 소리처럼 들려온다. 이렇듯 세속적 시간을 벗어나 자신의 모습을 가만히 바라볼 때 느낄 수 있는 정밀(靜謐)하고 순결한 순간을 시인은 사랑한다.

인간이 세속의 옷을 입지 않았던 원시적 벌거숭이였을 때 인간은 자연의 조화로운 일부였을 것이다. 현대의 인간은 아마도 도심에서 찌든 때를 목욕탕 속에서 씻어내는 순간에, 어머니의 뱃속에 있었던 태고적 평화로움의 순간을 기억해 낼지 모른다. 시인은 그 고요한 순간 속에서 자신을 바라보고 또 반성한다. 그래서인지 그의 시에서는 목욕을 모티브로 한 시편들이 꽤 눈에 띤다. 자아 성찰의 상징적인 행위가 바로 씻어내는 행위이다.

『적멸의 불빛』시집에는 유난히 목욕, 세수, 때 등의 씻어내는 행위와 관련한 표현이 많다.

여린 꽃과 착한 새와 눈이 맑은 짐승들에겐
때가 끼지 않는 법.

강물이란 영원으로 가는 길이라는데
누가 그 길을 더럽힐 것인가.
무심히 바람에 져
흩날리는 꽃잎에
소스라쳐 강물에서 뛰쳐나오는
봄날 하오의
이 때 묻은 육신.

「어디로 가는 것일까」 부분

    어떤 시인이 자신의 벌거벗은 늙고 붉은 몸을 바라보면서 꽃잎을 생각하고 영원을 생각할 수 있을까. 이것이 시인 오세영이 지니고 있는 가치이다. 그것은 자신에 대한 직시와 강한 자기 긍정의 정신을 기저로 한다. 시인은 목욕을 하다가 이 흔들리는 물살들이 어디로 가는 것일까 하고 생각한다.

    세속의 때와 먼지를 지워내면서 착한 새와 눈이 맑은 짐승들의 순수함을 생각한다. 이를 통하여 시인의 목욕탕 속에서는 인간적 향기가 느껴진다. 그것은 늙고 무거운 몸을 가진 인간의 모습이라기보다는 소박한 생의 진실을 추구하고자 하는 자의 지향 혹은 참됨과 영원을 지향하는 자의 지향에서 우러나온 향기이다.

    그에게는 세속적 지위와 명예 그리고 부 따위는 관심의 대상이 아니다. 그가 마음속에서 진정으로 바라는 것은 평범하면서도 진실이 담긴 소박한 삶의 모습이다. 우리는 일상생활을 살아가면서 외면적이고 세속적인 것에 얼마나 많은 가치를 부여하고 그것을 부러워하고 또 성취하려 하는가.

    그러나 사람의 일생이 몇 십 년밖에 지속되지 못하고 결국은 흙으로 돌아갈 운명임을 생각해 본다면 진실하게 맺는·인간관계 내지는 사람들에 대한 그리움이 얼마나 소중할 것인지 문득 깨닫곤 할 것이다. 그러나 실제 현실 속에서는 위 시에서처럼 강물에서 목욕을 하다가 흩날리는 꽃잎에 놀라 뛰어 나오는 때 묻은 육신을 발견하곤 하는 것이다. 즉 순수성에 대한 인간의 본원적인 지향은 어느새 세속 속에서 묻혀 버리고 망각되곤 한다. 그래서 더욱 시인은 소박한 삶에서 볼 수 있는 제재들에서 진정한 삶의 이치를 발견하곤 한다.

> 이제 내 다시 열탕에 들어
> 육신의 때를 씻고자 함은
> 다만
> 뼈 하나 정갈하게 헹구어
> 그대에게 바치기 위함인 것을
>
> 「분별」 부분

60에 들어선 노인이 목욕을 하면서 하는 생각, 육신의 때를 씻으며 생각하는 것이 "뼈 하나 정갈하게 헹구어/ 그대에게 바치기 위함"이란 것은 무엇을 의미하는가. 그것은 죽음을 준비하는 신성한 자세와 관련을 지닌다.

그리고 우리가 원하든 원하지 않던 세상을 살아가면서 묻히고 사는 세속적인 때의 흔적을 끊임없이 씻어내고자 하는 소망이 담긴 것이다. 그것은 우리의 감성과 정신에 끼인 때를 상징적으로 씻어내는 행위이다.

4. 낡은 집에서 비치는 빛

자신의 몸과 정신을 바라보고 성찰하는 데에 『적멸의 불빛』의 많은 페이지가 할애되는 것처럼 시인은 자신의 늙은 육신을 바라보면서 자연의 이치와 삶과 죽음에 관하여 곰곰이 생각한다.

세상은 항상 따뜻하지만은 않는 것,
겨울 되어
낡아 삐걱대는 집처럼 나 이제 흔들리며
바람부는 벌판에서 홀로
울 수밖에 없구나.

「바람에 흔들리며」 부분

그는 자신의 뼈마디 쑤심에서 미움과 탐욕으로 인한 자신의 지난 삶을 반성한다. 그에게는 최근 자신의 육체가 큰 관심사인 듯하다. 육체에 대한 관심은 곧 자신을 적나라하게 바라보는 것이며 자신의 육체를 씻어내는 일에서 세속적 먼지를 씻어내는 것이다.

그는 술을 마시고 전신주에 부딪친 아픔 속에서 어떤 깨달음을 얻기도 한다("비틀거리며 밤길을 걷다가 망연히/전신주를 들이 받았다./순간 확/술이 깨며/뇌리에 번쩍 비치는 섬광,/아, 내가 내가 아니고 네가 네가/아니었구나", -「내가 내가 아니고……」). 혹은 세수를 하다가 물에 비친 자신의 모습을 통하여 과거의 추억을 생각하고 허무에 잠기기도 한다("한 움큼의 세숫물 마저/손가락 사이로 흘러내려 텅/비어버린 손바닥,/문득/이가 시리다", -「젖은 눈」).

나는 예전에 굉장히 심한 복통에 시달렸을 때 나의 현재의 교만함과 잘못에 대하여 절실하게 반성한 적이 있었다. 유추적으로 생각할 때 60을 맞이한 노경에 접어든 육체의 쇠락함이 시인에게 삶과 죽음과 같은 문제에 대한 절실성을 깨닫게 했는지도 모른다.

인간이 이렇게 인생의 황혼에 가까워짐을 문득 느끼게 될 때 어떤 심경을 지니게 될까. 우리는 구두쇠 스크루지의 이야기를 알고 있다. 스크루지는 크리스마스의 악몽을 통하여 선인으로 변신한다. 그런데 인간이라면 노경에 접어든 자신의 모습을 바라보면서 그런 동화 속 인물과 같은 의식의 전환을 갖게 되지 않을까 하는 생각이 든다.

낡아 삐걱대는 집과 같은 자신의 육신을 문득 의식하게 되는 순간이 온다면 얼마나 쓸쓸하고 외로울 것인가. 인간의 육신과 영혼은 흔히 별개라고 하지만 영혼은 마치 빛처럼 육신을 통해 그 나름의 빛깔을 투사시키고 보여주는 듯하다.

영혼의 빛은 낡은 집과 같은 육신 속에서 희미하지만 더욱 은은한 빛을 발할 것이다("집이 영롱한 빛을 안는 것처럼/순결한 영혼을 안는……", -「인간」) 집이 영롱한 빛을 안는 것처럼 순결한 영혼을 안고자 하는 것, 그것이 바로 시인이 지향했던 별빛의 모습이자 궁극적 지향점이다. 『적멸의 불빛』에서 시인이 낡은 집과 관련한 모티브로 시편을 많이 쓰는 것도 이러한 맥락에서 이해할 수 있다. 그것은 집 곧 껍질 곧 육체에 관한 관심을 반증하는 것이기도 하다.

그는 육체를 빈 파이프에 견주어 인간 육신의 허망함을 서술하기도 한다("실은 인간도 나무도/파와 같은 것/입에서 항문으로 뻥 뚫린 공간 하나/지탱해 주는 것이 아닌가./하수도의 빈 파이프처럼/허공에서 뚫려 허공으로 가는/육신의 집", -「집」). 그리고 그는 숨의 내쉼을 통하여 밀물과 썰물의 움직임을 상상하고 먼 수평선을 향해 내는 휘파람 소리에서 영원을 생각한다.

그는 인간이 쉬는 숨이 머지않아 바람이 되고 그것이 바람의 휘파람 소리와 다르지 않을, 자연의 소리가 될 것이라고 생각하고 있다("영원이 어디 따로 있던가./들이마시고 내쉬는/목숨의 찰라에 있던 것을/오늘 나, 먼 수평선을 향해/긴 휘파람 소리를/내 본다", -「영원」).

그의 세속적 욕망과 부정적 가치에 대한 '사금파리'의 반짝거림과 '어름'의 침묵도 이러한 조용한 휘파람 속에서 묻혀지고 정화되는 것이다. 인간이 결국 자연으로 돌아가 영원으로 될 것임을 믿고서 육체의 씻음으로 표상된 정신의 정화 속에서 순결한 영혼을 얻고자 소망한다. 그의 숨결은 결국 자연의 바람과 합류된다.

바람 불자
만산홍엽滿山紅葉, 만장輓章으로 펄럭인다.

「가을비 소리」 부분

도스토예프스키의 시적 변용

- 김춘수론

1.

김춘수의 무의미시편들은 다른 예술 영역, 즉 미술, 소설, 설화 등의 분야를 토대로 하여 연작의 형태를 이루고 있다. 「이중섭 연작」, 「도스토예프스키 연작」, 「처용 연작」 등이 그 대표적인 사례이다. 이 중에서 「도스토예프스키 연작」은 장시 형식의 「대심문관」 극시를 포함하여 50여 편 되는 작품들로서 하나의 시집을 이룬다.[1]

그런데 도스토예프스키의 작품을 토대로 작가 수업을 하거나 혹은 그것을 염두에 두면서 창작한 작가나 시인들의 사례는 많다. 그런데 김춘수의 이 연작시편이 주목을 끄는 이유는 먼저 이것이 '무의미시'의 형태를 갖추고 있기 때문이다. 다시 말해서 시편 자체를 두고 감상할 때는 '무의미'를 중심으로 한 비약과 병치 그리고 시인 자신이 개인적 의미를 부여한 어구들을 중심으로 하나의 시편이 이루어져 있기 때문에 내용 면에서 연속적 맥락이 잡히기 어렵다.

또한 「도스토예프스키 연작」은 김춘수가 도스토예프스키 작품들을 독자가 읽고 이해했다는 것을 전제로 하여 내용에 관한 설명이 거의 없이 인물들의 심리상황을 반영한 어구를 써 나가기 때문에 도스토예프스키의 작품을 꼼꼼히 읽어본 독자가 아니라면 접근하기가 용이하

---

1) 김춘수, 『들림, 도스토예프스키』, 민음사, 1997 참고.

지 않은 시편에 속한다.

그러나 이러한 난해성에도 불구하고 김춘수의 「도스토예프스키 연작」은 도스토예프스키 작품에 대한 이해를 전제로 하든지 하지 않든지 간에 뚜렷한 시적 성취의 보기를 이룬 경우라고 할 수 있으며 50년대 후반부터 최근까지 김춘수가 주력한 '무의미시'의 한 정점에 놓여 있는 작품이라는 의의를 지닌다.

그리고 우리 문학사에서 김춘수만큼 도스토예프스키의 작품을 꼼꼼하게 지속적으로 천착하여 일군의 새로운 창작품으로 귀결시킨 작가는 없다. 이런 측면에서 볼 때 김춘수의 「도스토예프스키 연작」과 도스토예프스키 작품의 상호 연관성을 규명하면서 그가 도스토예프스키 문학을 어떠한 방식으로 자기화하면서 변용해 나갔는지에 관한 검토는 필수적인 작업이다.

따라서 이 글은 도스토예프스키 연작시와 도스토예프스키 작품의 연관성을 면밀히 규명하면서 김춘수가 도스토예프스키 문학의 어떠한 특성에 가치를 부여하고 그것을 어떠한 개성적 방식으로 형상화하였는지에 관하여 고찰해 보고자 한다.

2. 상호텍스트성에 의한 상상적 대화

「도스토예프스키 연작」의 주요한 특성을 지적하자면 수신인과 발신인의 형태를 뚜렷이 갖춘 짧은 편지글의 형식을 갖추고 있다는 점을 들 수 있다. 구체적으로 김춘수는 「처용연작」의 경우와 마찬가지로 詩作의 완성도에 가장 심혈을 기울인 「도스토예프스키 연작」 1부는 모두 편지글의 형식을 갖추고 있으며 수신인은 주로 제목의 형태를 갖추고 나타난다. 편지글 형식을 갖춘 작품들의 수신인과 원전을 살펴보면 다음과 같다.

순서	제 목	보낸 사람	원 전
1	「소냐에게」	라스코리니코프	『죄와벌』
2	「아료샤에게」	이반	『까라마조프의형제들』
3	「라스코리니코프에게」	이반	『죄와벌』 『까라마조프의형제들』
4	「이반에게」	드미트리	『까라마조프의형제들』
5	「소의 베르호벤스키에게」	스타브로긴	『악령』
6	「존경하는스타브로긴 스승님께」	키리로프	『악령』
7	「追伸, 스승님께」	키리로프	『악령』
8	「드미트리에게」	조시마 장로	『까라마조프의 형제들』
9	「소피야에게」	무이시킨 공작	『미성년』 『백치』
10	「치혼 僧正님께」	샤토프	『악령』
11	「나타샤에게」	와르코프스키공작	『학대받은 사람들』
12	「제브시킨에게」	스비드리가이로프	『가난한 사람들』
13	「구르센카 언니에게」	소냐	『죄와벌』 『까라마조프의형제들』
14	「딸이라고부르기 민망한소냐에게」	아비(소냐의 父)	『죄와벌』
15	「조시마 장로 보시오」	표트르까라마조프	『까라마조프의 형제들』
16	「표트르 어르신께」	구르센카	『까라마조프의 형제들』
17	「스비드리가이로프에게」	제브시킨	『가난한 사람들』
18	「스메르자코르에게」	아료샤	『까라마조프의 형제들』
19	「답신, 아료샤에게」	즈메르자코프	『까라마조프의 형제들』

위에서 알 수 있는 바와 같이 편지글 형식을 갖춘 연작시편이 주로 토대하고 있는 작품은 『까라마조프의 형제들2)』, 『죄와 벌』, 『악

령』,『가난한 사람들』,『미성년』,『백치』,『학대받은 사람들』등 도
스토예프스키의 주요 작품들이다.3) 이중 비중이 실린 작품이라면 단
연『까라마조프의 형제들』을 꼽을 수 있다.

이 작품은「도스토예프스키 연작」의 전편에 걸쳐서 등장인물들의
상상적인 발화 중심의 시편들이 구성되고 있으면서 1부 연작에서는
19편 중 9편을 차지할 만큼 집중적인 관련성을 지니고 있다.4)『죄와
벌』의 경우도『까라마조프의 형제들』과 유사한 양상을 띠는데 특히
작중인물 중「소냐」에 대한 비중도가 높은 것이 특징이다.

이 인물에 대한 거론이 1부 중 6편에 걸쳐서 언급되고 시인의 시
선이 매우 긍정적으로 묘사되고 있는 점, 그리고「소냐에게」의 시가
시전체 연작의 첫 머리를 장식하는 점이 이러한 사실을 뒷받침한다.
그리고 2부에서는『까라마조프의 형제들』을 비롯한 다양한 도스토예
프스키의 작중 인물들이 발화하는 형식을 이루고 있다.

또한 3부에서는『악령』의 '스타브로긴'이 주로 부각되고 있다. 그
리고 4부의「대심문관」의 극시는『까라마조프의 형제들』의 '이반'이
허구화한 인물인 '대심문관'을 모티브로 한 것이다.5)「도스토예프스

---

2) '까라마조프' 인명의 한글식 표기는 김춘수 시집에 실린 것을 따랐음.
3) 김춘수 시편에 나타나는 주요한 인물들과 도스토예프스키 작중 인물들의 상관성은 도스
   토예프스키 다음의 작품들을 주요하게 참고로 하였다.
   F. 도스토예프스키,『까라마조프의 형제』(상)(중)(하), 김학수 역, 범우사, 1998.
   _____, 『죄와 벌』(상)(하), 이철 역, 범우사, 1996.
   _____, 『악령』(상)(중)(하), 이철 역, 범우사, 1998.
   _____, 『백치』(상)(중)(하), 박형규 역, 범우사, 1997.
   _____, 『지하생활자의 수기』, 이동현 역, 문예출판사, 1992.
   _____, 『미성년』, 이상룡 역, 열린책들, 2002.
   _____, 『백야 외』, 석영중外 역, 열린책들, 2002.
4)「도스토예프스키 연작」에서 도스토예프스키 소설과 관련성을 지니지 않은 허구적 인물이
   몇 명 나타난다. 구체적으로 지적하면 2부의「리자 할머니」의 '리자 할머니'(도스토예프
   스키 소설에서 같은 이름은 있으나 김춘수 시에서 형상화된 내용과 관련지어 볼 때 허
   구적 인물의 특성이 강함),「삼동」의 '고르코프',「허리가 긴」의 '누루무치'와 '우루무
   치',「자리」의 '촘스키 할아버지'를 들 수 있다.
5) 도스토예프스키 연작은 제1부부터 4부까지 구성되어 있다. 위에서 제시한 1부 이외에

키 연작」을 통틀어 볼 때 시인의 비중도는 주로 『까라마조프의 형제들』의 인물들에 놓여 있음을 알 수 있다. 그리고 『죄와 벌』의 '라스콜리니코프'나 『악령』의 '스타브로긴'은 『까라마조프의 형제들』의 '이반', '대심문관'의 내적 연속선상에 존재하고 있다.

등장인물들의 내적 연속성과 시인의 가치부여 방식 등은 편지글 형식으로 된 대화체라는 이 연작의 독특한 서술방식과 밀접한 관련을 지닌다. 즉 편지를 쓰는 형식으로 『까라마조프의 형제들』의 주요 인물이 모두 등장하여 이야기를 서로에게 건네는 양상을 취하고 있다. 주목할 것은 발신자와 수신자의 관계에서 나타나는 특징이다.

즉 『까라마조프의 형제들』의 드미트리는 이반에게 이반은 아료샤에게 아료샤는 즈메르자코프에게 즈메르자코프는 아료샤에게 그리고 구르센카는 표트르에게 표트르는 조시마 장로에게 보내는 상호 관계이다. 대체적으로 이들은 서로 원환적으로 맞물리면서 다른 인물에게 자신의 상황과 이야기를 소통시키려 하는 것이다.

여기서 중요한 부분을 알 수 있는데 그것은 「도스토예프스키 연작」을 모은 시집 제목을 김춘수가 '들림'이라고 명명한 까닭이다. '들림'이란 말은 여러 가지로 해석될 수 있으나 논리적이거나 객관적인 방식이 아닌, 정서적 감응의 방식을 취하였다는 뜻이 된다. '들림'이라

제2부부터 4부까지 도스토예프스키 작품과의 상관성을 서술하면 다음과 같다.
제2부 『까라마조프의 형제들』과 『죄와 벌』의 주 무대인 <페테르부르크>와 주인공의 유형지인 <시베리아> : 「1880년의 페테르부르크」, 「옴스크」, 「자리」, 「또 옴스크에서」, 「아무르 강 저쪽」
『까라마조프의 형제들』 : 「우박」, 「변두리 작은 승원」, 「잠언 둘」
『까라마조프의 형제들』과 『죄와 벌』 : 「허리가 긴」
『백치』 : 「令孃 아라그야」, 「에반친 장군 영전에」
『학대받은 사람들』 : 「죽은 네루리를 위하여」, 「소녀 네루리」
『지하생활자의 수기』 : 「手記의 蛇足」
그 외 「리자 할머니」, 「三冬」
제3부 『악령』 : 「혁명」, 「역사」, 「발톱」, 「修羅」, 「악령」, 「창녀 나타샤」, 「윤회」, 「또 윤회」, 「중국의 고립어」, 「蛇足」
『악령』, 『백치』 : 「발톱」, 「수라」, 「창녀 나타샤」
제4부 『까라마조프의 형제들』 : 「대심문관」(극시)

는 정서적 감응의 방식은 위의 원환적인 대화 구조에서 구체성을 지니게 된다.

즉 시인은 『까라마조프의 형제들』의 주요 작중 인물이 다른 작중 인물을 향하여 어떠한 이야기를 건넸을까 하고 상상해 보고 그것을 엿듣기 형식으로 시화한 것이다. 그리고 다시 그 이야기를 들은 인물이 또 다른 인물에게 어떠한 반응을 보이는지, 이와 같은 방식으로 하여 하나의 원환적 연결 고리가 만들어진다.

즉 시인이 A가 B에게 한 말을 상상적으로 구성한 다음 B가 C에게 C가 D에게 … 등의 서술을 할 때에는 시인의 순수한 독자적 상상의 영역보다도 각각의 인물이 그러한 이야기를 듣고 그 고유의 캐릭터로서 반응하고 생각할 만한 부분들을 어느 정도 자동적으로 다루게 되는 측면을 지닌다.

이것은 도스토예프스키 작중 인물들이 작가에 의하여 인형처럼 끌려 다니기보다 그들이 지닌 상황과 개성으로 인하여 각각의 독자성이 생생하게 부각되며 작중 인물이 말을 하는 '다성적 구조'를 지닌 특성을 반영하는 시작 방식을 보여준다.[6]

그리하여 시인은 대화하는 작중 인물 목소리의 '들림'을 통하여 타자를 수용하는 인물들의 모습을 보여 준다("나는 오래 전부터 도스토예프스키를 되풀이 읽어왔다. 그때마다 나는 그에게 들리곤 했다. 그러는 그 자체가 나에게는 하나의 과제였고 화두였다. 이것을 어떻게 풀어야 하나? 나는 나대로 하나의 방법을 얻었다. 그의 작중 인물들끼리 서로 대화를 나대로 시켜봄으로써 나는 내 과제, 내 화두의 핵심을 나대로 다시 짚어보고 암시를 받을 수 있을 것 같았다. 그것을 내가 오래 길들여온 시로써 해보고 싶었다"[7]).

---

6) 김욱동 편, 『바흐찐과 대화주의』, 나남, 1992, pp. 273-277 참고.
7) 김춘수, 『들림, 도스토예프스키』, pp. 92-93.

더 나아가 도스토예프스키의 각기 다른 작품 속 인물들을 한 자리에 모아 놓고 서로 대화하게 함으로써 새로운 이야기를 만들어 나가기도 한다. 즉 김춘수는 『까라마조프의 형제들』과 『악령』 등의 도스토예프스키 작품에 대하여 바흐찐이 명명한 '다성성(多聲性)'의 특성을 시작(詩作) 구성의 원리로 암묵적으로 수용한 결과를 보여준다.

3. '비극적 인물형'에 관한 관심

앞에서 「도스토예프스키 연작」은 '라스콜리니코프', '이반', '대심문관', '스타브로긴' 등을 중심으로 시편이 형상화되고 있으며 이들은 내적 연속선상에 존재하는 인물들임을 알 수 있었다. 그리고 주요하게는 『까라마조프의 형제들』의 '이반형' 인물을 중심으로 시적 형상화가 이루어지고 있다.

그리고 「도스토예프스키 연작」의 주요한 특성이자 이들 인물들의 내적 연관성을 공고히 하는 구조는 이들의 상호 대화방식의 구성이다. 주로 원환적 연결 관계를 이루는 편지글 형식이 특징적이다. 그리고 이러한 인물들 간의 서로 말 걸기 내지 편지 보내기는 이 연작의 의사소통적 구조를 보여준다. 시인은 이들의 대화를 옮겨 적어 넣는 형식을 취하고 있는데 이것은 인물들의 개성과 생동감을 부각시키고 인물들이 지닌 감정적 상태를 전달하기에 용이한 형식을 이룬다.

그런데 편지글 형식을 취한 시편에서 발신자가 수신자에게 대하는 태도나 발신자가 작품 속 제 3자에 관하여 수신자에게 말하는 방식을 통하여 작가가 어떠한 인물형에 관심을 지니고 형상화의 초점을 맞추고 있는지를 알 수 있다.

자넨 소냐를 만나
무릎 꿇고 땅에 입맞췄다.
그러나
나는 언제나 외돌토리다.
그때
우들우들 몸 떨리고
눈앞이 어둑어둑해지면서
나는 그만 거기 주저앉고 말았다.
내 머릿속에 있을 때는
그처럼이나 당당했던 그것이
즈메르쟈코프 그 녀석
그 바보 천치에게로 가서 그 모양으로
걸레가 되고 누더기가 되고 끝내는 왜 녀석의
똥창이 됐는가,
견딜 수가 없다.
어디를 바라고 나는 내 풀죽은
돌을 던져야 하나,

페테르부르크 우거에서 이반. 「라스코리니코프에게」 전문

이 시는 『까라마조프의 형제들』의 '이반'이 『죄와 벌』의 '라스코리 니코프'에게 보내는 편지글로서 다른 작품과의 상호 텍스트성을 보이고 있다. '이반'은 『까라마조프의 형제들』의 주요 인물로서 '이반'의 인물상을 설명하기 위해 먼저 『까라마조프의 형제들』의 내용을 살펴보면 다음과 같다.

'표트르 까라마조프'는 재물은 많으나 아내와 아들들을 저버리며 자신의 욕망만을 추구하는 패덕적 인물로 나온다. 그에게는 세 명의 아들이 있다. 비극적 결함을 소유하나 도덕적 고결함과 넘치는 열정의 소유자인 '드미트리', 신이 없다면 우월한 인간이 세상을 심판할 수 있다고 믿는 냉철한 이성의 소유자인 '이반', 막내아들로서 고결성

을 지닌 성직자인 '아료사', 그리고 이들과 달리 간질병을 지닌 사생아로 나오는 '스메르쟈코프' 등이 나온다.

이들은 '표트르'가 주색에 빠져 돌보지 않은 인물들이다. 그러던 중 아들 '드미트리'가 좋아하는 '구르센카'라는 여인을 아버지인 '표트르'가 돈으로써 구슬리게 된다. 여기서부터 갈등은 점차 심화된다. 표트르가 살인을 당하자 '드미트리'는 그 혐의를 받게 된다.

후에 '스메르자코프'가 이반의 암시적인 말을 듣고 일을 저지른 것을 이반이 알게 된다. 그러나 그때는 이미 이반의 정신적 혼란으로 드미트리를 구제할 수 없는 상태이다. 드미트리는 형을 받고 시베리아로 떠나게 되고 그때야 비로소 사랑을 느끼게 된 '구르센카'가 그 뒤를 따라 떠난다.[8]

'라스코리니코프'는 『죄와 벌』에서 인간이 신처럼 인간을 심판할 수 있다고 믿는 가난한 대학생이다. 그는 전당포 노파를 죽이고 죄책감에 시달리다가 '소냐'라는 여인에 의해 참회하고 자수하여 시베리아로 유형을 떠난다. '라스코리니코프'와 '이반'은 신이 없다면 인간이 부도덕한 인간을 심판할 수 있다는 의식의 공통성을 지닌다. 그 결과로 나타난 '살해' 모티브와 그에 따른 '이반'과 '라스코리니코프'의 내적 고뇌와 심정적 고백은 매우 유사한 모습을 띤다.[9]

'라스코리니코프'는 '이반'과 함께 신의 권능으로서가 아니라 인간에 의해 부패한 인간과 세상을 심판할 수 있다고 생각한 인물이다. '이반'이 이러한 생각을 머리 속으로만 생각한 데 그친 것에 반해서 '라스코리니코프'는 자신의 머리 속 생각을 직접적으로 결국은 실천한 뒤에 내적으로 고뇌하였다.

'이반'의 심적 고뇌는 형인 '드미트리'가 자신 대신에 누명을 뒤집

---

8) F. 도스토예프스키, 『카라마조프의 형제』(상)(중)(하) 참고.
9) F. 도스토예프스키, 『죄와 벌』(상)(중)(하) 참고.

어쓰고 유형을 받는다는 데서 오는 것이 어느 정도 원인이 되는 것에 비해 '라스코리니코프'는 자신의 생각에 의한 자발적 실천과 그로 인한 고뇌와 심적 고통에서 오는 것이다. 또한 '이반'이 자신이 사랑하는 여인에게서 진정한 사랑을 받지 못하고 미쳐간 반면 '라스코리니코프'는 '소냐'라는 고결한 정신의 여인에게서 신의 구원을 향한 손길과 그녀의 사랑을 성취하게 된다.

이러한 맥락을 토대로 하여 보면 위 시에서 '이반'이 왜 '라스코리니코프'의 상황을 오히려 부러워하는지 이해할 수 있다. 즉 '이반'은 '라스코리니코프'의 자신 의지에 의한 능동적 실천과 사랑하는 여인에 의한 구원을 부러워한다. 그에 비해 그는 '스메르자코프'의 비열한 실천과 죄책감으로 견딜 수 없는 자신의 심경을 토로하는 것이다. 여기에서 김춘수 시인이 지향하는 혹은 닮아있는 한 인물의 모습을 확인할 수 있다.

처용이나 이중섭의 비극적이고도 고귀한 삶 속에서 그가 시적 영감을 발견하고 천착해 나갔듯이 그는 라스코리니코프와 같은 인물 때문에 도스토예프스키에 매료된 것이다. 물론 라스코리니코프가 작품에서 주인공 격이긴 하지만 문제는 김춘수가 무수한 고전 작품 중 도스토예프스키를 선택하였고 그 중 라스코리니코프적 인물에 관심을 표명한다는 것이다. 아내를 앗긴 처용의 비범한 행위나 가난과 아내의 가출 속에서도 예술적 창작에 몰입했던 이중섭에 대한 매료도 김춘수 시인이 느끼는 혹은 가치 부여하는 비극적 삶의 한 표본일 것이다.

라스코리니코프에게 보내는 이반의 글과 같은 편지글 형식은 「도스토예프스키 연작」 전편에서 이루어지고 있다. 그런데 '아료샤'나 '조시마 장로' 등과 같은 인물 즉 삶의 고난에 고뇌하는 모습이 보이지 않고 악에 전혀 물들지 않는 어떤 의미에서는 평면적인 '善'의 구현

인물들, 그리고 여기에 반대편 격인 '표트르', '스메르쟈코프'나 '스타브로긴' 등과 같이 '惡'에 치우쳐버린 모습으로 나타난 인물들에 대해서 김춘수 시인의 비유 형식은 대체로 일률적인 편이다.

예를 들면 '아료샤'를 '해만 쫓는 삼사월 꽃밭'이라는 것이나 '스메르자코프'를 '그 바보 천치', 혹은 '콧물'이라는 비유에서 단적으로 드러난다. 이에 비해 善 의지를 지니지만 비극적 결함에 의해서 상황적 파국을 일으키고 그에 대해 정신적인 내적 고난의 대가를 지불하는 인물인 '이반', '라스코리니코프'의 심리적 역정 즉 깊이 고뇌하는 자의 치열한 내적 과정에 시인은 많은 가치를 부여하고 있다.

이러한 인물들은 '비극적 인물형'이라고 할 수 있다. 아리스토텔레스에 의하면 비극은 인물이 처한 무자비하고 비극적인 운명에 의하여 특징 지워진다. 그리고 그 인물들은 비극적 운명을 스스로 감수한다. 그리고 그들은 그 운명에 의하여 파멸될지라도 그것으로 인하여 더욱 고귀하고 용감한 모습을 보여준다.[10]

비극적인 운명에 처한 인물들은 신과 단절된 듯한 현실에 대해서도 그리고 비극적인 운명 뒤에 숨어버린 신에 대해서도 그 어느 쪽도 긍정할 수 없는 상황에 처한다. 김춘수의 시편에서 형상화된 주요 인물들의 경우 그들에게 신은 현존하지만 부재한 존재이며 그들이 맞닥뜨린 고통에 찬 현실에 개입하지 않는다.

다시 말해서 경험적인 세계와 부재로 감지되는 신 사이에서 고통받는 인간의 모습 즉 비극적 운명에 처하여 이러지도 저러지도 못하는 어찌할 바 모르는 인간의 모습을 보여준다. 즉 이들은 신과 세계 사이에서 힘겹게 스스로 중심잡기를 하는 심리적 갈등을 보여준다.[11] 이러한 인물들에 대한 관심은 김춘수의 다른 연작의 주인공인 '처용',

---

10) 이경식, 「아리스토텔레스의 시학과 비극관」, 『아리스토텔레스의 시학과 신고전주의』, 서울대출판부, 1997 참고.
11) L. Goldman, 정과리 외역, 『숨은 신-비극적 세계관의 변증법』, 연구사, 1986 참고.

'이중섭' 등을 보아도 알 수 있다. '처용'이라는 인물은 역신에게 아내를 앗기고 그것을 초극하려는 춤을 추는 상황에 놓인 인물이며 '이중섭'은 현실적 가난 속에서 아내마저 떠나버린 비극적 상황에서 예술혼을 불태웠던 인물이다.

4. '고통 넘어서기'라는 가치평가

김춘수는 도스토예프스키의 인물들 중에서 평면적인 '선'의 인물이나 '악'의 인물보다는 '선악'의 치열한 갈등을 감내하는 인물형에 관심을 보여 주고 있다. 비극적 인물형 중에서도 이반보다 라스콜리니코프에 시인이 가치를 두는 이유는 인물의 의지가 지닌 실천력과 결부된 내적 고뇌 때문이다.

김춘수는 '처용연작'과 '이중섭연작' 등에서도 알 수 있듯이 깊이 고뇌하는 자의 내적 과정에 관심을 지니고 있다. 특히 고뇌하는 인물들이 자신의 의지를 현실 속에서 관철시킬 수 있는지가 중요하게 작용한다.

불에 달군 인두로
옆구리를 지져봅니다.
칼로 손톱을 따고
발톱을 따봅니다.
얼마나 견딜까,
저는 저의 상상력의 키를 재봅니다.
말도 많고 탈도 많은 그것은
바벨탑의 형이상학
저는 흔듭니다.
　　　　　　　　자살직전에
　　　　미욱한 제자 키리로프 올림.

　　　　　　「존경하는 스타브로긴 스승님께」 부분

인간이 죽음을 극복한다면 스스로가 선택한 극한적 고통을 통하여 신이 될 수 있다고 생각한 『악령』의 '키리로프'가 그에게 그런 人神 사상을 심어 준 '스타브로긴'에게 쓰는 편지글이다. '키리로프'는 실제 도스토예프스키 작품 속에서 자살을 감행한 인물로 나온다. '키리로프'의 죽음 직전에 떠오른 상념에 관한 묘사는 「도스토예프스키 연작」에서 빈번히 나타나고 있다.12)

인간이 육체적인 고통이라는 것을 얼마나 견딜 수 있을까 하고 시인은 상상력으로 이를 가늠해보고 키리로프가 겪었던 육체적 고통을 참는 의지가 얼마만한 정신적 힘을 내재한 것일까 생각해보는 것이다. 육체적 고통의 견딤과 정신의 측면에 관한 생각은 『들림, 도스토예프스키』와 비슷한 시기에 출간한 수필집인 『꽃과 여우』(1997)에서 시인의 자전적 체험과 결부시켜 어떤 인물을 평가하는 데에 중요한 것으로 작용하고 있다.

김춘수 시인이 감방에 있을 때 사회주의 운동을 한, 존경받는 교수가 보인 행동에 관한 것이나 베라 피그넬이라는 아나키스트 여인이 자신의 안락을 포기하고 감옥에서 오랜 세월을 보낸 일에 대한 가치 평가 등을 그 예로 들 수 있다.13)

도스토예프스키의 작품들에서 김춘수가 읽은 고통 받는 자의 시선은 실상 시인의 내적 고뇌의 반추라고 할 수 있다. 『꽃과 여우』에서 주로 서술하였듯이 그는 고향을 떠난 경성에서의 외로운 유학 생활, 그에 이은 자퇴, 일본 동경에서 뜻하지 않은 억울한 1년간의 감옥 생활, 의사

---

12) 「도스토예프스키 연작」의 전체적 맥락 속에서 제3부의 중심적 인물인 『악령』의 스타브로긴은 제1부와 제2부의 중심 인물인 『까라마조프의 형제들』의 이반이나 『죄와 벌』의 라스코리니코프의 다른 한 형상으로 이해된다. 즉 스타브로긴은 이반과 라스코리니코프 사상의 극단적 형태로서의 人神 사상을 보여준다. 그리고 키리로프는 스타브로긴의 이러한 관념을 실제 '죽음'으로써 실현하였다는 점에서 이들이 지닌 관념의 연속적 극단에 존재한다.

13) 『꽃과 여우』, pp.121-124.

인 형의 객사 그리고 만석군이었던 집안의 몰락 과정을 거치면서, 오랜 기간의 인내 끝에 안정된 직장에 발을 디딘 것으로 나타난다.

이 중에서 무엇보다도 그에게 크고 치명적인 영향을 미친 것은 동경에서의 감옥 생활의 고통이 그에게 주었던 육체적, 정신적 피해이다. "감방이란 희한한 곳이다. 사람을 비참하게 만들고 자신감을 죽이는 이상으로 재기 불능의 상처를 남긴다."[14]는 그의 진술에서 드러나듯이 그는 그때 인간이 육체적 고통이라는 것에 얼마나 무력해질 수 있는가를 깊이 체험한 듯하다. 그의 실존에 대한 의식도 이러한 체험과 깊은 관련을 지닌다.

> 나는 아주 초보의 고문에도 견뎌내지 못했다. 아픔이란 것은 우선은 육체적인 것이지만 어떤 심리 상태가 부채질을 한다. 그렇게 되면 사람의 육체적 조건은 한계를 드러낸다. 손을 번쩍 들고 만다. 사람에 따라 그 한계의 넓이에 차이가 있겠지만 그 한계를 끝내 뛰어넘을 수는 없을 듯하다. 한계에 다다르면 육체는 내가 했듯이 손을 번쩍 들어버리거나(실은 내 경우에는 민감한 상상력 때문에 지레 겁을 먹고 말았지만) 까무러치고 만다. 그러나 까무러칠 때까지 버틸 수 있는 사람은 극히 적은 수일 뿐이다. 그런 사람은 자기의 그 육체의 한계를 뛰어넘었다고 생각할 것이다. 그것을 또한 정신력이라고 말하기도 한다.[15]

그는 어떠한 인물에 대한 평가에 있어서도 육체적 고통을 감내하면서까지 자신의 의지를 견지한 인물들에 높은 존경심을 표하는 것이다. 그의 예수에 관한 시편에서도 십자가에 박힌 인간적 고통의 모습이나 자살을 통하여 인간이 신이 될 수 있다고 한 도스토예프스키 『악령』의 인물인 '키리로프'가 죽음에 임박한 형이하학의 몸둥이에 대한 구체적 묘사와 관심도 여기에 연유한 것이라 할 수 있다.

---

14) 『꽃과 여우』, p.190.
15) 『꽃과 여우』, pp.189-190.

한 인간이 거부할 수도 있는 육체적인 고통을 정신적인 고귀함을 위해서 감당해낼 수 있다는 것, 그래서 까무러칠 때까지 어쩌면 '죽음'까지도 감당해낼 수 있다면 그것은 정신적인 힘의 극한 즉 '절대'인 것이다. 그는 그리하여 그러한 죽음을 형이상학으로 끌어올린다. ("죽음은 형이상학입니다", -「追伸, 스승님께」)

그는 인간의 육체적 고통을 감내하고 태어난 고귀한 정신에 가치의 비중을 두는 것이다. 그것은 단순히 육체와 정신의 대비로서가 아니라 육체의 고통을 견뎌내는 정신, 정신을 지켜내려는 육체의 힘으로 써인 것이다.

이러한 점에서 볼 때 『들림, 도스토예프스키』에 창녀의 몸으로서 '라스코리니코프'를 신성으로 이끈 '소냐'에게 쓴, 편지글이 이 시집의 첫 장을 장식한 맥락이 이해될 수 있다.

> 지난해 가을에는 낙엽 한 잎
> 내 발등에 떨어져
> 내발을 절게 했다.
> 누가 제몸을 가볍다 하는가,
> 내 친구 셰스토프가 말하더라.
> 천사는 온몸이 눈인데
> 온몸으로 나를 보는
> 네가 바로 천사라고,
> 1871년* 2월 아직도 간간이 눈보라치는 옴스크에서 라스코리니코프.

「소냐에게」 부분16)

---

16) 이 시의 각주에는 "*1866년에 도스토예프스키의 『죄와 벌』이 나왔다"라는 구절이 있다. 또 편지글 형식의 이 시에서 '라스코리니코프'라는 발신인을 밝히는 부분에서는 '1871년'을 표기하고 있다. 이것은 1866년과 1871년이라는 5년간의 시간적 간극을 고려해 볼 때 소설이 발표된 시점, 즉 라스코리니코프가 시베리아에서 유형을 받고 있는 소설의 결말에서 좀더 나아간 시간으로 설정된 것이다. 이와 같이 단지 보낸 이의 연도 명기 뿐 아니라 각주와 차이를 보이는 연도 표기 방식은 「도스토예프스키 연작」 첫 장의 이 작품과 두번째 작품인 「아료샤에게」만 나타난다. 소설 속 시간에서 좀더 나아간 시

이 시의 내용을 살펴보면 고통에 나약한 자신의 모습, 즉 작은 일에도 괴로워하는 감성의 섬세한 무게를 '낙엽 한 잎'으로 나타냈다. '낙엽 한 잎'의 무게가 내 발을 절게 할 정도로 불균형의 상태를 만들어낸다는 것, 그것은 시인으로서의 자신 감성의 촉각을 드러낸 것이기도 하다. 그런데 그러한 유약한 자신을 바라보는 '온몸이 눈'인 '천사'가 있다.

'온몸이 눈인 천사'란 그를 견지하고 있는 善 의식, 혹은 기독교인으로서의 감각이랄 수 있다. 그 천사는 '라스코리니코프'를 내적 구원으로 이끈 여인 '소냐'로 나타나고 있다. 소냐는 창녀의 신분임에도 천사의 모습을 지닐 수 있었다. 그것이 김춘수 시인이 의아해 하면서도 가치를 부여하는 善에 관한 감각이다.

그가 가치를 두는 선이란 "선과 악은 갈등하고 있는 것이 사실이지만 선은 악을 압도해야 한다"[17]고 그가 파악한 도스토예프스키론의 핵심처럼 선과 악의 치열한 갈등을 감내한 자의 비극적인 시선과 관련이 있다. 그러한 내적 갈등은 정신적이고 논리적인 것만의 차원에서는 큰 의미가 없다. 그것은 자신의 전 존재를 건 모험으로써 고귀하게 지켜진 무엇이라야 한다.

「도스토예프스키 연작」은 도스토예프스키의 여러 작품을 통해서 인물들이 드러내는 복잡다단한 감정 면모의 결을 부각시키고 또 서로의 대화를 통해 서로를 이해시킨다. 그것은 흡사 선과 악, 혹은 도덕과 이성 등의 치열한 각축전과도 같다. 그 가운데 시인은 견지시키고 있는 하나의 내적 지향을 드러낸다.

김춘수는 이와 같은 비극적 고통을 감내하는 정도의 절대성으로서 어떠한 인물을 평가한다. 김춘수가 도스토예프스키 작중 인물들의 비

간 설정에서 편지를 쓰는 작중 인물의 설정 상황은 편지를 쓰는 주인공의 정서적 성숙과 내적 깊이를 끌어 올리고자 한 시인의 의도로 이해된다.
17) 『들림, 도스토예프스키』, 「책 뒤에」, p.91.

극적 상황 및 고통을 받는 순간에 대한 관심은 작품 속에서 지속적으로 이루어지고 있다.[18]

5. 인간적 모럴의 옹호

김춘수는 비극적 운명에 처한 인물들을 주요하게 형상화하는데 그 중에서도 '고통'이라는 문제에 관심을 지니고 있었다. 그는 '고통의 문제'를 가치평가의 기준으로 고려하는데 이것은 그의 '절대성' 추구 경향을 드러낸다고 할 수 있다. 즉 그는 어떠한 인물이 그의 의지를 관철시키기 위하여 육체적 고통을 끝까지 감내하는 것이 결국은 '절대성'의 영역과 상통한다는 것을 작품 속 인물들의 형상화를 통하여 보여 주고 있다.

'고통'의 의미란 육체적 고통을 감내하는 정신의 힘인 것이다. 이런 의미에서 그가 '키리로프'와 '소냐'에 관한 지속적인 관심과 긍정적 가치부여가 이해될 수 있다. 이와 같이 김춘수는 작중 인물이 고통을 대하는 방식과 그 고통을 어떤 방식으로 감내하는 지를 시에서 주요하게 형상화하고 있다. 이것은 실상 김춘수가 과거 경험했던 일제치하의 '감방체험'이나 역사로부터의 고통 콤플렉스 의식이 '사후적'[19]으

---

18) 김춘수의 '고통'은 주로 '피해의식' 및 '은폐의식'과 결부되는 것이 특징적이다. 이것은 "괄호", "뿔", "뼈" 등의 시적 이미지로서 반복적으로 나타난다. '괄호'는 외부의 고통스런 압력 때문에 깨어지기 쉬운 연약한 '내적 방벽'의 이미지로서 작용하고 있다. 고통과 결부된 '호' 이미지를 다룬 시편들은 다음과 같다.
"서기 1945년 5월./ 나에게도 뿔이 있어/ 세워보고 또 세워 보고 했지만/ 부러지지 않았다./ 괄호 안에서 나서 괄호 안에서/ 자랐기 때문일까 달팽이처럼", -「처용단장」2-40, "눈물과 모난 괄호와/ 모난 괄호 안의/ 무정부주의와", -「처용단장」3-48, "뿔이니까, 달팽이뿔에는/ 뼈가 없으니까, 또 니까, 다. 그렇지",「처용단장」4-1, "모난 괄호/ 거기서는 그런대로 제법/ 소리도 질러 보고/ 부러지지 않는/ 달팽이뿔도 세워 보고", -「처용단장」4-17, "괄호 안에서 멋대로 까무러쳤다 깨났다 하면 된다", -「어느 날 문득 나는」, "모난 괄호를 만나면 모난 괄호가 되고 둥근 괄호를 만나면 둥근 괄호가 되고…(중략) 괄호만 있고 나는 없다", -「善」 등.
19) 김춘수는 일제때 감옥체험과 6.25 전란을 겪은 당시의 50년대에는 그 자신이 역사적 폭

로 작용하여 그에게 지속적인 영향을 보여주는 결과라고 할 것이다.

현실적인 고통의 감내 문제를 중요하게 생각하는 시인의 관점은 매우 인간적인 측면에서 해석될 수 있다. 이것은 현실적 구속을 딛고 살아가는 세상 속에서의 인간적 모럴에 관한 이야기로도 나타난다.

대심문관 언젠가 당신은
당신 어머니를 손가락질하며
이 여자여!
하고 부르지 않았소?
그러나
마리아, 그녀
당신 어머니는 당신을 위하여
아직도 처녀로 있소. 장소를 가리지 않고
누구 앞에서나
그렇게 부르지 마시오.
이승에는
이승의 저울이 있소.

「대심문관」 부분

력으로부터 받은 트라우마에 관한 언급을 하지 않는 편이다. 그런데 60년대에 들어서 「처용」으로 대표된 그의 역사적 고통 체험을 반복적으로 부각시키는 것은 Freud의 '사후성deferred action ; afterwardsness'과 관련이 깊다. "Freud의 '엠마 케이스Emma Case'에서 엠마는 새로 획득한 서사적 시각을 통해 과거의 사건을 비춰 보게 되었다. 그러자 발생 당시에는 그다지 큰 의미는 없이 스쳐버린 가게 주인의 행위가 성폭력에 해당한다고 생각하게 되었다. 즉 사건은 <사후적으로> 그녀에게 깊은 정신적 상처, '트라우마'를 유발시킨 것이다"(박찬부, 『현대정신분석비평』, 민음사, 1996, 「정신분석학과 <근원>의 문제」참고). 김춘수의 경우도 그의 서술에 따르면 그의 트라우마가 내재한 시기인 일제시대와 6.25를 겪은 당시나 50년대에는 고통 체험에 관한 서술이 보이지 않았다. 그러다가 60년대부터 사회 참여시의 경향이 사회에 팽배해지고 '역사', '이데올로기' 등의 문제가 부각되는 시기에 김춘수는 '사후적으로' 그의 과거 고통체험이 '역사', '이데올로기'의 불합리성에서 근본적으로 근원한 것임을 생각하게 된 것으로 보인다. 그리고 이러한 근거에 기반한 그의 고통체험은 '역사', '사회'로부터 거리를 둔 그의 '순수시'를 옹호하는 주요한 근거로서 작용하게 된 것이다. 즉 그의 사후성에는 시간의 개입에 따른 시각 및 서사적 진술의 차이에 의하여 실제적 사실과 결부된 일정한 '허구성'이 개입된 것이라고 할 수 있다.

대심문관이 예수가 전부인 어머니, '마리아'를 "이 여자여!"라고 부르지 말라고 이승의 규범에 관하여 이야기하는 부분이다. 이때 이승의 규범이란 인간적인 기준 내지 모럴이다. 김춘수는 '이반'의 분신인 '대심문관'에 관한 언급에서 '예수'와 대립적인 입장이지만 어느 쪽에 대해서도 존중하는 태도를 취한다. "내가 보기에는 그(대심문관)는 극적 인물이다. 예수와 나란히 세워놓고 보면 더욱 그런 느낌이 든다. 그는 예수와 아이러니컬한 입장에 선다. 말하자면 예수와 그는 겉으로는 대립적인 입장이다. 그럴수록 어느 쪽도 어느 쪽을 무시 못 한다".

『까라마조프의 형제들』에서 이반의 허구적 인물인 '대심문관'은 지상의 빵이 필요한 다수의 사람들에게 선악의 선택 순간을 부여하고 지상이 아닌 천상의 영혼을 위하여만 살라고 하는 것은 그들에게 너무 고통스러운 것이라고 주장한다. 그리하여 인간 세상에서 통용될 수밖에 없는 현세적 가치로서의 '이승의 저울'을 강조하는 것이다.

엘리엘리라마사막다니
그건
당신이 하느님을 찬미한 이승에서의
당신의 마지막 소리였소.
내 울대에서는 그런 소리가 나오지 않아요.
끝내 왜 한마디도 말이 없으시오?

대심문관은 감방으로 다가가더니 감방 문을 한 번 주먹으로 내리친다.

대심문관 그럴 수 있다면
맘대로 하시오.
가고 싶을 때 가고 싶은 곳으로 가시오.

대심문관은 꼿꼿한 자세로 천천히 무대 밖으로 걸어나간다.

그날 밤 사동은 꿈에서 본다. 어인 산홋빛 나는 애벌레 한 마리가 날 개도 없이 하늘로 날아오르는 것을, (사동의 이 부분은 슬라이드로 보여주면 되리라.)

「대심문관」 끝부분

'엘리엘리라마사막다니'는 '신이시여 나를 버리시나이까'라는 뜻으로 예수가 십자가에서 임종하기 직전에 하느님을 찬미한 이승에서의 마지막 말씀이다. 그런데 대심문관은 자기에게는 그런 소리가 나오지 않을 것임을 말하고 있다. 즉 위시에서 형상화된 대심문관의 말을 통하여 볼 때 그는 신의 '구원'과는 거리가 멀 것이라는 의미이기도 하다.

그런데 김춘수는 「대심문관」의 마지막 부분에서 '산홋빛 애벌레가 날개도 없이 하늘로 날아오르는' 장면으로 마무리하고 있다. 여기서 '산홋빛 애벌레'는 중요한 상징적 의미를 내포하고 있다. '산홋빛'이란 김춘수의 「도스토예프스키 연작」 중 「소치 베르호벤스키에게」에서 '스타브로긴'이 쓴 편지글 형식의 시편에서도 나타나는 표현이다.

거기에서는 스타브로긴이 어린 소녀에게 행한 자신의 파렴치함을 뜻할 때 쓰이고 있으며 '산홋빛 발톱'이란 표현으로 되어 있다.[20] 김춘수의 '눈'의 의미가 천사의 신성적 영역의 의미로 주로 사용되는 것처럼 '산홋빛'이란 '스타브로긴적인', 즉 '신성적인 것과는 어느 정도 거리가 먼' 것의 의미로 사용된다. 따라서 '산홋빛 나는 애벌레'란 위 시에서 예수와 대비적인 관점에 서 있으면서 위 극시의 주인공인 '대심문관'의 상징적 표현물이다.

그렇다면 "산홋빛 나는 애벌레"가 "날개도 없이 하늘로 날아오르는 것"이란 어떠한 의미를 지니는가. 이것은 「도스토예프스키 연작」 전

---

20) "날개에 산홋빛 발톱을 단/ archaeopteryx라고 하는/ 나는 쥐라기의 새, 유라시안들은 나를 악령이라고도 한다./내가 누군지 알고 싶어/ 거웃 한 올 채 나지 않은/ 나는/ 내 누이를 범했다. 그/ 산홋빛 발톱으로", 「小癡 베르호벤스키에게」 후반부.

편에서 나타나는 시인의 내적 지향과 관련하여 설명할 필요가 있다. 「도스토예프스키 연작」은 도스토예프스키의 작품들 주로 『까라마조프의 형제들』, 『죄와 벌』, 『악령』 등의 작중 인물의 내면을 발화하는 시적 변용을 보여준다.

즉 '이반', '라스콜리니코프', '스타브로긴', 그리고 이반의 허구적 인물인 '대심문관'은 가치가 전도된 혼탁한 세상을 스스로의 의지로서 개척해 나가고자 하는 인간의 정신과 의지를 보여 주는 인간상이다. 이들의 관점에서 신이란 대다수 사람들의 현실적 고통과 너무나 동떨어져서 존재하는 대상으로만 보인다.

이들은 신적 존재와 욕망어린 존재 사이에서 내적으로 갈등하지만 도덕적 고결함을 끝내 저버리지 않는 인물들이다. 그리고 인간적인 선악 갈등 속에서 신성을 갈망하는 인간, 그러면서도 지상의 현실굴레 속에서 헤어 나오지 못하는 인간들의 모습이 현실적으로 표현되어 있다. 이러한 인물의 치열한 내면을 드러내면서도 선의 의지를 구현하는 인간의 모습, 그 과정 자체에 김춘수는 가치를 부여하고 그들의 논리를 따라가고자 한 것이다.

『죄와 벌』의 시적 변용에서는 자신의 의지를 통하여 부패한 인간의 세상을 청산하겠다는 순수한 한 젊은 청년 '라스콜리니코프'의 내면을 보여준다. 또는 그런 생각을 머릿속에서 지니고 있다가 본의 아닌 의도로 인한 결과에 고뇌하는 『까라마조프의 형제들』의 '이반'의 내면을 보여준다.

그리고 고뇌 끝에 미쳐버린 '이반'이나 마침내 자수하고 참회한 '라스콜리니코프'와는 달리 끝까지 人神사상을 고수할 뿐 아니라 위악적 행위까지 서슴지 않았다가 결국은 비장한 최후를 맞게 된 『악령』의 '스타브로긴'이 모습을 드러낸다. '이반'의 허구적 인물인 '대심문관'

은 이러한 인간의 고뇌와 갈등에 찬 세상의 모습을 그대로 인정하려는 바탕 위에서 예수에게 거의 독백이다시피 한 말을 건넨다.

그는 인간적인 이들의 고뇌를 인정하고 옹호하는 목소리를 내는 것이다. 김춘수는 이러한 인물들의 모습 구체적으로는 '대심문관'의 형상을 '산홋빛 애벌레가 날개도 없이 하늘로 날아오르는 것'으로 이 연작의 마지막을 구성하면서 무언의 테마를 제시하고 있다. 즉 현실적 고통 속에서 인간적인 善을 구현하고자 하는 이들의 삶은 결국 神이 지니는 사랑의 영역과 합치될 수 있다는 비전을 제시하는 것이다. 「대심문관」에서 이반은 다음과 같이 말한다.

> 당신에게는 사랑이
> 오직 사랑이 있을 뿐인데,
>
> 「대심문관」 부분

6. 맺음말

김춘수는 도스토예프스키의 대표작인 『까라마조프의 형제들』와 『죄와 벌』을 중심으로 「도스토예프스키 연작」을 창작하였다. 이 연작은 제1부에서 4부로 구성되어 있으며 이 중 그의 주요한 지향점은 제1부와 제4부에 놓여져 있다. 연작의 특징적인 측면은 작중 인물이 다른 인물에게 그 다른 인물이 또 다른 인물에게 … 서로서로 편지글을 보내는 방식을 취한다는 점이다. 이러한 원환적 연결 구조에서 나타나는 주요한 특성은 시인의 상상과 함께 인물들의 독자적인 목소리를 부각시킨다는 것을 들 수 있다. 이러한 '다성적' 구조를 김춘수는 '들림'이라는 말로 표현한다.

김춘수가 시화한 인물들의 형상화 방식을 살펴 볼 때 그가 주로 관심을 지닌 영역을 알 수 있다. 그것은 '선'의 인물이나 '악'의 인물과 같은 평면적 인물보다도 현실적 고통에 놓인 '선악'의 갈등을 치열하게 감내한 자의 비극적 시선에 관심을 지닌다는 점이다. 특히 '고통'은 그가 작중 인물들을 통하여 주요하게 형상화한 문제이다. 그가 가치 부여하는 '고통'은 '절대성'의 영역을 공유한다. 즉, 육체를 넘어서는 정신, 정신을 지켜내는 힘의 경지에 이른 '고통'인 것이다.

김춘수의 '도스토예프스키 연작'의 독특한 점은 이러한 인간적 '고통의 감내'가 '절대' 즉 '신의 영역'에 맞닿아 있다는 것이다. 구체적으로 '이반'의 허구적 인물인 '대심문관'은 인간의 고뇌와 갈등에 찬 세상의 모습을 그대로 인정하려는 바탕 위에서 이들의 고통을 인정하고 옹호하는 목소리를 낸다.

즉 현실적 고통 속에서 인간적인 善을 구현하고자 하는 삶이란 결국 신이 지니는 사랑의 영역과 합치된다는 것이다. 이와 같이 김춘수는 「도스토예프스키 연작」에서 '비극적 상황'과 '고통 콤플렉스' 그리고 '인간적 모럴'이라는 자신의 코드로 도스토예프스키 작중 인물들을 재해석, 창조한 것이다.

바다를 닮은 소년의 내밀한 의지와 십자가

-양왕용론

1.

양왕용 시인은 1966년 대학 재학 중 김춘수 시인의 추천으로 문단에 데뷔한 이래 '한국시', '에스프리', '절대시' 동인으로 참가했으며 시집으로는 1975년 『갈라지는 바다』를 비롯하여 『달빛으로 일어서는 강물』(1981), 『여름밤의 꿈』(1986), 『섬가운데의 바다』(1990), 『버리기, 그리고 찾아보기』(1999)가 있다.

각각의 시집들은 시인의 다양한 시세계를 보여 주고 있으며 그의 시적 변화의 궤적을 뚜렷이 나타내고 있다. 『갈라지는 바다』에서는 소년기 습작 시편의 다양한 시적 시도와 함께 모더니즘적 지향을 드러내고 있으며 『달빛으로 일어서는 강물』에서는 반문명적 경향과 함께 민중적 경향을 다소 강렬하고 비판적인 목소리로 들려주고 있다.

『여름밤의 꿈』은 연작 시편들을 모은 시선집으로써 제2시집의 내용을 중심으로 제3시집의 내용을 공유하고 있으며 한 가지 주제를 중심으로 시상을 천착하는 연작시편의 특성을 드러내고 있다. 『섬가운데의 바다』는 유년기적 화자와 성인이 된 화자가 바라본 고향 및 향수의 세계를 보여주기의 방식을 통하여 드러내고 있다. 그의 가장 최근 시집인 『버리기, 그리고 찾아보기』는 기독교적 신앙시편들로서 시인이 신앙적 가르침을 궁구하고 확인해 가는 과정을 보여 주고 있다.

이러한 시인의 변모 양상은 각 시대와 사회 및 문단적 요구를 어느 정도 반영한 결과이자 시인의 시 경향 확립의 과정과 가치관의 변모 과정을 전형적으로 드러내고 있다. 그 변화의 가운데서도 특징적이면서 지속적인 주제적 성향은 유년기와 고향 및 자연에 대한 향수이며 형식적인 추구 경향은 언어 절제 및 회화적 성향이라고 할 수 있다.

그 가운데서 은근히 형성되는 시인의 중요한 내적 측면은 기독교 신앙인으로서의 면모가 조금씩 드러나고 심화되는 모습을 보여준다는 점이다. 시인의 정신적 변모는 가족과 주변에 대한 애착 및 사랑으로부터 출발하여 신에 관한 신앙심으로까지 심화된 측면을 지닌다. 그 가운데 자연과 평화를 애호하는 주제의식을 보여 주고 있다. 시인의 시편들은 한결같이 일견 소극적으로 보이면서도 내밀하고도 은근한 의지와 기상을 드러내는 점이 특징적이다.

이제 각 시집 별로 양 시인의 시세계에 관하여 구체적으로 살펴보기로 하자.

2. 소년기 습작 시편과 모더니즘적 지향
- 제1시집 『갈라지는 바다』(1975)

장대 끝에서
아이들의 고함소리가
묻어나고 있다.
먼 여행길을 돌아온
과일들의 환한 얼굴이

그 고함 소리에
파묻히고 있다.

생나무 울타리의
잠자리도
그 소리에
파묻히고 있다.

「果園」 전문

아이들의 고함소리에 과일들의 환한 얼굴과 생나무 울타리의 잠자리도 모두 묻힌다. 장대 끝 아이들의 고함소리는 섬 소년인 시인의 기상과 관련을 지울 수 있다. 그의 초기시에서 드러나는 언뜻 거친 듯하면서 비약적인 시상의 구성은 초기시의 습작의 흔적과도 관련을 지울 수 있지만 그의 섬세한 감수성을 생각해 볼 때 바다 섬 소년의 씩씩한 기상과 많은 관련이 있는 듯하다.

그의 시에서는 사실 무거운 주제나 강한 의지를 드러내는 주제의식을 지닌 시를 잘 찾아보기가 힘들다. 그러나 그의 서정적인 시편 혹은 정경을 묘사한 시편 등을 통하여 내성적이고 내밀한 가운데 은근히 배어나오는 강인한 섬 소년의 의지나 기상이 두드러진다. 위 시도 가만히 보면 평범한 유년시절의 체험 같지만 그 속에는 꺾이지 않는 소년의 기상이 '장대 끝 고함소리'로 표상되어 있다.

그것은 날카로움의 이미지보다 타고난 강인성 혹은 거칠 것 없음의 느낌을 준다. 그리고 그의 시에서는 환하고 낙천적인 대상들이 나타나는 것도 특징적이다. 위 시의 과일들도 환한 얼굴을 지니고 있다. 아이들의 고함소리는 '소년의 기상'을 과일들의 환한 얼굴은 '소년의 성정'을 나타내고 있다.

이렇게 밝은 기상을 지닌 섬 소년은 세계에 대한 호기심과 결부된 시적 감수성의 발아를 키우고 있었다.

누구에게나

높아 가는 하늘 아래
少年이 발돋움한다.
목아지가 길어 가는
庭園樹 밑에서 졸고 있는
어머니를 흘겨 보고
책가방에다
책 대신 돌멩이와 사금파리를 채워
대문을 나선다.
놓고 간 책들이
바람에 펄럭인다.
그 수 많은 책장들은
어머니가 되어
양장도 하고 치마도 입은
어머니가 되어
少年의 成長을 꿈꾸지만
가을 바람은
섬에서 온 강아지다.
감나무 잎을 입에 물고
소리없이 少年을 따르는
그 강아지다.

「가을의 少年」 전문

거제 창선도 섬 소년인 시인 양왕용의 초기 시는 낙천적이면서 내밀한 의지를 보이는 것이 특징적이다. '바다'와 '바람', '항구', '가족' 등에 관한 것이 그의 초기시의 주요 제재이며 이중 시의 제목으로서 두드러지게 나타나는 것은 '바다'이다. 그러나 그의 처녀 시편들에서 시상의 변화에 주요한 動因을 일으키는 제재는 주로 '바람'으로 나타나고 있다.

위 시는 시인의 유년시절의 체험을 쓴 초기 작품이다. 자세히 보면 매우 유머러스한 장면이라 할 수 있다. 아이는 사금파리와 돌멩이를 책가방에 가득 채워서 밖으로 나가는 장난꾸러기인데 어머니는 그런 아이에게 다정스런 눈을 흘기고 있다. 소년이 놓고 간 책장들의 펄럭임 속에서 소년은 어머니의 소년에 대한 바램을 느끼지만 '가을바람'은 섬에서 온 강아지처럼 소년의 마음을 들뜨게만 한다.

이러한 '가을바람'은 섬에서 온 강아지처럼 시인을 장난꾸러기로 만들기도 하지만 '가을바람'으로 표상된 계절의 변화에 민감하게 동요하는 소년의 시인 기질이랄까 자유로움에 대한 추구를 상징적으로 보여 준다.

소년은 시를 본격적으로 쓰고 당대 모더니즘적 시의 세례를 받으면서 좀더 섬세한 감수성을 키워나가게 된다. 씩씩한 '고함소리'와 '과일의 환한 얼굴'은 낙천적이면서 은근한 끈기로, '섬 강아지'같던 '가을바람'은 섬세한 정서적 반응 양상으로 나타난다. 그의 등단작인 다음 시편은 그의 초기시의 성향을 전형적으로 드러내고 있다.

아직도
겨울 그림자가 드리워진
內室 가운데서
三月의 바람은
일어선다.
地中海를 건너온 빗방울을
머금고
텅 비었던 花瓶의 가슴을
가득 채워준다.
花瓶의 鶴은 모른 척
외다리로 구름을 본다.
삭막한 食卓 위에는
그 동안

나이프와 빈 쟁반이 외로왔다.
손님들은
門 밖에서 기침만으로 서성대며
녹크할 기운마저 잃고 있었다.
房 안에는
이처럼 큰 事態가 일고 있는데
門 밖의 손님들은
기침도 喪失한 채
三月의 바람은
외로와진다.
빈 쟁반에 담길
새로운 과일은
외로와지는 이 바람의
가슴 속에서
아직 나오지 않는다.
따스한 젖무덤 속에서
그들의 꿈을 꾸면서 있다.
꼭 채인 花瓶의
鶴이나
內室 밖의 무표정한 손님들은
이들의 꿈을 모른다.
三月의 바람은
외로운 채로
門 밖에다 귀를 보낸다.
차츰 뜨거워지는 과일을 感賞하며
나이프와 빈 쟁반이 놓인
食卓을 바라본다.

「삼월의 바람」 전문

　'삼월의 바람'을 의인화하여 방안에서 일어나는 내밀한 가운데 부
산스런 분위기를 묘사하고 있다. 삼월의 바람이 지중해의 빗방울을

머금고 방안 화병의 가슴을 채우고 과일은 꿈을 꾸게끔 한다. 시인은 이를 "이처럼 큰 事態"라고 표현하는데 문밖의 손님들은 무표정하게 문밖에 있을 뿐이다.

삼월의 바람에 반응하는 것처럼 보이는 것은 '화병'과 '과일'인데 삼월의 바람으로 꿈을 꾸고 뜨거워지는 것은 '과일'이다. 삼월의 바람은 봄바람이며 겨울동안 웅크렸던 마음을 설레게 하고 온갖 생물의 소생을 가져다준다. 그러니까 봄바람은 자연의 변화를 예민하게 느끼는 사람에게는 경탄스러운 것일지도 모른다.

삼월의 바람이 불어오는 미묘한 느낌과 방안의 분위기를 흡수하고 느끼는 유일한 존재가 바로 시인인 것이다. 무표정한 손님들의 얼굴은 시인의 존재론적 외로움을 느끼게 하는 대상들이다.

이러한 시인의 감수성을 자극시키는 '삼월의 바람'은 병실에서의 드라이한 방안 속에서도 공중에서 날아온 '금빛 부리의 새'의 형상으로 나타난다("화병에는/국화가 지난 밤부터 시들고/수도물밖에 없는/都會가/방안까지 걸어 온다/물구나무선 링켈병과/女人의 머리에는/공중에서 날아온/금빛 부리의 새가/소리 없이 내려 앉는다", -「病室에서」후반부).

삼월의 바람이 불어오고 과일이 꿈을 꾸는 그의 방안은 그의 내면의 공간이자 "숱한 은유로 빛나"는 공간이다("땅 끝에서/시간은 정지하고/태양이 녹아 내리는/그 房의 言語는/숱한 은유로 빛나고 있다", -「相逢」전반부).

그의 방안이 이렇듯 내적인 섬세함을 드러내는 공간의 상징을 지닌 반면 그의 바깥은 특히 항구나 바다 혹은 그가 접하게 되는 문명의 세계 등은 여러 가지 낯선 상념이 얽힌 공간으로 나타난다. 그것의 형식은 비약과 생략으로 나타난다.

새벽에 두 손 벌려 다가오는
알 몸둥이
내 침실에 찬물 쏟고
지느러미의 칼날같은 波動에
햇빛으로 부딪쳐 토막난다.
관능의 이 물체들은
때 묻은 자세로 춤추다가
하이얀 해변에서 숨 죽인다.
音樂과 哲學이 難破하여
下部구조부터 변질하여 온다는
그 海邊이다.
조각조각 밀려오는 難破物들은
모래톱을 지나
해일과 더불어
뭍으로 침범할 기회를 엿본다.
頭蓋骨 사이의 腦漿은
변질의 구조를 거역하고
알콜의 공급만 기다리다 지쳐
목이 긴 사슴이다.
바람이 부는 날
腦漿은 사랑으로 침몰된다.
水平線이 흐려지면
추상화가들이 몰려와
물감을 自由로 짓이겨 창작하고
넓은 아트리에에서 커피도 마시며
잠도 잔다.
번쩍이는 叡智의 눈초리는.
이 날에도
갈라지는 바다를 응시하고
낮달이 걸린 가교 위에는
感性과 知性이 손잡아
흔들흔들 걷고 있다.

갈라지는 바다는
어두운 그믐 밤이라도
태양 아래라도
갈라지는 순간
표정을 잃어버린다.
진실은 잃어버린다.
증오도 희열도…….
흔들거리는 가교의 그림자도.

「갈라지는 바다」 전문

양왕용의 첫 시집인 『갈라지는 바다』는 제목에서 풍겨 나오는 기독교적 색채와는 달리 모더니즘적 성향과 향토적 세계가 드러나는 시편들로 구성되어 있다. 김춘수 시인의 추천으로 『시문학』에 등단한 그의 시의 출발점을 생각한다면 이 시집에 깃들어 있는 모더니즘적 분위기와 언어 비약 및 절제의 성향을 어느 정도 이해할 수 있다.

위 시는 바다에 대한 시인의 여러 가지 상념이 형상화되어 있다. 대상에 대한 다소 담담한 듯한 형상화 이면에는 다소 혼돈스러운 상념들이 머릿속에서 엇갈림을 보여준다. 바다의 모습은 감각적 형상으로도 혹은 하부구조나 변질의 구조와 같은 사회적 관심의 형상으로도 혹은 추상화가들의 시적 대상인 낭만적 형상으로도 시인의 감성과 지성이 불안하게 공존하는 형상으로도 진실과 증오와 희열이 사라지는 형상으로도 나타난다.

이 시집의 전체적 주제나 내용 면을 살펴 볼 때 특히 이 시집의 제목을 표제로 한 위 시를 살펴 볼 때 '갈라지는 바다'는 현실의 여러 현상과 사상을 새롭게 접하는 젊은이의 다소 혼돈스런 마음 형상을, 시적 비유로서 나타낸 것이라고 생각된다. 젊은 시절의 시인이 바라보는 바다의 일렁임은 그의 젊음의 열정과 상념을 대변하고 있는 듯하다.

그의 초기시에서 주요한 시적 대상인 '바다'는 「어떤 碇泊」, 「밤바다 戀歌」, 「自由」, 「밤바다」, 「바다」 등에서 무수하게 시의 제재로 나타난다. 그의 바다 시편들의 특징은, 그의 유년기 체험이나 가족에 대한 체험 등의 시편들과는 달리 때로는 관능적으로 때로는 낭만적으로 때로는 사회에 대한 상념으로도 때로는 혼란스런 내면을 드러내는 것으로도 나타난다.

서정주의 시편 「바다」에서 미지의 세계로 사라져 버리고 싶어 했던 청년의 현실적 고뇌와 같은 모습이, 양 시인의 초기 '바다' 시편에서도 구체적 형상을 띠지 않은 채 다소 관념적인 상념으로 나타나고 있다. 여러 갈래로 갈라지는 청년기의 고뇌들이 비교적 구체적이고 명료한 형상으로 나타나는 것은 그의 두 번째 시집 『달빛으로 일어서는 강물』부터라고 할 수 있다.

3. 반문명적, 서민옹호적 목소리
- 제2시집 『달빛으로 일어서는 강물』(1981)

평균 5, 6년 정도의 간격을 두고 시집을 내는 그의 시력을 생각할 때 그의 시집들은 그 만큼 그의 시세계가 겪어온 변화를 뚜렷이 드러내는 성향이 있다. 제2시집 『달빛으로 일어서는 강물』은 그의 처녀시집을 염두해 둘 때 물론 달라진 모습도 많겠지만 그래도 중심적으로 이어지는 부분 또한 뚜렷한데 그것은 '달빛으로 일어서는 강물'이라는 제목에서도 드러난다.

그의 시집 제목이 '갈라지는 바다', '달빛으로 일어서는 강물', 그리고 '섬 가운데의 바다'로 변화하였듯이 '물'의 이미지는 그의 주요 시적 탐구대상이다. 그의 처녀시집 『갈라지는 바다』가 모더니즘적 성향과 함께 다소 혼돈스런 젊은이의 열정을 형상화하였는데 비하여 두 번째 시집 『달빛으로 일어서는 강물』에서는 '갈라지는' 내적 동요가 아니라 '일어서는' 의지적인 것이면서 '달빛'이란 다소 희망스런 이미지를 드러낸다.

'바다'는 또한 '강물'이라는 좀더 구체화된 물의 형상으로 나타나고 있다. '바다'가 그에게 원초적인 대상이면서 세계에 대한 무한한 상상을 불러일으키는 것이라면 '강물'은 사람들의 삶의 터전과 관련하면서 토속적인 민중의 삶을 상징화한다. 두 번째 시집에서 '강물'로 표상된 사람들의 구체적인 형상과 관련하여 사회문명에 대한 비판적인 목소리를 보여준다.

> 개나리 보고 싶어.
> 할머니
> 병아리떼 몰어낸
> 개나리 보고 싶어.
> 봄이
> 어떻게 생겼는지
> 잘도 찾아낸
> 잘도 찾아낸
> 그 병아리는
> 닭장에서 나오지 않고
> 왜
> 그림책 속에만 갇혀 있지.
> 할머니
> 봄비도 보고 싶어.
> 종이 우산이나 삿갓 쓰고
> 볼 수 있는
> 그 비 보고 싶어.
> 숨막히는 비니루 옷

훌훌 모두 벗고
병아리떼 놀러간
들판이나 울타리 밑으로
가고 싶어.
호랑나비만 날면
억수비 와도
그냥 가고 싶어.
그런데, 할머니
오늘도 보이지 않아.
저녁마다
텔레비전의 화면은
잘도 보이는데
나비도 병아리도
개나리도 보이지 않아.
할머니.

「都會의아이들 8」 전문

그의 두 번째 시집의 특징은 연작 시편들의 구성이라는 형식적 측면을 지적할 수 있다. 전체적 체제는 「도회의 아이들」과 「下端 사람들」 그리고 「樹話集·其他」 및 「南海島」, 「여름밤의 꿈」의 연작시편으로 구성되어 있다. 「수화집」과 「남해도」를 제외한 나머지 연작 시편들은 강한 문명비판적 목소리와 함께 원시적 혹은 자연 친화적 삶을 살아가는 사람들에 대한 옹호의 목소리, 그리고 6.25 체험에 대한 형상화를 담고 있다.

그의 처녀시집인 『갈라지는 바다』의 전체적 주제를 염두 해 볼 때 반문명, 휴머니즘이라는 주제가 첫 시집의 주제에 비하여 다소 이질적이라는 느낌을 줄 수 있다. 그러나 곰곰이 생각해 보면 바다 섬 소년인 시인이 학창시절 육지와 도시체험을 통하여 자리 잡게 되었던 문명에 대한 반감 내지 자연에 대한 옹호 등이 충분히 이해될 수 있다.

이 시집에서 그의 '도회의 아이들'은 줄곧 부정적이고 반자연적인 모습을 띤다. 아이가 칼로 하늘의 전신주나 문명적인 것을 향해 긁는 모습(「都會의 아이들 1」)으로도 도회의 비정상적인 가정에서 소외된 소년(「都會의 아이들 4」) 등의 모습으로도 나타난다. 위 시에서 '개나리', '나비', '병아리', '비'도 보이지 않는 가운데 아이는 불안한 목소리로 할머니를 애타게 부르고 있다.

위 시 뿐만 아니라 도회의 아이들의 시편들에서 비춰진 도회의 모습은 반자연적이고 비인간적이고 왜곡된 형상들로 가득 차 있다. 이것은 그의 고향시편들에 비추어 볼 때 형상이나 묘사가 구체적이지 못한 측면이 있다. 그러나 여기서 주목할 것은 이러한 형상화를 너머 들려오는 문명적인 것에 대한 시인의 강한 불안과 반감에 찬 목소리이다.

이것은 섬 소년인 시인이 문명화된 육지를 접하면서 체험하게 된 이질적인 경험과 결부된 동시에 자연에 대한 강한 향수의 반영이기도 하다. 그리하여 그가 떠난 창선도 외 육지에서 그가 긍정적으로 그리고 있는 대상들은 그의 고향의 모습 및 자연과 친숙한 관련을 지닌 인간적 삶의 현장이다.

> 새벽마다
> 검은 옷과 모자를 쓴
> 사나이의
> 靑銅 팔뚝
> 눈 부릅뜬 채 죽은
> 都會 퍼담는다.
> 낡은 짐차 한 대
> 발동 걸고도 코를 지고

썩어가는 냄새 밀어내지만
짐차는
다른 냄새풍기고
사나이의 삽은
그 냄새도 퍼담는다.
都心에서 실려오는
사나이보다 백배나 더 큰
力士들.
사나이의 팔뚝
一當 千으로
거품까지 내뿜다가 한숨 돌린다.
새벽이 지나고
다른 새벽이 와도
그 팔뚝은
力士의 죽은 땀방울도
삽질한다.

「下端사람들 2-분뇨 처리장 인부」 전문

위 시에서 분뇨 처리장의 인부는 상징적 모습을 지닌다. 분뇨 처리장이란 도회에서 나온 것인데 도회의 온갖 찌꺼기들을 씩씩한 팔뚝으로 치워나가는 인부의 모습이 인상적이다. 시인은 분뇨처리장의 인부처럼 도회의 모든 반자연적인 것들을 이렇게 치워버리고 싶은 욕망을 지니고 있었던 듯하다.

그는 을숙도에서 '장어잡이를 하는 사람들', '횟집 할머니', '그물깁는 노인', '재첩잡이 여인', '도로공사 인부들', '갈대베는 中年', '조선소의 소년', '나물캐는 소녀' 등의 부제를 달고 '하단 사람들'의 여러 모습을 형상화하고 있다.

이들의 공통점은 도회에서 비교적 소외된 사람들이면서 자연을 벗삼아 살아가는 사람들이자 비인간화된 도회의 바퀴 속에서 허덕이는 사람들이다. 시인은 이러한 사람들의 모습 속에서 강인한 생명력을 발견하면서 이들의 삶의 현장을 담담히 묘사하고 있다.

　이러한 사회 문명 비판적 시선은 맨 뒤편의 장시인 「여름밤의 꿈」의 주제와도 긴밀한 관련을 지니고 있다.

> 오늘도 선창가에 다녀 왔네요.
> 할아버지
> 선생님 손에 이끌려
> 싸움터 가는 아저씨들 보내는 자리에
> 머리에는 수건 동여매고
> 어깨에는 무어라 무어라 쓰여진 띠 빗겨차고
> 교실에서 배운 씩씩한 노래 부르는 가운데
> 이 악다물고 팔부러지도록 힘차게 손 흔들며
> 배에 오르는 아저씨들
> 그들의 얼굴색 무엇으로 그릴 수 없네요.
> 며칠 늦게 배달되는 新聞 싸움터 소식 열심히 전하고
> 사촌형님 편지는 계속 오는데
> 떠나는 그들 얼굴 그릴 수 없네요.
> 뱃고동이나 機關 소리보다
> 뱃전 붙잡고 고래고래 지르는 아낙네들 고함
> 귀 더욱 멍멍한데
> 할아버지
> 콩볶는 소리 가운데의 어머니 허둥댐
> 밤에만 들려오는 오너라 오너라 소리
> 아침마다 종탑에 매달리는 十字架
> 時計 둔 채 돌아가는 아저씨 눈망울
> 이것 말고도 모두가 여름밤의 꿈인데
> 아직 그 깊은 꿈의 바닥 보이지 않는데
> 할아버지
> 오늘도 선창가에 다녀왔네요.

「여름밤의 꿈 20」 전문

위 시편은 다른 연작 시편들의 단편성과는 달리 장시의 형식으로서 일종의 이야기를 지니고 있다. 43년 출생인 시인이 초등학교 1학년 때 겪었던 6.25 체험에 대한 기억들을 비교적 사실적 체험에 근거하여 서술하고 있다. 공산군의 침입으로 마을의 어수선한 분위기와 수업을 파행적으로 실시하던 것 그 후 국군의 투입으로 수업을 정상적으로 하게 된 것까지가 당시 어린아이였던 시인 자신의 체험을 중심으로 표현하고 있다.

그는 유년시절에 관한 시편들을 쓸 때 가장 그 체험 가까이서 정밀하게 쓰고자 하는 욕구를 지니고 있다. 그리하여 그의 유년시편들에서는 유년기적 화자가 주로 등장하는데 그것은 그 체험의 현장성을 가장 잘 살려주는 장치이기도 하다.

전쟁으로 선창가를 떠난 사촌형 국군의 모습이나 악을 쓰며 뱃전 붙드는 아낙네들, 콩 볶는 소리 등은 그가 그냥 '여름밤의 꿈'으로만 간직하고자 하는 기억의 편린들이다. 그가 체험한 전쟁에 대한 기억은 이후 "콩 볶는 소리"란 청각적인 형상으로 등장하곤 한다.

4. 고향 창선도와 유년기에 대한 향수
- 제3시집 『섬 가운데의 바다』(1990)

『갈라지는 바다』에서 '바다'가 젊은이의 열정과 갈등을, 『달빛으로 일어서는 강물』에서 '강물'이 민중의 삶과 결부된 자연에 대한 옹호를 나타냈다면 그의 세 번째 시집인 『섬 가운데의 바다』 역시 '물'의 이미지와 결부되어 주제를 드러내고 있다. 그런데 '바다' 앞에 '섬 가운데의'란 수식어에서 알 수 있듯이 이것은 그의 고향 창선도 섬에서 바라본 유년기의 추억과 관련을 지니고 있다. 이 시집에서는 그가 유년시절 체험한 시골 풍경 모습이나 가족의 소박한 노동의 현장 등이 구체적인 풍경화처럼 펼쳐져 있다.

앞 내다볼 수 없음
발 밑만 굽어 봄
삿갓 위 떨어지는 빗방울 헤아림
징검다리 첫 번째 돌 보이지 않음
검정고무신 끝에 매달리는 진흙 부빔
삿갓 썩어가는 냄새 밀쳐냄
자갈 속에서 보이는 갠 날의 땀방울
감나무에 매달린 매미
쇠파리 쫓는 소꼬리 철썩 내갈김
징검다리 징검다리
우박으로 변하는 빗방울
사이 사이 허리 부러지는 할아버지
당신의 말씀
유리 알맹이 부수며 집어 봄
그럼 흉년일 수밖에 그럼 그럼
썩어가는 삿갓 속에 갇힌 한 줌의 平和
유리알 다시 부수며 달림
돌멩이 자갈 그 위의 냇물 부수며 달림
코 끝에 매달리는 삿갓 썩는 냄새의 당당함

「삿갓 속 平和」 전문

이 시집의 특징적인 점이라면 그의 두 번째 시집에서 강하게 드러나던 비판적 목소리의 흔적을 지우고자 한 점이다. 그리고 가능한 정서를 배제함으로써 보여주기의 방식을 취하고 있다. 이러한 시인의 지향은 서술어의 어미에서 단적으로 나타나고 있다. 그것은 모든 시의 서술어를 '-음'이란 명사형의 형식으로 바꾼 점이다.

상당히 독특한 표현이기도 한 시적 장치는 행과 행 사이를 끊어주면서 새로운 연상을 가능케 한다. 위 시는 마치 사진기로 한컷한컷씩 연속적으로 찍어댄 장면을 연결시킨 듯한 효과를 준다. 어미의 명사형이 이러한 묘사에 효과적으로 작용하고 있다. 비가 우박으로 변하는 사이 자신이 냇가 주변과 냇가를 건너며 보고 들은 잠깐잠깐의 장면들을 연결시키고 있다.

특히 "징검다리 징검다리"란 표현이나 "우박으로 변하는 빗방울/사이사이 허리 부러지는 할아버지", 그리고 "유리알 다시 부수며 달림" 등에서 비 내리는 풍경 묘사는 마치 영화 속 장면을, 시간적 간격을 두고 촬영한 듯한 모습을 보여준다. 이와 같은 그의 유년 향수시편에서 그는 보여 주려고 할 뿐, 어떤 정서나 감정을 자제하려고 한다.

그러나 "코 끝에 매달리는/ 삿갓 썩는 냄새의 당당함"에서 단적으로 드러나듯이 그는 자연과 고향에 대한 긍정적이고 편안한 향수를 은근히 드러내고 있다. 이 시뿐만 아니라 다른 고향을 다룬 시편에서도 지속적으로 나타나는 서술어의 명사형 마침은 때로는 시적 형상화가 만들어내는 정서의 유대나 정감 등이 다소 톡톡 끊어지는 부조화적인 측면을 만들어내기도 한다. 어쨌든 중요한 것은 그가 그 나름의 방식으로 독창적이고 새로운 시도를 하고 있다는 점이다.

이러한 언어적 측면에서의 실험적 시도가 한층 심화되어, 이 시집에서는 의성어나 의태어를 중심으로 제목을 달고 그 제목과 연관된 체험의 연작 시편들을 보여준다. 이것은 상당히 재미있는 시도인 동시에 시의 제목에서 시의 내용을 궁금하게 하는 시적 암시를 부각시키는 장점을 지니고 있다.

「탕탕」 시편에서 시인은 부엌에서 흘러나오는 도마 소리를 듣고 그 해 여름에 들린 콩 볶는 소리 즉 6.25 전쟁을 연상한다. 그가 체험한 전쟁은 이렇게 가슴을 쓸어내리는 불안과 두려움의 모습으로 자리하고 있다("도마에서 토막나는/고기뼈가 내는 소리./코에 감기는/구수한 그 냄새가/내는 그 소리./오늘 아침은/고기뼈가 아닌/그 해 여름 새벽에 들린/콩볶는 소리로 들린다./바다 건너편에서만 들리던/소리가 아니고/새벽에 느닷없이 건너와/온 동네를/고양이 앞의 쥐로 만든/그 소리로 들린다", -「탕탕」부분).

그의 체험에 대한 대처방식은 이렇게 정직하면서도 다소 소극적인 측면이 있다. 이외에 '간간', '감감', '갑갑', '닥닥', '단단', '달달', '산산', '살살', '알알', '앙앙' 등의 의성어와 의태어 관련 시편들에서 단적으로 드러나는 것은, 시의 언어를 대하는 시인의 섬세한 방식이라고 할 수 있다.

두 아들 데리고
국민학교 뒷산 오른다.
체육시간마다
올라와 씨름하던 잔디밭 지나
미술시간마다
그림 그리던 너럭바위 지나
頂上에 오르면
저 건너
三千浦의 얼음공장 지붕 보이고
새로 선
火力發電所의 세 가닥 굴뚝보이고
거기에서 솟아오르는 연기
여기까지 건너오지 않나 걱정한다.
섬 가운데 갇힌
우리들이지만
태평양 쪽 바다 보이는 곳으로
손가락질 한다.
섬 가운데에서 바라보는 그 바다.
갇힌 것이 아니라

바다는 열린 空間이라는 사실
문득 깨닫는다.
섬은 언제나 바다를 향하여
달려가고 있다는 사실도
함께 깨닫는다.

「산 위에 오르면」 전문

　이 시집의 1부가 유년시절 고향의 모습을 묘사의 방식으로 재현한 것이라면 제3부에 실린 고향 시편들은 1부와 성격을 조금 달리한다. 1부가 유년기 화자가 어릴 적 체험을 회화적 방식으로 드러냈다면 3부의 향수 시편은 어른이 된 화자가 유년기의 고향을 돌아보고 과거를 회상하면서 느끼는 감회의 측면이 나타난다.

　이 시편들은 시인의 연륜을 보여 주는 것이면서 감정을 가능한 절제하고자 한 시인의 다른 고향 시편들에 비하여 자연스럽게 정서를 나타내는 측면이 있다. 위 시는 성년이 된 시인의 자상하면서도 섬세한 성향이 드러내고 있다. 그는 두 아들을 데리고 자신의 고향 창선도 산 위에 올랐다.

　그는 그 위에서 화력 발전소의 연기로 인해 자신 고향의 자연이 오염되지 않을까 하는 염려에 사로잡힌다. 바다의 한가운데 자리잡은 섬의 꼭대기에서 그는 마침내 섬 가운데서 바라보는 그의 바다가 갇힌 것이 아니라 '열린 공간'이라는 사실을 깨닫는다. 과거 그가 유년시절 시로써 형상화했던 '갈라지는 바다'는 미지의 세계를 뜻하면서 젊은이의 혼란과 열정을 끓어오르게 하는 공간이었다.

　섬을 떠나 오랜 육지 생활을 겪고서 중년이 된 시인이, 지금 다시 섬에서 바라보는 '바다'라는 공간은 젊은 시절 그가 바다를 통하여 바라보았던 미지의 세계와 미래에 대한 다소 막연하고 혼란스러운 것이 아닌 것이다. 바다를 건너 육지에서 다시 섬으로 돌아와 바라보는

'바다'는 자신의 꿈과 이상을 펼쳤던 여로이면서 그로 하여금 꿈을 꾸게 하였던 공간으로 새롭게 인식되는 것이다.

이러한 깨달음은 기실 그가 섬을 떠나서 바다 밖의 삶을, 꿈을 간직한 채 성실히 살아나갔음을 반영하는 것이다. 어린 왕자가 바라본 사막이 아름다운 것은 그 속에 오아시스가 있다고 믿는 믿음 때문인 것처럼, 지금 바라보는 '바다'는 그에게 삶의 영역을 넓혀 주고 꿈을 펼치게 했던 공간으로 인식되는 것이다.

바다를 열린 공간으로 바라보게 하는 시선의 動因은 구체적으로는 그의 '두 아들'과도 관련을 지닌다. 위 시에서 '두 아들'이란 실제 시인의 '두 아들'의 의미를 넘어 '가족'이란 상징적인 의미를 띤다. 그의 시에서 '할아버지', '아버지', '어머니', '두 아들' 그리고 삶의 현장에 있는 구체적 사람들의 형상은 매우 친밀하고도 자상하게 시에 묘사되고 있다.

바로 이들 때문에 그는 '화력 발전소의 연기'가 혹시 고향에 날아오지 않을까 하는 염려를 지니게 된다. 이처럼 그는 주변의 사람들과 사물, 그리고 자연에 대한 강한 애착과 긍정을 지니고 있다. 이것은 그의 시편에서 낙관적이고 낙천적인 마음가짐을 드러내게 하는 동시에 소극적이고 내성적인 이면에 숨어 있는 놀랄 만한 기상과 의지를 보여주는 토대가 된다. 자신 주변의 사람들과 고향, 자연에 대한 애착은, 그가 박사논문의 대상으로 설정하였던 정지용 시인에 대한 애착과도 연관을 지닌다.

그대 처음으로 詩 쓴 장소
麻浦 下流 바라보며
그대 찾은 '당신'의 正體 생각한다.
빌딩 사이로 보이는

切頭山 聖堂에나
당인리 발전소나
수많은 한강 다리 아래에나
물 건너 외딴 섬에나
한 가지 계시는 그분.
그대에게 보내는 나의 傳言
그대 肉身 어느 곳에서 쓰러졌는지도
모르게 한
이 나라의 슬픈 歷史
낱낱이
그대에게도 전할 수 있는 힘 가진
그분.
그대 외롭게 한
浦口도 사라지고
行船배 대신 유람선 떠다니는
漢江
그 옆
切頭山 聖堂 다시 바라보며
그대 생각하고
그대 찾은 '당신'
나도 찾아본다.

「麻浦에서 −芝溶詩篇 6」 전문

　　정지용에 대한 추모시적 성격을 지닌 시편들이 『섬가운데의 바다』의
한 장을 차지하고 있다. 이 시편들은 정지용 시인의 고향 내지 정 시
인이 시적 대상으로 삼았던 곳을 여행하면서 그에 대한 감회를 싣고
있다. 그런데 이들 시편에서 한결같이 나타나는 것은 시인 정지용으로
부터 결코 멀어지지 않는 밀착된 자의 시선과 그에 대한 친밀감이다.
　　정 시인이 다닌 곳에서 정 시인이 무엇을 보고 어떠한 생각을 했
을까 그리고 양 시인 자신이 직접 바라본 모습과 체험과는 어떠한 차

이가 있을까 하고 그는 매우 세밀한 부분까지 관심을 가진다("그대 배멀미와 함께/木浦에서 건넌 바다/나는/釜山에서 편하게 비행기로 건넌다./그렇게 그대 괴롭힌 파도/밤낮으로 타고 간 여객선/찾아도 찾아도 보이지 않고", -「南海에서-芝溶詩篇 7」).

특히 그가 정지용 시인에게 관심을 가진 부분은 그가 찾은 '당신' 즉 '신'의 실체를 자신도 함께 찾고 있다는 점이다. 실상 정지용 시인이 형상화했던 신에 대한 모습과 양 시인이 담고 있는 신에 대한 표현은 어느 정도 공통점을 지니고 있다. 그것은 겉으로 잘 드러나지 않는 가운데 은밀히 드러내는 방식이라는 점이다.

시적 형상화 방식뿐만 아니라 실상 시인의 신에 대한 신앙심은 그의 시집 전체를 살펴 볼 때 은근하게 서서히 나타나고 있다. 기독교에 관한 것이 그의 처녀시집에서는 '십자가', '교회' 등의 풍물적 모습으로 간간이 나타나다가 그의 이후 시편들에서는 시적 묘사와 상념 가운데 은밀히 드러난다. 그것이 그의 가장 최근 시집 『버리기, 그리고 찾아보기』에서는 본격적인 시의 주제로 나타난다.

5. 기독교적 가르침에 대한 궁구
- 『버리기, 그리고 찾아보기』(1999)

그가 이전에 내었던 시집들의 제목에 비하면 상당히 이질적인 시집의 제목이다. 『섬 가운데의 바다』의 문체에서 드러난 바 있듯이 시의 서술어마저 간략하게 만들어 버리는 그의 결벽성이랄까 그런 시 쓰기 형식에서처럼 그는 정신적 세계에서도 정말 '버릴 것'은 미련 없이 버리는 태도를 취한다.

板門店도 사라지고
休戰線도 사라지고
그러고도 한참 뒤에도 사라지지 않을
우리들의 問題는 무엇일까?
여러 밤을 뜬눈으로 지새고도
끝내 풀 수 없는
그러한 問題는 무엇일까?
돌아오지 않는 다리
다시 이어진 大同江 다리
모두 손잡고 건널 때에도
우리들의 머리 속을 떠나지 않을
검은 그림자의 正體는 무엇일까?
오늘도
나의 詩는 이 물음의 해답을 찾아
光復洞 거리나
太平路 한복판에서 서성거린다.
물어도 물어도
모습 드러내지 않는
그 問題는 도대체 무엇일까?

「다시 나의 詩 1」 전문

　자신이 해결해야 할 근본적인 문제에 대하여 의문의 형식으로 나타내고 있다. 그러나 이러한 의문에 대한 대답을 시인은 누구보다도 잘 알고 있다. 그런데 시인은 그러한 물음에 대하여 의문을 품고 누구보다도 자세하게 절실히 묻고 생각하고 있다. 이것은 중요한 의미를 지닌다.

　왜냐하면 시인의 신앙이 일시에 만들어지거나 단숨에 넘어가지 않을 단단한 토대를 지니고 있음을 보여주는 하나의 과정이라고 생각되기 때문이다. 이것은 시인이 시인으로서의 자세를 잃지 않고 있음을 보여주는 것이다. 어른이 관습적으로 알고 있는 주변의 사물과 언어가 아니라 어린 아이가 처음으로 접하며 깨닫게 되는 주변의 실체는 실로 놀라운 것이다.

마찬가지로 신앙에 대한 무조건적 믿음도 중요하지만 끊임없이 자신이 살아가는 세계에 대한 이치의 궁구를 통한 깨달음이야말로 가치 있는 것이라고 생각된다. 그는 이 시집에서 신앙에 관하여 곰곰이 생각한 궤적을 드러내는 연작을 보여준다. 실상 '나의 詩'라는 시편들의 내용항은 신과 신앙에 관한 물음 내지 깨달음으로 요약된다.

시인은 그의 시가 혹은 그의 삶이 궁극적인 무엇인가를 향하여 가고 있음을 실감하고 있는 듯하다. 그리하여 그는 그의 생활 속에서 그가 버려야 할 것을 열심히 찾고 그것을 또 하나의 연작 시편들로서 묶어내고 있다.

남을 비판하는 말 버리기.
남에게 보내는 몇 알의 말
나에게 가마니로 돌아오고
남 헤아림이 나 헤아림으로
저울질되고
끝내는
나의 입에서 나온 티끌들이
대들보되어 나를 후려치는 법.
비판의 말말고
침묵은
금강석보다 더욱 귀한 이 세상에
침묵마저 버리기.
오로지 숨만 쉬기.
내 눈의 들보다
남 눈의 티끌 분명히 보여도
아무 말 하지 않고 침묵하기.
비판이 비난으로 다시 욕설로 돌아오는

그 말
모두 버리기.

「버리기 7」 전문

　사실 위 시의 주제는 도덕적인 측면에서 볼 때 너무나 자명한 주제이다. 남 비난하지 말고 자신을 겸손하게 돌아보기란 주제. 그러나 이것은 그가 신앙에 대한 물음을 추구하는 방식과 같은 논리를 보여주고 있다. 기실 그러한 당위적 도덕 행위가 실제 생활에서는 얼마나 어려운 것인가를 자상하게 보여주고 있기 때문이다.

　그는 비난의 말뿐만 아니라 침묵마저도 버리고자 한다. '비난의 말 버리기'란 '말'을 버리고 '침묵'마저 버림으로써 이루어지기보다는 내면으로부터 성숙함의 넘침에서 자연적으로 이루어지는 것일지도 모른다. 그러나 그것은 어디까지나 성인의 이상적 마음가짐과 통하는 것이기에 범인인 우리는 그러한 모습의 형식적 측면을 배움으로써 그러한 마음가짐마저 배우고자 할 것이다.

　그리하여 시인은 의식적으로 '버리기'라는 테마로써 시적 서술을 감행하고 있는 듯하다. 그러한 '버리기'란 그의 이전의 시집들과는 다소 이질적 주제인 것 같으나 어떤 측면에서 볼 때 상통하는 측면이 있다. 그는 이전 시집들에서 반자연적인, 반문명적인, 비인간적인 것 등에 관하여 비판적 성향을 보여주었고 자연친화적, 가족애적, 평화적인 것을 추구한 양상을 보여 주었다.

　이러한 주제 의식과 그에 대한 끊임없는 추구는, 궁극적으로 '초자연', 혹은 '신'에 대한 깨달음과 무관하지 않다. 그의 신앙 다지기의 외현적 자세는 '버리기'에 관한 상념뿐만 아니라 '찾아보기'에 관한 상념의 흔적으로도 나타난다.

버릴 것 모두 다 버리고
아무것 덮지 않고 새우잠 잔
새벽에 일어나
귀 기울이고 까치 소리 참새 소리
찾아보기.
안개와 숲에서 나는 뭇나무들의 향기
아울러 찾아보기.
심심하면 지랄탄과 화염병이 날아다니고
며칠이 지나도 유리 조각과 눈물가루가
떠돌아다니는 이 버리고 버릴 것뿐인 세상
그래도 찾을 것은
당신의 손으로 무수히 만들어지고 있는 법.
온갖 사람들 몰려와
물러나라 물러나라 외치기만 하는
당신의 모습이라고도 전혀 보이지 않는
이 아침에
까치 소리 힘차게 들리니
그것은 분명히 환청이 아닌 법.
까치 소리 나는 숲 속에는
지랄탄과 화염병 안개가 아닌

「찾아보기 1」 전문

그가 열심히 찾는 것은 성서적 가르침과 관련성을 지니고 있다. 이
것은 그가 자신의 삶을 다잡는 자세를 보여주는 것이기도 하다. 버릴
것 다 버리고 그가 찾는 것은 "참새소리", "까치소리", "뭇나무들의
향기" 등과 같은 것이다. 그것은 "지랄탄"과 "화염병 안개"가 아닌
자연의 평화로운 모습이다.

시인은 자연적인 것, 평화로운 것을 깨는 폭력적인 행위에 대한 거
부감을 지니고 있다. 그것은 그가 체험했던 6.25 전쟁처럼 인간과 자

연의 조화로운 평화가 결코 폭력적인 것으로 해결될 수 없다고 믿기 때문이다. 이것은 사회 현실에 대한 소극적인 자세로 연관시키기보다는, 그의 신앙적 연륜과 삶의 체험에서 깨달은, 멀리 보는 안목과 연관지우는 편이 나을 듯하다.

그의 '찾아보기' 다음에는 어떤 소제목의 연작시편의 장이 이어질까. '버리기', '찾아보기' 다음에는 좀더 강한 메시지의 연작 신앙시편이 나올 것이라고 기대되기도 한다. 그러나 이후 나오는 연작시편의 장은 '눈의 나라'와 '동백'을 주요 테마로 삼고 있다. '눈'과 '꽃'이란 소재는 그의 초기시편부터 줄곧 관심의 대상이었다. 남해 섬에서 잘 보지 못했던 풍물 중에서, 시인이 도시에서 체험한 것 중에 매우 인상적인 것이 눈이었던 듯하다.

그는 눈 때문에 체증에 밀린 버스 안에서조차 눈경치를 감상하기도 하고 눈이 가득 쌓인 가운데 치워야 하는 상황 속에서도 햇살이 눈을 녹일 것을 생각한다("승객들 아직 歡呼聲만 지를 뿐/손 하나 까딱 않음./小白山脈 뒷쪽 세상과 앞쪽 세상 차이보다도/그냥 눈보라에 감격한 채/交通杜絶도 눈사태도 아랑 곳 없음", -「車中」부분).

그리고 그가 미국의 교환교수로 있을 때에 관한 시편에서도 그는 '눈의 나라'란 제목을 붙인 것에서 알 수 있듯이 시인에게 눈이 매우 인상적이었음을 알 수 있다. '눈'이란 하늘에서 내려온 것이면서 시인의 관점에서 볼 때 신의 반영체인 자연물 중에서도 가장 순수한 결정체로 비쳤을 지도 모른다. 마찬가지로 '꽃'에 관한 관심도 그의 과거 초기 시편들에서부터 한 장씩을 차지할 만큼 많은 관심을 드러내고 있으며 단시인 가운데 간결한 맛을 내는 시편들도 적지 않다.

6.

    그의 시세계의 변화를 살펴 볼 때 그의 시는 가장 궁극적인 것을 향하여 조금씩 향해가고 있다. 그것은 매우 조심스럽고도 내밀하게 때로는 강하게 나타나기도 한다. 그 속에서 그가 늘 간직하는 것은 조용하면서도 밝고 낙관적인 가운데 섬 소년의 꺾이지 않는 기상과 의지를 보여주는 점이다. 이러한 모습의 근저는 그의 삶의 뿌리와 자신을 둘러싼 주변에 대한 강한 애착심과 관련을 지닌다.

> 나의 詩는
> 할아버지 기침 소리에 묻어나오는
> 소금기의 하얀 바람이다.
> 陸地로 乾魚物 장사를 떠났던
> 당신의 젊은 시절
> 그 바람은
> 언제나 당신을 따라 나섰다.
> 주막의 댓돌 위에서나
> 市場의 복판에서나
> 어쩌다가 바다에서
> 돌개바람을 만나
> 몸만 살아 남았던 때에도……
> 주름살이 늘어난 얼굴로
> 새벽에 집을 나서
> 방울 소리와 함께
> 소장수를 떠났던 시절에도
> 저녁마다 대사립을 울린
> 카랑카랑한 그 목소리.
> 어느 해 겨울
> 저녁 밥상을 물리고
> 나직나직 지난 날을 회상하던

그 목소리로
동학란 속에서
간간이 번쩍이는 그 바람이다.
나의 詩는
당신의 등짐 속 乾魚物이나
소들이나
주막의 호롱불에 섞여
당신의 수염 밑으로 떨어지던
그 바람이다.
가벼이 가벼이
아침마다 밥상머리에
내려앉는
소금기에 그 바람이다.

「나의 詩(3)」전문

　위 시는 그의 처녀시집의 한 장을 차지하고 있었던 연작시편 중의 하나이다. '나의 시'를 "할아버지의 기침소리에 묻어나오는/ 소금기의 하얀 바람"이라고 표현하고 있다. 시인의 할아버지는 매우 빈번하게 그의 시편들의 제재로서 나타나고 있다. 그가 체험한 할아버지의 모습은 우리가 흔히 생각하듯이 노년의 노쇠한 모습이 아니라 청년보다도 굳건하고 누구보다도 성실하게 농사, 혹은 다른 일을 해 내는 이의 모습으로 재현되고 있다.

　시인은 자신의 성장 모델의 뿌리를 그의 할아버지로부터 배운 것이 아닌가 생각된다. 위의 시편에서 보듯이 할아버지가 지닌 '소금기의 바람'의 실체는 곧 '나의 시'와 연관되어 있다. 그리고 시인은 '나의 시'를 곧 '나의 삶', '나의 신앙' 및 궁극적인 지향과 연관을 맺고 있다.

　'할아버지의 밥상에 내려앉는 소금기의 바람'이 지니고 있는 상징적 의미는, 주막, 시장, 바다, 돌개바람, 동학란 등으로 표상된 삶의 고초를 겪으면서도, 할아버지가 돌아올 때 그의 카랑카랑한 목소리를 잃지 않았던 모습과 관련을 지닌다. 그것은 삶의 고난과 역경 속에서도 지니고 있는 당당함과 건재함이다.

그러한 당당함과 삶의 생명력은 양왕용 시인 시의 핏줄에서도 면면히 이어지고 있다. 그 의지는 다른 시인들의 시편에서 보여주는 의지와는 많이 다르다. 그것은 삶의 역경과 고난의 체험을 참으면서 지켜나가려고 하는 '안타까운 의지'가 아니다.

시인의 의지는 삶의 역경과 체험에 당당하게 나서고, 낙천적인 신념 가운데 자연스레 지켜온 바다의 기상을 닮은 섬 소년의 거칠 것 없음과 관계한다. 그러한 모습은 내밀하고도 조용한 가운데 드러나는 것이 특징적이다.

고요한 투명성의 來歷
— 최승호의 『아무것도 아니면서 모든 것인 나』

최 라 영

최승호 시인의 『아무것도 아니면서 모든 것인 나』는 뛰어난 기교를
시도하거나 몇몇 반짝이는 시편들이 두드러지는 시집은 아니다. 시집
에 실린 모든 시편들은 거의 비슷한 수준의 시적 성취를 이루고 있다.
그리고 전반적인 시편들의 주제의식도 유사한 경향을 유지하고 있다.

특별한 기교를 부리지 않으면서 자신의 내부와 세계를 향한 시선을
자연스럽고도 깊이 있게 드러내는 것이 시편들의 장점이다. 각각의
시편들은 어떤 해석의 그물망으로 포착되지 않는 측면을 지닌다. 그
이유는 시편들의 주제가 지니고 있는 의미의 깊이, 내지 포괄성과도
관련한다.

그러나 근본적으로 시인이 지닌 가치관과 연관시킨다면 시인이 이
시집에서 뚜렷이 보여주는 우주적 순환론적 상상력과 밀접한 관련을
지닌다고 생각된다. '아무것도 아니면서 모든 것인 나'라는 시집 제목
에서 알 수 있듯이 '나'라는 하나의 개체는 '세상의 모든 것'이 되기
도 한다.

이것을 '나'라는 '자아 내면의 축소와 확대'라는 범위를 넘어서 개
별적 개체와 우주와의 관계에서 생각할 때 나 또는 너, 우리는 결국
우주적 유기체와 맞닿아 있음을 보여주는 시각이라고 생각할 수 있

다. 이 시집에서 두드러지는 것은 이러한 시인의 일관되고도 독특한 '시선의 유지 방식'이다.

시인은 현실적인 대상과 현상에 관하여 인간적인 관점을 보여 주면서도 이에 대한 '담담하고도 객관적인 시각'을 보여 준다. 그 이유는 '나', '너', '대상' 등은 곧 우주적인 것에 맞닿아 있으며 그것들은 우주적 시간의 영원성 속에서 항상 가변적인 것이자 혹은 영속적인 것이라는 그 생각의 테두리 때문에 가능한 것이다.

> 아무것도 아니면서
> 모든 것이
> 나인
> 空王처럼
>
> 고요한 투명성의 來歷은 오래된 것이다
> 눈꺼풀을 떼어낸 눈처럼
> 거울은 눈을 감지 못하고 있다
>
> 거울이 하나의 눈이라면 그것은 눈꺼풀 없는 눈, 속눈썹 없는 눈, 눈동자 없는 눈이라고 말할 수 있다. 달마가 늘 깨어 있으려고 자신의 눈꺼풀을 잘라냈다는 믿기 힘든 이야기가 전해지지만, 아무튼 거울이 하나의 눈이라면 그 눈은 우리를 무심하게 보고 있다. 허공은 얼마나 큰 거울이며 無邊眼인가. 안과 밖, 앞과 뒤가 없는, 통째로 맑고 고요한 눈알이 허공이다. 변화무쌍하게 흘러가는 것들과 절대로 흘러가지 않는 것을 명상하기 위해 인간은 거울을 만든 것이 아닐까? 영원히 눈을 감지 못하는 거울을.

「거울과 눈」 전문

'달마가 늘 깨어 있으려고 자신의 눈꺼풀을 잘라냈다'는 자리가 바로 이 시집이 안고 있는 시선의 출발점이다. 눈꺼풀 없이 늘 깨어 있다는 것, 그것은 매우 고통스러운 수행자의 그것이기도 하다. 그 수행자의 시선에서는 세상의 모든 것이 시간의 영원성 속에서 서로 상통하는 경지를 체험한다.

위 시에서 '나'는 '거울'이며 '눈'이며 '허공'이라는 등식이 성립하리 만큼 이들은 유사성을 강하게 맺고 있다. 거울을 들여다보며 자신의 늙어가는 적나라한 모습을 느끼며 그러나 그러한 자신에 다시 애착을 발견한다. 그 속에서 그는 자신에 대한 반성의 눈이자 동시에 세계에 대한 반성의 눈을 지닌다.

변화하는 자신과 흘러가지 않는 자신의 어떤 본질에 관하여 거울을 통하여 생각하게 되는 것이다. 시인은 '거울', '허공', 빛나는 '수평선' 등의 이미지에서 이러한 '성찰적 시선'의 특성을 발견하곤 한다.

그 시선은 자신을 늘 깨어 있도록 하는 동시에 고통스럽게도 하는 것이다. 이와 동시에 '거울'과 '눈', '허공' 등이 지닌 공통적 특성이라면 자신과 세계를 비추는 '투명성의 존재'라는 점이다. 거울 앞에 선 시인이 감지한 '눈'이란 투명한 것이기에 욕망이 상실되기를 바라는 자리이기도 하다.

> 둥근 지붕뿐만 아니라
> 납골당내부의 유골보관함을
> 철제도 석재도 아닌
> 투명한 유리로 바꿀 것을 제안합니다
> ……
> 적어도 건조된 재에는 더 이상 불길한 욕망들이 없다는 것을
> 우리가 눈으로 직접 확인할 수 있도록
> 배려해 주시기 바랍니다
>
> 「태양의 납골묘」 1연과 4연

모든 것이 '유리'로 바뀐 납골묘란 유리가 지닌 '투명성'을 지닌다. 그것은 시인이 지향하는 시선의 맑음 상태와 관련된다. 시인은 유리 항아리 속에 담긴 인간의 재에 더 이상 불길한 욕망이 없음을 확인하고자 한다. 이러한 지향점을 살펴보면 그는 탈속적 세계 혹은 자연의 세계에 대한 추구를 주로 시적 제재로 다룰 것이 예상되기도 한다.

그리고 실제 그의 시집의 앞부분을 차지하는 시편들의 많은 부분이 이러한 측면을 반영하기도 한다. 「여울에서」, 「돌의 맛」, 「여울이 歌王」, 「백만년이 넘도록 맺힌 이슬」 등에서 그는 자연에 대한 친숙한 애착과 함께 투명한 탈속적 시선을 보여준다. 이러한 시편들을 통하여 그는 100년을 넘지 못하는 인간 수명의 한계를 넘어서, 우주적인 영원한 시간 속에서 존재의 가변적인 꿈꾸기를 시행한다.

그러나 시집의 시편들을 한 장씩 넘겨나갈수록 시인은 그러한 현실의 초월적 방식만이 아니라 현실의 문명세계에 대하여 그의 투명한 시선을 투영시키며 고민한 흔적을 보여주고 있다.

> 그믐달 어둠으로 빚은 듯한
> 검은 靈物,
> 고양이는 목털을 세우고
> 이빨을 드러내며
> 쓰레기자루 옆에서 나를 노려보았다
> 그 눈구멍의 광채,
> 물질로만 말하자면
> 해묵은 가죽자루인 나를 꿰뚫고
> 업으로 말하자면
> 오물덩어리인 나를 이글거리며 쏘아보던
> 신령스러운 눈알,
> 物外의 일은 접어두고
> 말하자면 그렇다

비닐이 찢어지고 국물이 흘러내리는
쓰레기자루 옆 검은 고양이의 눈빛을 잊을 수 없는 것이다
우리가 다시 쓰레기 냄새 속에서 만나리라
자루를 집어던지자 휙 달아나던
검은 靈物,
그 뒤의 일에 대해서는
지금은 별로 할 말이 없다
이를테면 쓰레기의 힘으로 젖이 불어난
암코양이 가족의 근황,
어린것들에게 오물을 먹이는
굶주림 이야기,
진척 없는 내 어두운 밤
靑을 향해 자라나는 내 영혼의 진실 따위는
글쎄, 다음에 말할 수 있을는지

「검은 고양이」 전문

시인은 투명성의 특성을 유지한 자연 대상의 언어에 관해서는 그 단어의 의미가 지닌 고정점에서 늘 미끄러져 내린다. 그 이유는 그의 시선이 지닌 우주 순환론적 사유와 관련이 있다. 시간의 영원성 속에서 있음이 곧 없음이며 존재의 가변성을 깨달은 자의 시선을 유지하기 때문이다.

마찬가지의 방식으로 그는 어두운 문명 뒷골목을 배회하는 작은 생명체에 대한 연민 너머로 의외의 담담한 시선을 유지할 수 있지 않나 생각된다. 그러나 그는 도시 뒷골목의 '비둘기', '고양이', '개' 등이 시인에게 던진 인상적인 눈빛을 잊지 못한다.

위 시에서 시인은 쓰레기를 버리러 갔다가 쓰레기의 힘으로 젖이 불어난 '암코양이의 시선' 속에서 어쩔 줄 몰라 한다. 그는 인간들로 인해 소외된 동물들의 '눈빛' 속에서 가해자로서의 인간이 지닌 자책감을

느끼고 있는 것인데 이러한 의식은 시집 이곳저곳에서 드러나곤 한다.

이것은 단순한 생명체에 대한 연민의 정과는 또 다른 것이다. 시간의 영원성 속에서 존재와 대상을 환원시키곤 하는 상상력을 지닌 그의 시선 방식에서 이해할 때 '고양이와의 눈빛을 통한, 같은 생명체로서의 영적 느낌'이란 어쩌면 섬뜩한 것일 수 있다. 그것은 단지 가슴 아픔, 불쌍함의 차원을 넘어서서 우주의 존재로서 느끼는 연대적 정서이기도 할 것이다.

그래서인지 그는 그 시선에 마주치기보다 자신이 그들을 바라보는데서 머무른 시선을 드러내는 시편들이 많다("겨울날의 비둘기들이/ 벽틈에 웅크린 하늘거지들처럼 볕을 쬐면서/ 아무 뜻도 없이 배설물로 그려나간 희멀건 벽화를/ 봄날의 절벽 같은 베란다에서/ 나는 바라본다", -「비둘기의 벽화」부분). 그 이유는 그가 '검은 고양이'나 '비둘기'보다 더욱 철저히 '소외된 인간들의 눈빛'에 대면할 용기가 모자라서일지도 모른다.

혹은 그가 소망했던 '거울', 즉 '눈꺼풀이 없는 시선'의 경지 내지 그가 담지하려 하는 시적 투명함의 시각이 자칫 현실에 대한 격렬한 감정이나 분노 따위로 변할지도 모를 두려움 때문일지도 모를 것이다("가난한 사람들이 아직도/ 너덜너덜한 소굴에서 살아간다/ 시커먼 연기가 솟고 소방차들이 달려왔을 때/ 무너지는 잿더미 앞에서 울고 있는/ 아이와 노파를 나는 보고 있었다", -「가난한 사람들」1연).

그리하여 그는 '가난에 찌든' 게다가 '잿더미 앞에 선 아이와 노파'를 바라만 볼 뿐 그들의 눈동자와 정면으로 마주치지 못한다. 고작 그들 주변을 서성이는 검은 개의 시선에 못 박힐 뿐이다("가난한 사람들이 손수레를 끌면서/ 오늘도 문명의 잔해를 나르는 곳, 그 입구를 지키며/ 엎드려 있는 검은 개는/ 스핑크스처럼/ 짖지도 않고 나를 보고 있다", -「가난한 사람들」4연).

뜻밖의 공짜 먹거리를 만난 것처럼
물땅당이, 물빈대, 물장군, 물방개 등등이
오후의 익사체에 몰려들었다
그들은 다리를 움직인다
그들은 배를 불리려고 애쓴다
몇 시나 되었을까?
콧구멍 속으로 우렁이새끼가 들어간다
구멍 속에 뭐가 있는지도 모르면서 슬금슬금

「물방울무늬 넥타이를 맨 익사체」 끝부분

그의 범인간적인 생명체에 대한 각각의 애정과 존중은 익사체에 관한 묘사에서도 드러난다. 사람의 죽음과 그 속에서 배를 불리려는 작은 생명체들에 대한 담담한 시선은, 대상에 관한 순환론적 사유에 맞닿아 있는 그의 시선 방식과 관련이 있다. 그리고 그것은 자기 자신이 속한 인간에 대한 시선과도 관련이 있다.

사실 그의 시편에서는 생활주변의 소외된 동물이나 식물, 공룡 등에 관한 애처로운 시선을 보내는 주제들이 많다. 이에 비해 실제 시인 주변의 사람들이나 생활 등에 관한 언급이 빈약한 편이다. 이것은 이들이 그가 '눈꺼풀 없는 맑은 시선'을 유지하기에 너무도 버거운 현실적 존재들이어서 그러한 것인가.

검은 고양이의 시선과는 맑은 시선을 유지하고 마주칠 용기가 아직은 남아 있지만 가난한 사람들의 공허한 눈빛과 대면하여 시인의 맑은 시선을 유지할 용기가 없어서가 아닐까. 혹은 시간의 영속성 속에서 그가 늘 하는 사유의 방식처럼 다른 사람들이란 곧 자신과 맞닿은 존재이기에 인간과 자신에 대한 연민과 긍정만큼이나 괴로운 것이어서가 아닐까.

그러니까 현실의 문명 구석을 투명하게 바라보면 볼수록 시인의 투명한 눈빛은 충혈 될 수밖에 없다.

서울에서 나는 저녁의 느낌들을 잃어버렸다
역삼역 옆 스타타워 빌딩에서
큰 네온별이 번쩍거리면
초저녁,
땅거미도 어스름도 없이
발광하는 간판의 불빛들로 어지러워진다

눈에서 열이 날 때
열목어를 생각한다
두 눈이 벌개졌을 때
안과의사가 쌍안경 같은 구멍으로 내 눈을 들여다볼 때
의사 선생님
제 눈이 매음굴처럼 벌개졌나요?
아니면 정육점 불빛처럼 불그죽죽합니까?
의사가 눈에 칼을 댈 때
피와 눈물과 고름으로 눈구멍이 뒤범벅일 때

열목어를 생각한다
무슨 북극 체질인 물고기처럼
사시사철 서늘한 계곡에서 눈의 열을 식히는
열목어야! 열목어야!
그 적막 깊은 深山幽谷에서
멋모르고 서울로 내려왔다가
네 눈구멍에서 화염과 연기가 치솟을 거다

「열목어」 전문

그는 거울과 같은 시선을 유지하며 도시적 삶을 살아 나간다는 것
이 얼마나 어려운 것인지 알고 있다. 연약한 생명체, 가난한 사람들의
시선에 가슴아파함, 안타까움 등은 시인의 눈을 일견 동정에 혹은 분
노에 붉게 충혈 되게 할 수밖에 없을 것이다.

그가 소외된 인간들의 외롭고 안타까운 시선을 마주치는 대신에 소외된 주변 동물들의 눈빛을 통해 대면하는 것만으로도 그의 시선, 그의 눈빛은 '눈이 뜨거운 고기'라는 '열목어(熱目魚)'의 이름 뜻처럼 눈에서 열이 날 수밖에 없다. 욕망을 정화시키고 맑고 투명한 눈을 지니려고 하면 할수록 열목어의 붉은 눈이 될 수밖에 없는 현실의 아이러니를 보여준다.

시인은 우주와 자연 그리고 자연의 모든 생명체가 조화롭게 살아가는 데에 있어서 그 조화로운 고리를 파괴하는 주범이 자연을 파괴하고 반자연적인 문명적 족쇄를 만든, 바로 인간 자신이라는 자책감과 뉘우침을 지니고 있기도 하다.

그러나 시인은 그의 붉은 눈을 곧 식혀 내려고 애쓰곤 한다. 그것은 바로 그가 애초에 투명한 시선 갖기를 지향했던 우주적 상상력을 통해서이다. '순환론적 상상력'은 '죽뻘' 또는 '반죽'의 이미지로서 구체적 형상을 띤다.

죽뻘에서 죽는다는 것은
배설물처럼 죽뻘에 반죽이 되는 것이다
죽뻘에는 무덤이 없다 설령 있다 해도
무덤들은 죽뻘에서 뭉개져 죽뻘이 되었을 것이다
죽뻘에서 죽는다는 것은
썰물과 밀물, 그 반복되는 바다의 애무 밑에서
이불 없이 잠자는 것이다
죽뻘에는 비석이 없다 그러나 나는 게를 위해 묘비명을 쓴다
—한 평생 옆으로 걸었노라!
구멍으로 나와서 구멍으로 들어가는
게의 흔적은 뭉개지고 지워진다
죽뻘에서 죽는다는 것은
죽은 것도 아니고 산 것도 아닌

혼돈의 난죽같은 상태로
바다의 부드러운 애무를 받는 것이다 베개도 없이

「죽뻘 1」 전문

'반죽', '혼합'의 모티브는 이 시집의 시편들이 지닌 주요한 특성이기도 하다. 이것은 그가 소외된 현실적 존재에 대한 담담한 시선을 지탱할 수 있는 이유이기도 하다. 시간의 영원성 속에서 존재는 세계를 스쳐갈 뿐이라는 인식과 관련을 맺는다. 그는 '공룡의 뼈' 혹은 '조개껍질' 등의 자연 현상을 태고적 원시의 형상으로 되돌리는 연상을 보여주곤 한다.

그러한 상상 속에서 '석탄'을 '양치식물의 더미'로 인식하는 거시적 시간 속 상상에서, 모든 존재는 연대적 고리를 지니며 현실적 상황은 스쳐가는 일순간으로 담담하게 지나칠 수 있는 것이다. 반죽의 형태, '죽뻘'은 바로 그러한 시간적 영원 속 존재의 흥망성쇠라는 연속적 측면을 압축적으로 보여주는 공간이다.

죽뻘에서 구멍을 뚫고 들어가는 것은, '게'가 '살아 있는' 것이기도 하고 '게'가 '잠자는 것'이기도 하고 '죽는 것'이기도 하다. 그것은 '바다'라는 '대자연'의 섭리 속에서 이루어진다. 시인은 그렇게 살다 죽은 게를 위해 담담한 묘비명을 쓸 수 있을 뿐이다. 죽뻘 속에서는 죽는 것이 사는 것이요, 모든 것의 혼합적 소멸지인 동시에 생산지인 것이다.

그리하여 그는 이러한 '반죽' 이미지와 유사한 상상을 자아내는 '비'의 이미지를 통하여 도회의 삶도 이 같은 '죽뻘'과 같은 것이라는 깨달음이랄까 체념을 나타내고 있다("마네킹과 콘크리트와 鐵筋의 도시에서/ 물질적 반죽으로 부풀어오르고 싶은 비/ 옷에 스미고 살에 닿으면서/ 분비되는 나의 진액들과 뒤섞이는 비,/ 옷에 스미고 살에 닿으면서/ 분비되는 나의 진액들과 뒤섞이는 비./ 그것을 과연 누구의 비라고 말해야 하는 것일까/ 진액에 뒤섞인 빗물이 나의 것인지/ 빗물에 뒤섞인 진액이 비의 것인지 폭우가 쏟아진다", -「비분류법」부분).

우리가 태어나기 전에 있고
우리가 사라진 뒤에 존재하는 것
수평선은 하나의 불사신의 시선이다

우리는 한계 속에 살다 무한 속에 죽을 것이다
그러면 좀 억울하지 않은가
우리는 무한을 누리다 한계 속에 죽을 것이다

「수평선」 3, 4연

시인은 '거울', '허공' 등에서 투명성의 시선을 느꼈듯이 '수평선' 속에서도 "하나의 불사신의 시선"을 느낀다. 그리고 그 속에서 시인은 늘 깨어 있으려고 '눈꺼풀을 잘라버린 달마'의 시선을 배우고자 할 것이다. 그것은 '한계'가 없는 '무한의 시선'에 가까운 것이라고 할 수 있다.

그러나 시인은 결국 인간이 유한한 시선의 한계 속에서 살다 그 한계 속에서 죽을 것임을 알고 있다. '수평선'과 같은, '거울'과 같은 불사신의 시선이 인간에게는 얼마나 요원한 것인지를 알고 있다. 그러나 그는 '무한 속에 살다 한계 속에 죽을 것'이라고, 자신의 '투명한 시선 갖기'를 애써 다짐한다.

그 이유는 '투명성'을 위해 그가 거세하고자 했던 '욕망의 시선' 속에 단 하나 남아 있는 '쓰고 싶다'는 시인의 욕망 때문일 것이다("나는 쓰고 싶다/ 문을 열 때마다/ 낯설고 놀라운 풍경이/ 눈앞에 처음 펼쳐지는 것처럼", -「시집을 펴내며」).

새로 다시 한 번 마르는 이파리로

- 황동규의 『우연에 기댈 때도 있었다』

　이 시집의 제목인 '우연에 기댈 때도 있었다'의 의미에 대해서 우선 생각해 본다. '우연에 기댈 때'란 시인의 최근 시작 태도와 관련된 태도라고 생각된다. 시인으로서의 글쓰기 태도와 관련지을 때 '필연에 기대는 태도'는 시인의 넘쳐 오르는 열정과 감흥 또는 생의 감각을 주체할 수 없음에서 나오는 어느 정도 낭만주의적인 詩作 태도라고 할 수 있다.

　한편 이 시집에서 '우연에 기댈 때'의 의미는 시인이 전혀 다른 경험 또는 느낌을 병치하거나, 혹은 머릿속에 떠오르는 체험들을 무질서한 듯 보이나 질서 있게 담담히 옮기는, 다소 모던한 태도가 아닐까 생각된다. 이것은 이전 그의 시집들과는 조금 색다른 내용을 담고 있는 제 2부의 내용에서 그 특징적 측면이 드러난다.

　예수, 부처, 원효 등이 서로 대화하는 선문답 형식 혹은 탈무드 형식 등은 엉뚱한 물음과 대답을 통해 내적인 역설의 의미를 보여주고 있다. 이러한 시작 방식은 제 1부에서 인생의 황혼기에서 자연에 대한 '관조적' 시선을 형상화한 시적 장치나, 제 3부에서 자신의 과거 체험 및 일상사를 다룬 시편들의 이미지의 결합 원리에서도 드러나고 있다. 즉 자신이 체험한 신비로운 원시적인 자연물에서 떠오르는 자신의 자유로운 상념을 '우연의 원리'로써 이어준 것이다.

'우연'의 출발점이 성인들의 선문답적 역설로부터 이루어졌다는 점에서 이 시집은 어느 정도 사상적 깊이를 겨냥하려 했음을 알 수 있다. 즉 자신이 해석한 성현의 철학적 깨달음과 인생에 대한 태도를 제 1, 2부의 주요 테마로 내세운 것이다.

> 마사치오의 나뭇잎으로 아랫도리 가리고
> 낙원에서 추방되는 아담과 이브 그림을 보며
> 원효가 예수에게 말했다.
> "선생의 낙원은 빨래가 없는 곳이군요"
> "그렇다. 지옥은 비누가 없는 곳이다."
>
> 「예수와 원효」 전문

"빨래가 없는" 낙원과 "비누가 없는" 지옥의 비유 표현에서 시인의 기지가 반짝인다. 이번 시집에서 보여 지는 특징으로서 선문답적 형식과 역설의 방식은 그의 '우연의 원리'라는 시작 방법을 외면적으로 드러내는 장치이기도 하다. 그런데 이러한 역설의 형식은 위 시처럼 간결하고도 인간적인 방식으로 나타난다. 그러나 때로는 시인의 의도성을 담기에는 조금은 벅찬 시의 표현으로서 나타나기도 한다.

예수와 불타와 원효 등의 대화에서 드러나는 '인생에 대한 깨달음'이란 주제는 사유의 과정을 드러내는 방식이 아니라 '결과'를 드러내는 방식이 짙다. 마치 현명한 젊은이가 인생의 온갖 경험을 겪지 않고서도 생의 이치를 깨달을 때처럼, 이러한 인생에 대한 깨달음의 주제를 형상화하기에 이순이라는 나이는 시인에게 아직도 젊은 것 같아 보인다. 그리하여 그는 그의 시에서 '마음을 비우고'가 아니라 '마음 없이'를 강조하는 것이다.

게처럼 꽉 물고 놓지 않으려는 마음은
게 발처럼 뚝뚝 끊어버리고
마음 없이 살고 싶다.
조용히, 방금 스쳐간 구름보다도 조용히,
마음 비우고가 아니라
그냥 마음 없이 살고 싶다.

「쩽한 사랑 노래」 전반부

'마음 비우고'가 아닌 '마음 없이'의 의미는 무엇인가. '마음 비우기'란 "조용히, 방금 스쳐간 구름"의 이미지를 지니며 '마음 없이'란 "게처럼 꽉 물고 놓지 않으려는 마음을/ 게 발처럼 뚝뚝 끊어 버리"는 비유를 지닌다. 즉 '마음 비우기'란 모든 것을 깨닫는 경지에서 내적으로 성숙하여 이루어지는 의미를 지닌다면 '마음 없이'란 세상살이에 대한 체험과 애착을 인위적으로 끊어 버리는 태도와 관련이 있지 않나 생각된다.

다시 말해 '마음 비우기'란 진짜 노년의 쓸쓸함과 고독을 맛본 자에게서 자연스럽게 나오는 태도라면 '마음 없애기'란 젊은 날의 열정을 애써 잠재우려는 아직도 욕망에 찬 자아를 전제로 한 것이다.

서정주의 노년시편처럼 긴장이 풀어버린 듯한 느긋한 서술에서 생에 대한 관조와 세상에 대한 애정을 드러내는 것이나, 김춘수의 노년시편처럼 비애와 고독의 끝에 선 자의 허망한 표정을 드러낸 것은, '마음 비우기'의 노년의 표정을 담고 있다. 반면 황동규처럼 담담하게 인간세계로부터 자신의 욕망과 미련을 애써 지워 버리려는 '마음 없애기'의 표정이 있다.

'마음 비우기'와 '마음 없애기'의 표면적이고 결과적인 상태는 유사할지 모른다. 그것은 '생에 대한 관조와 인생에 대한 성찰'이란 주제이다. 그러나 황동규의 '마음 없애기'는 인간적인 욕망의 마그마가 저변에 흐르나 겉으로는 오래된 사화산 같은 형상을 보여준다.

시인의 이러한 마음 없애기 노력의 결과 그의 이번 시편들에서 시인의 '얼굴'을 찾아보기가 어렵다. 그것은 시인이 자신의 얼굴을 감추는 모습이라기보다는, 시인이 자신의 얼굴을 지우고서 자연 속에 동화되어 서 있으려 하는 내적 방향성을 드러낸다. 그래서 그의 시편에서는 인간인 자신을 '물'이나 '길'인 것처럼 표현한 내용이 빈번히 나타난다.

> 그대 기척 어느덧 지표에서 휘발하고
> 저녁 하늘
> 바다 가까이 바다 냄새 맡을 때쯤
> 바다 홀연히 사라진 강물처럼
> 황당하게 나는 흐른다.
>
> 「더 쨍한 사랑 노래」

시인은 '마음 사라진 자리'를 갈망한다. 그것은 자신으로부터 벗어난 자연 혹은 물, 길과 동화된 마음 그 담담한 시각을 갈망하기 때문일 것이다. 그리하여 비교적 사람과 감정이입이 되기 어려운 "강물"과 "길" 등이 의인화되어 "흐르고", "간다"라는 표현이 나타난다. 그 결과 그의 시는 감정이나 욕망을 초월한 자의 시선보다는 무감각, 무욕망, 없음의 견지에서 대상이 담담하게 표현된 것이 많다.

'마음 없애기'란 시인의 바람이 시의 형상화에 은근히 내비친 것이다. 그러한 자연과의 동화는 그래서 다른 여느 시인의 동화의 방식과는 조금 다르다. 자신의 마음과 몸을 숨죽이며 완전히 자연과 같은 상태가 되고자 하는 것이다. 그러한 집중의 상태를 위하여 그는 시에서 주로 '혼자', '홀로'의 시간을 즐긴다.

> 오래 벼른 일
> 萬步 걷기도 산책도 명상도 아닌
> 추억 엮기도 아닌
> 혼자 그냥 걷기!
>
> 오랜 만에 냄새나는 집들을 벗어나니
> 길이 어눌해지고
> 이른 가을 풀들이 내 머리칼처럼
> 붉은 흙의 醉魂을 반쯤 벗기고 있구나.
> 흙의 혼만을 골라 밟고 간다.
> 길이 속삭인다.
> 계속 가요,
> 길은 가고 있어요.
> 보이는 길은 가는 길이 멈춘 자리일 뿐
> 가는 것 안 보이게 길은 가고 있어요.
>
> 혼자임이 환해질 때가 있다.
>
> 「풀이 무성한 좁은 길에서 1」 부분

"길은 가고 있어요"란 표현은 조금 어색한 표현이다. 이것을 시적으로 해석한다면 시인이 길과 동화되어 가고 있다는 뜻이리라. 시인이 "길을 가다"란 어색한 표현 방식에도 불구하고 "길은 가다"란 표현을 반복적으로 사용하는 것은 '혼자 그냥 걷기' 즉 자신의 모든 상념을 지워버리고 그저 길 따라 걷는 '無我'의 경지를 그가 즐기기 때문이다.

"혼자 그냥 걷기"를 즐기는 그의 시에서는 노년의 고독, 쓸쓸함이 드러나지 않는다. 그의 '홀로'의 시간은 홀로가 아닌데 그것은 그의 홀로의 시간은 늘 자연과 함께 자신을 다짐하고 채찍질하는 시간이기도 하기 때문이다. 자연 속에서 길 위에서 그는 오랜 편안함을 느낀다. 그 것은 방랑벽일까. 길과 물의 동화를 통해서 혹은 캄캄한 아무 불빛도 없는 절로 가는 깊은 산길에서 그는 마음의 자유로움을 만끽한다.

"강물"과 "길"로 표상된 자신의 자연물화는 무엇을 의미하는 것일 까. 강과 길은 끊임없이 흐르고 이어지는 속성을 지니고 있다. 그리고 시인은 멈춘 듯한 강, 가지 않는 혹은 정지된 듯한 길에는 미련을 두 지 않는다("누군가 가다 말고 주저앉는 모습,/ 가지 못하면 자지러드 는 것이다./ 주위를 한참 적시고 마는 것이다", -「풀이 무성한 길에서 4」중). 그 끊임없이 흐르고 가는 속성, 무심하게 마음 없애고 가는 상 태, 그것이 시인의 최근 의식의 지향과도 관련을 지닌다.

> 길 위에 멈추지 말라.
> 사람들의 눈을 적시지 말라.
> 그냥 길이 아닌
> 가는 길이 되라.
> 어눌하게나마 홀로움을 즐길 수 있다면,
> 길이란 낡음도 늙음도 落膽도 없는 곳
>
> 「풀이 무성한 좁은 길에서」 부분

그의 여행길의 자유로움 속에는 '가야 한다'는 강박관념이 어느 정 도 내포되어 있다. 그가 가는 길 아니 멈추지 않고 가야 하는 길에는 "낡음도 늙음도 낙담"도 없는 곳이다. 시인은 이러한 자연의 부지런 한 흐름에 자신을 내맡기고 인간이 겪는 황혼기의 변화를 잊어버리고 자 하는 것은 아닐까. 그러면 어디를 가야 하나. 어디를 가라는 말인 가. 이에 대한 그의 시의 대답은 구체적으로 주어져 있지 않다. 그저 끝없이 가고 흐르는 "홀로움"의 그 시간만이 그에게 의미를 준다고 믿고 싶어 한다.

'가라'는 것은 그의 다른 시편들에서는 '하라'는 것으로 나타난다.

①
종려 가지 흔들며 반기는 사람들에 둘러싸여
예루살렘 발 들여 놓기 전 예수에게 제자 하나가 물었다.
"가르치신 온갖 비유와 우화를 한마디로 하면 무엇이 되겠습니까?"
"하라"

「두 문답」 후반부

②
가라.
그냥 가라.
별꽃이 삶의 이마에 뜰 때까지,
삶의 출구가 꿈의 입구로 열릴 때까지.
가라.
그냥 가라.
별꽃이 아니면 또 어떠리.
이 세상 어디엔가 꽃이 눈뜨고 있는 길이면,
초여름 새벽을 가라.

「초여름의 꿈」 후반부

그의 시에서 예수와 불타 등의 성인들의 지향에는 공통적인 哲理
가 있다. 그것이 바로 '가라'와 '하라'이다. 그것은 그의 인생사에 관
한 태도 및 시인으로서의 자세와 많은 관련성을 지니고 있다. 최근 3
년 동안 연달아 세 권의 시집을 낸 그의 최근 그의 시작에서 이를
단적으로 보여준다. "일단 하라", 시인은 이것이 '하지 않음'보다 훨
씬 가치를 지니며 창조성을 지닌다고 생각한다.

이번 시집의 전체적 주제인 인생의 성찰과 관조의 이면에는 '하라'

라는 젊은이다운 의식이 저변에 흐르고 있는 것이다. 그런데 '하라'의 메시지와 의지가 승한 데 비하여 '하라'의 구체적 내용과 대상이 다소 애매모호한 측면이 있다.

대부분의 그의 시편들은 자연과 산사, 그리고 일상사에서 인상적인 모티브들을 끌고 오지만 그것에서 자신의 상념을 연관시키는 차원 즉 그가 추구한 '깨달음의 경지'의 입구 부분에서 멈추어진 형상을 보여준다. 또한 자신이 '길'과 '물'이 되어 부지런히 가는 이유가 꽤 맹목적인 것으로 비추어지기도 한다. 시인의 '하라' 의식에 대한 강한 의지는 오히려 자연스런 시의 서정적 맛을 감소시키는 측면이 있다.

'가라, 그냥 가라'는 지금 시인의 시 제작 태도를 보여준다. 시인은 마냥 시인으로서 충실히 끝까지 써 나가고자 하는 것이다. 그것은 글을 쓰려는 욕망으로부터의 글쓰기라기보다 글을 쓰려는 의지로부터의 글쓰기가 이루어진다는 뜻이기도 하다. 이런 까닭에 잠언과 역설적 어조에 찬 예수와 불타의 대화는 김춘수의 『들림, 도스토예프스키』에서 예수와 이반의 대화에서 보여주는 주제 의식과 관련을 지니지만, 그 내면에 김춘수의 그것처럼 다부진 고뇌와 고통의 과정이 보이지 않는 측면이 있다.

> 시인과 그의 시는 같은 것인가, 다른 것인가?
> 다르다면 어느 것이 진품인가?
> 모르는 사이에 하늘 한편에 가볍게 걸려
> 빙그레 웃는 낮달.
> 공들여 빚은 것과 빚은 사람 다 진품이라.
> 시인은 시가 타는 심지,
> 허나 촛농이 없다면 그게 무엇이겠는가?
> 어느 순간 한 삶의 초가 일시에 촛농이 된다면?
> 할하라,

할하라, 아직 꺼지지 않은 심지를 향해

「풀이 무성한 좁은 길에서」 부분

시인은 심지이며 시는 촛농이라는 것, 이것은 다시 초가 될 수 있는 변증법적 관계를 보여준다는 것, 그리하여 심지가 꺼질 때까지 불태운다는 것, 이것은 그가 '그냥 가라'와 '하라'는 표현의 구체적인 비유이다. 『우연에 기댈 때도 있었다』의 내적 주제, 즉 시인으로서 그의 부단한 노력의 의지를, 자연 속 길을 부지런히 가는, 끊임없이 초가 불타는 그러한 비유적 표현 방식으로 드러낸 것이다.

그러니까 이 시집은 자신의 삶에 대한 자세와 각오를 자연을 통하여 드러낸 것이면서 그의 인생에 대한 깨달음 즉 '하라' 의식을 성현들의 대화를 통해서 나타내고 있는 것이다. 그러니까 그의 '하라'와 '가라'에는 "탱탱히", "팽팽한"이라는 수식어가 어울린다("다람쥐도 올빼미도/ 팽팽한 삶 속에 탱탱히 가고 있는 자들.// 조금 걷다 뒤돌아보니/ 다람쥐도 목젖도 올빼미의 촉각도 다 그대로 있다./ 내 삶이 어느 날 그만 손놓고 막을 내린다 해도/ 탱탱히 제 길 가고 있을 촉각들을 생각하면/ 마음이 한가로워진다", -「풀이 무성한 좁은 길에서 6」부분).

시인으로서 그의 자세의 표명이 의도적으로가 아니라 자연스러운 시의 형상화로서 나타나는 것은 그가 과거 『풍장』에서 보여 주었던 시의 형상화와 유사한 모습을 띤다.

어느 날 가을바람 불 때
외로움 鑑別師 자리 내주고
참새도 쑥부쟁이도 하루살이도 그냥 살고 있는 곳에
살게 해다오.
달포 전 윤선도 고택 마루에 기어다니던 왕지네도 계속 기고
차 앞 유리를 빛살처럼 환히 때리던 부나비도 날고 있는 곳에

새로 다시 한 번 마르는 이파리로 381

살게 해다오.
술맛 감별사 심연섭이 혀 앞으로 가듯이
외로움 감별사 자리마저 내주고
외로움의 진면목을
살게 해다오.
그게 낙엽이 아닌, 공중에 뜬 채
온몸으로 바람 쏘여
새로 다시 한 번 마르는 이파리로.

「다시 마르는 이파리」 전문

"살게 해 다오"의 반복에서 보듯이 이 시 또한 자신이 앞으로 어떻게 살겠다는 소망과 의지의 표현으로 보인다. 그런데 "낙엽이 아닌 새로 다시 한 번 마르는 이파리"로 살게 해 달라는 것은 어떤 의미인가. 그 이파리는 떨어지는 것이면서 동시에 다시 태어나는 것인데 그것은 시인의 삶의 궁극적 지향이다.

황동규의 이번 시집은 하나의 풍경, 또는 시상을 토대로 풍요롭게 시의 흐름이 이어지는 측면이 약한 편이다. 대신에 하나의 시상 혹은 장면에 대한 묘사나 집중적인 시감 표현이 승하다는 느낌을 받는다. 즉 "살게 해 다오"의 내용항을 풍요롭게 드러내는 데는 능하지만 그 내용이 어떠한 세계인지를 구체화시켜 하나의 완성된 흐름으로 나타내는 데에는 빈약한 측면이 있다.

그러니까 "―해 다오"란 표현방식의 시에서 그의 시적 세계가 가장 풍요롭게 드러난다는 뜻이기도 하다. 이를 통해서 나타나는 것은 삶과 죽음을 준비하는 그의 인생에 대한 자세와 각오이다. 좀더 목적론적 시적 사고의 틀을 깰 수 있다면 풍요롭고 더욱 새로운 시인의 진면모의 세계가 열릴 것이라고 생각된다.

시대가 요구한 시빌의 운명

- 구상의 「수난의 장」「여명도」「초토의 시」연작

1.

　시인 구상은 1946년 원산문예총이 발간한 『응향』에 「길」, 「밤」, 「여명도」 등의 시를 수록한 다음 북조선 문예총의 비판을 받으면서부터 우리 문단사에서 본격적 모습을 드러내기 시작하였다. 그는 이후 6.25 전란시 종군작가단으로 활약하면서 비참한 조선 현실을 배경으로 한 「초토의 시」를 썼고 그것이 그의 대표작으로 알려져 있다.

　이후 『밭일기』, 『까마귀』, 『그리스도 폴의 강』 등의 기독교 신앙을 드러내는 시집을 출간하였으며 그의 대표적 시집들은 모두 연작시의 형태를 취하고 있다. 연작시 중심의 시작방식에서 알 수 있듯이 그는 하나의 주제나 소재에 관하여 "존재의 무한한 다면성이나 내면적 복합성"을 포착하려 하였다.

　그의 작품들은 대체로 그가 당면한 시대 현실에 관한 관찰과 관심을 知的으로 드러내면서 기독교적 휴머니즘을 보여준다. 이러한 특성을 기저로 하여 그의 시적 세계는 인간존재의 문제에서부터 당대 현실, 기독교적 신앙, 우주 만물의 생성과 소멸에 이르기까지 광범위한 영역을 포괄하고 있다.

　그의 시세계의 변화는 당시 문단의 사건이나 시대상황과 밀접한 것이 특징적이다. 먼저 「밤」, 「여명도」 등의 '응향'과 관련한 시편들, 『초토의 시』를 중심으로 한 6.25 전란과 관련한 시편들, '민주고발' 사건 이후의 『밭일기』를 중심으로 한 시편들, 기독교적 신앙을 중심으로 한 『까마귀』, 『그리스도 폴의 강』 등의 시편들이 그것이다.

그의 작품들이 문단사에서 가장 쟁점으로 논의되었던 부분은, 응향 사건을 전후로 한 시편들과 「초토의 시」 시편들이다. 이 글에서는 문단에서 쟁점이 되었던 그의 초기 시편들에 대하여 논란되었던 작품들에 관한 면밀한 검토를 하고자 한다. 이러한 과정을 통하여 당대 현실상황에서 구상 시인의 시작품이 안고 있는 문제성을 밝혀내고 그의 시적·상상력의 근저를 해명해 나가고자 한다.

2. 세례요한으로서의 삶과 시대적 격동기

아가야, 너는 가장 높으신
하나님의 예언자가 될 것이다.
너는 주님보다 미리 와서
그의 길을 준비하여
죄를 용서받음으로써 얻는
구원의 길을
그의 백성들에게 전할 것이다.

『누가복음』 1장 76-77절

"구상은 1919년 서울 종로구 이화동에서 부 具鐘震과 모 李貞子 사이의 3형제 중 막내로 태어났다. 그의 큰형은 일본으로 유학 가서 동경 대지진때 행방불명이 되고 둘째형은 카톨릭교의 신부가 되었으나 1949년 북한 정치보위부에 납치당한 채 실종되었다. 그의 부친은 조선조 양반의 혈통으로서 한일합방 후 한문교관을 하였으며 덕원 부

근에 여러 개의 학원을 설립하였으며 경서와 한시에 조예가 깊었다. 그의 모친은 牙山 李씨 순교자 가문출신으로서 글에 능하였다. 그는 모친으로부터 한문의 기초과정을 익혔고 고전소설까지도 접하게 되었다. 그는 4세 때 서울에서 원산시 덕원으로 이사하였다. 그가 어린 시절을 보냈던 그곳은 집 가까이에 가톨릭 베네딕트 수도원이 있었고 들판 너머로는 송도원 바다로 흘러가는 적전강이 있었다."[1]

> 가톨릭 修道院 鐘塔,
> 발치로는 찰삭이는 東海,
> 東으로 城隍堂 고개가 보이는
> 於口 돌아서
> 뒷산 시제터 아래
> 喪輿도가가 있는 마을
> 李太白이 달 속 草家三間에
> 神仙이 다 된 老夫婦가
> 아들 하나를 深山에 童參같이 기르고 있었다.
>
> 「금잔디 동산」 후반부

가톨릭 수도원이 있고 바다로 흘러가는 강이 있는 이 풍경은 그가 어린 시절 살았던 원산 부근의 모습과 유사하다. 이 시에서 수도원 종탑과 파도가 찰삭이는 동해 근처에서 아들 하나를 童參같이 키운 노부부란 구상의 부모님을 가리킬 듯하다. "神仙이 다된 老夫婦"란 구상의 어머니가 그를 사십대 중반에 얻은 자전적 사실과 관련이 있다.

"深山에 童參같이" 귀하게 자란 '아들 하나'인 구상은 그의 부모님이 7남매 중 다섯을 잃고 얻은 막내이니만큼 각별한 집안의 귀여움을 얻었다. 순교자 집안 출신이신 어머니의 기독교 신앙의 배경은 그

---

1) 이운룡, 『존재인식과 역사의식의 시』, 신아출판사, 1987, pp.11-13. 참고.

가 이후 수도원 생활을 하고 신앙적 삶을 살아가는 데에 큰 영향을 미친 것으로 보인다. 그가 어린 시절에 부여받은 기독교 세례명은 '세례 요한'이다.

그런데 그의 실제 삶과 문학적 삶을 살펴보면 성경 속 인물인 세례 요한과 유사한 점이 많다. 위 시의 주 내용인 "신선이 다된 노부부가 童參같이 소중하게 아들을 키우는 모습"은 세례 요한의 부모가 아들의 탄생을 기뻐하고 신이한 인물이 될 것임을 예상하였던 성경 페이지를 겹쳐서 연상시킨다.

세례 요한은 예수님의 초림을 예언하면서 강에서 사람들을 계도하며 세례를 주었던 성경 속 인물로서 예지자의 면모가 부각된 인물이다. 세례 요한과 유사한 특성을 지닌 기독교와 관련한 인물로는 '그리스도 폴'을 들 수 있다. 그리스도 폴도 강에서 사람들을 업어 건너주며 몸과 마음을 닦다가 예수를 업어 건너며 마침내 예수를 맞았던 기독교의 전설적 인물이다.

그리스도 폴은 구상이 이후에 썼던 『그리스도폴의 강』이란 연작시집 표제의 주인공이 되었다. 세례 요한과 그리스도 폴은 예수의 재림을 예언하였고 사람들에게 예수의 말씀을 미리 전하며 마음의 덕을 쌓았던 공통성을 지니고 있다. 그리고 그들의 삶의 터전은 사람들에게 세례를 주던 곳, 바로 '강'이었다. 강을 터전으로 한 이들 예지자들의 모습 속에서 혹은 세례 요한이라는 세례명과의 일치 속에서, 구상은 자신의 모습을 자주 투영시킨다.

이러한 사실은 구상 시인의 전기적, 자전적 고백이나 시의 화자의 형상으로 자주 드러나고 있다("너, 아둔한 친구 요한아!(중략)-註 ; 요한은 나의 洗禮名", -「요한에게」, "오늘도 나는 北岳허리 古木가지에 앉아/너희의 눈 뒤집힌 세상살이를 굽어보며/저 요르단 江邊 洗禮

者 요한의/그 豫知와 震怒를 빌어서 우짖노니", -「까마귀 3」).

그리고 세례 요한과 그리스도 폴이 강과 더불어 평생을 살았듯이 구상 시인도 강, 바다와 큰 인연을 맺고 살아온 셈이다. "그의 시골집이 낙동강변 倭館에 있었고 또 서울에서도 여의도에서 날마다 한강을 마주대하듯 살아왔다. 具常 시인에게 있어 강은 상념의 근거였고 그의 詩의 대상이었으며 소재였었다고 해도 과언이 아니다."[2] 시인 구상에게 있어서 강 주변에서 평생을 살며 이를 친근히 대하는 삶과 기독교 신앙을 지닌 시인으로서의 先知者적 면모는 그가 살아갈 운명과 밀접한 관련을 지니고 있다.

구상 시인이 겪었던 기독교의 세례는 실상 개화기 이후 우리 민족이 겪었던 사상사적 변화의 궤적을 전형적으로 보여주고 있다고 할수 있다. 한학을 가르치셨던 조선조 양반 가문 출신의 아버지와 기독교 초창기 순교자 집안 출신인 어머니라는 집안 내력이 그것을 말해주고 있다. 전통적 유교 사회에서 기독교를 받아 들였던, 당시 우리나라의 사회적 환경의 사상적 토대를 전형적으로 지니고 있는 것이다.

그리고 그는 이후 북한에서 '주의자'로 활동하게 되었고 다시 응향사건으로 북한 공산당 문예총의 탄압을 받는 자아비판의 입장에 서야 했었다. 이러한 상황을 피해 그는 남한으로 고통스럽게 도망쳐 왔다. 그러나 그를 기다리고 있던 것은 6. 25 전쟁이었고 그는 종군작가단의 신분으로 전쟁에 참여하여 시인으로서는 최전선에서 전란 체험을 하였다.

이와 같이 그는 우리나라의 격동기의 사건과 변화들을 피할 수 없이 가장 가까이에서 체험하고 괴로워할 수밖에 없었던 입장에 놓여 있었다. 이러한 시대적인 동시에 개인적이어야 했던 그의 체험들은, 시인 구상에게 역사의 회오리를 최전선에서 맨 얼굴로 맞닥뜨려 나아가게 했다. 더구나 북한에서 그의 젊은 시절 사상적 방황기를 거치면

---

2) 김해성,「카톨리시즘과 存在的 詩觀」,『현대문학』1980.11, p.49.

서 처음 맡았던 직업, 그 후로도 남한에서 주요하게 가졌던 그의 직업은 신문기자라는 신분이었다. 그러니까 그는 직업적으로도 북한에서나 남한에서나 현실적 정치, 사회문제와 사건들을 첨예하게 맞닥뜨려야 하는 입장에 있었다.

이러한 사회적인 동시에 개인적이어야 했던 그의 상황과 체험, 대표적으로는 당시 시대상과 6.25 전쟁에 관한 체험은, 구상 시인이 6.25 전쟁시로서는 우리나라의 그 어떤 시보다도 당대 상황에 대해 리얼하고 감동적으로 표현할 수 있었던 토대로 작용했다. 그리고 그러한 체험을 문학적으로 승화시킨 우리나라 대표시인으로 자리매김하게 하였을 것이다.

이러한 사실은 매우 당연하게도 그의 타고난 어진 성품과 함께 크리스찬으로서 개인과 사회에 대한 양심이 일련의 반인도주의적 상황들을 그가 외면하지 못하게 한 결과이다. 그는 어머님의 신앙심을 이어받았으며 그의 형들과 마찬가지로 청년시절 신부가 되기 위해 수도원 생활을 한 경력이 있다.

이와 같이 '세례 요한'이란 세례명을 받은 그의 기독교인으로서의 삶, 응향사건과 그로 인한 도피 생활, 신문기자로서의 삶, 종군 작가단으로서의 6.25 전쟁 체험 등은 그가 맞이한 '운명의 굴곡'을 이루는 주요한 것들이었다.

3. '주의자'의 '수치' 넘어서기로서 '예수의 죽음 모티브'
　　- 「수난의 장」

우 몰려 온다. 돌팔매가 날은다.
머슴애들은 수수깡에 소똥을 꿰매 달고
어른들은 곡괭이를 휘저으며 마구 쫓아오는데
돌아서서 눈물을 찔끔 흘리고

선지피가 쏟아지는 이마를 감싸 쥐고서
어머니 얼굴도 떠오르지 않는데
나는 이제 어디메로 달려야 하는가.

쫓기다가 쫓기다가 숨었다.
상여집으로 숨었다.
애비 욕, 애미 망신 고래고래 터뜨리며
벌떼처럼 에워싸고 빙빙 돌아가는데
나는 얼른 상여뚜껑을 열어 제치고
벌떡 드러누워 숨을 꼭 죽였다.
피를 토한 듯 후련해지는 가슴이여
술취한듯 흥그러워지는 마음이여
사람도 도깨비도 얼씬 못하는 상여속에서
나는 어느새 달디단 꿈 한자리를 엮고 있었다.

상여속에 송장처럼 잠들은
사나이 얼굴은 십상 달같이 휠께.
어쩌면 상달같이 깜찍한 여인이 별같은 두 눈을 반짝이며
내 상처에 향기로운 기름을 바르고 있을 풍경,
나의 달가운 꿈속의 꿈이여.

추억의 연못가엔 사랑의 연꽃도 한 송이 피었으리.
다홍신은 벗어 놓고 외로움에
장승처럼 못박혀 있는
또 나의 사랑.
꽃수레처럼 화려한 상여를 타고
<림보>로 향하는 길 위엔
곡성마저 즐겁구나
소복한 나의 여인아!
사흘만 참으라.

                                          -「受難의 章」전문

시적 화자는 어른들은 곡괭이를 들고 쫓아오고 머슴애들은 소똥으로 돌팔매질을 하는 위기 상황에 처해 있다. 마을 사람들에 의하여 쫓기다가 결국 상여집 상여 속에 숨어서는 안도의 한숨을 돌린다. 그리고는 상여 속에서 꿈을 꾸미로써 자신이 사랑하는 혹은 그리워하는 여인의 모습을 떠올린다.

그런데 그 꿈은 '림보' 즉 예수가 죽어서 부활하기 전 가 있었다는 善靈이 머무는 곳으로 이어져 있다. 즉 위기에 처한 자신과 그 여인과의 관계를 예수의 희생과 부활 국면에 유추시킴으로써 상황에 관한 극복 의식을 보여주고 있다. 자신이 손가락질 받으며 쫓기는 위기 국면을, 예수의 부활을 꿈 꾸미로써 극복해 나가고자 하는 것이다.

김윤식 교수는 구상론(上)(中)(下)[3]에서 구상의 시 「黎明圖」를 중심으로 모든 이가 해방의 기쁨을 노래할 때 해방 정국의 혼란상을 포착한 시인의 예지와 자기희생적 정신을 지적하면서 글을 시작하고 있다. 이 연장선 상에서 위 시인 「수난의 장」에 나타난 '꿈'을 통하여 시인이 그리스도를 모방함으로써, 즉 "자기희생을 각오한 부활을 통하여 6.25 전란이라는 시대상황을 극복하려는 의지"가 나타나 있다고 지적하였다.

그런데 작품 발표 연도와 시대상을 곰곰이 살펴보면, 「수난의 장」은 1946년 북한에서 「여명도」가 발표되기 이전인 1941년에 이미 발표된 시라는 점을 지적할 수 있다. 그러니까 「여명도」의 시간적 연장선상에서 「수난의 장」을 설명하고 1941년에 발표된 「수난의 장」에 대하여 1950년에 발발한 6.25 전란이라는 비극적 상흔 넘어서기를 보여준다는 것은 무리한 측면이 있다.

따라서 「수난의 장」의 전체적인 주제와 작품 배경의 맥락에 대하여 이 시를 쓴 즈음 그의 신상과 심경을 솔직하게 밝힌 다음과 같은

---

3) 김윤식,「구상론」(上)(中)(下)《현대시학》, 1981. 6-8.

시인의 글과 관련지어 생각할 필요가 있다.

> 내가 일찍 열 다섯에 가톨릭 신부가 되고자 베네딕트 수도원 신학교
> 엘 들어 갔다가 3년만에 환속을 했고 일반 중학으로 전입했으나 퇴학
> 을 당했으며, 문학을 한답시고 고향의 소위 부량선인들과 어울려 다니
> 며 유치장 신세가 일쑤고 하니 어느새 스물 안짝에 교회에선 이단아
> 요, 가문에선 불효자요, 마을에선 <主義者?>가 되었다는 낙인이 찍히
> 고 말았습니다. 당시 속칭 <主義者>란 말은 사상가라는 뜻보다는 그
> 사람 버렸다는 뜻이 더 농후한 것이었습니다.
> 이쯤 되고 보니, 나는 몸둘 곳이 없어 고향을 떠나 노동판 인부 노릇
> 도 하고, 야학당 지도도 하다가 마침내 좀더 먼 유랑의 길을 떠난 것
> 이 동경으로써, 말하자면 나에게 행해진 사회의 모든 악의의 눈초리에
> 서 벗어나는 것이 그 목적이었습니다.[4]

  시인의 출생년도가 1919년이니까 이 글에서 그가 회고하는 '열다
섯'에서 '스물안짝'이란 1935년에서 1940년 무렵을 뜻한다. 그러니까
그가 청년시절의 방황기를 끝내고 1941년 북선매일 기자가 되면서
내어 놓은 처녀시편들 중의 하나가 「수난의 장」이다. 구체적으로 그
는 1941년 일본에서 대학을 마치고 귀국하여 북한 함흥에 『北鮮每日』
의 신문기자가 되었다. 그 즈음 그는 시를 발표하기 시작하였고 「수난
의 장」, 「세레나데」, 「예언」 등이 그것이다. 「수난의 장」의 시 게재
는, 구상 시인에 의하면 그때 낸 시편들 중 하나라고 한다.
  위 글은 그 무렵 즈음, 그의 사상적 방황과 그로 인한 동네 사람들
의 손가락질을 견디던 그 시절에 대한 회고록이다. 이 글에는 청소년
시절에 북한과 동경을 오가며 그가 '주의자' 생활을 했고 다니던 학
교에서 여러 번 퇴학의 문제를 겪은 역정이 드러나 있다.
  이러한 상황에 대해서는 그의 자전적 고백연작시인 「목아웅두리에

---

4) 구상, 『실존적 확신을 위하여』, 홍성사, 1982, p.155.

도 사연이 7」에서도 잘 나타나 있다("하숙방 <다다미>에 누워/나는 神의 葬禮式을/날마다 지냈으며/吉祥寺 연못가에 앉아/<짜라투스트라>가 超人의 城에 오르는/그 황홀을 꿈꿨다", -『목아 옹두리에도 사연이 7』3연).

이렇게 그의 사상적 방황과 신앙생활의 갈림길에서 오는 번뇌 문제도 청소년 시절의 그가 감당하기에는 큰 것이었지만 그를 둘러싼 사람들의 시각에 비추어지는 자신의 모습에 대한 시선, 이것이 더욱 그를 괴롭게 했을 지도 모른다. 그는 이러한 '수치'라는 감정에 대하여 남다른 의미를 부여하고 있다.

그의 자전적 글에서 6. 25 전쟁시 여공비가 한 말 중 "자신은 공산군에게는 수치를 모른다"는 고백에서, 구상이 '수치'의 문제에 매우 큰 관심을 보여 준 사실에서 재확인된다. 이때의 체험은 훗날 시인인 그가 『수치』라는 소설을 쓰는 밑바탕이 되었다. '수치'란 정서는 기본적으로는 '따가운 타인들의 시선에 비추어지는 자신의 모습'에 대한 반성적 측면에서 비롯된 것이다.

이렇게 볼 때 「수난의 장」에서 마을 사람들의 공격에 쫓기다가 상여 속에 숨어 버리는 시인의 이면에는 '수치'라는 정서가 근저로 작용했을 듯하다. 그렇다면 이러한 감정을 떨쳐 버리는 시인의 방식은 어떻게 이루어질까. 「수난의 장」에 의하면 그것은 사람들이 닿을 수 없는 곳에서 꿈을 꾸미로써 이루어진다. 그 꿈을 통하여 자신의 내면을 새롭게 충만히 만드는 것이다. 그 극복 방식의 모델은 모태 신앙인답게 예수 그리스도의 희생과 부활이라는 서사가 근저로 되어 있다.

그의 자전적 산문의 내용에서 알 수 있듯이 구상은 모태 기독교인으로서 유년시절의 순응적 삶으로부터 격동기 시대에 신앙적, 사상적 방황의 시기를 거쳤다. 그의 신앙적 갈등과 정신적 방황을 겪던 와중에서 체험한 의식 그리고 타인과 사회가 자신을 바라보는 수치의 자각, 이러한 것들을 그가 내적으로 승화시킨다는 맥락에서 「수난의 장」을 바라볼 필요가 있는 것이다. 그리고 「수난의 장」시 자체의 전체적 주제를 살펴 볼 때도 고난에 찬 자신의 삶에 대한 성찰과 기독교적 상상력으로써 그가 처한 고난을 극복하려는 의지를 드러내고 있다.

4. '<시빌> 죽음'의 이데올로기적 애매성과 기독교적 상상력 - 「여명도」

그가 우리 문단사에서 본격적인 역사적 의미를 부여받은 시점은 1946년 원산에서 『응향』에 「여명도」, 「길」 등의 시를 실어 필화를 입은 사건부터다. 그는 북선매일 기자를 하면서 신문지와 동인지에 작품을 발표하였는데 그 즈음 원산 문예총 위원장으로부터 해방기념시집에 작품을 내달라는 청탁을 받아 시를 내었다. 그런데 발간한 다음 해에 북조선문예총중앙위원회에서 시집 『응향』에 관한 결정서를 내었다. 그 내용을 구상평을 중심으로 정리해 보면 다음과 같다.

결정서에 의하면 『응향』이 회의적, 공상적, 유폐적, 현실도피적, 절망적 경향을 지녔다고 한다. 일제 악정에서 벗어나 전인민이 진보적 민주주의에 힘쓰는 시점에 응향 작가가 현실에 대한 인식부족을 보여준다는 것이다. 이어 강홍운, 서창훈, 이종민을 비판하는 가운데 구상의 작품에 대하여 잠깐 언급한다.

논자는 이들 현실인식의 회피성이 해방이전부터 비롯되어 우연적이 아님을 말한다. 또한 집필자가 원산문학동맹의 중심인물이며 작품 대부분이 같은 경향을 가진 것이 심각하다고 말한다. 이것은 북조선예술운동에 어긋나며 인민에게 악기류를 주는 것이라 한다. 따라서 북조선문학예술총동맹이 산하 단체의 이론과 행동에 관한 지도가 필요하다고 지적한다. 그리고 응향 발매 금지, 검열원 파견, 응향편집과정 조사 및 자기비판, 사상검계를 행할 것을 논한다.[5]

결정서에 이어서 백인준[6]은 건설기 예술은 건국을 위한 투쟁무기로 현실을 전형적으로 묘사할 것을 논한다. 그는 일제의 봉건적, 반민주주의를 청산하며 "문학예술은 인민에게 복무한다"는 것에 충실할 것을 말한다. 응향은 북조선문학예술총동맹 노선의 위반을 보이며 타락적, 말세기적, 유폐적, 반동적 관념이 있다고 한다.

이어 그는 강홍운의 말세기적, 유폐적, 주관적 감상성과 박경수의 현실도피적, 개인환각적, 반인민적 경향을 지적한 다음, 구상의 「밤」, 「길」이 강홍운과 박경수 특성을 겸한다고 한다. 「길」에 쓰인 한자어가 인민에게 어려우며 말세기적, 유폐적, 반인민적 성향을 비판한다. 또한 凝香 제목부터 어려운 한문이며 응향의 편집태도가 봉건양반투를 담고 있다고 한다. 그는 "인민에게 복무하여야 한다"와 조선의 건국 정열을 강조하여 일제의 말세기적, 유폐적 태도를 청산할 것을 강조한다.

위 글에서의 문예작품 평가의 주요한 기준은 "문학은 인민에게 복무하여야 한다"는 것과 인민대중이 접근하기 어려운 말들을 피하여 해방된 조국의 개혁적 분위기에 부응할 것, 그리고 일본제국주의 시대의 말세기적, 퇴폐적, 문예풍토를 일소할 것 등으로 나타나고 있다.

즉 북조선 사회 정치 현실에 부응하는 미래지향적이고 인민 대중이 이해할 수 있는 작품 창작이 주요한 기준이다. 이러한 기준들에 비추어 볼 때 대부분의 서정시들은 사실 도마위의 생선격이 될 수밖에 없다.

논자는 응향에 실은 대부분의 시들에 대해서 비판하고 그 중 강홍

---

5) 「시집 『응향』에 관한 결정서」, ≪문학≫, 조선문학동맹기관지 제3호
6) 白仁俊, 元山文學家同盟編輯詩集 『凝香』을 評함, 위의 책.

운의 말세기적, 유폐적 경향과 박경수의 현실도피적, 환각적 경향 그리고 이 둘의 특성을 아우르면서 어려운 한자말을 쓰는 구상까지를 대표격으로 비판하고 있다. 물론 그 비판의 근거가 인민을 위한 문학의 사회적 기여라는 점에 의의를 지닌 측면도 있다.

그리고 그들이 지적한 각각의 시인들의 경향을 집약한 특성도 시인들의 시가 보여주는 특성과 깊은 관련성을 지니고 있다. 그런데 그들이 무엇보다도 응향을 신랄하게 비판하고 비판해야만 했던 점은 바로 이 시집이 바로 원산문예총이 발간한 것이라는 점이다.

원산문예총은 북조선문예총의 하위단체이며 따라서 북조선문예총의 산하조직으로서 그들이 지향하는 정치적 문학적 이념을 당연히 지켜야 하는 입장에 있는 조직이기 때문이다. 그리하여 그들은 응향 비판을 계기로 그들의 조직에 있어서 정치성, 사회성, 인민성을 더욱 고취시키고 이념적 완결성을 취하려는 데 그들의 목적이 있으리라고 생각된다.

그러나 이를 각도로 달리하여 문학적 관점에서 볼 때 중요한 것은 그들이 문제점이 있다고 지적한 시인들의 시구 지적의 문제를 지적할 수 있다. "끓는 물 한가마 들어 마시고 세상事 모두 잊어바리고 싶을 때"(康鴻運, 「破片集」中), "인덕파는 삽끝에 묻혀나온 어린쌀 그넋이 애처러워 가슴아파 하였소"(강홍운, 「파편집」中), "긴밤 그냥 밝힌 新婦인양 바다도 내마음도 아침부터 거칠다"(朴庚守, 「눈」中), "별츨 찾아 落葉이 하늘에 솟는밤 눈은 이가지저가지 눌르기에 밤새껏 바뿌다"(박경수, 「눈」 中),

"路程이 邊方에 이르면 안개를 生食하는 짐승이 된다"(具常, 「길」) 등의 구절들은 모두가 비판의 초점에 놓였던 시구들이었다. 그런데 사실 인용된 시편들에서 이들 시구들은 각각의 시편들 속에서는 가장 집약적이고 문학적인 방식으로 시상을 응결시킨 편에 속한다. 그러니까 그들 비판의 기준은 응향 시편들의 전체적 경향이나 특성이 내용적인 면에서 그들의 정치적 목적과 맞지 않는다는 것뿐이다.

위 시편들은 대체로 작자의 발문 등에 의하면 일제치하에 숨겨둔 작품들을 해방 후에 발표하였다는 말을 덧붙이고 있다. 시 자체로 보았을 때 어둡고 암울한 시대상의 고통스러움을 시의 이미지로서 그 나름대로 형상화한 것에 대해서 북조선문예총에서는 그냥 일제의 말세기적, 유폐적 경향을 반영한 것이라고 일축하고 있다.

또한 이러한 경향을 일제가 오히려 반겨할 것인데 왜 발표하지 않았는가 하는 투를 취한다. 그러나 시편들의 암울한 상징들 속에서 내재된 그들의 고통을 보아야 한다. "끓는 물 한가마 먹고 죽고 싶은" 심정이나 "바다도 내 마음도 아침부터 거칠다", "안개를 生食하는 짐승이 된다" 등에서 일제치하 및 시대적 격동기를 견뎌야 했던 조선 민족의 고뇌를 보아야 한다. 그리고 그러한 절실한 정서들을 함축한 시구들의 절박함에도 주목할 필요가 있는 것이다.

그런데 한 가지 특기할 사실은 응향에 대한 비판 중 구상에 대한 시에서는 「밤」, 「길」 등이 주요한 비판의 대상이 되었다는 점이다. 그런데 남한에서 응향의 필화사건을 논의할 때 늘 선두에 떠오르는 작품은 「여명도」이다. 「여명도」는 북측의 응향 비판에서 그다지 부각되지 않은 작품이다. 그렇다면 북측에서는 「여명도」를 그들의 정치적, 사회적 목적과 어느 정도 부합하는 측면을 지니고 있는 것으로 보았다고 할 수 있다.

　　동이 트는 하늘에
　　가마귀 날아

　　밤과 새벽이 갈릴 무렵이면

<카스바>마냥 수상한 이 거리는
기인 그림자 배회하는 무서운
골목……

이윽고
북이 울자
원한에 이끼 낀 성문이 뻐개지고
구렁이 잔등같이 독이 서린 한길 위를

횃불을 든 <시빌>이
깨어라!
외치며 白馬를 달려

말굽소리
말굽소리

창칼 부닥치어
殺氣를 띠고
백성들의 아우성
또한 凄然한데
떠오는 太陽함께
피 토하고

죽어가는 사나희의 微笑가
곱다.

「黎明圖」 전문

북측의 비판에서 살짝 빠지고 남측의 논의에서는 언급되는 「여명도」
는 그러니까 북측에서도 남측에서도 쌍방에서 어느 정도 옹호 받을 만
한 시적 애매성 내지 함축성을 담고 있었다. 이 시 전반부에서 묘사된
"<카스바>마냥 수상한 이 거리는/ 긴 그림자 배회하는 무서운 골

목……"에 초점을 둔다면 이 시는 북한 정국의 어수선하고 비인간적인 상황의 측면을 묘사하고 있다고 볼 수 있다.

한편 시 후반부에서는 깨어라 외치며 "횃불을 든 <시빌>"이 등장한다. '시빌'은 희랍어로 先知者, 예언자를 뜻한다. 그런데 이 '시빌'을 마지막 연의 "죽어가는 사나희의 微笑"와 관련지운다면 '시빌의 투쟁끝의 죽음'이라고 전체적 중심 주제를 세울 수 있다. 이러한 사실에 초점을 둔다면 위 시는 다시 혁명 투사의 죽음으로 읽힐 수 있으므로 당시 북한문예총의 전체적 창작 방향과 부합되는 것으로 볼 수도 있는 것이다.

그리하여 응향필화 사건 때 「여명도」 작품보다 「밤」과 「길」 작품의 난해성 및 세기말적 성향이 더욱 중심적으로 부각되었던 것이라고 할 수 있다. 반면 남측에서는 "여기서 <암흑사태>는 <大光復의 날> <희생자>라는 세 가지 기본적 개념이 드러나고야 말았다"[7]로 단적으로 나타나는 바와 같이 북한 정국의 어수선한 상황을 시인적 예지로서 파악하고 새로운 광복의 날을 준비하기 위한 희생자의 죽음'으로 읽고 있는 것이다.

이렇게 본다면 위 시는 조국광복의 날을 시인적 예지로서 그린 예언자적 기능의 시로 볼 수 있다. 이와 같이 「여명도」의 시는 이렇게 여러 가지 상황을 함의할 수 있는 애매성이랄까 함축성을 담고 있다. 여기서의 '시빌'은 先知者이기는 하나 당대 시대의 맥락이 요구한 남측과 북측의 '예언자'에 가깝다.

그렇다면 위 시의 중심적 주제인 '선지자의 투쟁 끝의 죽음', 강한 자기희생적 정신은 근원적으로 구상 시인의 차원에서 볼 때 어떠한 맥락으로부터 기원하는 것일까. 사실상 '先知者의 희생적 죽음의 미소'는, 앞에서 논의한 「수난의 장」에서 나타난 '부활을 염두 해 둔

---

7) 김윤식, 앞의 글(上), p.135.

예수의 죽음을 모방한, 죽음의 상상'과 관련성을 지니고 있다.

구상이 그의 시에서 자신을 '세례 요한'이라고 가끔 지칭하는 것처럼 혹은 그의 시집제목 일부를 '그리스도 폴'이라고 정한 것처럼, 그는 그 자신을 시에서 시적 화자로 변용시킬 때 '선지자', '예언자'인 이들 모습을 무의식적으로 반영하고 있는 듯하다. 이러한 구상 시인의 자기희생적 모티브는 구상 초기 시의 주요한 주제를 형성한다. 그 자기희생의 연원은 「수난의 장」에서 단적으로 나타난 바와 같이 '예수 그리스도'이다.

태중 신자로서의 구상은 그러한 기독교적 희생에 대한 강한 각인이 마음속에 형성되어 있었던 듯하다. 그러니까 구상의 시에서 나타나는 반복적 죽음의 모티브는 그가 지닌 신앙의 모델과 항상 관련성을 지니고 있는 것이다. 이러한 '자기희생적 정서'는 그가 월남하고 6.25를 겪으면서부터 '현실의 사실적 묘사와 이에 대한 연민의 정서'로 변화한다.

6. '초토'의 체험과 '짱'의 의식
- 「드레퓌스의 벤취에서」, 「초토의 시」 연작

시인은 일제치하에 관한 시편이나 글들보다도 6.25와 북한에 관한 시나 산문들이 많다. 그것은 그가 몸소 자신이 쓴 시로 인하여 북한 측으로부터 자아비판을 강요받았고 자신의 근거지였던 원산을 떠나 부모님과 처마저도 놓아두고 남한으로 피신했었던 그의 개인적 체험과 많은 관련성을 지니고 있다.

그가 우리나라의 역사적 체험을 누구보다도 잘 체화한 시를 쓰는 것도 이와 관련이 있다. 즉 그는 북한 공산권과의 문제에서 누구보다도 예민해야만 했던 운명적 처지에 놓여 있었던 것이다. 그의 종군작가단 일원으로서 동족간의 전쟁에 관한 경험도 그의 전쟁시로서 체험의 밑바탕을 든든히 해 주었던 것이다.

그의 시속에는 별다른 거짓이 없다. 특히 『목아옹두리에도 사연이』에서 자신의 과거 삶을 기독교의 고해성사처럼 진실하게 토로하고 있다. 그가 부모님과 아내를 북쪽에 놓아두고 피신해야 했던 응향사건 당시 상황에 관한 내적 체험은 이후 그의 시선집의 표제인 '드레퓌스의 벤취에서'에서 알 수 있듯이 감옥을 탈출했던 '빠삐용의 이야기'를 대표적으로 차용한 것을 통하여 알 수 있다.

> 빠삐용! 내가 자네와 함께 떠나지 않은 것은 그까짓 간수들에게 발각되어 치도구니를 당한다거나, 상어나 돌고래들에게 먹혀 바다 귀신이 된다거나, 아니면 아홉 번째인 자네의 탈주가 또 실패하여 함께 되욺혀 올 것을 겁내고 무서워해서가 결코 아닐세.

> 빠삐용! 내가 자네를 떠나보내기 전에 이 말만은 차마 못햇네만 가령 우리가 함께 무사히 대륙에 닿아 자네가 그리 그리던 자유를 주고, 반가이 맞아 주는 福地가 있다손, 나는 우리에게 새 삶이 없다는 것을 알게 되었단 말일세. 이 세상은 어디를 가나 감옥이고 모든 인간은 너나 없이 徒刑囚임을 나는 깨달았단 말일세.

> 이 <죽음의 섬>을 지키는 간수의 사나운 눈초리를 받으며 우리 큰 감방의 형편없이 위험한 건달패들과 어울리면서 나의 소임인 200 마리의 돼지를 기르고 사는 것이 딴 세상 생활보다 좋지도 나쁘지도 않다는 것을 터득했단 말일세.

> 「드레퓌스의 벤취에서」 2, 3연

이 시 각주의 설명에 의하면 드레퓌스의 벤취는 앙리 샤리에르의 탈옥 수기 『빠삐용』에 나오는 '죽음의 섬' 벼랑에 있는 벤취로, 유태 출신 프랑스 육군대위로 반역죄에 몰려 이 섬에 유형되었다가 12년만에 복권된 드레퓌스의 이름을 딴 것이다. 짱은 주인공 빠삐용의 탈출을 돕고도 '죽음의 섬'에 그대로 남는 중국계 徒刑囚의 이름이다.

그가 1946년 응향사건으로 인하여 필화를 겪고 그 해 11월 월남하던 중 붙잡혔다가 1947년 2월에 탈출하여 다시 월남한 그의 자전적 이야기와 관련을 지니고 있다. 그는 빠삐용과 같은 심정으로 남한을 향해 필사적으로 달려왔지만 그는 6.25 전쟁의 동족상잔을 전선에서 체험하고 이후 정국의 혼란기를 경험하였다.

그리고 그는 그러한 정국을 가장 잘 관찰할 수 있었던 기자라는 자리에 있었다. 이후 그는 자유당 독재에 반한 '민주고발'이라는 글 때문에 1년간의 감옥생활을 체험하게 된다. 그래서 그는 탈출한 '빠삐용'이 아닌 오히려 감옥에 남아 있기를 원했던 '짱'의 입장에서, 이곳이나 저곳이나 북한이나 남한이나 감옥이나 세상이나 별반 다를 바 없는 삶에 관하여 생각하게 된다.

그가 남한을 넘어 올 때에는 도망자 '빠삐용'과 같은 심정이었지만 그가 남한의 여러 사건을 겪고 나서부터는 빠삐용과 반대인 남아 있는 자, '짱'의 입장에 서게 되는 것이다. 그리하여 위 시는 '짱'과 같은 현재의 자신이 과거 자신의 투영인 '빠삐용'에게 말하는 형식을 취하고 있다. '짱'의 의식, 이곳이나 저곳이나 아무런 상관이 없다는 의식, 그것은 현실에 대한 '허무 의식'의 단적인 표현이다.

해방정국에서 '자기희생적 의지'를 강하게 드러내던 그가 응향사건, 북한 탈출, 6.25 전란을 겪고 '비극적 현실의 사실적 묘사와 그에 대한 연민'을 드러내었다. 그리고 다시 전란 이후 정국의 혼란와중에서 감옥생활과 같은 일련의 사건을 겪고는 '모든 선택의 상관없음이라는 강한 허무의식'에 도달하게 되는 것이다.

모태 신앙인으로서 세상에 대한 넘치는 휴머니즘적 본성과 기자로서의 천직, 응향사건, 민주고발 사건 등은 그를 우리나라의 어떤 시인들보다도 우리나라의 역사적 굴곡을 가장 가까이에서 밀착하여 경험하게 하였다. 그의 문인적 양심은 이러한 체험을 외면할 만큼의 여유를 지니지 못하게 하였다.

그는 서울에 와서 6.25 전쟁의 발발로 국군과 함께 행동하며 아군 진지에 보내는 전단을 책임지고 제작하였다. 그는 종군작가단 일원으로 참전함으로써 동족상잔의 비극을 체험하고 우리 역사의 비극의 현장을 증언하는 입장에 서게 되었다.

> 꼼짝없이 검둥이 애비 꼴이 된 나는 헤아릴 수 없는 심정 속에서 그대로 눈을 감고 만다.
> 나의 머리에는 이 녀석의 출생의 비밀이 되었을 지폐 몇 장이 떠오른다.
> 이 검둥이의 애비가 쓰러져 숨졌을 우리의 어느 산비탈과 어쩌면 그가 살아 자랑스레 차고 갔을 훈장을 생각해 본다.
> 저 아낙네의 지쳐 내던져진 얼굴에서 오늘의 우리를 느낀다.
> 숨결마저 고와진 이 무죄하고 어린 생명을 안고서 그와 인류의 덧없는 운명에 진저리친다.
> 차는 그대로 밤을 쏜살같이 뚫어 달리고 손들은 모두 지쳐 곤드라졌는데 이제는 그만 내가 黑白의 父子像이 되어 이마에 땀방울을 짓는다.
>
> 「焦土의 詩 2」 후반부

그의 대표작 초토의 시에서 가장 극적인 정서를 불러일으키는 시편이기도 하다. 기차 안에서 만난 한국 여인과 검둥이 아기, 이것은 우리가 미소 양국에 의해 점령당하다시피 하던 시대적 배경, 미군과 소련군이 우리나라에 주둔하던 6.25 당시 실상을 보여준다. 우리 민족 혈통의 순수성이 서양 민족의 지폐 몇 장에 의해 훼손된 하나의 장면이다.

그의 『초토의 시』 연작에서는 사실 그 전란 당시의 미군을 상대로 한 윤락 여성이란 훼손된 여성상을 제시하는 내용이 많이 등장한다 ("양키 兵丁이 휙휙 휘파람을 불면/ 김치움 같은 땅 속에서/ 노랗고 빨갛고 파란/ 原色의 스카프를 걸친 계집애들이/ 靑개구리들처럼 고개를 내민다", -「焦土의 詩 3」中).

또한 이들 여성을 비웃는 아이들조차 미군 짚차를 쫓아 껌 따위를 얻어내려는 풍경도 나타난다("그러나 그녀가 사라지기까지 「와하」「와하하」「와하하하」는 그치지 않는다.……「헬로 OK」「마담 나이스」「나이스 OK」/ 지폐 맛을 본 꼬마들은 이 참혹한 현실을 그들대로 活用하게끔 되었다", -「焦土의 詩 6」中).

이러한 내용들은 사실 우리 민족으로서 가장 감추고 싶은 혹은 가장 비극적인 장면이다. 이러한 장면을 시적 제재로 담는 순간 그것은 보는 이에게 마음의 소용돌이를 일으키기 마련이다. 「초토의 시」 연작에서 구상 시인은 왜 이들 소재들을 좀더 문학적으로 완화시키거나 걸러내지 못했을까. 이런 질문은 사실 부질없는 일이다.

영화가 아닌 실제 주변에서의 이러한 체험은 그 제재 자체가 다른 미학적 의장 따위를 생각하게 할 만큼의 여유를 주지 못한다. 누구나 외면하고 싶었던 혹은 시인으로서는 그리고 싶지 않았던 장면들을 시인은 이렇게 똑바로 직시한다. 그리하여 상처의 썩은 부위를 메쓰로 잘라서 확인하는 듯한 제스처를 취한다.

이러한 그의 시선 이면에는 사실 누구보다도 강한 휴머니즘이 숨어 있다. 그것은 그를 마치 童參처럼 키워낸 부모님의 힘이었을까. 혹은 기독교인으로서의 양심이었을까. 그는 이러한 그의 현실에 대한 시선과 자기의식에 관하여 다음과 같은 시를 통하여 상징적으로 드러내고 있다.

어둡다구요. 아주 캄캄해 못살겠다구요. 무엇이 어떻게 어둡습니까. 그래 그대는 밝은 빛을 보았습니까. 아니 생각이라도 하여 보았습니까. 빛의 밝음을 꿈꿔도 안보구 어둡다 소리소리 지르십니까. 설령 그대가 낮과 밤의 明暗에서 광명과 암흑을 헤아린다 칩시다. 그럴 양이면 아침의 먼동과 저녁 노을엔 어찌 무심하십니까. 보다 빛과 어둠이 엇갈리는 사정은 노상 잊으십니까. 된데 어둠 뒤에 가리운 빛, 빛 뒤에 가리운 어둠의 意味를 깨치셔야 하지 않겠읍니까. 그제사 정말 암흑이 두려워지고 광명이 바래질 것인지, 건성으로 눈감고 어둡다 어둡다 소동을 이르킬 것이 아니라 또 건성으로 광명을 바래고 기다릴 것이 아니라 진정 먼저 빛과 어둠의 얼골을 마주 쳐다 봅시다. 빛속에서 어둠이 스러질 때까지.

「焦土의 詩」 12 전문

그는 어둠을 똑바로 직시할 것을 말한다. 그 어둠이란 바로 그가 당면했던 6.25 전란 당시의 현실일 것이다. 그는 이러한 어둠에 찬 현실을 외면하지 말고 씩씩하게 바라 볼 것을 말한다. 그리고 또한 어둠 속에 빛이 내재함으로 혹은 빛이 스밀 것임을 확신하고 있다. 더욱 의지에 찬 모습은 빛과 어둠의 얼굴을 마주 대하여 어둠 속에서 빛이 사라질 때까지 빛 속에서 어둠이 스러질 때까지 똑바로 바라보자는 대목이다.

이를 통하여 드러나는 것은 그의 강인한 의지적 면모와 어떤 고난 속에서도 품고 있는 확실한 희망이다. 그는 초토의 판자집 현장에서도 "노랗게 핀 개나리 망울"과 "앞니빠진 소녀의 미소"에서 희망을 발견한다. 또는 창녀의 모습 속에서 미와 선을 발견하기도 한다. 이러한 그가 과연 어둠 속에서 어둠이 사라질 때까지 노려보았던가.

그는 그가 당면했던 시대와 사회에 대하여 최소한 그런 태도를 견지하려 노력했다. 이것은 이후 자유당 정권 때 제 목소리를 내다가 감옥살이를 한 것이나 이후 박정희의 정치 참여에의 권유를 거절한 사실 혹은 문인으로서 이름 내세우기를 거부했던 사실 등에서 드러난다.

이러한 역사적 굴곡으로부터 비교적 자유로워진 것은 밭일기 연작으로부터라고 할 수 있는데 이것은 그가 일본 동경의 체류나 미국 하와이 체류 등을 통하여 지니게 된 우리나라와의 심적 거리 확보도 관련될 수 있으나 그가 여러 지병으로 시달리게 되어 사경을 헤매었던 그의 개인적 병상 체험과 깊은 관련성을 지니고 있다.

타국에서 여러 병을 체험한 그가 병상에 누운 자신의 모습을 臥禪이라는 표현을 했듯이 그는 역사적 사건 문제보다도 개인의 모습 개인의 내적인 문제에 관심을 지니기 시작했던 것이다. 이것 또한 그가 그 시기에 크게 부딪혀야 했던 체험을 시인으로서 솔직하게 드러낸 것이라 할 수 있다.

이러한 명상과 사색은 그에게 신앙인으로서의 길을 더욱 굳게 만들어 주었던 것이다. 『목아웅두리에도 사연이』에서 그는 과거 어린시절부터 청년시절의 자전적 체험을 회고, 고백하면서 자신의 삶을 시의 형식으로 정리하였다. 그리고 이후 『그리스도 폴의 강』과 『말씀의 실상』과 같은 기독교 시편과 산문으로 나아갔던 것이다.

그의 초기시편들인 초토의 시나 현실반영적 시편들의 경향은 그의 기자로서의 문체와 내용적 특성이 많이 반영되어 있다. 체험적 사건 중심으로 개인의 정서를 가능한 배제하려 했던 경향이 그것이다. 그러나 이후 시편들인 『목아웅두리에도 사연이』나 『밭일기』, 『그리스도 폴의 강』 연작 등은, 그의 어린시절 한학적 전통 습득 체험이 많이 반영된 듯한 느낌을 준다.

그의 조부모님부터 아버님까지 유학자로서 선비의 신분으로 한학을 중시했고 크리스찬인 어머님이 고전소설, 가사류를 구상에게 가르쳤던 것을 살펴 볼 때 그의 시편에 쓰인 자연스런 한문 사용이나 조선

후기 가사투의 유장한 문체적 특징이 어느 정도 해명이 될 수 있다.

7. 맺으며

구상 시인은 응향 사건과 6.25 종군 작가단으로서의 이력이 말해 주듯이 북한과 관련한 문제, 6.25 전란에 관한 문제에 대하여 누구보 다도 절실하게 체험해야 했던 시인이었다. 이러한 체험들은 시대적, 사회적인 동시에 그의 개인사적 것에 매우 밀착되어 있었다. 또한 '세례 요한'으로 세례 받은 태중 신자로서 구상은, 순교자 집안이신 어머니로부터 기독교적 신앙심을 이어 받았다.

기독교적 신앙에 토대를 둔 그의 시적 상상력은 「수난의 장」,「여 명도」 등에서 '예수 그리스도의 희생과 부활'이라는 모티브로서 그의 초기 시편에서 반복적으로 나타나고 있다. 구체적으로 그의 처녀시편 인 「수난의 장」은 그의 청년시절 '주의자'로서의 사상적 방황기를 거 치면서 마을 사람들과 타인으로부터의 낯선 시선인 '수치'를 극복하 는 한 방식으로서 '예수의 죽음'을 이끌어 들이고 있다.

또한 응향사건으로 인하여 남측의 주목을 끈 작품인 「여명도」는 남한과 북한 모두에게서 그 이데올로기로서 해석해 볼 때 각기 다르 게 옹호될 만한 의미의 함축성 내지 애매성을 지니고 있었다. 응향 사건과 북한 탈출을 중심으로 한 그의 처녀시편에서 나타나는 이러한 '자기희생의 모티브'는 6.25 전쟁의 종군작가단 참전과 우리 민족의 참혹한 비극상을 경험한 후로는 오히려 '전란의 사실상과 그에 대한 연민의 모티브'로 변화한다.

그리고 북한을 탈출한 후 남한에서 '민주고발' 사건으로 인한 1년 여의 감옥살이는 그로 하여금 「드레퓌스의 벤치에서」에서 드러나듯이 '빠삐용의 탈옥'이나 '감옥에 남아 있는 짱'이나 다를 바 없다는 '짙은 허무의식'을 드러낸다. 이후 그의 잦은 질병과 외국생활은 그로 하여금 현실적 토대로부터 거리를 둔 기독교적 신앙의 시편으로 나아 가게 하였다.

저 멀리 산 너머 새 한 마리 어디로 가지

- 김춘수의 『쉰한 편의 悲歌』

1.

　그의 시에서는 늘 안개와 같은 장막이 느껴진다. 그 장막은 그의 시에 다가서는 것을 주춤하게 하고 때로는 어린아이와 같은 결벽성을 지닌 것으로 다가오기도 한다. 시집 『쉰한 편의 비가』는 릴케의 『두이노의 비가』 10편의 장시를 염두에 두고 쓴 시편이다. 릴케가 모든 이데올로기나 정치, 역사가 진정한 의미에서 인간을 구제할 수 없다고 생각한 것처럼 그의 시편의 내용도 그러한 맥락에서 먼저 이해될 수 있다.

　이 시집의 제목이 '悲歌' 즉 '슬픈 노래'라는 점을 주목하면 제목과 본문 내용이 어울리지 않는다는 느낌을 받기도 할 것이다. 그러나 실은 그의 담담하고 메마른 듯한 문체 너머로 슬픔 속에 싸여 있는 한 사람의 마음 풍경을 볼 수 있다. 1에서 42까지 또 1에서 9까지 차곡히 적힌 '悲歌'를 통하여, 한 시인의 철저한 고독을 느낄 수 있다.

　이상 시인이 「오감도」라는 제목 하에 「오감도」 1부터 100이 넘도록 수없이 써나갔듯이 김춘수는 「슬픈 노래」라는 뜻의 제목 하에 「悲歌」 1부터 40이 넘도록 써나간 것이다. 이상이 자신의 결핵과 싸우면서 현대를 열망하며 자신의 호아량한 풍경을 그대로 드러내는, 사소설 형식으로 필사적으로 썼듯이, 여든이 넘은 시인 김춘수는 자신의 다가올 죽음에 대한 예감과 함께 시인으로서 살아온 숙명적 강박관념에 쫓기면서 고독한 일상을 극복하기 위해 시를 필사적으로 썼다는 점이 유사하다.

이들의 정신적 기저는 고독과 불안에 찬 현대인의 내면을 드러내는 것인데 그것이 단적으로 언어유희와 숫자 세기 등과 결부하여 나타난 것이다. 김춘수에게서 그의 권태와 무료를 벗어나려는 행위가 적나라하게 드러난 시편은 「비가를 위한 말놀이」 1부터 9이다.

동음이의어를 통한 말장난, 혹은 유아적 동요풍 등을 씀으로써 자신의 고독을 달래고 심각한 현실인식을 순수한 세계의 아이들이 보는 것과 같은 세계로 단순화, 동화화 하려는 메커니즘을 지닌다.

그의 '고독' 가까이에 있는 실체적 대상으로서 최근 그의 시집들에서 가장 빈번히 나타나는 존재는 바로 그의 '아내'이다.

> 아내라는 말에는
> 소금기가 있다. 보들레르의 시에서처럼
> 나트리움과 젓갈냄새가 난다.
> 쥐오줌풀에 밤이슬이 맺히듯
> 이 세상 어디서나
> 꽃은 피고 꽃은 진다. 그리고
> 간혹 쇠파이프 하나가 소리를 낸다.
> 길을 가면 내 등 뒤에서
> 난데없이 소리를 낸다. 간혹
> 그 소리 겨울밤 내 귀에 하염없다.
> 그리고 또 그 다음
> 마른 남게 새 한 마리 앉았다 간다.
> 너무 서운하다.

「제2번 悲歌」 전문

그의 '아내'는 다른 시편에서 '나트리움과 젓갈 냄새를 맡았던 그의 하느님'과 등가의 의미조차 지닌다. 먼저 간 그의 '아내'의 영혼은 결국 그가 생각하는 '너무나 인간적인 하느님'에 맞닿아 있기 때문이다. 이렇게 그는 무엇인가를 본원적인 것으로 환원시키는 사고를 철저히 하는 경향이 있다.

비가의 많은 부분은 아내에 대한 그리움으로 가득 차 있다("여보 하는 소리에는/ 서열이 없다.// 서열보다 더 아련하고 더 그윽한 句配가 있다", -「제1번 悲歌」중에서, "지아비 지어미 되어/ 우리가 함께 지낸 쉰다섯 해/ 엊그제 같다", -「제8번 悲歌」중에서).

그의 아내는 지금 저승에 있고 하늘나라에 있다고 그는 믿는다. 먼저 간 아내를 저 하늘 속 천사의 모습으로 반추하기도 한다("여보, 하는 그 소리/ 그 소리 들으면 어디서/ 낯선 천사 한 분이 나에게로 오는 듯한", -「제1번 悲歌」중에서).

그의 아내에 대한 그리움은, 아내에 대한 애틋한 사랑도, 아내와의 행복한 기억의 반추도 아닌 그저 피붙이와 같은 존재의 상실에 대한 막연에 그리움에 가까운 것이다. 늘 함께 하던 주변의 누군가가 갑자기 사라져 허전해 어쩔 줄 모르는 느낌, 자신의 고독을 달랠 어떤 존재에 대한 결핍감을 드러내는 것이라고 할까.

이러한 시인의 사랑은 생동감이 없는 잘 말린 드라이플라워 같기도 하다. 그는 아내가 간 세계에 대해서 막연한 친화감과 두려움을 지니고 있다. 저승이라는 시인이 가야할 미지의 세계는 아내와 천사가 있는 곳이기도 하지만 그에겐 늘 '어둠'으로 도사리고 있는 곳이기도 하다. 그는 그 세계에 대해서 특별한 기대나 비전을 지니고 있지 않다("환히 동백꽃도 벙그는데/ 지금 보니 그 뒤쪽은 캄캄한 어둠이다", -「제8번 悲歌」중에서).

이것은 '죽음'을 앞둔, 본능적이고 욕망에 찬 모습이 이성적 사고 너머에 어쩔 수 없이 존재하는 인간의 본질을 그가 절실히 알고 있기 때문이기도 하다("모택동이 평등을 말하고, 한참뒤에 虛有선생이 자유를 말할 때도/ 한 아이가 언제까지나 울고 있다/ 엄마 배고파", -「제 18번 悲歌」 중에서).

> 네가 가버린 자리
> 사람들은 흔적이라고 한다.
> 자국이라고도 얼룩이라고도 한다.
> 그렇다면
> 새가 앉았다 간 자리
> 바람이 왜 저렇게도 흔들리는가,
> 모기가 앉았다 간 자리
> 왜 깐깐하게 좁쌀만큼 피가 맺히는가,
> 네 가버린 자리
> 너는 너를 새로 태어나게 한다.
> 여름이 와서
> 대낮인데 달이 뜨고
> 해가 발을 떼지 않고 있을 때 그때
> 어리석어라
> 사람들은 새삼 깨닫는다.

「제24번 悲歌」 전문

'흔적', '얼룩', '자리' 등은 존재가 지나간 흔적이다. 모든 생명은 그 존재의 흔적을 남긴다. 이와 같이 그는 자신이 가고 난 자리에 담담하게 생각한다. 시인은 '새가 앉았다 간 자리', '모기가 앉았다 간 자리', '네 가버린 자리' 등으로부터 자신의 삶의 흔적과 그 의미를 새삼 깨닫는다.

'흔적의 사라짐'은 '누군가의 引力'과도 같은 자연의 부름, 이치와 연관을 맺고 있다. 인간은 이승의 마지막 흔적을 남기는 동시에 다른 세계로 향하는 길을 밟으며 저승, 하늘로 통하는 길로 향한다.

그 세계는 이승과 달리 '발자국', '흔적'이 없는 공간이라고 시인은 생
각한다('하늘 위에는 가도 가도 하늘이 있고/ 억만 개의 별이 있고/ 너
는 없다. 네 그림자도 없고/ 발자국도 없다' -「제 22번 悲歌」 중에서).
그리고 그 세계는 시인에게 주로 '바다', '하늘' 등으로 표상되는데 그
저 인간적인 생명이 없는 '구름', '바람', '별'과 같은 자연의 세계가
아닐까 생각한다.

지금 이슬비가 단풍나무 새잎이 적시고
땅을 적시고
멀리멀리 바다 하나를 가라앉힌다.
그쪽은 그쪽
亡者들이 사는 곳,

「제19번 悲歌」 2연

나는 바다가 될 수 있을까,
나는 하늘이 될 수 있을까,
될 수도 있다고 한다.
마음먹기에 달렸다고 한다.
마음이 어디에 있나,
내 작은 가슴 속에
내 작은 마음이 있다고 한다.

「제26번 悲歌」 전반부

'이슬비'는 땅과 바다를 적시고 망자의 공간을 향한 길로 인도한다.
시인은 죽음에 대한 예감과 상상을 준비하고 있다. 이것은 단순히 죽
음과 사후세계에 대한 상상으로서가 아니라 죽음을 맞닥뜨리려는 자
의 절실한 '두려움'을 동반하고 있다는 점에서 진실성을 지닌다.

그의 시에서 '바다', '하늘' 또는 저승세계로 향하는 마음에는 두려

움과 설렘이 양가적으로 동반하고 있다. '이슬비'와 같이 이러한 세계로 인도하는 매개물은 '동아줄', '길', '꿈' 등으로 다양하게 나타난다.

그런데 그가 맞이할 이승 밖의 세계는 때로는 시인이 지향하는 궁극적 순수시의 세계의 모습과도 맞닿아 있다. 그러니까 이를 향하는 '이슬비', '길' 등은 그가 삶의 마감을 준비하는 마음자세를 보여 주는 것이면서 동시에 시인으로서의 숙명적 생을 완성시키고자 하는 필사적이고도 끈질긴 의지를 보여주는 것이기도 하다.

'내 혼자 가기'와 '마음먹기에 달린 것'이란 '시인으로서 궁극적 理想'의 표상인 '바다와 하늘 되기'의 가능성을 지니고 있다고 스스로에게 인식시키는 것이다. 그러나 완성태를 향한 욕망은 언제나 그 이면에 스스로에 대한 좌절과 아픔을 동반하기 마련이다("너는 아프다고 쉽게 말하지만/ 어디가 어떻게 아픈지 너는/ 딱히 짚어내지 못한다./ 아픔이 너에게/ 뭐라고 말을 하던가,/ 아픔이 너를 알아보던가,/ 아픔은 바보고 천치고, 게다가/ 눈먼 장님일는지도 모른다", -「제27번 悲歌」 부분).

또한 그에게 '바다'는 그의 고향 경남 통영의 상징인 만큼 김춘수의 근원적 안식처의 의미를 지니기도 한다. 그러나 그 '바다'는 그의 아내가 없이는 무의미할 뿐이다("멀리 내 고향 통영으로는 갈까,/ 어디로 가나 아내가 없다면/ 분당에서 산다 해도 달라질 게 없다", -「제40번 悲歌」 중에서).

서울에 있는 그에게 안온한 고향과 같은 실제의 바다는 잘 보이지 않고 이야기책 속 청년의 머릿속에서 오고 갈 뿐이다("부산 가덕도 앞바다는/ 향파가 쓴 이야기책 속으로/ 숨어버렸다. 얼굴을 내놓기 싫은 모양이다", -「제31번 悲歌」 중에서).

설흔 여덟 평이나 되는 아파트 거실 二人用 소파에
나는 혼자 앉아 있다. 멍하니
한나절을 그렇게 보낸다.
아주 드물게 소리도 없이 누가 몰래 곁에 와서 앉아 준다.
누가 초인종만 누르고 그냥 가버리기도 한다.
나는 혼자서 생각한다. 그들이 누구일까.
생각하다 생각하다 하루해를 저문다.
어쩌나,
나는 개도 아니고 하느님도 아니다.
나는 이승의 하루를
내 혼자만의 생각을 품에 안고
다만 사람으로 살고 싶다. 이런 생각이
때로는 왜 나를 슬프게 할까,

「제25번 悲歌」 부분

하루 종일 아파트 거실 소파에서 누군가가 옆에 앉아 있는 듯한
혹은 누군가가 왔다 간 듯한 체험을 하는 것은 그만큼 그가 외롭기
때문이다. 그는 이러한 이승에서의 하루를 '내 혼자만의 생각을 품에
안고' 살아가려 하기 때문에 더욱 고독한지 모른다.

그의 고독 달래기는 죽은 개의 윤회라는 환상을 보는 것으로 나타
나기도 하고("그는 가고 없지만/ 모과빛 귓털을 세우며/ 가쁜 숨을 몰
아쉬며 그는 지금 선연/ 산보 가는 뒤를 따르고 있다", -「제29번 悲
歌」중에서), 70세 때 여행가서 보았던 피레네 당나귀의 슬픈 눈을 통
하여 화가 후안 미로의 아내 모습을 보기도 한다("그런데 눈이 너무
커서 슬픈 그 짐승은/ 알고 보니 뜻밖에도/ 화가 후안 미로의 아내였
다", -「제30번 悲歌」중에서). 또는 생명체의 탄생과 죽음, 이전과 이
후의 세계에 대한 관심을 보여주기도 한다("벌레야 애벌레야/ 눈이 뜨
기 전에 네 머릿속에는/ 무엇이 있나,/ 머나먼 하늘인가, 갈매빛 나는

더 멀리 있는/ 어떤 별인가", -「제38번 悲歌」중에서). 노년의 그는 그가 죽은 뒤 생물이 죽은 뒤 어떻게 될 것인가에 대한 막연한 두려움과 그리움 그리고 윤회에 대한 일말의 여지를 남겨 두고 있다.

> 멧산아 멧산아
> 나 꺼꺼쟁이 다 가지고 가거라,
> 멧산아 멧산아
> 네 꺼꺼쟁이 다 버리고 오너라.
> 멧산아 멧산아 고치 고치 세우고
> 자지 자지 세우고
> 멧산아 멧산아
> 발가벗은 멧산아, 아무데도 없는
> 멧산아,

「悲歌를 위한 말놀이5 - 동요풍으로」

멧산은 발가벗은 것이면서 아무데도 없는 존재이다. 실체이자 비실체인 멧산은 그저 시인의 혼잣말의 대상일 뿐이다. 그 대상을 향한 무의미한 발화 놀이는 유년시절의 말장난을 담고 있는데 이 또한 그에게 무의미한 일이다. 동음이의어에 의한 말놀이를 기저로 한 동요풍이나 민요풍은 그의 고독을 달래는 하나의 방식이다.

이것은 매우 심심하고 무료한 그의 일상을 드러내는 것이기도 하다. 그는 이것을 극복하기 위하여 책 속에서 '발자국' 같은 무엇인가를 찾아보려고 하지만 그것도 종종 허탕이 되기도 한다("지금도 나는 그 책 속에는/ 아무도 없었다고 감히/ 말한다/ 앵두나무는 아무 말도 하지 않았으니까/ 그냥 그대로 서 있었으니까", -「悲歌를 위한 말놀이7」중에서).

옛날에
예날이란 말이 있었지,
지금은 어디 있지,
예날은 어디 있지,
옛날은 다 꾸겨진 휴지조각일까,
아침에 눈뜨면
어디선가 귓전에 다가오는
그것은
소리내지 않는 큼직한 쇠방울 같은 것,
지긋이 어깨 누르는,

저 멀리 산 너머
새 한 마리 어디로 가지,

「悲歌를 위한 말놀이9」 전문

시인의 '예날'이란 그에게 어깨 누르는 "큼직한 쇠방울"이라고 한다. '큼직한 쇠방울'은 상징적으로는 일제 때 헌병대에서의 고문과 관련한 고통스러웠던 청년시절에 체험을 드러내는 것이면서 시인으로서 그가 살아가야 하는 필연적 숙명과도 관련을 지니고 있다.

시인은 산너머 새처럼 이러한 시인의 강박관념으로부터, 혹은 그의 고통과 태생적 고독감으로부터 '저 멀리' 자유로워지고자 한다. 그러나 그는 '悲歌'를 부르며 '의자'를 찾아 오르는 '계단'과도 같은 삶을 살 수밖에 없는 그러한 시인의 운명을 타고난 것이다.

그의 시는 『들림, 도스토예프스키』이후부터인 『의자와 계단』, 『거울 속의 천사』, 그리고 『쉰한 편의 悲歌』에 이르면서 그가 지녔던 소녀적 특유의 긴장감으로부터 조금씩 느슨해지면서 동시에 원숙한 세련미를 풍기고 있다. 젊은이와 같은 정서적 감수성도 조금은 나이 지긋한 자의 모습으로 옮아가고 있다.

그러나 그러한 변화의 너머로 변치 않고 독자의 공명을 깊이 울려오는 것은, '그가 어떻게 이토록 지독한 고독과 비극성을 지닌 영혼으로서 삶을 견뎌 왔을까' 하는 점이다("태초에 비극이 있었다. 비극은 탄생이라고 하지 않고 발견이라고 하는 것이 좋을 듯하다. 내가 비극을 발견하게 된 것은 꽤 오래된 일이다", -「悲歌」책 뒤에 중에서).

　　그러한 삶을 버티고서 그를 우리 현대시사에서 우뚝 서게 한 원천은 아마도 이 시집의 한 구절처럼 '나는 바다가 될 수 있을까' 하는 시인으로서의 치열한 욕망으로부터일 것이다. 이 시집은 슬픔과 애련을 겉으로 드러내지 않고 담담하게 서술하고 있으나, 그의 시 한편 한편마다에는 고독한 일상과 허무감을 느끼는 자의 시선과 죽음을 준비하는 자이자 시인으로서의 숙명적 강박감을 절실히 드러내고 있다.

자연, 진정한 나를 찾는 열쇠

- 문현미의 『칼 또는 꽃』

　문현미의 『칼 또는 꽃』은 현대인이 치열한 생활살이에서 겪는 어려움과 그 내면의 궤적을 보여준다. 감수성 예민한 시인의 내적 삶이 생활 속에서 얼마나 소외되고 상처받을 수 있는지 그리고 그 자신의 모습에 대한 시시각각의 느낌과 생각을 온전히 이 시집은 담아내고 있다.

　그가 이토록 고통을 호소하는 삶을 견뎌 나가는 이유는 완전하고 성스러운 것을 향한 근원적 갈망 때문이다. 그의 시는 순간순간 내면이 겪는 고통의 덩어리를 정화시켜 나가려 하는 과정을 드러낸다. 그래서 그의 시 한편한편에는 시시각각의 감정들을 다스리고 깁고 잘라서 다시 꿰매는 흔적들이 드러나 있다.

　그 구체적인 형상은 일상 속에서 상처받은 자아의 나타남과 사라짐 혹은 많은 겹의 '나'가 나타났다 사라지는 양상으로 그려지고 있다. 생활 속에서 보이지 않는 많은 벽과 파편들에 부딪치고 멍든 자아를 스스로 달래면서 부지런히 말을 건네고 치유시키려 한다.

　　어렴풋이 느꼈다
　　봄날에 꽃잎 분분히 흩날릴 때
　　내안에 수천 수만 갈래의 길이 있고

봄과 여름, 가을도 피고 지는 것을

흔들릴 때마다 누런 미립자 눈과 코에 박히고
기어이 봉긋한 언저리를 헤치며
울퉁불퉁한 샛길을 메웠다
상처 두꺼운 세상, 사람과 사람끼리
크고 작은 못을 박고 박힐 때마다
길이 여지없이 늘어간다

아직 포장도 제대로 못한 길
진땀 흘리며 끙끙거리는 길
일그러진 삶 속에 몰아치는 소용돌이
어느 길인들 잠잠할 수 있겠는가

잎목숨 살면서
길을 잃고, 다시 길을 만들고, 지우고
오염된 만성의 아득한 길은
따스하고 달콤했다

중증 환자의 환각에서 깨어난다
이제 비포장도로는 정성껏 포장을
쓸데없이 갓길은 빠짐없이 떼어내고
반듯한 길 하나 닦는 일에
소멸된 희망을 끌어올려 집중시킬 때

길이 열릴 거야! 흔들리지 마!
정말? 길, 길, 길, 킬,킬, --
큰 길이 복음처럼 열리기를

「흔들릴 때마다」 전문

내안에 수천수만 갈래의 길이 있고 봄, 여름, 가을이 피고 지는 자신의 모습, 사람과 사람끼리의 못 박힘으로 더욱 늘어나는 길, 이러한 길을 그는 중중 환자의 환각 같은 것으로 나타낸다. 그리고 진정한 길이 복음처럼 열리는 것을 소망하면서도 "길, 길, 길, 킬, 킬"에서 보듯이 그러한 바람에 대한 환멸감도 드러낸다.

이때 '길'이란 자아와 다른 사람과의 소통의 통로이며 타인과의 오해로 인한 샛길이기도 하고 내 안에서 자라나는 다양한 분신의 갈래이기도 하다. 또한 '길'이란 그가 갈망하는 종교적 복음의 길이기도 하다. 그는 그 '길'을 정성껏 포장하고 쓸데없는 갓길을 떼어내고 혼란스런 자의식으로 얽힌 갈림길로부터 벗어나고자 한다.

그의 정신적 삶, 혹은 실제적 삶을 '길'의 다양한 갈래로서 상징화하는 것은 그의 유목민적 삶의 반영이기도 하다. 부산출생의 그가 대학졸업 후 남편과 함께 독일 유학의 길에 올랐고 거기서 교수라는 직위를 맡기까지 그리고 다시 독일과 한국을 오가다 한국의 대학에 자리 잡기까지의 인생 역정들은 그가 삶을 '길'이란 상징으로서 나타내기에 적절함을 부여했을 것이다.

처녀시집 『기다림에는 얼굴이 없다』의 주요 주제가 타국생활에서 조국과 고향을 향한 향수였던 것도 이와 관련이 있다. 그는 그의 삶 속에서 혹은 시 속에서 방황하며 멍하니 서 있다가 다시 뛰거나 혹은 주변을 완상하거나 하면서도 늘 어딘가를 향하여 나아가야만 직성이 풀린다.

그 여정의 궤적이 곧 그의 시이자 그의 삶이다. 그 여정은 언뜻언뜻 고달픈 모습을 비춘다. 그가 이렇게 헤매며 달려가는 이유는 성스럽고 완전한 존재를 향한 인간의 근원적인 욕망 때문이기도 하면서 궁극적으로는 기독교 신앙을 향한 그의 강한 의지와 관련한다. 그 여정에서 그는 늘 긴장하면서 가끔은 초조함을 드러낸다.

그래서인지 그의 일상을 다룬 시편에서는 자아의 집중을 토대로 한 시상의 전개가 잘 이루어지지 않는다. 다면적인 자아들이 무더기로 나타나거나 각기 다른 자아가 나타났다 사라지는 모습이 나타난다. 한 시편에서 각 연마다 혹은 한 연에서도 시적 주체가 무생물에서 자신에게로 혹은 또 다른 자신에게로 달라지곤 한다. 그의 일상 속 불연속적 의식 흐름은 쉼표는 있으나 마침표는 하나도 없는 그의 시편들의 형식과 닮아 있다.

일상에서 지친 불안정한 듯한 자아, 그러한 자아가 안정을 찾는 것은 어두운 밤길 속에서 멀리 비치는 '달빛' 즉 자연 속에서이다. 자연 풍경에 관한 상념, 자연에 대한 몰입을 통하여 그의 일상 속 자아는 안정감을 되찾으며 매우 깊이 있는 자아의 두께를 보여준다. 「채석강가에서」, 「암서재에서 - 구름이 쉬어가는 풍경1」, 「하마소에서 - 구름이 쉬어가는 풍경2」, 「천 년을 하루같이 - 균형미를 잃은 석불에게 고함」 등의 그것이다.

두렵게 깎아지른 가파른 절벽
천 년을 하루인 듯
돌무늬 흘러내리는 강이 있다

강이라 하기에는 미동도 없어
돌의 결 따라 흘러흘러
억만 년 세월의 강에 합류한다

중생대 백악기라고 했던가
바다가 산이 되고 산이 바다 되던 그때
삼키고 억눌러 꽃바위로 태어난 듯

지금까지 견뎌온 시간을

겸손한 저음으로 노래하는
무채색의 牧者
돌이라고 하기에는
부시도록 섬세하고 아름다워
파도는 수정 같은 물보라로
쉼 없이 부러운 속내를 보여주고
서산으로 기우는 햇살도 발목 잡혀
저으기 장밋빛 명상에 젖어든다

「채석강가에서」 전문

　채석강가를 강물에서 절벽에서 태고적 과거의 모습에서 그 옆에 서 있을 법한 시적자아에게서 다양하게 틀을 맞추어 찍어대는 사진작가처럼, 자연 풍경에 관한 그의 시편은, 일상을 다룬 시편에서는 집중을 방해했던 그의 분산된 시선들이 오히려 풍경을 입체적으로 드러내고 정신적 관념을 획득하는 데에 효과적으로 작용하는 듯하다.

　작은 미동에도 쉴 새 없이 반응하는 자아의 예민함은, 일상사를 다루는 시편에서는 그가 주의를 모으려고 하면 할수록 더욱 흩어지고 불분명해지며 혹은 모아졌다가도 다시 흩어지곤 한다. 끊임없이 방황하는 분신의 군상들이 세상의 강물에서 넘실대며 아슬한 균형을 유지하는 자신의 모습 속에서,

　그는 그러한 자아들의 균형 잡기를 여러 모로 시도하고 있지만 결국 제자리로 돌아오고 만다("한줄 슬쩍 잡아당기려다/ 다른 줄마저 건드려/ 더 깊은 수렁으로 빠져드는/ 가도 가도 길은 꾸불꾸불// 먼저 암호문자부터 풀어야 하는/ 이 버거운 무명의 무게는 갈수록/ 묵직한 자물쇠로 채워지기만 하고/ 길은 알 수도 없이 길로만 치닫지만// 나는 나를 찾을 수 있는/ 열쇠 꾸러미를 찾아 나선다", -「나는 나를 찾는다」 부분).

그런 그에게 '길', 진정한 '나'를 찾는 '열쇠꾸러미'란 '꽃', '노을', '바람', '햇살' 등의 자연물이다. 그의 자연은 '봄'과 '가을'을 주 배경으로 하고 있는데 언제나 풍요로운 따스함을 지니고 있다. 그는 '겨울'마저도 눈으로 덮인 세상의 안온함으로 묘사한다. 그에게 자연의 모든 것들은 마음의 평화를 찾는 행복으로의 열쇠이다.

그 열쇠는 일상에서 흩어진 자아의 분신들을 모아주고 다스려주는 힘을 지니고 있다. 이 장면, 저 장면, 자연 속 풍광을 한컷한컷 담다 보면 그의 유동하는 자아의 겹겹들은 차츰 맞추어진 카드들처럼 그 나름의 두께를 갖추고서 안정감을 되찾는다. 그리하여 자연은 유동하는 자아들을 모아주고 안정감을 되찾게 하면서 정신적이고 관념적인 진정한 자아의 두께를 보여주는 계기가 된다.

이러한 장면을 드러내는 것이 「가을소묘1」부터 「가을소묘6」이면서 자연과 결부된 신앙시편들이다.

숲길을 간다
온 몸 속속들이
굳이 잠긴 빗장을 풀고

정진하는 나무의 숨소리
지극히 낮추어 열반에 드는 낙엽
빛나는 고요의 눈길 따라 들어간다

톡-토독
갈참 열매의 공양 소리
죽비 맞은 듯 깨어난다

점점 떠오른다
가벼움이 가벼움으로만

숲을 열고 닫고
무게가 무게처럼 느껴지지 않는다

작은 우주가
둔탁한 마음 거울을 열어
가을숲이 된다
참빛깔을 무장무장 빚어내는

「숲속에서 -가을 소묘 1」

숲길 속에서 "굳이 잠긴 빗장"을 풀고 "빛나는 고요의 눈길"을 취하는 것, "죽비 맞은 듯 깨어나는" 모습은 자아가 닫쳐진 마음을 열고 우주 자연과 교감을 이루는 장면이다. 그가 자신의 문을 열고 달려가는, 바라보는 지점은 항상 '숲'과 '자연'이 지닌 힘과 관련한다.

안온하기만 한 자연은 그가 가슴 속에 늘 절대적으로 품고 있는 '신'의 흔적을 주변으로부터 찾으려는 강렬한 의지와 관련한다. 이것은 그가 처한 현실이 얼마나 치열하고 각박한 것이었던가를 반증하는 것이기도 한데 그는 숨 가쁜 일상에서 벗어나 잠시라도 그의 순결한 영혼을 풀어놓을 자신만의 안온한 공간을 만들고 싶어 한다.

그의 '신'은 주로 가장 풍성한 계절인 가을과 봄 속에서 그 모습을 언뜻언뜻 명료하게 드러낸다. 대자연의 평온한 힘은, 일상에 부대껴 카드와 같이 얇아진 자아들의 군상을 간추리고 모아서 본래의 두께를 얻고 실재에서 얻은 상처를 치유시킨다. 그는 릴케와 윤동주의 비교논문[1]에서 릴케시의 특성으로서 '무시간성', '영원성' 등을 들고 "물 혹은 거울에 비친 영상의 명료성과 순수성"을 두 시인의 거울모티브에서의 공통점으로 지적하고 있다.

거울 혹은 물의 세계란 일상을 벗어난 현실 실재의 대척점이면서

---

1) 문현미, 윤동주의 나르시즘적 존재론, 『한국시학연구 제2호』, 한국시학회, 1999.11.

이상향으로의 비전을 제시하는 곳이기도 하다. 그의 시 역시 그가 처한 실재적 현실 속 자아는 흐릿하고 불분명한 것으로 나타나며 그가 지향하는 세계 내지 일상을 벗어난 자연 속 자아가 오히려 명료하게 드러난다. 그가 위 논문에서 지적했던 "실재계의 대상 자체보다 비쳐진 영상들이 더 생생하게 오래 보존되고 있는 것"이란, 실은 그 자신을 향한 것이다.

> 넓고 평평한 토양이 좋아
> 황금의 화관을 쓰고
> 수직으로 서서 그리움을 꽃피우네
>
> 뜨거운 태양아래
> 주신 은혜 그냥 받기 벅차서
> 까만 꽃씨로 대신하겠네
> 한 해만으로는 못다 채울 사랑
> 일년삼백육십오일 헤아릴 수 없이 되풀이해도
> 끝없이 더해가는 경이의 속마음
> 잎새 마음으로는 다 표현할 수 없어
> 푸른 하늘 떠받들며
> 날이면 날마다 기도하네

「수직으로 서서 바치는 사랑」 전문

그의 자연시편은 동시에 신앙시편이기도 한데 그에게 자연은 신의 흔적을 보여주는 표상이며 얇은 자아들의 두께를 얻는 유일한 열쇠꾸러미기 때문이다. 그의 시에서는 늘 자연을 매개로 한 절대자를 향한 발화가 '유추적'으로 이루어진다. 즉 신을 향한 인간의 자세, 이것은 "수직으로 선 꽃"이 "푸른 하늘"을 떠받들며 날마다 기도하는 모습으로 나타난다.

혹은 자신 속의 '천연 숲길'에서 명상을 통하여 "젖과 꿀이 흐르는 신의 땅"으로 행군하기도 한다(「늦가을 반란」). 혹은 '햇살'이 "윤기 잃은 이파리의 시린 얼굴"을 닦아주는 모습으로 나타난다(「비내린 아침에-가을소묘5」).

열쇠를 밖에서 안으로만 바꾸면 감옥에서 침실로 바뀌는 기호처럼, '자연과의 교감이라는 열쇠'는 일상의 감옥에서 지치고 고단한 자아의 문고리를 단숨에 바꾸어 한없는 축복으로 채색된 세계들로 계열화시킨다.

'삶'은 "어둠 속에서 번뜩이는 거친 칼부림보다 더 잔인하다"(「칼 또는 꽃」)고 한탄하며 그는 말하지만 그것은 그가 성스러운 무엇을 보존하려고 노력하면서 그 누구보다도 치열하게 삶을 살았다는 증거이다. '칼날'같은 삶이 '꽃'으로 변하는 순간은 바로 그가 신의 숨결을 느끼는 순간이며 그의 말처럼 "화개(花開)의 고압선"에 감전된 순간이다.

휘몰아치는 아름다움, 그 순간을 위하여

- 조원규의 『아담, 다른 얼굴』

　『아담, 다른 얼굴』을 처음 읽었을 때는 이 시집이 지닌 깊이에 놀랐다. 그리고 다시, 시편들에 쓰인 시어들이 지극히 평이하고 비슷비슷한 느낌을 지닌 것임에 놀랐다. 마치 무채색 계열로 혹은 단지 농담을 달리하여 동일한 색으로 그려낸 한 폭의 그림과도 같았다.

　이 시집은 독특한 비유나 개성적 시어로 돋보인다기보다는 평이한 시어들의 직조를 통해 만들어진 시의 깊이와 평범하면서도 묘한 언어의 무늬결이 특징적이다. 그 시어들은 읽는 이의 감정선을 어느 한켠 건드리며 그곳에서 섬세한 증식을 일으킨다. 그 가운데 지적이면서도 애상적 분위기를 이루어낸다.

　이 고요한 깊이를 만들어 낸 힘은 무엇이었을까. 그것은 시인이 독일에서 오랜 기간 유학하는 동안 겪었을 이국체험의 스산함 혹은 향수(鄕愁)의 힘이었을까? 그럴지도 모른다. '추위'나 먼 것과의 관계에서 자각하는 '결핍', 그러한 것들로 그의 마음은 깊어졌을 것이다.

　그러나 이 시집은 유학시절의 산물임에도 불구하고 그가 생활했던 곳의 지명이나 외국의 인명 같은 것을 거의 찾아 볼 수 없다. 이것은 피상적인 엑조티시즘을 기피하는 시인의 결벽적 성향과도 관련이 있을 것이다. 그러나 무엇보다도 이것은 그가 외적 현실보다는 내적 체험과 내적인 문제에 관심이 쏠려져 있음을 보여준다.

그의 시인은 세계를 비추기에 앞서 우선 자신의 내면을 비추는 자인 것이다. 그 빛은 색으로 말하자면, 깊은 보라색 혹은 농담을 달리한 세련된 회색을 띤다. 스포이드로 '우수(憂愁)'를 한 방울 떨어뜨리면 돌연 그보다 몇 천만, 몇 백만 배로 확산된 '마음'의 물결이 일정한 빛깔로 변화하며 나타난다. 그는 이러한 방식으로 평범한 시어들의 흐름에 슬픔을 아주 조금씩, 방울방울 떨구고 있다. 그리하여 천천히 느끼고 천천히 생각하는 자의 애상적이고 고요한 표정을 드러낸다.

이 시집의 제목은 '아담, 다른 얼굴'이지만 시인이 그에 앞서 그저 '다른 얼굴'이란 제목을 생각했었다고 한다. 하나의 '다른 얼굴'로서의 시집에 등장하는 각기 '다른 풍경들'의 구도 속에서 '얼굴과 풍경'은 서로 조응하는 관계를 이룬다. 이것이 이 시집의 주요한 테마이다. 겉으로는 드러나 있지 않지만 제목 '다른 얼굴'에 어울리는, 비슷하면서도 질적으로 다른 빛깔의 표정들이 켜켜이 페이지를 채우고 있다.

마치 '다른 얼굴'이란 제목을 단 연작시의 양상이 이 시집의 심층부에 있음이 발견된다. 쉼표는 있으나 마침표는 전혀 없는 그의 시편들은 페이지를 넘길 때마다 연속적으로 조금씩 이어지면서 변화하는 다른 얼굴들을 보여준다. 그 가운데 하나의 다른 얼굴, 다른 표정을 살펴보기로 하자.

기억하면 아직도
낙원에서 쫓겨나던 저녁,
그러나 과연
추방이나 시선 없는 삶 따위가
나를 떨게 하였으랴

그보다는 등지는 몸짓

나의 비굴함이 오래도록
고통보다 깊은 시름이었으니
한 저녁에 누워 꿈꾸면
기쁨 없이도 미소하며
나는 끄덕이며
다시 한번 낙원을 떠나려는 자,

말없이 몸을 일으켜
저편을 바라보는 자이다

「아담, 다른 얼굴」 전문

이 시에서 시적 자아는 낙원에서 쫓겨난 자의 의식을 지니고 있다. 낙원에서 떠나는 아담은 낙원에 대한 미련과 미래에 대한 불안으로 가득 차 있었을 것이다. 그런데 '아담의 다른 얼굴'이란 무엇인가. 그것은 불안이 아니라, 새로운 세계에 대한 희망과 욕망을 담은 표정이라는 것일까. 혹은 낙원에서 추방당하는 자가 아니라 '스스로' 떠나는 자의 의지에 찬 표정일까. 그는 추방이나 시선 없는 삶 따위는 나를 떨게 하지 못한다고 고백한다.

그보다 등지는 나의 비굴함이 고통보다 깊은 시름이라고 한다. 낙원에서 '쫓겨난 자'가 아닌 '나오는 자'의 제스처를 취하고 싶어 하는 하나의 표정이 비친다. 그저 한 저녁에 누워 꿈꿀 수 있다면 미소를 지닐 수 있는 몽상가로서의 자부심에 깃든 표정이기도 하다.

그래서 그에게 낙원이란 "한 저녁에 꿈꿀 수 있는 세계"이다. 그가 '한 저녁에 꾸는 꿈'은 어떠한 것인가. 그것은 아담이 '떠나온 낙원'과도 닮아 있지만 그러한 아담의 낙원을 나온 자가 '추억하는 아담의 낙원'에 가깝다. 그러니까 그것은 아담의 낙원이기도 하고 그렇지 않기도 한 것이다. 시인 조원규에게 있어서 그러한 낙원의 원형은 어떠한 것일까. 그 비밀의 열쇠는 이 시집과 비슷한 시기에 썼던 그의 일기를 담은 수필집 『꿈 속의 도시』에서 엿볼 수 있다.

> 그런 아름다움을 내가 처음으로 체험한 것은 유년 어느 서해 바닷가에 가족 여행을 갔을 때였다. 생애 처음으로 본 바다, 무자비한 파도소리, 바다 비린내, 그리고 태양은 수평선 위에서 직시할 수 없도록 빛나며 시계의 초침 소리를 내고 있었다. 이후로 나는 지극한 아름다움을 느낄 때마다 귓가에 파도소리 같은 것을 듣곤 하였다. 그 첫 바다 앞에서 빛에 눈멀었을 때의 느낌과 함께.
>
> 「호숫가의 벚나무」 부분

그가 유년시절 처음으로 본 바다에 대한 아찔한 충격의 장면을 묘사하고 있다. 이러한 아름다움을 그는 "어떤 일상적인 기억도 매개하지 않는 아름다움, 단지 그것에 도달하기 위해 살아왔다는 느낌을 주는 그런 아름다움"이라고 말한다.

그의 낙원이란 이처럼 휘몰아치는 아름다움의 충격으로 가득 찬 세계이다("휘몰아치는 아름다움에/이윽고는 모든 걸 바친다", -「고요」). 그는 이때 어떤 높은 차원의 우주적 존재와 경이롭게 하나가 되는 듯한 체험을 하지 않았나 한다.

그는 이러한 체험으로 인해 갑자기 확장되고 팽창된 듯한 자신의 내면을 누구에게인가 고백하고자 하는 마음에 휩싸인다("집으로 돌아와 나는 갑자기 누군가에게 전화를 하고 싶어졌다. 먼 곳에 여행을 다녀온 사람이 자신이 돌아왔음을 알림으로써 떠나기 전의 자신과 만나고 싶어하듯이", -「호숫가의 벚나무」).

이것은 그의 기독교인으로서의 소양과 함께 그가 독일의 유학시절, '신비주의'에 심취하고 이를 전공으로 정하게 된 내적 필연성으로 작용하지 않았나 생각된다. 그리하여 그는 일상적인 세계에서도 이러한 우주적 감응의 순간을 향수하고자 하는 것이다.

①
열린 상처에선
푸른 하늘 흘러나오고
그 하늘엔 새들,
흰 새들이 유영(遊泳)한다
이마를 숙이면 나
쏜살같은 음성이 되어
어두운 우주를 꿰뚫는데,
겨우 몇 초가 흘렀을 뿐

「잠시」 전문

②
자정 무렵 불현듯 창가를 짚고 섰다가 내 손등에 가늘게 베인 상처를
발견한다. 언제 생긴 상처일까? 눈 덮인 스위스 국경을 통과할 즈음
산길의 안개 속에서 우리를 감싸던 감탄스러운 신비, 불안과 아름다움
은 내게 모든 지난날들의 상처를 상기시키고 이윽고는 치유를 예감케
하는 은은한 종소리 같지 않았던가?

「창(窓)」, 『꿈속의 도시』

열린 상처란 물리적인 베인 상처, 혹은 지난 삶에서 오는 상처일
수 있다. 그러나 상처라는 것은 어떤 형식으로든 아물기 마련이다. 그
러니까 상처란 치유를 예감시킨다. 그는 삶이 주는 상처를 대할 때
보통 사람들처럼 그 상처의 틈을 헤집어 어두운 삶과 인간의 불완전
함을 토로하고 아파하지 않는다.

오히려 그 틈을 통하여 푸른 하늘의 빛이 흘러나온다. 그 푸른 하
늘은 유영(遊泳)에서 알 수 있듯이 '헤엄치다'라는 액체의 유동성이

느껴진다. 이것은 그가 어린 시절 보았던 바다의 원형적 모습과도 닮아 있다. 상처의 틈을 통해 푸른 하늘이 흘러나오는 순간이란 흐린 물과 같은 순간 속에서도 연꽃 같은 해맑은 얼굴과 마음을 키워가려는 의지의 표현일 것이다.

또한 상처어린 현실에서도 마음속에 품었던 낙원의 세계를 의지적으로 상상하는 몽상가의 한 표정이리라("아무는 상처에서/보시었나, 무엇//돌아보면 어쨌든/추억되는 풍경을", -「장소」). 바로 그 순간 그는 이곳이 아니라 과거에 체험했거나 체험하지 않고 상상으로 체험한, 저곳의 황홀한 신비를 떠올려 낸다("여행에서 돌아와 '그곳'을 그리며 이야기할 때 우리는 얼마나 현재의 삶이 '그 먼 곳'에 의해 조명(照明)되기를 소망하는 것일까? 이때 여행 이야기는 '저곳'이 아니라 살던 '바로 이곳'을 향한 몸짓이라고 해야 하리라", -『꿈속의 도시』).

'저곳'은 '이곳'을 향하여 단지 몇 초의 순간 속에서 쏜살같이 달음질쳐 온다. 그리하여 그는 자신이 보는 순수한 아름다움의 순간, 그것을 마치 사진작가처럼 마음속에 찍어두려는 강렬한 욕망으로 시를 쓰는 것이다.

이것이 바로 미적 체험의 순간이다. 그는 그때 다른 얼굴의 표정을 보여준다. 그는 시란 '이다'의 세계를 이루려 하지만 결국 '대하여'의 언어에 그치고 마는 존재라고 한다. 이 말을 뒤집으면 시의 형상화는 언제나 인간이 언어로써는 닿지 못하는 다른 세계, '이다'의 세계를 전제로 한다는 말, 일상적 삶이란 그런 수준에 이루어지는 것일 뿐이라는 말이 되기도 한다. 그래서 시인은 이곳과 차원이 다른 세계와의 경계에 시를 세우려고 한다.

그러한 경계의 순간, 그가 가졌던 혹은 지향하는 미적 체험의 순간을 표현할 때 시인 조원규는 '볕'이란 메타포를 주로 사용한다. 그는

'빛' 대신 '볕'이란 시어를 쓴다. 그것은 그의 말에 따르면 '빛'에는 따스함이 결여되었기 때문이다. '볕'은 현재의 고독과 불행을 경험하는 순간에서 자신의 내면을 치유하는 추억인지도 모른다. 그리하여 고독하고 우수에 젖어 있어 보이지만 내적 충만에 의하여 평온한 표정을 짓는 것이다.

그가 화가 날 때면 하는 생각들도 이러한 맥락에서 보면 자연스럽다("화가 날 때면/난 말하곤 해, 수천의//풍경들, 내가 지나온 그 속에", -「수천의 풍경」). 그런 때 시간이 정지되는 듯한 느낌 혹은 시간이 천천히 진행되는 듯한 느낌, 그 시간의 흐름 속에서 자신이 지나온 풍경의 순간을 떠올리는 것이다. 그는 마치 자신이 지나온 삶의 순간 순간의 편린들을 하나하나의 획으로 간직하고 있는 사람인 것 같다.

> 그 작은 얼굴에 찡그림,
> 이를테면 눈앞에서
> 깨어지는 맑고 날카로운 유리그릇
> 그 얼굴엔 아직 볕이 나고
> 너머엔 커다란 하늘에는
> 주둥이 노란 검은 새 하나
>
> 새를 바라보는 마음에는
> 세월의 줄 하나 그어질 것이다
> 소리 없이 말없이
> 그러나 깊이, 그럴 것이다.
>
> 「서서히 그러나 지울 수 없도록」 전문

그는 언제인가 지하철에서 무심코 바라본 이국 여인의 얼굴이 볕을 받아 빛나던 한 순간에서 시를 썼다고 말한 적이 있다("다른 얼굴이고 싶은/얼굴 하나가/볕을 받아 환히,/숨길 수 없는 그늘이네", -「다른 얼굴 1」). 그 얼굴은 바로 다음 순간 다시 다른 얼굴로 변하는 것이었다("돌아보니 다른 표정이 된/그 얼굴", -「다른 얼굴 1」).

'다른 얼굴'이란 바로 이처럼 순간마다 변하는 인간의 표정을 가리키는 메타포일지도 모른다. 그러한 순간의 형상화에 있어서 빠지지 않는 것이 바로 '볕'이란 시어이다. 따스함과 빛남을 담은 빛은 그가 항상 추구하는 신비로운 미적 체험의 스침과 존재를 알리는 신호이다.

그는 삶에 지친 얼굴이 어떤 찡그림을 보여주는 그 순간을 통하여 일상적인 삶의 틀 속에 갇혀 있는 하나의 얼굴이, 하나의 삶이 일순간 깨어짐을 발견했을 것이다. 그것은 '깨어지는 맑고 날카로운 유리그릇'과도 같다. 날이 투명하게 가득 차 유지되는 그릇의 수많은 날들이 조금의 어긋남 없이 만들어온 그릇의 둘레가, 그 일상의 얼굴이 날카롭게 깨어진다.

그 순간 깨어진 날들, 그 찡그림 속에서도 시인은 투명한 '볕'을 느낀다. 그리고 그 볕의 틈 속에서 카메라 작가와도 같은 그의 뇌리에서는 어린 시절 보았던 커다란 하늘과 바다 그리고 그 속을 나는 자유로운 새 한 마리가 상상되고 추억된다.

그는 이렇듯 순간들에 대한 강한 애착을 지니고 있다. 그 애착은 '세월의 줄 하나'를 마음속에 깊이 새기는 것으로 나타난다. 그것은 일상의 비루한 순간 속에서 그림자와 먼지로 결코 덮여 버리지는 않을 하나의 다른 얼굴을 만든다("먼지와 그림자 그런 것에 가리지 않을/어떤 표정을/보았던가 내가", -「다른 얼굴 1」).

일상의 더러운 먼지들을 한꺼번에 떨어내 버리는 '다른 얼굴'에 대한 갈망은 빨래하기 좋아하는 그의 습관으로 나타나기도 한다("넌 빨래 안 하면 못 살지? 그렇지? 어쩐지 이렇게 들린다. (……) 볕이 나면 빨래를 해 넌다. 빛나는 빨래들이 파란 하늘 아래에서 비현실적인 행복감을 준다", -「빨래같은 것」, 『꿈속의 도시』).

'다른 얼굴'이란 무엇인가. 그것은 비루한 일상 속에서 지니고 있는 고귀함의 표정일지 모른다. 혹은 그러한 틀에 박힌 세계에서 벗어나 과거의 낙원을 향수하는 자의 얼굴일지도 모른다. 혹은 가장 아름답고도 원초적인 장면과 만났을 때 떠오르는 미적 체험의 표정일지도 모른다.

혹은 그가 간직해온 추억의 사진들을 담은 뇌리 속에서 앨범의 장들이 파닥거리며 넘어가는 소리인지도 모른다. 그에게 있어서 '다른 얼굴'이란 마치 자신 내면의 수많은 표정들을 일컫는지도 모른다. 꿈꾸는 의지를 지닌 몽상가처럼 그는 다른 얼굴들을 꿈꾼다. 그의 모든 '다른 얼굴들'은 일상을 깨뜨리며 휘몰아치는 날카로운 아름다움을 지니고 있다

■ 수록글 출전

거짓욕망의 충동으로부터 기진할 때까지 자기를 해방시키기
- 황현산론, 『오늘의 문예비평』(2006.12)

세상의 저변을 조용히 받치고 가는 바닥의 힘
- 김나영의 『왼손의 쓸모』, 『천년의 시작』(2006.12)

쫙쫙 찢어진 몸 속에서 피어나는 칸나꽃
- 박서영의 『붉은 태양이 거미를 문다』, 『천년의 시작』(2006.12)

라일락 향기에 취했다 불행한 얼굴로 떠나면 되었다
- 이유경의 신작소시집(『현대시학』, 2006.9), 『현대시학』(2006.10)

내 뼈마디 모두 추리면 몇 개의 <시>자字 쓸 수 있을까
- 정숙자의 『열매보다 강한 잎』, 『열매보다 강한 잎』,
  『천년의 시작』(2006.9)

「女僧」해설
- 백석론, 『백석시 읽기의 즐거움』
  (최동호, 방민호, 유성호 외, 서정시학, 2006.9)

반쯤은 재가 된 말
- 이건청의 신작소시집(『현대시학』, 2006.6), 『현대시학』(2006.7)

꿈으로 빛나는 볼펜 한 자루
- 신진론, 『오늘의 문예비평』(2006.6)

내 관은 시집 모양일까
- 김신용론, 『문학수첩』(2006.4)

동박새와 해오라기 사이에서
- 김규태의 『흙의 살들』, 『문학도시』(2006.4)

서정주 시에 나타난 전이의 글쓰기
- 『정신분석과 인문사회학』(2005.12)

들뢰즈의 의미이론과 무의미시
- 『현대비평과 이론』(2005.12)

위험표지판처럼 서있는 그대는 누구인가
- 오세영의 『봄은 전쟁처럼』, 김명수의 『가오리의 심해』,
- 신대철의 『누구인지 몰라도 그대를 사랑한다』, 『시와사람』(2005.6)

呂尙鉉 연구
- 『한국시문학』(2005.5)

문학적 무의미의 개념 및 유형
- 『어문학』(2004.12)

서정주 시에 나타난 여성 이미지의 변모양상
- 『관악어문연구』(2004.12)

광기의 열쇠를 망각의 바다에 빠뜨리기까지
- 유종인론, 『신생』(2004.12)

낡은 집에서 비치는 빛
- 오세영의 『적멸의 불빛』, 『시와 사상』(2004.12)

도스토예프스키의 시적변용
- 김춘수론, 『비교문학』(2004.11)

바다를 닮은 소년의 내밀한 의지와 십자가
- 양왕용론, 『시문학』(2004.3)

고요한 투명성의 來歷
- 최승호의 『아무것도 아니면서 모든 것인 나』
  『오늘의 문예비평』(2003.12)

새로 다시 한 번 마른 이파리로
- 황동규의 『우연에 기댈 때도 있었다』, 『오늘의 문예비평』(2003.9)

시대가 요구한 시빌의 운명
- 구상의 초기시, 『우리말글』(2002.12)

저 멀리 산 너머 새 한 마리 어디로 가지
-김춘수의 『쉰한 편의 悲歌』, 『오늘의 문예비평』(2003.6)

자연, 진정한 나를 찾는 열쇠
- 문현미의 『칼 또는 꽃』, 『오늘의 문예비평』(2003.3)

휘몰아치는 아름다움, 그 순간을 위하여
- 조원규의 『아담, 다른 얼굴』, 『현대시』(2002.4)

■ 저자 약력

- 73년 부산출생

- 부산대학교 사범대학 국어교육과 졸업
- 서울대학교 인문대학 국어국문학과 석사 박사 졸업

- 현재 서울대, 서울시립대 강사, 문학평론가

- 2002년 서울신문 신춘문예평론 당선

- 저서:『김춘수 무의미시 연구』(새미, 2004),
       『현대시 동인의 시와 시세계』(예옥, 2006)가 있음

새미비평신서⑰

한 국 현 대 시 인 론

인쇄일 초판1쇄 2007년 2월 20일 / **발행일** 초판1쇄 2007년 2월 27일

지은이 최라영 / **발행처** 새미 / **등록일** 2005. 3. 14 제17-423호

총무 한선희, 손화영, 박지연 / **영업** 정구형 / **인터넷** 이재호

편집 이현아, 김은희, 이초희, 박지혜 / **물류** 박홍주, 김종효

서울시 강동구 암사동 463-25 2층 / Tel : 442-4623~4 Fax : 442-4625
www.kookhak.co.kr / E- mail : kookhak2001@hanmail.net
ISBN 978-89-5628-258-9 *93810 / **가 격** 23,000원

새미는 **국학자료원**의 자회사입니다.
저자와의 협의하에 인지는 생략합니다.